U0913874

〔宋〕釋惠洪 撰
周裕鍇 校注

石門文字禪校注

九

上海古籍出版社

卷二十五

題

題華嚴綱要〔一〕

華嚴宗有四種無礙，謂事無礙、理無礙、事理無礙、事事無礙〔二〕。夫言事事無礙者，非有竺梵震旦之異〔三〕，凡聖小大之殊，而講師笑棗柏不辨唐梵〔四〕，又可笑哉！此文，清涼國師啓毗盧藏之鑰匙也〔五〕。其文簡而義無盡，其科要而理融通，學者當盡心焉〔六〕。方天下禪學之弊極矣，以飽食熟睡、游談無根爲事〔七〕，而佛鑑乃倡爲宗尚之〔八〕，其亦護法憫俗之慈也歟？

【注釋】

〔一〕政和七年夏作於筠州新昌縣洞山。 華嚴綱要：廓門注：「華嚴經綱要有八十卷、二十四本，收在大藏經中。宋高僧傳澄觀傳：『述華嚴經綱要一卷。』」鍇按：所謂華嚴經綱要八十卷本，乃明釋德清爲澄觀華嚴經疏所作提挈，疑非此文所題華嚴綱要。宋釋祖琇隆興編年通論卷一九：「其後相國齊抗、鄭餘慶、高郢請撰華嚴綱要三卷。」釋智肱華嚴清涼國師禮讚文：「大宋高僧傳義解科中藏師傳末云：『華嚴一宗，付授澄觀（國師諱也）。』又師撰隨文手鑑一百卷、華嚴綱要三卷。」惠洪稱「其文簡而義無盡」，當爲一卷本或三卷本之華嚴綱要。

〔二〕「華嚴宗有四種無礙」二句：即華嚴宗所言四種無礙法界。釋澄觀華嚴經隨疏演義鈔卷一〇：「又欲令四門成四種法界故，初門即事，次門即理，三即事理無礙，四即事事無礙。」宗鏡録卷四：「又依華嚴宗，一心隨理事，立四種法界：一、理法界者，界是性義，無盡事法，同一性故。二、事法界者，界是分義，一一義別，有分劑故。三、理事無礙法界者，具性分義，圓融無礙。四、事事無礙法界者，一切分劑事法，一一如性融通，重重無盡故。」事指現象世界，一切衆生各有差別之色心諸法。理指本體世界，現象雖有差別，體性同爲一理。

〔三〕非有竺梵震旦之異：謂事事無礙之佛理，本無印度、中國之差異。竺梵，指印度；震旦，指中國。

〔四〕而講師笑棗柏不辨唐梵：廓門注：「此言李長者華嚴論，譏不辨唐言梵語。」棗柏：即唐李長者，名通玄，造新華嚴經論四十卷。因每日食棗十顆，柏葉餅一枚，人呼棗柏大士。事具宋高僧傳卷二二，參見本集卷八三月二十八日棗柏大士生辰二首注〔一〕。

〔五〕清涼國師：即唐釋澄觀，俗姓夏侯氏，越州山陰人。十一歲出家，博通華嚴、天台、三論、戒律、南北禪諸家典籍，而以復興華嚴正統爲己任，撰有華嚴經疏、華嚴綱要、華嚴玄談等多種著述。身歷九朝，爲七帝門師。德宗賜號清涼法師，憲宗加號清涼國師。事具宋高僧傳卷五。　毗盧藏：毗盧遮那佛所説之經藏，代指華嚴經。參見本集卷二三華嚴同緣序注〔八〕。

〔六〕「其文簡而義無盡」三句：此處對澄觀華嚴綱要之評價，全爲日本元禄元年東山沙門昇頭陀華嚴經普賢觀行法門序所襲用。　科要：指其科目簡要。

〔七〕游談無根：語本蘇軾李氏山房藏書記：「而後生科舉之士，皆束書不觀，游談無根，此又何也？」鍇按：惠洪好借此語批評近世禪學不讀書之弊，如本卷題宗鏡録：「舊學者日以慵惰，絶口不言；晚至者日以窒塞，游談無根而已。」本集卷二六題端上人僧寶傳：「與夫游談無根，疲精神於莊孟，爲陳言腐説以欺無知者異矣。」林間録卷下：「而學者有終身未嘗展卷者，唯飽食横眠，游談無根而已。謂之報佛恩乎？負佛恩乎？」禪林僧寶傳卷一九西余端禪師傳贊：「予竄海外三年而還，叢林頓衰，耆年物故無餘。所至鷄道人成阡陌，皆飽食游談無根而已。」

〔八〕佛鑑：即淨因禪師，字覺先，號佛鑑，惠洪法姪。本集卷一八漣水觀音像贊序：「政和七年五月初吉，佛鑑大師因公出其畫示余。」卷一九雲庵和尚舍利贊序：「政和七年五月戊申，法侶集於寂音堂，佛鑑大師淨因以小玉瓶跪注于盤，鎗然有聲，璀粲五色。」故此文當作於同時。廓門注：「佛鑑慧勤嗣法於五祖法演。」殊誤。蓋淨因與慧勤賜號相同，而此「佛鑑」非彼「佛鑑」也。

題瑛（疾）老寫華嚴經㊀〔一〕

瑛公風骨清癯〔二〕，而神觀秀爽，措置加於人一等〔三〕，與南州名士游〔四〕，淡然無營，獨杜門手寫此經，精妙簡遠之韻，出於顔柳〔五〕。予聞一切賢聖，皆以無爲法而有差別者〔六〕，皆所莊嚴之耳。龍勝菩薩以夙智通力誦持之〔七〕，實叉難陁以入世間智力翻譯之〔八〕，清涼國師以達佛知見力疏釋之〔九〕，而瑛公以夙淨願堅固力書寫之〔一〇〕。予觀其心志，端欲候文殊師利之智海，普賢之行願海〔一一〕，善財童子利生求法精進海〔一二〕。十二時皆在現行，如善見（現）比丘不動真際㊁，現一切色身於十方世界，作大佛事〔一三〕。顧其措置，非加於人乎？

【校記】

㊀ 瑛：原作「疾」，誤，今從廓門本。錯按：寬文本「疾」字旁批注「瑛」字。

㈡見：原作「現」，誤，今改。參見注〔一三〕。

【注釋】

〔一〕政和七年秋作於洪州新建縣西山。　瑛老：即妙瑛禪師，字師璞，時住西山香城寺。爲景福省悅法嗣，雲居元祐法孫，惠洪法姪，屬臨濟宗黄龍派南嶽下十四世。參見本集卷一九香城瑛禪師贊注〔一〕。

〔二〕瑛公風骨清癯：本集卷一懷香城吴氏伯仲有「骨瑛淡如秋」之句，以其風骨清癯，故稱「骨瑛」。

〔三〕措置加於人一等：猶言比人高出一等。禮記王制：「夫子曰：『獻子加於人一等矣。』」

〔四〕與南州名士游：南州即洪州，南州名士指李彭、洪芻諸人。彭字商老，芻字駒父，已見前注。本集卷二七跋徐洪李三士詩：「陳瑩中嘗問予南州近時人物之冠，予以師川、駒父、商老爲言，瑩中首肯之。」鍇按：李彭日涉園集卷二有次瑛上人韻兼示洪駒父，卷六有用擬古韻答瑛上人，又卷七次瑛上人韻稱其「觀門親杜順」，案杜順乃傳華嚴法界觀門者，則李彭所與游之瑛上人，即寫華嚴經之「瑛公」。

〔五〕顔柳：顔真卿與柳宗元，皆唐著名書法家，工楷書。

〔六〕「予聞一切賢聖」二句：語本金剛經須菩提言：「如來所説法，皆不可取，不可説，非法，非非法。所以者何？一切賢聖，皆以無爲法而有差别。」

〔七〕「龍勝菩薩」句：印度龍樹菩薩之異名。舊譯龍樹，新譯龍勝、龍猛。龍勝菩薩誦持華嚴經事，見鳩摩羅什譯龍樹菩薩傳。參見本集卷一隆上人歸省覲留龍山爲予寫起信論作此謝之注〔一二〕，卷一九小字華嚴經贊注〔一五〕。夙智通力：即宿智通力。夙，通「宿」。景德傳燈録卷二七衡嶽慧思禪師：「時慧聞禪師有徒數百，乃往受法，晝夜攝心坐夏。經三七日，獲宿智通，倍加勇猛。」本卷題華嚴十明論：「思大、智者父子，於道能遺虚名，收實效，三十年間，決期現證，皆獲宿智通。」

〔八〕「實叉難陁」句：宋高僧傳卷二唐洛京大遍空寺實叉難陀傳：「實叉難陀，一云施乞叉難陀，華言學喜，葱嶺北于闐人也。智度恢曠，風格不羣，善大小乘，旁通異學。天后明揚佛日，崇重大乘，以華嚴舊經處會未備，遠聞于闐有斯梵本，發使求訪，并請譯人。叉與經夾同臻帝闕，以證聖元年乙未，於東都大内大遍空寺翻譯。天后親臨法座，煥發序文，自運仙毫，首題名品。南印度沙門菩提流志、沙門義淨同宣梵本，後付沙門復禮、法藏等，於佛授記寺譯成八十卷。聖曆二年功畢。」入世間智力：李通玄新華嚴經論卷二九：「即七地以出世間智慧，善能入世間智慧，隨一切衆生塵勞諸行。」

〔九〕「清涼國師」句：見前題華嚴綱要注〔五〕。達佛知見力：建中靖國續燈録卷二六真州長蘆贊禪師：「諸人盡是久參先德，達佛知見，不可更教遮裏談禪説道。」張商英護法論：「若能定慧圓明，則達佛知見，入大乘位矣。」

〔一〇〕夙淨願堅固力：華嚴經卷四六佛不思議法品：「一切諸佛大願堅固，不可沮壞，所言必作，言無有二。」

〔一一〕「端欲候文殊師利之智海」二句：華嚴經由釋迦牟尼佛與文殊、普賢二菩薩共演大乘教義，故文殊、普賢與佛合稱華嚴三聖。文殊以智慧聞名，故稱智海；普賢以大行聞名，故稱行願海。詳見華嚴經入法界品諸卷。

〔一二〕「善財童子」句：華嚴經卷七〇入法界品：「爾時，善財童子於喜目觀察衆生夜神所，聞普喜幢解脱門，信解趣入，了知隨順，思惟修習，念善知識所有教誨，心無暫捨，諸根不散，一心願得見善知識，普於十方勤求匪懈，願常親近生諸功德，與善知識同一善根，得善知識巧方便行，依善知識入精進海，於無量劫常不遠離。」

〔一三〕「十二時皆在現行」四句：華嚴經卷六五入法界品，善財童子游行至三眼國，求見善見比丘，善見曰：「善男子！我經行時，一念中，一切十方皆悉現前，智慧清淨故；一念中，一切世界皆悉現前，經過不可説不可説世界故；一念中，不可説不可説佛刹皆悉嚴淨，成就大願力故；一念中，不可説不可説衆生差別行皆悉現前，滿足十力智故；一念中，不可説不可説諸佛清淨身皆悉現前，成就普賢行願力故。一念中，恭敬供養不可説不可説佛刹微塵數如來，成就柔軟心供養如來願力故。」文繁不録。底本「善見」作「善現」。廓門注：「『善現比丘』當作『善見』。」其説甚是。「現」當涉上文「現行」而誤，今據華嚴經改。

題光上人所書華嚴經〔一〕

邾城岸大江㊀〔二〕，皆深林大澤。自麻城之東〔三〕，多奇峰峻谷，輪蹄所不至〔四〕，虎兕所掩〔五〕。建炎元年十月，予自漢上南還廬山〔六〕，阻兵於大石山〔七〕。捷徑過鍾山之下〔八〕，有僧舍數椽，道人七八輩，迎（帀）笑如舊識㊁〔九〕。有首衆者道光，與其兄道舒鄰房，晨香夕燈，以禪誦爲佛事，從之者皆肅如也。光嘗呼此經以示予，予因再拜跪，而讀其篇目，謂舒曰：「耆（闍）婆㊂，面城之醫王也。面所見草木土石，無非是藥〔一〇〕。文殊師利童子曰：『耆婆見草木，無非是藥。菩薩見境，無非是心。』〔一一〕然耆婆祝之疾〔一二〕，燥濕、虛實、寒病、祖病、衆生病之方也㊃〔一三〕。而光口不忘誦，目不忘視，手不忘書，寫之，則隨施無所窒其妙。嗚呼！耆婆蓋世間之醫而得妙者也，則出世間之醫，其用自心之得妙者也。是經其廣則四天下微塵數偈句〔一四〕，其得則震旦所譯十萬偈句〔一五〕。光攤（擬）之於沙界㊄，涼曝得所〔一六〕；藏之於毛端，寬博有餘。至於殊勝功德，則非有思議心所能測知。」經初畢工，而盜賊蟻聚，所至流血可涉〔一七〕，光、黃、舒、蘄衲之間受禍猶酷㊅〔一八〕。獨此經所寄，東西南北十里之間，無犬吠之鷲〔一九〕，父老男女，安堵樂業〔二〇〕，豈非龍神所護持而然乎〔二一〕！光少游方，見知識，飽參而還，以親老，不忍去其膝，日以研味此文。其爲知恩精進，不言可知矣。洛爾鍾山之下，護持龍神之衆，時朔來朝，以祕藏之。某題。

【校記】

① 郲：武林本作「鄂」，誤。

② 迎：原作「帀」，誤，今改。參見注〔九〕。

③ 耆婆：原作「耆闍婆」，「闍」字衍，今刪。參見注〔一〇〕。

④ 濕：武林本作「溼」，誤。

⑤ 攤：原作「擬」，誤，今改。參見注〔一六〕。

⑥ 衲之間：武林本作「之間衲」。參見注〔一八〕。

【注釋】

〔一〕建炎元年十月作於蘄州蘄水縣。光上人：法名道光，蘄州永樂寺僧，生平法系未詳。參見本卷題光上人書法華經。

〔二〕郲城：黄州古稱。太平寰宇記卷一三一淮南道九黄州：「天寶元年改爲齊安郡，乾元元年復爲黄州，中和五年移於舊郲城，南與武昌對岸。」輿地紀勝卷四九淮南西路黄州州沿革：

「楚宣王滅郗，徙其君於此城，故又名郗城。元和郡縣志：『春秋時郗國地，後爲黄國之境。』是指郗封在先，黄境在後，已失先後之序矣。而李宗詩圖經及寰宇記，皆云郗即魯附庸郗國之地。今以地里考之，魯國去黄州二千餘里，豈能附庸？又左氏傳曰：『魯擊柝，聲聞于郗。』則非黄州明矣。孟子序曰：『鄒本春秋郗子之國，爲楚所并。』而歐陽忞輿地廣記曰：『郗縣故城在今縣東南一百三十里，楚宣王滅郗，徙之於此，故曰郗。』象之謹按：東漢志引地道記云：『楚滅郗，徙其君此城。』則郗城之號，猶蔡之有新蔡、下蔡耳，非郗魯之故地也。寰宇記以爲魯附庸之國，非是，今從孟子序、輿地廣記及東漢志是正之。」

〔三〕麻城：黄州屬縣。

〔四〕輪蹄：車輪馬蹄，代指車馬。韓愈南内朝賀歸呈同官：「緑槐十二街，涣散馳輪蹄。」

〔五〕虎兕：老虎與犀牛，此泛指兇猛野獸。語本論語季氏：「虎兕出於柙。」

〔六〕漢上：指襄陽，即襄州，因臨漢水，故稱。本集卷一三襄州亂後逢端州依上人：「漢上相逢兵火後，蒼顔華髮兩摧頹。」廓門注：「漢上，謂漢陽府。」乃未明本集之通例，不確。鍇按：建炎以來繫年要録卷五：「（建炎元年五月丙辰）是日，李孝忠破襄陽府，守臣直徽猷閣黄叔敖棄城去。孝忠遂入城，肆焚劫，掠子女，盡驅强壯爲軍。」惠洪自漢上南還廬山，當爲避襄州兵亂。

〔七〕大石山：在黄州黄陂縣。宋高僧傳卷二九唐湖州杼山皎然傳附唐黄州大石山釋福琳傳：

「後至黄陂剪茅營舍，終成大院，安集四方禪侶。」

〔八〕鍾山：方志未載，據「麻城之東」考之，當在蘄州境。廓門注：「鍾山，見應天府。」乃以爲金陵鍾山，殊誤。

〔九〕迎笑：底本「迎」作「帀」，帀，周遍、環繞義。帀笑，不辭。當作「迎笑」。本集卷一〇至圓通僧覓詩：「故人迎笑尚依然。」即此意。禪籍「迎笑」一詞甚多，如禪林僧寶傳卷二韶州雲門大慈雲弘明禪師：「少日偃至，敏迎笑曰：『奉遲甚久，何來暮耶？』」嘉泰普燈録卷一一東京天寧佛果克勤禪師：「抵吴中，已而復還。祖迎笑曰：『吾望子久矣。』」迎，異體字作「迊」，「帀」乃涉形似而誤。今據禪籍諸例改。

〔一〇〕「耆婆」四句：事見佛説柰女祇域因緣經：「爾時，祇域即自念言：『王敕諸醫，都無可學者，誰當教我學醫道？』時聞彼德叉尸羅國，有醫姓阿提梨，字賓迦羅，極善醫道，彼能教我。』爾時，祇域童子即往彼國，詣賓迦羅所。……時師即與一籠器及掘草之具：『汝可於德叉尸羅國面一由旬，求覓諸草，有非是藥者持來。』時祇域即如師敕，於德叉尸羅國面一由旬，求覓非是藥者，周竟不得非是藥者，所見草木一切物，善能分別，知有所用處，無非藥者。彼即空還，往師所白如是言：『師今當知，我於德叉尸羅國求非藥草者，面一由旬，周竟不見非藥者，所見草木，盡能分別所入用處。』師答祇域言：『汝今可去，醫道已成。我於閻浮提中，最爲第一；我若死後，次復有汝。』」耆婆，亦譯作耆域，或作祇域。翻譯名義集卷二：「耆婆，或云耆域，或名時縛迦。此云能活，又云故活。影堅王之子，善見庶兄。柰女所生，出胎即持針筒藥囊，其母惡之，即以白衣裹之，棄于巷中。時無畏王乘車遥見，乃問之，有人答曰：『此小兒也。』又問：『死活耶？』答云：『故活。』王即敕人，乳而養之，後還其母。……耆婆經云：『耆婆童子，於貨柴人所，大柴束中見有一木，光明徹照，名爲藥王。倚病人身，照見身中一切諸病。』」底本此處「耆婆」作「耆闍婆」，而下文皆作「耆婆」，又佛經無「耆闍婆」者，故知「闍」字衍，今删。

〔一一〕「文殊師利童子曰」五句：大方等大集經卷九海慧菩薩品叙佛言：「舍利弗！如耆婆醫王常作是言：『天下所有，無非是藥。』菩薩亦爾，説一切法，無非菩提。」此言「文殊師利童子曰」，當叙華嚴經之意，其事俟考。釋延壽心賦注卷三：「耆婆攬草，無非是藥；達士見境，無非是心。」

〔一二〕祝：通「劚」，斷除，削除。廓門注：「『疾』當作『痊』字歟？」

〔一三〕祖病：祖師之病。禪門常用語。雲門匡真禪師廣録卷上：「問：『佛病祖病將何醫？』師云：『審即諧。』進云：『將何醫？』師云：『幸有力。』」天聖廣燈録卷二〇韶州龍光禪師：「問：『佛病祖病如何醫？』師云：『世醫拱手。』」月澗和尚語録卷上饒州薦福寺語録：「佛病祖病衆生病，一切攢簇不得底病。」清釋自融南宋元明僧寶傳卷一一烏石愚禪師傳：「乃曰：『佛病祖病衆生病，拈向一邊。』」廓門注：「『祖』當作『暑』歟？」乃未明其意。

〔一四〕四天下微塵數偈句：釋澄觀華嚴經疏卷三：「四上本經，即彼所見，有十三千大千世界微塵數偈，一四天下微塵數品。」

〔一五〕震旦所譯十萬偈句：華嚴經疏卷三：「二下本經，謂摩訶衍藏。是文殊師利與阿難海於鐵圍山間結集此經，收入龍宫。龍樹菩薩往龍宫，見此大不思議經，有其三本，下本有十萬偈四十八品。龍樹誦得，流傳於世。故智度論名此爲不思議經，有十萬偈。」

〔一六〕「光攤之於沙界」二句：謂攤曬於大千世界，使寫經墨字乾透，此寫經禱祝語。涼，風乾。本集卷一九小字華嚴經贊：「爲攤此經一切處，使其涼曝各得所。」即此意。蘇軾次韻李端叔謝送牛戬鴛鴦竹石圖：「家書空萬軸，涼曝困舒卷。」　鍇按：「攤」與「涼曝」呼應，即攤曬、攤涼、攤曝之意。底本「攤」作「擬」，義雖通，當涉草書形近而誤，今改。

〔一七〕所至流血可涉：極言殺戮之慘烈，血流成河。新唐書逆臣傳下黄巢傳：「巢復入京師，怒民迎王師，縱擊殺八萬人，血流於路可涉也，謂之『洗城』。」此借用其語。

〔一八〕光：光州，治定城縣。黄：黄州，治黄岡縣。舒：舒州，治懷寧縣。蘄：蘄州，治蘄春縣。以上四州皆屬淮南西路。廓門注：「衲，未詳。」愚以爲此段恐文字顛倒歟？當作『光、黄、舒、蘄間，衲之受禍猶酷。』」衲，指衲子，僧徒。

〔一九〕無犬吠之驚：後漢書岑熙傳：「視事二年，輿人歌之曰：『我有枳棘，岑君伐之。我有蟊賊，岑君遏之。狗吠不驚，足下生氂。』」李賢注：「氂，長毛也。犬無追吠，故足下生氂。」

〔二〇〕安堵：相安，安居。東觀漢記卷一八廉范傳：「民歌之曰：『廉叔度，來何暮。不禁火，民安堵。昔無襦，今五袴。』」

〔二一〕龍神所護持：謂華嚴經來自龍宫，爲大龍菩薩所守護。詳見龍樹菩薩傳。

題華嚴十明論〔一〕

顯謨閣待制朱公世英爲余言〔二〕：「頃過金陵，謁王文公於鍾山〔三〕。公以彦里閈晚生〔四〕，有志學道，謂曰：『若讀史，見勾踐、伍員事乎〔五〕？勾踐保栖會稽，置膽於坐，卧則仰膽，飯食亦嘗膽也〔六〕。伍員去楚，橐（槖）載而出（去）昭關㊀，至蒲伏行乞於吴市〔七〕。二子設心，止欲雪耻復讎㊁，而焦身苦思二十餘年〔八〕，而後遂其欲。蓋有志者事竟成也〔九〕。然移此心以學無上菩提，其何以禦之？』」世英囑予記其言。世英歿一年，余還自海外，築室筠溪石門寺〔一〇〕，夏釋此論，追念平時之語曰：「嗟乎！流轉三界〔一一〕，未即棄去，其耻亦大矣。囚縛五陰〔一二〕，未能超出，其讎亦深矣。以吴楚之讎耻較之，其相倍如日劫㊂〔一三〕，而學者亦思掣肘徑去〔一四〕。然至誠惻怛〔一五〕，勇決力行，較勾踐、伍員，特太山毫芒耳〔一六〕，豈不惜哉！金剛般若經：須菩提聞世尊言，以恒河沙等身命布施，不如受持四句偈，爲他人説之福〔一七〕。於是泣下，其心豈不謂學者多以一身味著懈怠，故自爲障礙乎㊃〔一八〕！夫雜華具四天下微塵數偈，而其所詮者，如來普光明大智一法而已〔一九〕。親近隨順，此智者戒定慧三法而已〔二〇〕。以戒定慧觀照方便，破滅無明，一切衆生，彈指實證，故金剛藏菩薩曰：『隨順無明起諸有，若不隨順諸有離。』〔二一〕是謂成佛顯決㊄〔二二〕，入法要旨。借令三世如來重復宣示深奧〔二三〕，不能加毫末於此矣。其於利害去取，曉如白黑；其義理昭著，粲如日星。不知學者於戒定慧何疑而不隨順，於無明煩惱何戀而不棄遺乎？孟軻曰：『今有無名之指，屈而不信，非疾痛害事也。如有能信之者，則不遠秦楚之路，爲指之不若人也。指不若人，則知惡之；心不若人，則不知惡，此之謂不知類也。』〔二四〕今之知類者，吾特未見耳。豈密行暗證，隱實顯玼㊅，世不得而知歟？抑觀力羸浮，習重境强，多遇緣而退歟？余切慕思大、智者父子，於道能遺虚名，收實效，三十年間，決期現證，皆獲宿智通，入法華三昧〔二五〕。乳中之酪，此其驗矣〔二六〕。嗚呼！安得如南嶽、天台兩人者〔二七〕，與之增進此道哉！」政和五年六月十日書。

【校記】

㊀ 橐：原作「櫜」。出：原作「去」。皆誤，今改。參見注〔七〕。

㊁讎：解迷顯智成悲十明論卷首釋華嚴十明論叙作「仇」，下文皆同此。

㊂日：武林本作「千」。

㊃礙：釋華嚴十明論叙作「閡」。

㊄決：釋華嚴十明論叙作「訣」。

㊅玼：武林本作「説」。

【注釋】

〔一〕政和五年六月十日作於筠州新昌縣石門寺。　華嚴十明論：唐李通玄撰，一卷，全稱解迷顯智成悲十明論。大正新修大藏經第四十五卷解迷顯智成悲十明論卷首載惠洪此文，題爲釋華嚴十明論叙。

〔二〕朱公世英：朱彦，字世英，崇寧五年以顯謨閣待制知撫州，大觀元年請惠洪住持臨川北景德寺。參見本集卷二四寂音自序注〔一四〕。

〔三〕王文公：即王安石，卒謚文，故稱。

〔四〕公以彦里閈晚生：謂王安石以朱彦爲同鄉晚輩。里閈，代指鄉里。後漢書成武孝侯順傳：「順與光武同里閈，少相厚。」鍇按：安石臨川人，朱彦南豐人。臨川、南豐同屬江南西路盱水、汝水流域，地理臨近，廣義同鄉，故稱。

〔五〕勾踐：其先禹之苗裔，夏后帝少康之庶子。封於會稽。後二十餘世至允常，與吴王闔廬戰而相怨伐。允常死，子勾踐立，是爲越王。事具史記越王勾踐世家。　伍員：字子胥，楚人。父伍奢，兄伍尚。楚平王殺奢與尚，伍員奔吳。事具史記伍子胥列傳。

〔六〕「勾踐保栖會稽」四句：史記越王勾踐世家：「越欲先吳未發往伐之……遂興師。吳王聞之，悉發精兵擊越，敗之夫椒。越王乃以餘兵五千人保棲於會稽。……吳既赦越，越王勾踐反國，乃苦身焦思，置膽於坐，坐臥即仰膽，飲食亦嘗膽也。曰：『女忘會稽之恥邪？』」

〔七〕「伍員去楚」三句：史記伍子胥列傳：「伍胥懼，乃與勝俱奔吳。到昭關，昭關欲執之，伍胥遂與勝獨身步走，幾不得脱。……伍胥未至吳而疾，止中道，乞食。」又史記范雎蔡澤列傳：「伍子胥橐載而出昭關，夜行晝伏，至於陵水，無以餬其口，厀行蒲伏，稽首肉袒，鼓腹吹篪，乞食於吳市。」　橐載：謂其藏身於袋載於車中。蒲伏：猶匍匐，伏地而行。底本作「櫜載而去昭關」，「櫜」、「去」二字涉「橐」、「出」之形近而誤，今據史記范雎蔡澤列傳改。

〔八〕焦身苦思：史記越王勾踐世家作「苦身焦思」。

〔九〕有志者事竟成：語本後漢書耿弇傳光武帝曰：「將軍前在南陽建此大策，常以爲落落難合，有志者事竟成也！」

〔一〇〕「余還自海外」二句：本集卷一八六世祖師畫像贊序：「余竄海上，三年而還，館于筠之石門寺。」詩話總龜卷二八引冷齋夜話：「余還自南荒，館石門山寺。」輿地紀勝卷二七江南西路瑞州：「度門院，在新昌縣北三十里，舊曰石門。」

〔一一〕流轉三界：諸法集要經卷六福非福業品：「諸愚夫異生，由因緣和合，流轉三界中，皆隨於自業。」楞嚴經合論卷一：「世尊愍衆生流轉三界，皆由著欲。於諸欲中，唯婬爲重。」

〔一二〕囚縛五陰：大般涅槃經卷二九師子吼菩薩品：「佛言：『善男子！以煩惱鎖，繫縛五陰。離五陰已，無別煩惱；離煩惱已，無別五陰。』」五陰：亦譯作五蘊，謂色、受、想、行、識五者假合而成之身心。

〔一三〕其相倍如日劫：猶言天淵之別。佛教以世界之成住壞空爲一劫。一日與一劫，時間長短差異巨大。楞嚴經卷四：「若能於此悟圓通根，逆彼無始織妄業流，得循圓通，與不圓根，日劫相倍。」宗鏡録卷九二：「論位則天地懸殊，校功則日劫相倍。」此借用其語。

〔一四〕掣肘徑去：掉頭甩手不顧，徑直離去。參見本集卷二送覺海大師還廬陵省親注〔一三〕。

〔一五〕惻怛：懇切，誠懇。

〔一六〕特太山毫芒耳：只不過太山一豪芒而已。參見本集卷二一潭州開福轉輪藏靈驗記注〔三六〕。

〔一七〕「金剛般若經」五句：金剛經：「須菩提！若有善男子、善女人，以恒河沙等身命布施；若復有人，於此經中，乃至受持四句偈等，爲他人説，其福甚多。」金剛般若經，簡稱金剛經，全稱金剛般若波羅蜜經，一卷，鳩摩羅什譯。

〔一八〕「其心豈不謂」二句：唐釋窺基金剛般若經贊述卷上釋「須菩提」數句曰：「此說若有衆生樂欲，味著懈怠；或味著利養，不發精進；或曾起功德，而復退失。爲令遠離此等，故而以身命校量。意令進趣故也。」法華經合論卷四：「釋之者曰：爲離懈怠利養等樂味，故謂以布施如是身命之福，猶莫及受持四句偈之福，則其可以一身味著懈怠，故身爲障礙耶？」

〔一九〕「夫雜華具」三句：謂華嚴經無數偈句，皆爲解釋如來普光明大智一法而已。華嚴經卷一世主妙嚴品：「了達諸佛希有廣大祕密之境，善知一切佛平等法，已踐如來普光明地，入於無量三昧海門。」解迷顯智成悲十明論：「右已上法門，皆如來普光明智爲體，差別智爲用，使令智慧充滿，以爲法界。」雜華，華嚴經之異名。唐釋法藏華嚴經探玄記卷一：「依涅槃經及觀佛三昧經，名此經爲雜華經。以萬行交飾，緣起集成，從喻標名，猶雜華耳。」四天下微塵數偈，見前題光上人所書華嚴經注〔一四〕。

〔二〇〕「親近隨順」二句：圓覺經謂奢摩他、三摩鉢提、禪那「此三法門皆是圓覺，親近隨順十方如來」。奢摩他，譯曰止、寂靜；三摩鉢提，譯曰等持、正定；禪那，譯曰思維修、靜慮，即禪定。隋釋智顗法華玄義卷三：「增三數明行者，謂戒、定、慧，此三是出世梯隥，佛法軌儀。」此二句合而言之。

〔二一〕「故金剛藏菩薩曰」三句：語見華嚴經卷三七十地品第六地金剛藏菩薩頌。經文作「若不隨順諸有斷」，本文「斷」作「離」。本集卷一八棗柏大士畫像贊亦作「隨順無明起諸有，若不隨順有離異」。疑惠洪誤記，或另有所本。

〔二二〕顯決：即顯訣，顯明佛旨之要訣。決，通「訣」。棗柏大士畫像贊：「佛子授汝以顯訣。」釋華嚴十明論叙「決」作「訣」。

〔二三〕借令：即使。王安石贈曾子固：「借令不幸賤且死，後日猶爲班與揚。」三世如來：謂過去、現在、未來三世諸佛。華嚴經卷四六佛不思議品：「一切諸佛，悉於三世如來家生。」

〔二四〕「孟軻曰」十二句：語見孟子告子上。信，通「伸」。趙岐注：「無名之指，手之第四指也。蓋以其餘指皆有名，無名指者，非手之用指也。雖不疾痛妨害於事，猶欲信之，不遠秦楚，爲指之不若人故也。心不若人，可惡之大者也，而反惡指，故曰不知其類也。類，事也。」孫奭疏：「此章言舍大惡小，不知其要；憂指忘心，不即於道。是以君子惡之者也。……今人有第四指，爲無名之指，屈而不信，且非疾痛，有妨害於爲事也。如有人能信者，則不遠秦楚之路，而求信之，以爲惡其指之不若人也。且以無名之指爲無用之指，則恥惡之不若人，其心不若人，則不知恥惡之，是之謂爲不知其類者也。荀子云：『相形不如論心。』同其意也。……指屈尚不遠秦楚之路而求信，況心即在於己爲最近者也，尚不能求之耶？此孟子所以爲不知類者也。」

〔二五〕「余切慕思大」七句：續高僧傳卷一七隋國師智者天台山國清寺釋智顗傳：「又詣光州大蘇山慧思禪師，受業心觀。……思每歎曰：『昔在靈山同聽法華，宿緣所追，今復來矣。』即示普賢道場，爲説四安樂行。顗乃於此山行法華三昧，始經三夕，誦至藥王品，心緣苦行；至『是真精進』句，解悟便發，見共思師處靈鷲山七寶淨土，聽佛説法。故思云：『非爾弗感，非我莫識，此法華三昧前方便也。』」鍇按：思大，即南朝陳高僧慧思，初住光州大蘇山，後住南嶽衡山。世稱思大和尚。事具續高僧傳卷一七陳南岳衡山釋慧思傳。參見本集卷三游南嶽福嚴寺注〔一六〕至〔三〇〕。智者，隋高僧智顗，慧思弟子，後住天台山國清寺。號智者大師。後世天台宗尊慧思爲三祖，智顗爲四祖。

〔二六〕乳中之酪：大般涅槃經卷八如來性品：「如因乳生酪，因酪得生酥，因生酥得熟酥，因熟酥得醍醐。如是酪性爲從乳生？爲從自生？從他生耶？乃至醍醐，亦復如是。」

〔二七〕南嶽：代指慧思。　天台：代指智顗。

【集評】

明釋真可云：夫至愚之人，使其蹈火則畏燒煮，雖驅之不入。五欲湯火，燒煮衆生法身慧命，非止一朝一夕，而人甘心蹈之弗畏者，豈其喪心病狂哉！蓋計臭皮囊爲淨器，計無明心爲命根，不能以四大觀身，四蘊觀心故也。今人於眠卧之際，枕子稍不安穩，則不能睡，必安之而後適。死生於人亦大矣，人皆公然自安，略不爲之計，則負覺範老漢多矣。（紫柏老人集卷一五跋寂音尊者十明論叙）

題光上人書法華經〔一〕

晉沙門曇諦初夢於其母黄曰：「我投暫託宿。」乃以鐵鏤書鎮并麈尾拂爲寄。母既覺，而二物在手，於是大驚，而生諦。逮五齡，母以二物示諦，諦軒渠笑曰：「此秦王請我講法華經，贈我者爾。」母曰：「汝省置之處乎？」諦罔然，不答而去〔二〕。又建興二年，長沙縣西一百里餘，有青蓮花兩本生陸地，道俗堵觀。钁之丈有二尺，得瓦棺，蓮之根莖自棺之壞處出。開視之，有髑髏栓索，而蓮寔生齒頰（脥）間㊀。晉有識曰：有僧不知名氏，誦蓮經十萬部，不疾而化。遺言使衣紙，而以瓦爲棺。今驛亭故基建寺，其號蓮花〔三〕。嗚呼！異哉！惟此經之力，能使授持者卒長物於生死，後奇祥於異世，驚世殊異之如此。蘄州永樂寺僧道光〔四〕，出血和墨寫此經，其衡斜點畫〔五〕，匀如空中之雨〔六〕，整如上瀨之魚〔七〕，皆精進力之所成，知見香之所熏〔八〕，不然，何以莊嚴微妙如此之巧耶？光又專精不懈，見一纖毫相之間萬八千土於刹那，入無量處三昧〔九〕。名報佛恩，然隨筆任運，經行卧起，語默動止，莫非授持此經。故毫相之間，刹那之頃，豈有間哉！光之爲人純素潔，忠於事，孝於奉親，爲里閈所敬信〔一〇〕，法眷所追崇，是真比丘也。予自北還南，留其庵，信宿彌日〔一一〕，盡獲見其所寫之經，無慮十數種〔一二〕。觀其施爲，日夕以與佛菩薩語言訓酢〔一三〕，豈復有世間之心耶？華嚴曰：「念念不與世間心合，是大精進。」〔一四〕光其以之。

【校記】

㊀頬：原作「脥」，誤，今據四庫本改。參見注〔三〕。

【注釋】

〔一〕建炎元年十月作於蘄州蘄水縣。 光上人：法名道光。見前題光上人所書華嚴經。 鍇按：宋釋宗曉編法華經顯應録卷下蘄州光法師傳、明釋明河編補續高僧傳卷二一道光傳，皆采撮惠洪此文而成。

〔二〕「晉沙門曇諦初夢」十六句：高僧傳卷七宋吴虎丘山釋曇諦傳：「釋曇諦，姓康，其先康居人。漢靈帝時移附中國，獻帝末亂，移止吴興。諦父彤，嘗爲冀州別駕。母黄氏晝寢，夢見一僧呼黄爲母，寄一麈尾，并鐵鏤書鎮二枚。眠覺，見兩物具存，因而懷孕生諦。諦年五歲，母以麈尾等示之，諦曰：『秦王所餉。』母曰：『汝置何處？』答云：『不憶。』至年十歲出家，學不從師，悟自天發。後隨父之樊鄧，遇見關中僧䂮道人，忽唤䂮名。……諦父具説本末，并示書鎮麈尾等。䂮迺悟而泣曰：『即先師弘覺法師也。師經爲姚萇講法華，貧道爲都講。姚萇餉師二物，今遂在此。』追計弘覺捨命，正是寄物之日。復憶採菜之事，彌深悲仰。』諦後遊覽經籍，遇目斯記。」此憑記憶述其事之大概，且有改寫。參見本集卷六次韻吳興宗送弟從潙山空印出家注〔五〕。　秦王：謂後秦國主姚萇。

〔三〕「又建興二年」十八句：參見本集卷二一隋朝感應佛舍利塔記：「晉建興二年，長沙縣之西一里二十步，有千葉青蓮華兩本生於陸地。掘之丈餘，蓮之根莖自瓦棺而出。發棺而視，但紙衣拴索，而蓮寔生頭顱齒頰間。有銘棺上曰：『僧不知名氏，唯誦妙法蓮華經已數萬部。既化，遺言以紙爲衣，瓦棺葬于此。』郡以其事聞朝廷，有旨建寺其上，號蓮華。今長沙驛即寺故基也。」又法華經合論卷五亦記此事，文字略異。　建興：晉愍帝司馬鄴年號，公元三一三～三一六年。廓門注：「建興，吴年號也。」錯按：三國吴會稽王孫亮亦有年號建興，公元二五二～二五三年。然隋朝感應佛舍利塔記及法華經合論皆曰「晉建興二年」，廓門注失考。　髑髏：死人頭骨。莊子至樂：「莊子之楚，見空髑髏。」　栓索：本指繩索，本集喻指相連接之骨架，骸骨。語本黄庭堅枯骨頌：「皮膚落盡露拴索，一切虚誑法現前。」　齒頰：底本作「齒腴」，誤，蓋「腴」字爲動詞。人斂身謂之「腴肩」。隋朝感應佛舍利塔記作「頰」，今據改。

〔四〕蘄州永樂寺：湖廣通志卷七八古蹟志蘄水縣：「永樂寺，在縣西北七十里，寺有碑，鐫天福五年造。」天福爲五代後晉年號。

〔五〕衡斜：横斜。衡，即横。

〔六〕匀如空中之雨：喻其筆畫布局匀稱而自然。本卷題黄龍南和尚手抄後三首之一：「點畫奇勁，如空中之雨，小大蕭散，出於自然。」此喻爲惠洪自創。

〔七〕整如上瀨之魚：喻其排列整齊。楚辭漢王褒九懷尊嘉：「蛟龍兮導引，文魚兮上瀨。」此借用其語。

〔八〕知見香之所熏：黄庭堅賈天錫惠寶薰乞詩予以兵衛森畫戟燕寢凝清香十字作詩報之其十：「當念真富貴，自薰知見香。」此化用其語意。參見本集卷四次韻彦由見贈注〔一一〕。

〔九〕「見一纖毫相之間」二句：法華經卷一序品：「爾時佛放眉間白毫相光，照東方萬八千世界，靡不周遍。」又曰：「佛説此經已，結跏趺坐，入於無量義處三昧，身心不動。」

〔一〇〕里閈：鄉里。已見前注。

〔一一〕信宿：連宿兩夜。參見本集卷三七夕卧病詩注〔一五〕。

〔一二〕無慮：大約，總共。後漢書郭躬傳：「今死罪亡命無慮萬人。」李賢注引廣雅曰：「無慮，都凡也。」

〔一三〕詶酢：即酬酢，應對，應付。易繫辭上：「顯道神德行，是故可與酬酢，可與祐神矣。」

〔一四〕「華嚴曰」三句：未詳出處，俟考。

題超道人蓮經〔一〕

南昌饒益院除饉惠超自幼出家〔二〕，誦此經。年二十六，試于有司，以精通得度，即受具〔三〕。游諸方，事善知識，發明心要。及還，掩關，以金爲墨，書妙法蓮華經。政和八年六月四日清晨，攜以示予。開卷熟視，筆墨精到，衡斜布列〔四〕，皆有節度。非精誠盡力於此法，莫能臻是也。予聞一切契經皆佛所演〔五〕，而此經獨稱過去諸佛先說，法喻雙舉〔六〕。蓮之爲喻，以三世同時，十方同會，方其開時即有果，方於果中即有因，蓮華、蓮實、蓮密是也。諸子雖分布而會聚之，未嘗隔斷，此其名蓮。蓮，連也〔七〕。般若曰「一切智智清淨，無二、無二分、無別、無斷故」者〔八〕，以是哉！梁大沙門僧祐，平生書寫誦持，未捨受即身爲爛瓜香，已捨受即舌本爲青蓮華香，皆其精進真信之力所成就〔九〕。陳大沙門惠思，誦至「是真精進，是名真法，供養如來」，恍然見靈山一會，儼然如昨〔一〇〕。蓋此經有不思議力，入二十五種三昧〔一一〕，以天（大）行慈悲入中觀㊀，以梵行慈悲入幻觀，以聖（勝）行慈悲入止觀㊁〔一二〕。令一切衆生自然見如是事，入菩薩一切色身三昧之旨也〔一三〕。今超師壞衣鉢食〔一四〕，一室枵然〔一五〕，與世相忘，以精勤之力，致工於此法，可謂知本矣。予將見生身發無垢智光〔一六〕。方吾法下衰，而超用志如是，誰不隨喜〔一七〕？願世世同超登内院，見慈氏〔一八〕，預聞妙義，頓捨人法二執〔一九〕，證對現色身〔二〇〕，此予志也。甘露滅某謹題〔二一〕。

【校記】

㊀天：原作「大」，誤，今改。參見注〔一〇〕。

㊁聖：原作「勝」，誤，今改。參見注〔一〇〕。

【注釋】

〔一〕政和八年六月四日作於南昌。　超道人：即惠超，南昌饒益院僧。生平法系未詳。
蓮經：妙法蓮華經之略稱。

〔二〕饒益院：方志未載，俟考。　除饉：梵語比丘，一譯除饉男，意爲出家人。參見本集卷二一隋朝感應佛舍利塔記注〔三〇〕。

〔三〕受具：受持具足戒。比丘受持二百五十戒，稱具足戒。

〔四〕衡斜：横斜。衡，即「横」。已見前注。

〔五〕一切契經：即一切佛經。經文爲契入之機，合法之理，故云契。

〔六〕法喻雙舉：妙法蓮華經説佛理之方法。廓門注：「妙法，法也；蓮華，喻也。雙舉也。」智顗仁王經疏卷一：「或法喻雙舉，如法華經。」隋釋吉藏法華義疏卷五：「今言譬喻，其語則通，故從通爲目，斯則法喻雙舉、通別互題也。」法華經合論卷一：「心法之微妙分別，語言所不能形容，然則終不可見之歟？曰：唯以方便設象，以達其意，使學者自求而得之，爲可見也。此三世如來法施之式，十方菩薩悟入之因。夫衆生難見者自心，習見者蓮華，指其習見之象，示其難見之玅，故以經名玅法蓮華。其寂滅靈知之體，廣大光明之用，隨其所知之量，寓於七卷之文，二十八品之義。應機而答，稱性而談，無詳略，無麤玅，皆象也。」

〔七〕「蓮之爲喻」十一句：法華經合論卷一：「蓮之方開已有子，子中已有蔤，三際同時也。以之觀自心，則知古今圓於一念。在華嚴經則曰：『智入三世，而無來往。』蓮之子既已分布，又會屬焉，以之觀根境，則知能所分而不斷。在般若經則曰：『無二無二分，無别無斷故。』由是論之，則古今圓於一念者，三世之蓮也；能所分而不斷者，十方之蓮也。」智證傳：「世尊蓋以蓮爲譬，而世莫有知者，予特知之。夫蓮方開華時，中已有子，子中已有蔤。因中有果，果中有因，三世一時也。其子分布，又會屬焉，連續不斷，十方不隔也。」又見臨濟宗旨。此即其意。　蓮密，蓮之根。密，通「蔤」。淮南子説山：「譬若樹荷山上。」高誘注：「荷，水菜，夫渠也。其莖曰茄，其本曰密。」錯按：惠洪亦以此意論詩，冷齋夜話卷五蘇王警句：「唐詩有曰：『長因送人處，憶得别家時。』又曰：『舊國别多日，故人無少年。』荆公用其意作古今不經人道語。荆公詩曰：『木末北山烟冉冉，草根南澗水泠泠。繰成白雪桑重緑，割盡黄雲稻正青。』東坡曰：『桑疇雨過羅紈膩，麥隴風來餅餌香。』如華嚴經舉因知果，譬如蓮花，方其吐華，而果具蘂中。」

〔八〕「般若曰」二句：大般若波羅蜜多經卷二〇五初分難信解品：「若一切智智清淨，無二、無二分、無別、無斷故。」

〔九〕「梁大沙門僧祐」五句：梁釋僧祐，本姓俞氏，其先彭城下邳人，父世居於建業。數歲出家，精研律部。造立經藏，搜校卷軸，抄撰要事，爲三藏記、法苑記、世界記、釋迦譜及弘明集等，皆行於世。事具高僧傳卷一一齊京師建初寺釋僧祐傳。廓門注：「梁高僧傳僧祐傳不載此事。」鍇按：此事疑惠洪誤記。宋釋宗曉編法華經顯應録收歷代高僧一百七十三人，僧祐不在其列，其無書寫誦持法華經靈驗事甚明。今考「身爲爛瓜香」者，乃見於續高僧傳卷一六隋江州廬山化城寺釋法充傳：「釋法充，姓畢氏，九江人。常誦法華，並讀大品，其遍難紀。兼繕造寺宇，情在住持。末住廬山半頂化城寺修定，自非僧事，未嘗妄履，每勸僧衆無以女人入寺，上損佛化，下墜俗謡。然世以基業事重，有不從者。充歎曰：『生不值佛，已是罪緣。正教不行，義須早死。何慮方土不奉戒乎？』遂於此山香爐峰上自投而下，誓粉身骨，用生淨土。便於中虛，頭忽倒上，冉冉而下，處于深谷，不損一毛。寺衆初不知也。後有人上峰頂路，望下千有餘仞，聞人語聲，就而尋之，乃是充也，身命猶存，口誦如故。迎還至寺，僧感其死諫，爲斷女人。經于六年，方乃卒世。時屬隆暑，而屍不臭爛，香如爛瓜。即隋開皇之末年矣。」其事亦見法華經顯應録卷上廬山充法師。「舌本爲青蓮華香」則見於法華經卷六藥王菩薩本事品：「若有人聞是藥王菩薩本事品，能隨喜讚善者，是人現世口中常出青蓮華香，身毛孔中常出牛頭栴檀之香。」此合而用之。

〔一〇〕「陳大沙門惠思」六句：見前題華嚴十明論注〔二五〕。本集卷三游南嶽福嚴寺：「三生來游等兒戲，靈山一會儼如昨。」亦用此事。鍇按：「是真精進，是名真法，供養如來」三句，出自法華經卷六藥王菩薩本事品。

〔一一〕入二十五種三昧：智顗法華經玄義卷四：「得入此地，具二十五三昧，破二十五有，顯二十五有我性。」

〔一二〕「以天行慈悲入中觀」三句：天台智顗釋法華經有「一心五行、三諦三昧」之説。五行曰：聖行、梵行、嬰兒行、病行、天行。三諦三昧曰：聖行，即真諦三昧；梵、嬰、病，即俗諦三昧；天行，即中道王三昧。又有「三觀」之説，曰空觀、假觀、中觀。其法華經玄義卷四曰：「有入空機，以聖行慈悲應之，執持糞器，狀有所畏。有入假機，以梵行慈悲應之，慈善根力，見如是事，踞師子床，寶几承足，商估賈人，乃遍他國，出入息利，無處不有。有入中機，以天行慈悲應之，如快馬見鞭影，行大直道無留難故，無前無後，不並不別，説無分別法，諸法從本來，常自寂滅相，圓應衆機，如阿脩羅琴。」楞嚴經合論卷六：「以聖行慈悲應空機，則執持糞器，狀若所畏。以天行慈悲應中機，則如駃馬見鞭影，行大直道，無所畏留故。以梵行慈悲應假機，則踞師子床，寶几承足，商估賈人，乃偏他國，出入息利，無處不有。」又見法華經合論卷七。此化用其意。惠洪此言「幻觀」，與「假觀」同。底本「天行」作「大行」，涉形近而誤；「聖行」作「勝行」，涉音近而誤，今據諸佛書及惠洪著述改。

〔一三〕入菩薩一切色身三昧：法華經卷七妙音菩薩品：「説是妙音菩薩品時，與妙音菩薩俱來者八萬四千人，皆得現一切色身三昧；此娑婆世界無量菩薩，亦得是三昧及陀羅尼。」

〔一四〕壞衣：僧衣，以非正色之壞色染成，故名。已見前注。

〔一五〕枵然：同「呺然」，空虚貌。語本莊子逍遥遊。已見前注。

〔一六〕生身發無垢智光：林間録卷下：「如世尊言：比丘生身不壞，發無垢智光者，善根功德之力，如來知見之力，故行住坐卧，須内外清淨。」

〔一七〕隨喜：隨喜功德，代指布施。

〔一八〕「願世世同超登内院」二句：謂願與惠超世世代代同登彌勒淨土，見彌勒菩薩。佛教天分多層，第四層爲兜率天，其内院爲彌勒淨土，外院爲天上衆生所居之處。慈氏，彌勒之意譯，爲將繼承釋迦佛位之未來佛。

〔一九〕人法二執：指人執與法執。人執，又名我執，以五藴假和合而有見聞覺知之作用，固執此中有常一主宰之人我者，一切煩惱從人我執而生。法執，不明五藴等法由因緣而生，如幻如化，固執法有實性者，一切之所知障從此法執而生。宗鏡録卷一三：「佛言：『我於一切法無所執故，得常光一尋，身真金色。』是以但於人法二執俱亡，一道常光自現，還同釋迦，親證金色之身。」

〔二〇〕證對現色身：解迷顯智成悲十明論：「普賢菩薩恒對現色身，在一切衆生前教化，無有休息。」參見本集卷一七讀十明論注〔六〕。

〔二〕甘露滅：惠洪自號。

題六祖釋金剛經〔一〕

金剛般若〔二〕，靈智妙心者也。諸佛與我及衆生類，三無差别〔三〕。然諸佛已知而信者，我今知而信者，唯衆生未知未信，則當教導之。故世尊以後五百歲，持戒修福者，能生信心爲實〔四〕。然以心信心，猶爲三法〔五〕，如人不睡而能有夢，則知是病。故世尊又曰：「以是信解，不生法相〔六〕。」如來世尊既以明告顯説以爲經，祖師從而注釋之〔七〕，恩德可謂大矣。而傳布未廣，予竊患之，故化清信檀越，鏤版印施，普告大衆云。政和五年十月日。

【注釋】

〔一〕政和五年十月作於筠州新昌縣。　六祖釋金剛經：郡齋讀書志卷三下釋書類著録唐僧慧能解六祖解心經一卷，今佚。宋史藝文志四著録僧慧能注金剛經一卷，又撰金剛經口訣一卷。卍續藏經第二十四册收録慧能金剛經解義二卷，題曰：「唐六祖大鑒真空普覺禪師解義。」卷末有元豐七年羅適撰六祖口訣後序，疑即合慧能注金剛經與金剛經口訣爲一書。

〔二〕金剛般若：五部般若之一，鳩摩羅什譯金剛般若經一卷是也。

〔三〕「諸佛與我」二句：東晉佛馱跋陀羅譯華嚴經卷一〇夜摩天宮菩薩説偈品如來林菩薩偈頌曰：「心佛及衆生，是三無差别。」

〔四〕「故世尊以後五百歲」三句：金剛經：「佛告須菩提：『莫作是説。如來滅後，後五百歲，有持戒修福者，於此章句能生信心，以此爲實。』」

〔五〕三法：指心、佛、衆生。

〔六〕「以是信解」二句：語見金剛經：「須菩提！發阿耨多羅三藐三菩提心者，於一切法，應如是知，如是見，如是信解，不生法相。」

〔七〕祖師：此指六祖慧能。

題靈驗金剛經〔一〕

秘書省校書郎龔德莊初罷官靈壽〔二〕，來歸京師，居新門裏〔三〕。時方上元，山東劉野夫與德莊善〔四〕，偶折簡來約〔五〕：「十四日可盡室往觀，君慎勿出，略相候，欲款語〔六〕。」德莊素敬憚其人，爲獨守屋廬。二鼓矣，而野夫不至，方假寐〔七〕，家人輩尚未還。俄火自門而燒，德莊但捉誥牒而走〔八〕，一夕而燼數百家。明日迹其屋，灰炭中得金剛般若一卷，略無損處，開視，明鮮如新。德莊少豪逸，嗜酒色，不甚信内典，豈夙世善根，不思議力，以兹發感悟之歟？觀者彭几（凡）㊀、鄒正臣、劉棐、僧希祖、德洪〔九〕。政和元年上元後一日。

【校記】

㊀几：原作「凡」，誤，今改。參見注〔九〕。

【注釋】

〔一〕政和元年正月十六日作於開封府。金剛經：即金剛般若波羅蜜經。鍇按：此事亦見於冷齋夜話卷九劉野夫免德莊火災：「龔德莊罷官河朔，居京師新門。劉野夫上元夕以書約德莊曰：『今夜欲與君語，令閤必盡室出觀燈，當清淨身心相候。』德莊雅敬其爲人，危坐，三鼓矣，家人輩未還，野夫亦竟不至。俄火自門而燒，德莊窘，持誥牒犯烈焰而出。頃刻，數百舍爲瓦礫之場。明日，野夫來弔，且欣曰：『令閤已不出，是吾憂；幸出，可賀也。』德莊心異野夫，然不欲詰之也。」文字略異，且不言靈驗金剛經事。

〔二〕秘書省校書郎：秘書省職事官，掌編輯、校正圖籍，從八品，位於著作佐郎之下，秘書省正字之上。龔德莊：即龔端，字德莊，筠州新昌人。元符三年進士。事具正德瑞州府志卷九人物志侍從。參見本集卷一次韻龔德莊顔柳帖注〔一〕。　靈壽：縣名，宋屬河北西路真定府。

〔三〕新門：東京夢華録卷一舊京城：「舊京城方圓約二十里許。南壁其門有三：正南曰朱雀門，左曰保康門，右曰新門。」

〔四〕山東劉野夫：劉棐字野夫，自號跛子，青州人。冷齋夜話頗記其事，如卷八劉跛子説二范詩：「劉跛子，青州人，拄一拐，每歲必一至洛中看花，館范家園，春盡即還京師。爲人談噱有味，范家子弟多狎戲之。有大范者見之，即與之二十四金，曰：『跛子吃半角。』小范者見，只予十金，曰：『跛子吃椀羹。』於是以詩謝伯仲曰：『大范見時二十四，小范見時吃椀羹。人生四海皆兄弟，酒肉林中過一生。』」同卷陳瑩中贈跛子長短句：「初，張丞相召自荆湖。跛子與客飲市橋，客聞車騎過其都，起觀之，跛子挽其衣，使且飲，作詩曰：『遷客湖湘召赴京，車騎迎迓一何榮。爭如與子市橋飲，且免人間寵辱驚。』陳瑩中甚愛之，作長短句贈之，其略曰『槁木形骸，浮雲身世，一年兩到京華。又還乘興，閑看洛陽花。説甚姚黄魏紫，春歸後，終委泥沙。忘言處，花開花謝，都不似我生涯』云云。予政和改元見於興國寺，以詩戲之曰：『相逢一拐大梁間，妙語時時見一班。我欲從公蓬島去，爛銀堆裏見青山。』予姻家許中復大夫宜人，趙參政槩之孫女，云：『我十許歲時，見劉跛子來覓酒吃，笑語終日而去。』計其壽，百四十五年許。嘗館於京師新門張婆店三十年。日坐相國寺東廊，邸中人無有識之者。」又同卷劉野夫長短句：「劉野夫留南京，久未入都，淵材以書督之。野夫荅書曰：『跛子一生別無道路，展手教化，三飢兩飽，目視雲漢，聊以自誑。元神新來，被劉法師、徐神翁形跡得不成模樣。深欲上京相覷，又恐撞著丈人泥陀佛，驀地被乾拳濕踢，著甚來由。』其不羈如此。嘗自作長短句曰：『跛子年來，形容何似，儼然一部髭鬚。世上許大，拐上有工夫。選甚南州北縣，逢著處，酒滿葫蘆。醺醺醉，不知來日，何處度朝晡。洛陽花看了，歸來帝里，一事全無。又還與瓠羹不托，依舊再作門徒。驀地思量，下水輕船上，蘆席橫鋪。呵呵笑，睢陽門外，有個好西湖。』」

〔五〕折簡：古以竹簡作書，折簡者，折半之簡。此爲裁紙作書招邀之代稱。蘇軾昨見韓丞相言王定國今日玉堂獨坐有懷其人：「人間有此客，折簡呼不難。」

〔六〕款語：懇談，親切交談。唐王建題金家竹溪：「鄉使到來常款語，還聞世上有功臣。」

〔七〕假寐：謂和衣暫睡。詩小雅小弁：「假寐永歎，維憂用老。」鄭箋：「不脱冠衣而寐曰假寐。」

〔八〕誥牒：皇帝誥敕之官牒，爲官之憑證。

〔九〕彭几：字淵才，一作淵材，筠州新昌人。惠洪叔父。工於樂，嘗獻樂書，爲協律郎。事具正德瑞州府志卷一〇人物志方伎。參見本集卷一同彭淵才謁陶淵明祠讀崔鑒碑注〔一〕。底本「几」作「凡」，涉形近而誤，今改。　鄒正臣：字元佐，號耶溪先生，筠州新昌人。氏族大全卷一〇：「時洪覺範奇於詩，鄒元佐奇於命，淵材奇於樂，號新昌三奇。」參見本集卷一大雪戲招耶溪先生鄒元佐注〔一〕。劉棐：當爲野夫之名。錯按：此列「觀者」數人，皆書其名，與前文叙龔德莊、劉野夫書字不同。僧希祖：字超然，惠洪法弟，已見前注。德洪：即惠洪再度爲僧之法名。

題宗鏡録〔一〕

右宗鏡録一百卷，智覺禪師所譔〔二〕。切嘗深觀之，其出入馳騖於方等契經者六十本，參錯通貫此方異域聖賢之論者三百家。領略天台、賢首，而深談唯識，率折三宗之異義，而要歸於一源〔三〕。故其横生疑難，則鉤深賾遠〔四〕；剖發幽翳，則揮掃偏邪。其文光明玲瓏，縱横放肆，所以開曉衆生自心成佛之宗，而明告西來無傳之的意也。錢氏有國日，嘗居杭之永明寺，其道大振於吴越〔五〕。此書初出，其傳甚遠，異國君長讀之，皆望風稱門弟子。學者航海而至，受法而去者，不可勝數〔六〕。禪師既寂，書厄於講徒，叢林多不知其名。熙寧中〔七〕，圓照禪師始出之〔八〕，普告大衆曰：「昔菩薩晦無師智、自然智，而專用衆智〔九〕，命諸宗講師自相攻難，獨持心宗之權衡，以準平其義，使之折中。精妙之至，可以鏡心。」於是衲子爭傳誦之。元祐間〔一〇〕，寶覺禪師宴坐龍山〔一一〕，雖德臘俱高，猶手不釋卷，曰：「吾恨見此書之晚也。平生所未見之文，功（公）力所不及之義㊀，備聚其中。」因撮其要處爲三卷，謂之冥樞會要〔一二〕，世盛傳焉。後世無是二大老〔一三〕，叢林無所宗尚。舊學者日以慵墮，絶口不言；晚至者日以窒塞，游談無根而已，何從知其書，講味其義哉？脱有知之者，亦不以爲意，不過以謂：祖師教外別傳、不立文字之法〔一四〕，豈當復刺首文字中耶〔一五〕？彼獨不思達磨已前，馬鳴、龍樹亦祖師也〔一六〕，而造論則兼百本契經之義〔一七〕，泛觀則傳讀龍宮之書〔一八〕。後達磨而興者，觀音、大寂、百丈、斷際亦祖師也〔一九〕，然皆三藏精入，該練諸宗。今其語具在，可取而觀之，何獨達磨之言乎？聖世逾遠，衆生相劣，趣慮褊短，道學苟簡，其所從事，欲安坐而成。譬如農夫，惰（隋）於耰耘㊁〔二〇〕，垂涎仰食，爲可笑也。吾聞江發岷山，其盈濫觴；及其至楚，則萬物並流〔二一〕。非夫有本，益之者衆耳。有志於道者，常有取於此。吾徒灰冷世故，安樂雲山，明窗淨几之間，橫篆煙而熟讀之，則當見不可傳之妙，而省文字之中，蓋亦無非教外別傳之意也。

【校記】

㊀ 功：原作「公」，誤，人天寶鑑引本文作「功」，今據改。

㈡惰：原作「隋」，今據四庫本、武林本改。

【注釋】

〔一〕元符二年十二月作於杭州。　宗鏡録：宋永明延壽禪師所撰。宗鏡録卷首延壽自序略述其命名及義例曰：「今詳祖佛大意，經論正宗，削去繁文，唯搜要旨。假申問答，廣引證明，舉一心爲宗，照萬法如鏡。編聯古製之深義，撮略寶藏之圓詮，同此顯揚，稱之曰録。分爲百卷，大約三章：先立正宗，以爲歸趣；次申問答，用去疑情；後引真詮，成其圓信。以兹妙善，普施含靈，同報佛恩，共傳斯旨耳。」鍇按：宋釋曇秀輯人天寶鑑引「寂音曰」，即本文，可參見。

〔二〕智覺禪師：即釋延壽，住杭州永明寺，賜號智覺禪師。已見前注。

〔三〕「切嘗深觀之」七句：林間録卷下：「予嘗游東吴，寓於西湖淨慈寺。寺之寢堂頁西廡建兩閣，甚崇麗。寺有老衲爲予言：永明和尚以賢首、慈恩、天台三宗互相冰炭，不達大全心，館其徒之精法義者，於兩閣博閲義海，更相質難，和尚則以心宗之衡準平之。又集大乘經論六十部，西天此土賢望之言三百家，證成唯心之旨，爲書一百卷，傳於世，名曰宗鏡録。」鍇按：宗鏡録卷九四引證章曰：「今重爲信力未深，纖疑不斷者，更引大乘經一百二十本，諸祖語一百二十本，賢聖集六十本，都三百本之微言，總一佛乘之真訓。」所言大乘經本數與此不同，當以延壽所言爲準。　天台：隋天台山國清寺智顗所創立之宗派。　賢首：唐高僧法藏所創立之宗派。法藏字賢首，西域康居國人，俗姓康氏，通稱賢首大師。其宗派故曰賢首宗；又以所依經典爲華嚴經，故曰華嚴宗。　唯識：唐高僧玄奘及其弟子窺基所創立之宗派。該宗嚴密分析諸法之相而闡述萬法唯識之理，故曰法相宗，或曰唯識宗。以窺基常住長安慈恩寺，世稱慈恩大師，故又曰慈恩宗。

〔四〕鉤深賾遠：易繫辭上：「探賾索隱，鉤深致遠。」此化用其語。廓門注：「愚曰：（『賾遠』）當作『探賾』，義不通故也。不然，當作『致遠』。」其説甚是。

〔五〕「錢氏有國日」三句：景德傳燈録卷二六杭州永明寺延壽禪師：「時吴越文穆王知師慕道，乃從其志放令出家。建隆元年忠懿王請入居靈隱山新寺，爲第一世。明年復請住永明大道場，爲第二世，衆盈二千。」　錢氏：五代十國吴越國王。文穆王即錢元瓘，忠懿王即錢俶，事具新五代史吴越世家。

〔六〕「此書初出」七句：景德傳燈録卷二六杭州永明寺延壽禪師：「著宗鏡録一百卷、詩偈賦詠凡千萬言，播于海外。高麗國王覽師言教，遣使齎書，叙弟子之禮，奉金線織成袈裟、紫水精數珠、金澡罐等。彼國僧三十六人親承印記，前後歸本國，各化一方。」

〔七〕熙寧：宋神宗年號，公元一〇六八～一〇七七年。

〔八〕圓照禪師：即釋宗本，嗣法天衣義懷，賜號圓照禪師，住東京慧林寺。已見前注。

〔九〕「昔菩薩晦無師智」三句：謂延壽有意隱藏無師智、自然智，而專用衆多智識以説法。　無師智，謂無師自悟之佛智。自然智，謂不用功力、自然而生之佛智。　法華經卷二譬喻品：「求一切智、佛智、自然智、無師智。」

〔一〇〕元祐：宋哲宗年號，公元一〇八六～一〇九三年。

〔一一〕寶覺禪師：即釋祖心，晚號晦堂，賜號寶覺，嗣法黄龍慧南。　龍山：即洪州分寧縣黄龍山。

〔一二〕冥樞會要：釋祖心編，三卷，今存。卷首有滎陽潘興嗣冥樞會要序曰：「晦堂老人以善權方便，接物利生，隨機淺深，應病與藥。雖九流異習，辯劇連環，折伏慢幢，涣然冰釋，故名公鉅人、宰官居士以見晚爲恨。唱導之暇，取宗鏡録，總括精微，綴爲一集，命之曰冥樞會要。庶學者簡而易覽，助發上機，默契正宗，不墮邪見。可謂因風吹火，融入光明藏中，心法雙忘，凡聖平等，一薄伽梵。門人普燈以是鏤板，謁予爲序，因筆三昧，少助讚揚。」卷末有門人惟清叙曰：「元祐六年夏，龍菴老師閲宗鏡録，怗其要處，欲鈔之，以久棄筆墨，兼倦於删擇，莫即成也。七年春，門人惟清敬承師意，適畢上呈，乃奉慈旨，離爲三册，而目之曰冥樞會要集。於是學者爭傳，因遂流行，而轉寫滋誤。侍者普燈患之，將丐金鏤版，故來請校勘，爲取京、淛二印本，同三四衲子逐一點對。文參理證，反覆精詳，無容誤矣。燈用餙工，乞聊叙夤緣，并列施者姓名于其後，是與書之云爾。紹聖三年二月二十五日惟清謹題。」又有吴郡朱彦叙曰：「宗鏡録，智覺壽禪師之所作也。禪經論律與世間文字，圓融和會，無心外法，自非妙覺應身，集佛大成，孰能與此哉？彦元祐九年，痛失慈恃，哀荒中獲見此書，如登寶山聚，如涉華藏海。根羸識陋，莫可測量，惟增重贊歎，非宿植善因，乃至不聞此書名字，何況深解義諦。今晦堂心公所集冥樞會要，實宗鏡録之妙義也。詞約而旨全，門該而帙省，普勸世人受持讀誦。若於一句一義，不作文字見，不作理見，不作事見，頓念回光，指忘而月現，則超如來地，入莊嚴門。當知是人決定成佛，願此勝緣，資我先妣壽光君明靈不昧，得法淨土。吴郡朱彦叙。」

〔一三〕二大老：指圓照宗本與寶覺祖心。

〔一四〕「祖師教外别傳」句：祖師指菩提達磨。陳舜俞鐔津明教大師行業記：「仲靈之作是書也，慨然憫禪門之陵遲，因大考經典，以佛後摩訶迦葉獨得大法眼藏，爲初祖。推而下之，至于達磨，爲二十八祖。皆密相付囑，不立文字，謂之教外别傳者。」

〔一五〕刺首：即刺頭，猶埋頭。宋魏齊賢、葉棻編五百家播芳大全文粹卷一一蔡君謨賀梁給事啓：「某刺首吏轖，託身德寓。」景德傳燈録卷一八福州鼓山神晏國師：「問：『如何是教外别傳底事？』師曰：『喫茶去。』又曰：『今爲諸仁者，刺頭入他諸聖化門裏，抖擻不出。所以向仁者道，教排不到，祖不西來。』」

〔一六〕馬鳴、龍樹亦祖師也：馬鳴大士，波羅柰國人，亦名功勝，以有作無作諸功德最爲殊勝，故名。受法於富那夜奢尊者，禪宗尊爲西天第十二祖。龍樹尊者，西天竺國人，亦名龍勝，或譯爲龍猛。得法於迦毗摩羅尊者，禪宗尊爲西天第十四祖。達磨爲西天二十八祖，馬鳴、龍樹皆在其前。詳見景德傳燈録卷一。

〔一七〕造論則兼百本契經之義：此謂馬鳴所撰大乘起信論，兼有衆多佛經之妙義。蓋其書闡明如來藏緣起之旨，及菩薩、凡夫等發心修行之相，總結大乘佛教之中心思想，爲大乘佛教各宗派如華嚴、天台、禪宗等共同信奉之經典。　百本契經：泛指諸多佛典。本集卷一隆上人歸省覲留龍山爲予寫起信論作此謝之稱此論「百本妙談此其髓」，即此意。

〔一八〕泛觀則傳讀龍宮之書：此指龍樹入龍宮讀書之事。鳩摩羅什譯龍樹菩薩傳：「自念言：『世界法中，津塗甚多，佛經雖妙，以理推之，故有未盡。未盡之中，可推而演之，以悟後學，於理不違，於事無失，斯有何咎？』思此事已，即欲行之。……獨在靜處水精房中。大龍菩薩見其如是，惜而愍之，即接之入海。於宮殿中開七寶藏，發七寶華函，以諸方等深奥經典、無量妙法授之。龍樹受讀，九十日中，通解甚多。其心深入，體得寶利。龍知其心而問之曰：『看經遍未？』答言：『汝諸函中經多無量，不可盡也。我可讀者，已十倍閻浮提。』龍言：『如我宮中所有經典，諸處此比復不可數。』龍樹既得諸經一相，深入無生，二忍具足。」

〔一九〕觀音：即懷讓禪師，俗姓杜氏，金州安康人。年十歲雅好佛書，依弘景律師出家。受具之後，習毗尼藏。後嗣法六祖慧能。宋高僧傳卷九唐南嶽觀音臺懷讓傳：「讓乃躋衡嶽，止于觀音臺。時有僧玄至拘刑獄，舉念願讓師救護，讓早知而勉之。其僧脱難云：『是救苦觀音。』得斯號也，亦由此焉。」參見景德傳燈録卷五南嶽懷讓禪師。　大寂：即道一禪師，漢州什邡人，俗姓馬氏。嗣法南嶽懷讓。大曆中隸名洪州開元寺，其法嗣布於天下，時號馬祖。元和中追謚大寂禪師。事具宋高僧傳卷一〇唐洪州開元寺道一傳。參見景德傳燈録卷六江西道一禪師。　百丈：即懷海禪師，福州長樂人。丱歲離塵，三學該練。後嗣法馬祖道一，住洪州百丈山，創禪門規式。事具宋高僧傳卷一〇唐新吳百丈山懷海傳，參見景德傳燈録卷六洪州百丈山懷海禪師。　斷際：即希運禪師，閩人，嗣法百丈懷海，住高安黄檗山。大中中卒，敕謚斷際禪師。事具宋高僧傳卷二〇唐洪州黄蘗山希運傳，參見景德傳燈録卷九洪州黄檗山希運禪師。

〔二〇〕隋：通「惰」。懶惰，懈怠。晏子春秋問下二十：「盡力守職不怠，奉官從上不敢隋。」吴則虞集釋引孫星衍曰：「『隋』同『惰』。」玉篇𨸏部：「隋，懈也。」清朱駿聲説文通訓定聲隨部：「隋，叚借爲惰。」　耰耘：泛指耕種。

〔二一〕「吾聞江發岷山」四句：孔子家語三恕：「子路盛服見於孔子，子曰：『由是倨倨者何也？夫江始出於岷山，其源可以濫觴，及其至於江津，不舫舟，不避風，則不可以涉，非唯下流水多耶？今爾衣服既盛，顔色充盈，天下且孰肯以非告汝乎？』」參見本集卷二二潙源記注〔二〕。

題法惠寫宗鏡録〔一〕

龍勝菩薩曰：「衆生心性，猶如利刀，唯用割泥，泥無所成，刀日就損。理體常妙，衆生自羸。能善用心，即合本妙〔二〕。」余觀世之人，疲精神於紙墨者，多從事於無用之學，皆以刀割泥者也。明州翠巖僧法惠〔三〕，獨施力寫永明所譔宗鏡録一百二十卷，與方廣禪寺大法寶藏〔四〕。嗚呼！惠師可謂善用其心者也。夫能使天台、賢首、唯識三宗之旨趣，大乘深經六十卷妙義，西天此土三百家之法句、雜傳、要説，契心之至理，鏡爲一心〔五〕，心之所緣，筆之所及，常在現前。余以謂此道人即入摩訶衍偏知稱性之海〔六〕，即具普賢一真光明微塵數不思議行門〔七〕。予幸得托名卷末，願慈氏大士從知足天來主龍華時〔八〕，同聞此録，知今日自作隨緣，其心非謬也。

【注釋】

〔一〕宣和二年二月作於南嶽衡山。法惠：明州翠巖僧，當爲華光仲仁禪師之弟子。屬臨濟宗黄龍派南嶽下十五世。本集卷二六又惠子所蓄：「『好在華光真子，過于雲屋之間。春色都隨談笑，袖中仍有湖山。』宣和元年十二月初五日，惠子出其師所作湖山平遠，曰：『此蓋老人得意時筆也。』」惠子，當指法惠。宣和二年春華光仲仁訃聞，惠洪至南嶽方廣寺與從譽禪師共祭之。法惠寫宗鏡録予方廣寺收藏，亦當在此時。參見本集卷三〇祭妙高仁禪師文。

〔二〕「龍樹菩薩曰」十句：龍樹撰大智度論卷一四：「不持戒人，雖有利智，以營世務，種種欲求生業之事，慧根漸鈍；譬如利刀以割泥土，遂成鈍器。」此所引非大智度論原文，乃轉引自宗鏡録卷二〇：「智論云：衆生心性，猶如利刀，唯用割泥，泥無所成，刀日就損。理體常妙，衆生自麁，能善用之，即合本妙。」

〔三〕明州翠巖：輿地紀勝卷一一慶元府：「翠巖山，在鄞縣西七十里。有寺曰寶積院，有秦皇石板、弓箭洞。」慶元府即明州。

〔四〕方廣禪寺：南嶽總勝集卷中：「方廣崇壽禪寺，在嶽之西後洞四十里。與高臺比近，在蓮花峰下。前照石廩，旁倚天堂。」

〔五〕「夫能使天台」五句：參見前題宗鏡録注〔三〕。

〔六〕摩訶衍：梵語，即摩訶衍那，譯曰大乘。一切經音義卷二一：「摩訶衍：具云摩訶衍那。言摩訶者，此云大也；衍那，云乘也。」遍知稱性之海：楞嚴經卷八：「得菩提心，入遍知海。」

〔七〕普賢一真光明微塵數不思議行門：即華嚴經入法界品所云普賢菩薩行願海。

〔八〕「願慈氏大士」句：慈氏大士即彌勒菩薩，今住知足天即兜率天内院。未來五十六億七千萬年當於此土出世，在華林園中龍華樹下開法會，普度人天，謂之龍華會。參見本集卷一八華藏寺慈氏菩薩贊注〔一一〕、〔一二〕。

題修僧史〔一〕

予除刑部囚籍之明年〔二〕，廬於九峰之下〔三〕，有苾芻三四輩來相從〔四〕，皆齒少志大。予曉之曰：「予少時好博觀之艱難，所得者既不與世合，又銷鑠於憂患〔五〕。今返視缺然〔六〕，望之則竭，不必叩也〔七〕。若前輩必欲大蓄其德，要多識前言往行〔八〕，僧史具矣，可取而觀。」語未卒，有獻言者曰：「僧史自惠皎、道宣、贊寧而下〔九〕，皆略觀矣。然其書與史記、兩漢、南北史、唐傳大異，其文雜煩重，如户婚鬬訟按檢〔一〇〕。昔魯直嘗憎之，欲整齊，未遑暇，竟以謫死〔一一〕。公蒙聖恩，脱死所〔一二〕，又從魯直之舊游〔一三〕，能驫加删補，使成一體之文，依倣史傳，立以贊詞，使學者臨傳致贊語，見古人妙處，不亦佳乎！」予欣然許之。於是仍其所科〔一四〕，文其詞，促十四卷爲十二卷以授之〔一五〕。

【校記】

㈠刑：武林本作「上」，誤。

【注釋】

〔一〕政和五年冬作於筠州上高縣九峰。修僧史：嘉泰普燈録卷七筠州清凉寂音慧洪禪師注曰：「所著僧史十二卷。」即此。

〔二〕除刑部囚籍：指政和四年冬脱太原獄之事。

〔三〕九峰：輿地紀勝卷二七江南西路瑞州：「九峰山，在上高西五十里。其峰有九，奇秀峻聳，因以名之。」

〔四〕有苾芻三四輩來相從：可考者有惠洪法弟希祖，弟子本忠、清道芬等。參見本集卷四追和帛道猷詩一首序。苾芻，比丘之異譯。

〔五〕銷鑠：消磨，消耗。蘇軾吴江岸：「壯懷銷鑠盡，回首尚心驚。」

〔六〕返視缺然：莊子逍遥遊：「吾自視缺然，請致天下。」此用其語。缺然，有所不足。

〔七〕「望之則竭」二句：自謙語。論語子罕：「子曰：『吾有知乎哉？無知也。有鄙夫問於我，空空如也。我叩其兩端而竭焉。』」此言不必叩則已望見其竭，翻進一層。叩：叩問，詢問。

〔八〕「若前輩必欲大蓄其德」二句：易大畜卦：「君子以多識前言往行，以畜其德。」錯按：惠洪好引此語爲己所作僧傳張目，如本集卷二六題佛鑑僧寶傳：「以謂先覺之前言往行不聞於後世，學者之罪也。」同卷題珣上人僧寶傳：「易曰：『多識前言往行，以大畜其德。』是録也，皆叢林之前言往行也。」同卷題宗上人僧寶傳：「此一代之博書，先德前言往行具焉。」同卷題英大師僧寶傳：「博觀而約取，厚積而薄施，多識前言往行者，日益之學也。」

〔九〕惠皎：即慧皎，梁會稽上虞人。住嘉祥寺，春夏弘法，秋冬事著述。梁武帝天監十九年，撰高僧傳十四卷。事具續高僧傳卷六梁會稽嘉祥寺釋慧皎傳。道宣：唐高僧，精律學，號南山律。撰續高僧傳三十卷。事具宋高僧傳卷一四唐京兆西明寺道宣傳，參見本集卷一九宣律師贊注〔一〕。贊寧：（九一九～一〇〇一）其先渤海人，徙於德清，俗姓高氏。

出家杭州祥符寺，習南山律，著述毗尼，時人謂之律虎。隨吴越王錢俶歸宋。太宗賜號通慧大師，詔修大宋高僧傳三十卷。真宗朝加右街僧録。事具佛祖歷代通載卷一八。

〔一〇〕「其文雜煩重」二句：謂其文如官府户籍婚姻刑法條例，毫無文采可言。本集卷二六題佛鑑僧寶傳：「唐宋僧史，皆出於講師之筆。道宣精於律，而文詞非其所長，作禪者傳，如户婚按檢。贊寧博於學，然其識暗，以永明爲興福，巖頭爲施身，又聚衆碣之文爲傳，故其書非一體，予甚悼惜之。」廓門注：「文獻通考卷一百六十五刑考云：『周武帝保定三年，大夫拓拔迪奏新律，謂之大律，凡二十五篇，一曰刑名，二曰法例云云，五曰婚姻，六曰户禁。』同卷：『隋文帝初律，凡十二卷，一曰名例云云，四曰户婚云云。煬帝即位，大業三年新律成云云，謂之大業律，一曰名例云云，五曰户，六曰婚云云。』愚曰：本出於隋書刑法志，近見於世所行，居家必用，事類全集，户婚之下，以爲其語鄙陋，而其文雜糅，令民生易曉者也。」

〔一一〕「昔魯直嘗憎之」四句：此事未詳，俟考。遑暇：閒暇，空閒。

〔一二〕「公蒙聖恩」三句：本集卷二四寂音自序：「（政和）三年五月二十五日蒙恩釋放。」雲卧紀談卷上載惠洪祠部陳詞：「後來因患，不堪執役，蒙恩放令逐便。」

〔一三〕從魯直之舊游：崇寧三年正月惠洪嘗從黃庭堅游於長沙。苕溪漁隱叢話前集卷四八引冷齋夜話：「山谷南遷，與余會於長沙，留碧湘門一月。」本集卷二七跋山谷字二首之一：「山谷初自鄂渚舟至長沙，時秦處度、范元寔皆在。予自三井往從之，道人儒士數輩日相隨，穿聚落，游叢林，路人聚觀，以爲異人。」同卷跋與法鏡帖：「山谷作黃龍書時，與予同在長沙碧湘門外舟中。」又卷三有黃魯直南遷艤舟碧湘門外半月未游湘西作此招之，卷四有余過山谷時方睡覺且以所夢告余命賦詩因擬長吉作春夢謠，皆可證。

〔一四〕仍其所科：沿襲其原有分科。 鍇按：惠皎高僧傳分爲譯經、義解、神異、習禪、明律、亡身、誦經、興福、經師、唱導等十科。

〔一五〕促十四卷爲十二卷：前舉惠皎、道宣、贊寧所著高僧傳中，唯惠皎之梁高僧傳爲十四卷。陳垣中國佛教史籍概論卷六禪林僧寶傳三十卷曰：「所謂僧史，未指何書，以卷數推之，當爲皎傳。」皎傳即惠皎高僧傳，其説甚是。 促：縮短，壓縮。

題讓和尚傳〔一〕

心之妙，不可以語言傳，而可以語言見。蓋語言者，心之緣，道之標幟也，標幟審則心契。故學者每以語言爲得道淺深之候（侯）㊀〔二〕。予觀南嶽讓禪師初見六祖，祖曰：「什麽物與麽來？」對曰：「説似一物即不中。」曰：「還假修證也無？」對曰：「修證即不無，染污即不可。」祖嘆曰：「即此不染污，是諸佛之護念。」〔三〕大哉言乎！如走盤之珠，不留影跡也〔四〕。然讓公猶侍六祖十有五年乃去，庵於三生石之上〔五〕。

時天下尚以律居，未成叢席〔六〕。有僧忘其名，爲總衆事二十年，爲縣官勘其出納。先是，寺未嘗藉其資，僧方囚，自念久已忘之，仰祝讓公求助。於是一夕通悟，盡能追憶二十年間物件，不遺毫髮，乃得釋。故以讓公爲觀音大士之應身，而讓居庵中，未嘗知之〔七〕。予游福嚴，與僧讀其事，僧疑以問予：「此何理哉？」予曰：「涅槃經云：外道妒世尊入其國，驅五百醉象來奔。世尊垂手示之，而象見五指輪中，皆出師子，於是怖伏遺糞而去。世尊曰：爾時我指，實無師子，而是護財狂象自然見之，皆我慈善根力故〔八〕。夫世尊慈善根力，要不可以有思議心測之，而可以無隱藏事證。如月在天，光徧谿谷，初不擇谿谷之濁清，而水之澄澈，必有月影；水之澄澈，則月現影〔九〕。而善惡之必有所感，乃不見慈善根力哉？則讓公坐令其僧獲聰明之辯，要不足怪也。」

【校記】

㈠候：原作「侯」，誤，今據四庫本、武林本改。參見注〔一一〕。

【注釋】

〔一〕元符三年作於南嶽衡山。寂音自序：「年二十九乃游東吴，明年游衡嶽。」本集卷一九郴州乾明進和尚舍利贊序：「余觀崇進和尚舍利於南嶽福嚴寺。……（崇進）元符三年五月十二日順寂。……茶毗之日，天地清明，燼餘，得舍利甚多，觀者爭分之。」本文有「予游福嚴」之句，當作於觀崇進和尚舍利時，姑繫於此。　讓和尚傳：據下文，當指景德傳燈録卷五與宋高僧傳卷九南嶽懷讓禪師傳兩種。

〔二〕以語言爲得道淺深之候：蘇軾題僧語録後：「而或者得戒神通，非我肉眼所能勘驗，然真僞之候，見於言語。」此化用其語意。候：徵兆，徵象。

〔三〕「予觀南嶽讓禪師」十三句：見於景德傳燈録卷五南嶽懷讓禪師：「時同學坦然知師志高邁，勸師謁嵩山安和尚。安啓發之，乃直詣曹谿，參六祖。祖問：『什麽處來？』曰：『嵩山來。』祖曰：『什麽物恁麽來？』曰：『説似一物即不中。』祖曰：『還可修證否？』曰：『修證即不無，污染即不得。』祖曰：『只此不污染，諸佛之所護念。汝既如是，吾亦如是。』」

〔四〕「如走盤之珠」二句：林間録卷下：「定公所用，舒卷自在，如明珠走盤，不留影迹，可畏仰哉！」已見前注。

〔五〕「然讓公猶侍六祖」二句：景德傳燈録卷五南嶽懷讓禪師：「師豁然契會，執侍左右一十五載。唐先天二年，始往衡嶽，居般若寺。」　三生石：在般若寺，即宋之福嚴寺。南嶽總勝集卷中：「福嚴禪寺，在廟之北登山十五里，岳中禪刹之第一。陳太初中，惠思和尚自大蘇山領衆來此，建立道場。師常化人，修法華、般若、念佛三昧、方等、懺悔，因號般若寺。本朝太平興國中，改賜今額。有唐懷讓禪師，結菴于思之故基。……有八功德水、三生藏、馬祖庵、思大塔。昔惠思三次生此修行，方成道。」

〔六〕「時天下尚以律居」二句：謂當時天下禪僧皆傍律寺而居，尚無獨立禪院。景德傳燈録卷六洪州百丈山懷海禪師附禪門規式曰：「百丈大智禪師以禪宗肇自少室，至曹谿以來，多居律寺，雖別院，然於説法住持，未合規度，故常爾介懷。」

〔七〕「有僧忘其名」十五句：宋高僧傳卷九唐南嶽觀音臺懷讓傳：「讓乃躋衡嶽，止于觀音臺。時有僧玄至拘刑獄，舉念願讓師救護，讓早知而勉之。其僧捝難云：『是救苦觀音。』得斯號也，亦由此焉。」事或本此，而詳略頗異。宋高僧傳謂「讓早知而勉之」，此則謂「讓居庵中，未嘗知之」，所叙亦不同。

〔八〕「涅槃經云」十二句：大般涅槃經卷一六梵行品：「善男子！如提婆達教阿闍世欲害如來。是時我入王舍大城，次第乞食，阿闍世王即放護財狂醉之象，欲令害我及諸弟子。其象爾時蹋殺無量百千衆生，衆生死已，多有血氣。是象嗅已，狂醉倍常。見我翼從被服赤色，謂呼是血，而復見趣。我弟子中未離欲者，四怖馳走，唯除阿難。爾時王舍大城之中一切人民，同時舉聲啼哭號泣，作如是言：『怪哉！如來今日滅没，如何正覺一旦散壞？』是時調達心生歡喜：『瞿曇沙門，滅没甚善，從今已往，真是不現。快哉此計！我願得遂。』善男子！我於爾時爲欲降伏護財象故，即入慈定，舒手示之，即於五指出五師子。是象見已，其心怖畏，尋即失糞，舉身投地，敬禮我足。善男子！我於爾時，手五指頭實無師子，乃是修慈善根力，故令彼調伏。」參見本集卷二一五慈觀閣記注〔二三〕。

〔九〕「而水之澄澈」四句：唐釋遇榮仁王經疏衡鈔卷一：「善根器全水清，月影便現；器破水濁，月影便沉。」參見本集卷一九臨川寶應寺塔光贊注〔一三〕。

題洞山巖頭傳〔一〕

雪峰見德山托鉢，便問：「鐘未鳴，鼓未響，托鉢向什麽處去？」德山便歸方丈。峰舉似巖頭，巖頭曰：「大小德山不會末後句。」德山聞之，呼巖頭問曰：「汝不肯老僧耶？」巖頭密啓其意。德山明日上堂，舉論大異，巖頭拊手大笑曰：「且喜老漢會末後句，天下人無奈此老何。雖然如是，只得三年。」至期果化去〔二〕。洞山初見華嚴靜公搬柴，把住問曰：「狹路相逢時如何？」靜曰：「反仄反仄。」洞山曰：「汝記吾言，已後向南住，衆一千；北住山，三百人而已。」靜初住福州東山，一千衆。後居都下，衆三百人〔三〕。予觀巖頭、洞山之語，出於信口，殆若苟然。而德山之化，華嚴之衆，皆不能逃其言，因緣時節，弗差毫髮。其如蟲蝕木，偶爾成文耶〔四〕？亦夙智通力〔五〕，自然前知耶？偶爾不可數，通力非宗門所尚，非授大法顯著於此，能無疑乎？

【注釋】

〔一〕作年未詳。　洞山：良价禪師，嗣法雲巖曇晟，行禪法於高安洞山。敕謚悟本禪師。事具景德傳燈録卷一五、宋高僧傳卷一二。已見前注。　巖頭：全豁禪師，一作全奯，泉州人，姓柯氏。少落髮，習經律諸部。優游禪苑，與雪峰義存、欽山文邃爲友。初造於臨濟義玄，屬臨濟歸寂，乃謁仰山慧寂。後參德山宣鑒，與雪峰同嗣其法，屬青原下五世。庵於洞庭卧龍山，徒侣臻萃。又居鄂州唐年山，山有石巖巉崪，立院號巖頭。唐僖宗光啓三年，爲賊所害。事具景德傳燈録卷一六、宋高僧傳卷二三。

〔二〕「雪峰見德山托鉢」二十一句：事見景德傳燈録卷一六鄂州巖頭全豁禪師：「雪峰在德山作飯頭。一日飯遲，德山掌鉢至法堂上。峰曬飯巾次，見德山便云：『這老漢鐘未鳴，鼓未響，托鉢向什麽處去？』德山便歸方丈。峰舉似師，師云：『大小德山不會末後句。』山聞，令侍者唤師至方丈問：『爾不肯老僧那？』師密啓其意。德山至來日上堂，與尋常不同。師到僧堂前撫掌大笑云：『且喜得老漢會末後句，他後天下人不奈何。雖然如此，也秖得三年。』」注：「德山果三年後示滅。」　雪峰：義存禪師，嗣法德山宣鑒，與全豁同門，後住福州雪峰廣福院。事具景德傳燈録卷一六、宋高僧傳卷一二。已見前注。　德山：宣鑒禪師，劍南人，俗姓周。丱歲出家，依年受具，精究律藏，常講金剛般若，時謂之周金剛。後出蜀尋訪禪宗，從龍潭崇信禪師開悟，遂嗣其法，屬青原下四世。住朗州德山院，凡學人有所問，至支離處，便與一棒。時號德山棒，與臨濟喝齊名。事具景德傳燈録卷一五、宋高僧傳卷一二。

〔三〕「洞山初見華嚴靜公搬柴」十五句：事見景德傳燈録卷一七京兆華嚴寺休靜禪師：「般柴次，洞山把住柴問：『狹路相逢時作麽生？』曰：『反仄何幸。』洞山曰：『汝記吾言，汝向南住，有一千人；若向北住，即三二百而已。』師初住福州東山之華嚴，未幾，屬後唐莊宗皇帝徵入輦下，大闡玄風，其徒果三百矣。」華嚴休靜，嗣法洞山良价，屬曹洞宗青原下五世。

〔四〕「其如蟲蝕木」二句：謂巖頭、洞山信口之言，偶合因緣時節，並非先知先見。此喻首見於大智度論卷二：「諸外道中，設有好語，如蟲食木，偶得成字。」其後佛書多用之，多爲貶義。如隋釋智顗法華經玄義卷六：「不知字與非字，如蟲食木，偶得法門之名，有名無義。」唐釋澄觀華嚴經隨疏演義鈔卷一八：「亦不如實知以其漫該，如蟲食木，偶成字故。」宋釋延壽萬善同歸集卷二：「是以佛法貴在行持，不取一期口辯，如蟲食木，偶得成文。似鳥言空，全無其旨。」禪門以此喻偶爾無心，粗合禪旨，遂借以談禪門宗風。如景德傳燈録卷六洪州百丈山懷海禪師：「溈山把一枝木吹三兩氣過與師，師云：『如蟲蝕木。』」明覺禪師語録卷二：「我不似雲門爲蛇畫足，直言向爾道，問者如蟲蝕木，答者偶爾成文。」豫章黄先生文集卷一六福州西禪暹老語録序：「蓋亦如蟲蝕木，賓主相當，偶成文耳。」其後文人更借此喻以談藝，遂成褒義。如豫章黄先生文集卷二七題李漢舉墨竹：「如蟲蝕木，偶爾成文。吾觀古人繪事，妙處類多如此。」朱弁風月堂詩話卷下論杜詩曰：「此老句法妙處，渾然天成，如蟲蝕木，不待刻雕，自成文理。」

〔五〕夙智通力：即宿智通力。見前題瑛老寫華嚴經注〔七〕。

題斷際禪師語録〔一〕

禪師初與異僧游天台，渡溪，方悟其爲異也，悔不能早識之，且將折其脛而後已〔二〕。尋北游，值老嫗於洛下，與之語，多所發藥，遂待以師禮。嫗知其非尋常人，俾更謁江西大寂。既至，而祖已化去逾月矣，而見其子海公〔三〕。海以所嘗悟明之緣示之，公悟大法於言下。海曰：「他日其嗣大寂可也。」公笑曰：「是豈義也！」〔四〕海歎己而爲不及〔一〕〔五〕。常謂其徒曰：「吾頃游方，無所不問，雖草根巖壁中有人，必往窮詰其所得〔六〕。」又曰：「馬祖之下得正法眼，歸宗耳。而牛頭以降，皆不可當其意者〔七〕。」豈公取舍故欲異於世也？亦抑世之人見其不與己合，而訴以爲異者也？古之人所以大過人者，信己之專。惟信己，故不惑世人之言。是故所立卓絶，非常人所能及也。公之器識宏遠，剛正自性，出其天性，豈非以謂道之所在，非凡聖男女之間，晦顯長少之際，而是非取舍，不可以苟而已，而取人不必以求其全也。今之學者，既下視天下之士，而又工於怪奇詭異之事，衒名逐世，不顧義理。求人必以其全，而議論多膠於所愛。名爲走道，其實走名〔八〕，紛紛冗冗，皆禪師之門罪人也。禪師之所養，其峻嚴廣大如此，其語言斷斷如藥石，深可以治晚世學者之病〔九〕。是知其言蓋所養也，卷舒放肆，驅逐邪妄，開闢正信，直明一心，以歸合佛祖之言，可謂深渺宕肆，大哉！洋洋乎光明之言也！余因手校而藏之，又列其所施爲者以自警，書於卷之尾，且以示同學云。

【校記】

㈠而：武林本作「以」。

【注釋】

〔一〕元符二年作於洪州靖安縣寶峰院。斷際禪師語録：唐釋希運，謚斷際禪師。弟子裴休集其語録爲黄檗斷際禪師宛陵録、黄檗山斷際禪師傳心法要。

〔二〕「禪師初與異僧游天台」五句：事詳見景德傳燈録卷九洪州黄檗希運禪師：「後遊天台，逢一僧，與之言笑，如舊相識。熟視之，目光射人。乃偕行，屬澗水暴漲，乃捐笠植杖而止。其僧率師同渡，師曰：『兄要渡自渡。』彼即褰衣躡波，若履平地，迴顧云：『渡來，渡來！』師曰：『咄！遮自了漢，吾早知，當斫汝脛。』其僧歎曰：『真大乘法器，我所不及。』言訖不見。」宋高僧傳卷二〇唐洪州黄蘗山希運傳亦載其事：「而乃觀方入天台，偶逢一僧偕行，言笑自若。運偷窺之，其目時閃爍，爛然射人。相比而行，截路巨磎，泛泛湧溢，如是捐笠倚杖而止。其僧督運渡去，乃强激發之曰：『師要渡自渡。』言訖，其僧褰衣躡波，若履平陸，曾無沾濕，已到他岸矣。迴顧招手曰：『渡來。』運戟手呵曰：『咄！自了漢。早知必斯汝脛。』其僧歎曰：『真大乘法器，我所不及，縱能傷，我只取辱焉。』少頃不見。運悄悦自失。」天台：山名。輿地紀勝卷一二兩浙東路台州：「天台山，隋志屬臨海縣，唐志屬唐興縣。寰宇記：在天台縣西一百一十里。臨海記云：天台山超然秀出，山有八重，視之如一帆，高一萬八千丈，周回八百里。又有飛泉垂流千仞，似布啓蒙。」

〔三〕「尋北游」十句：宋高僧傳希運本傳：「及薄遊京闕分衛，及一家門，屏樹之後，聞一姥曰：『太無厭乎？』運曰：『主不悳賓，何無厭之有？』姥召入施食訖，姥曰：『五障之身，忝嘗禮惠忠國師來，勸師可往尋百丈山禪師，所惜巍巍乎，堂堂乎，真大乘器也。』運念受二過記莂攸同，乃還洪井，見海禪師。」林間録卷上嘗辯其事曰：「斷際禪師初行乞於雒京，吟添鉢聲。一嫗出棘扉間曰：『太無厭足生。』斷際曰：『汝猶未施，反責無厭，何耶？』嫗笑，掩扉，斷際異之，與語，多所發藥，辭去。嫗曰：『可往南昌見馬大師。』斷際至江西，而大師已化去。聞塔在石門，遂往禮塔。時大智禪師方結廬塔傍，因叙其遠來之意，願聞平昔得力言句。大智舉『一喝三日耳聾』之語示之，斷際吐舌大驚，相從甚久。暮年始移居新吴百丈山，考其時，媪死久矣。而大宋高僧傳曰媪祝斷際見百丈，非也。」江西大寂：即馬祖道一禪師，亦稱馬大師，謚大寂。已見前注。發藥：善言勸人以當藥石。莊子列御寇：「列子提屨跣而走，暨乎門，問曰：『先生既來，曾不發藥乎！』」林希逸莊子口義：「發藥者，言教誨開發而藥石之。」

〔四〕「海以所嘗悟明之緣示之」六句：景德傳燈録卷六洪州百丈懷海禪師：「一日師謂衆曰：『佛法不是小事，老僧昔再蒙馬大師一喝，直得三日耳聾眼黑。』黄蘗聞舉，不覺吐舌。曰：『某甲不識馬祖，要且不見馬祖。』師云：『汝已後當嗣馬祖。』黄蘗云：『某甲不嗣馬祖。』曰：『作麽生？』曰：『已後喪我兒孫。』師曰：『如是如是。』」

〔五〕海歎已而爲不及：景德傳燈録希運本傳：「百丈一日問師：『什麽處去來？』曰：『大雄山下采菌子來。』百丈曰：『還見大蟲麽？』師便作虎聲，百丈拈斧作斫勢。師即打百丈一摑，百丈吟吟大笑便歸。上堂謂衆曰：『大雄山下有一大蟲，汝等諸人也須好看，百丈老漢今日親遭一口。』」

〔六〕「吾頃游方」四句：景德傳燈録希運本傳：「老漢行脚時，或遇草根下有一箇漢，便從頂上一錐，看他若知痛痒，可以布袋盛米供養。可中總似汝如此容易，何處更有今日事也。」

〔七〕「馬祖之下得正法眼」四句：景德傳燈録希運本傳：「時有一僧出問云：『諸方尊宿盡聚衆

開化，爲什麽道無禪師？』師云：『不道無禪，只道無師。闍梨不見，馬大師下有八十八人坐道場，得馬師正眼者，止三兩人，廬山和尚是其一人。夫出家人須知有從上來事分，且如四祖下牛頭融大師，横説豎説，猶未知向上關棙子。』」歸宗：智常禪師，馬祖法嗣，住廬山歸宗寺，世號赤眼歸宗，即黄檗所稱「廬山和尚」。事具景德傳燈録卷七，參見本集卷一八赤眼禪師畫像贊注〔一〕。牛頭：金陵牛頭山法融禪師，即懶融，四祖道信旁出法嗣。事具景德傳燈録卷四，參見本集卷二〇懶庵銘注〔五〕。

〔八〕「名爲走道」二句：名爲奔趨求道，實爲奔趨求名。此爲當時禪學之弊。參見本集卷二一五慈觀閣記注〔一八〕。

〔九〕「其語言斷斷如藥石」二句：蘇軾鳧繹先生文集叙：「先生之詩文，皆有爲而作，精悍確苦，言必中當世之過，鑿鑿乎如五穀必可以療飢，斷斷乎如藥石必可以伐病。」此化用其語。

題百丈常禪師所編大智廣録〔一〕

余常識老僧子（知）瓊於司命山下㊀〔二〕。瓊，湓城人〔三〕，黄龍無恙時客也〔四〕。爲余言黄龍住山作止甚詳，嘗手校此録於積翠〔五〕，謂門弟子曰：「佛語心宗，法門旨趣，至江西爲大備〔六〕。大智精妙穎悟之力，能到其所安。此中雖無地可以棲言語，然要不可以終去語言也。」故其廣演之語，大剔禪者法執〔七〕。而今之五家宗趣〔八〕，皆此録森列，如井之在海，其清涼甘滑、泄苦濁毒所不同〔九〕，而本則無異質也。予誌其言。久之，偶見洞山藏角破函中多故經〔一〇〕，往掀攬之，乃獲見常禪師居百丈日重編者。熟讀，驗瓊之言，信然，校世所傳多訛略。因藏之，以正諸傳之失，又誌瓊之首告也。

【校記】

㊀子：原作「知」，誤，今改。參見注〔二〕。

【注釋】

〔一〕建中靖國元年夏作於筠州新昌縣洞山。　百丈常禪師：釋道常（？～九九一），住洪州百丈山大智院，嗣法清涼文益，屬法眼宗青原下九世。宋太宗淳化二年示寂。事具景德傳燈録卷二五。五燈會元卷一〇作洪州百丈道恒禪師。廓門注：「常者，百丈道恒禪師歟？」其説甚是。鍇按：道常，本名當爲道恒，傳燈録避宋真宗趙恒諱，故改「恒」爲「常」。　大智廣録：即百丈懷海禪師廣録，懷海敕謚大智禪師，故稱。今考古尊宿語録卷一大鑑下三世收有百丈懷海禪師廣録，或爲道常重編者。又宋史藝文志四著録懷和百丈廣語一卷，懷和當爲懷海之誤。

〔二〕余常識老僧子瓊於司命山下：其事在元符二年秋，惠洪年二十九，游東吴，途經舒州灊山。子瓊：林間録後集收小字金剛經贊，有「僧子瓊束毫爲纖筆」之句；續傳燈録目録卷一五黄龍慧南法嗣中有勝業子瓊禪師，當即此僧。底本「子」作「知」，涉音近而誤。子瓊與真淨克文同門，爲惠洪師叔，屬臨濟宗黄龍派南嶽下十二世。參見本集卷一九小字金剛經贊注〔二〕。

司命山：在舒州懷寧縣北。太平寰宇記卷一二五淮南道三舒州：「灊山，在縣西北二十里，其山有三峰，一天柱山，一灊山，一皖山。三山峰巒相去隔越，天柱即司玄洞府，九天司命真君所主。」山谷詩集注卷一題山谷石牛洞：「司命無心播物，祖師有記傳衣。」任淵注：「灊山，在舒州懷寧縣北，有九天司命真君祠。」山谷外集詩注卷八同蘇子平李德叟登擢秀閣：「獨秀司命峰，衆口讓高寒。」史容注：「同安志：司命峰，至皖山二里，有九天司命真君祠。」

〔三〕湓城：即江州。輿地紀勝卷三〇江南西路江州：「隋平陳，置江州總管，移理湓城。」方輿勝覽卷二二江州：「事要：郡名潯陽、九江、湓城。」

〔四〕黄龍：即黄龍慧南禪師。無恙：無疾病，身體康健。

〔五〕積翠：禪林僧寶傳卷二二黄龍南禪師傳：「住黄檗，結菴於溪上，名曰積翠。」

〔六〕江西：即馬祖道一，傳法江西洪州。景德傳燈録卷六作江西道一禪師，故稱。

〔七〕法執：障道二執之一，固執法有實性，一切之所知障從此法執而生。見本卷題超道人蓮經注〔一九〕。

〔八〕五家宗趣：指臨濟、雲門、曹洞、溈仰、法眼五宗之禪旨。

〔九〕泄苦濁毒：泛言水之雜垢污濁。泄，雜。

〔一〇〕洞山：指筠州洞山普利禪院，時惠洪坐夏於此。參見本集卷二一畫浪軒記。藏角：指禪院藏經室之角落。

題雲居弘覺禪師語録〔一〕

悟本禪師設五位法門，以發揮石頭大師之妙〔二〕。大率約體用爲五法，更互主客，隱顯相參，借言以顯無言〔三〕。然言中無言之趣，妙至幽玄。故其問答之貴親，正如君臣之貴合〔四〕。於是翕然宗以爲洞上玄風〔五〕。出其門下者，應機酬詰，務以秀麗嚴峻之語相高尚，使人放身如覽花葩之開妍，煙雲之穠纖，而仰拂秋之螺峰，染春之鴨波，劃刻百出，必欲合其法而後已。忽其繩墨以登其門者，則非吾屬也。而雲居弘覺禪師，蓋其徒之秀傑者，乃獨不然。其演法之辨，應機之詞，朴古自在，隨意所劃。如世之良醫，坐於藥肆中，病而詣者，信手與之，藥至病愈。常謂其徒曰：「佛法無多事，行得即是，汝但作佛，莫愁佛不解語。古人純素任真，有所問詰，木頭碌磚，隨意答之，實無巧妙。大底渠脚根下穩當，苟不如此，雖説得如花錦，無益也。」〔六〕余常怪洞山嗣法者，如本寂、道全、居遁、休静之徒〔七〕，光大於世者三十餘人〔八〕，觀其施爲，提演宗脉㊀，無敢冒規致之外者。而膺公乃爾殊異，豈所謂得所以言、言不必同者歟？余追躡其意，以謂大法本體，離言句相。宗師設立，蓋一期救學苟簡不審、專己臆斷之弊而已。法久必壞，使天下後世昡疑自退，守言而失宗，無所質辨，爲可惜也。故其超然法立如此，而公之子簡亦相與振成之〔九〕。是知俾明悟者知大法，非拘於語言，而借言以顯發者也。嘗與人論至此，其人淩憑其氣〔一〇〕，而面頸發熱，曰：「醫智百巧，志誣先德。」詬罵而去。吁嗟！使弘覺不死，且聞余之説，以爲知言者。今其道愈陵遲〔一一〕，至於列位之名件〔一二〕，亦訛亂不次。如正中偏、偏中正，又正中來、偏中至，然後以兼中到總成五。今乃易「偏中至」爲「兼中」矣，不曉其何義耶〔一三〕？而老師大衲亦恬然不知怪，爲可笑也。雖然，弘覺一矯之，則洞山之道不轉顧地而盡，寧有今日耶？

【校記】

㊀ 脉：武林本作「派」，誤。

【注釋】

〔一〕作年未詳。雲居弘覺禪師：釋道膺，幽州玉田人，俗姓王氏。二十五受具於范陽延壽寺。辭去，詣翠微山問道。後造洞山良价禪師法席，遂嗣其法，洞山許之爲室中領袖。後開雲居山，四衆臻萃，弘法三十年，徒衆常及千五百之數。唐天復二年正月示寂。敕謚弘覺大師，塔曰圓寂。事具景德傳燈録卷一七、宋高僧傳卷一二、禪林僧寶傳卷六。

〔二〕「悟本禪師設五位法門」二句：悟本禪師，即洞山良价，設五位君臣之法，發揮石頭希遷參同契之妙，蓋其隱顯回互之法，一脈相承。本集卷二四記西湖夜語：「余舊閱洞上語句，知悟本禪師一宗，蓋神明石頭之道者也。石頭爲物之旨，見於參同契。」林間録卷下：「洞山悟本禪師作五位君臣，標準綱要，又自作偈，系於其下。」五位君臣之名目，參見本集卷三和靈源寄瑩中注〔七〕。

〔三〕「大率約體用爲五法」四句：汾陽無德禪師語録卷首楊億序曰：「洞山之建立五位，回互以彰。」林間録卷上：「龍牙和尚作半身寫照，其子報慈匡化爲之贊曰：『日出連山，月圓當户。不是無身，不欲全露。』二老，洞山悟本兒孫也。故其家風機貴回互，使不犯正位，語忌十成，使不墮今時。而匡化匠心獨妙，語不失宗，爲可貴也。」

〔四〕「故其問答之貴親」二句：人天眼目卷三曹洞宗五位君臣：「僧問曹山五位君臣旨訣，山云：『……君爲正位，臣爲偏位。臣向君是偏中正，君視臣是正中偏，君臣道合是兼帶語。』」

時有僧出問：『如何是君？』云：『妙德尊寰宇，高明朗太虚。』『如何是臣？』云：『靈機弘聖道，真智利群生。』『如何是臣向君？』云：『不墮諸異趣，凝情望聖容。』『如何是君視臣？』云：『妙容雖不動，光燭本無偏。』『如何是君臣道合？』云：『混然無内外，和融上下平。』又曰：『以君臣偏正言者，不欲犯中。故臣稱君，不敢斥言是也。此吾法之宗要也。』」

〔五〕於是翕然宗以爲洞上玄風：人天眼目卷三曹洞宗：「洞山和尚諱良价，生會稽俞氏，禮五洩山默禪師披剃，得法雲巖曇晟禪師。初住筠州洞山，權開五位，善接三根；大闡一音，廣弘萬品。横抽寶劍，剪諸見之稠林；妙叶弘通，截異端之穿鑿。晚得曹山耽章禪師，深明的旨，妙唱嘉猷，道合君臣，偏正回互。繇是洞上玄風播於天下，故諸方宗匠，咸共推尊之，曰曹洞宗。」

〔六〕「常謂其徒曰」十四句：宗鏡録卷九八：「先雲居和尚云：『佛法有什麽多事，行得即是。但知心是佛，莫愁佛不解語。欲得如是事，還須如是人。若是如是人，愁箇什麽？若云：如是事即不難，自古先德，淳素任真，元來無巧。設有人問：如何是道？或時答甗甎、木頭。作麽皆重？元來他根本脚下實有力，即是不思議人，把土成金。若無如是事，饒爾説得蔟華蔟錦相似，直道我放光動地，世間更無過也，盡説却了合殺頭，人總不信受。元來自家脚下虚無力。』」其語亦見於禪林僧寶傳卷六雲居宏覺膺禪師傳，此叙其大意。景德傳燈録卷一四石頭希遷大師：「問：『如何是禪？』師曰：『碌塼。』又問：『如何是道？』師曰：『木頭。』」道膺語本此。

〔七〕本寂：泉州莆田人，俗姓黄氏。少慕儒學，年十九出家。嗣法洞山良价，初住撫州曹山，後住荷玉山。事具景德傳燈録卷一七、宋高僧傳卷一三、禪林僧寶傳卷一。道全：事具景德傳燈録卷一七洞山第二世道全禪師：「初問洞山价和尚：『如何是出離之要？』洞山曰：『闍梨足下煙生。』師當下契悟，更不他遊。暨价和尚圓寂，衆請踵迹住持，海衆悦服，玄風不墜。」居遁：撫州南城人，俗姓郭氏。年十四於吉州滿田寺出家，後往嵩嶽受戒。參翠微和尚，又謁德山，皆不契。乃造洞山，隨衆參請，遂悟其旨。受湖南馬氏請，住龍牙山妙濟禪苑，號證空大師。有徒五百餘衆，法無虚席。事具景德傳燈録卷一七、宋高僧傳卷一三。休靜：嗣法洞山，初住福州東山之華嚴寺，後唐莊宗皇帝徵入麾下，住京兆華嚴寺。事具景德傳燈録卷一七，參見前題洞山巖頭傳注〔三〕。

〔八〕光大於世者三十餘人：景德傳燈録卷一七列洞山良价禪師法嗣二十六人，其中八人無機緣語句，不録。

〔九〕公之子簡：道簡禪師，范陽人。嗣法道膺，住雲居山，爲第二世，屬曹洞宗青原下六世。景德傳燈録卷二〇雲居山昭化禪師道簡：「久入雲居之室，密受真印，而分掌寺務，典司樵爨，以臘高居堂中爲第一座。屬膺和尚將臨順寂，主事僧問：『誰堪繼嗣？』曰：『堂中簡主事。』僧雖承言，而未曉其旨，謂之揀選。乃與衆僧僉議，舉第二座爲化主，然且備禮，先請第一座，必若謙讓，即堅請第二座焉。時簡師既密承師記，略不辭免，即自持道具入方丈，攝衆演法。主事僧等不愜素志，罔循規式。師察其情，乃棄院潛下山。其夜山神號泣，詰旦，主事大衆奔至麥莊，悔過哀請歸院。衆聞山神連聲唱云：『和尚來也。』」

〔一〇〕淩憑：猶憑淩，憑陵；仗恃，依仗。　陵遲：衰落。詩王風大車序：「禮義陵遲，男女淫奔。」

〔一一〕其道：指悟本禪師之道，即曹洞宗之道。

〔一二〕名件：猶名目，名色。唐釋窺基大乘百法明門論解卷上：「略録名數者，於六百六十法中，提綱挈領，取此百法名件數目。此論主急於爲人，而欲學者知要也。」法華經合論卷六：「凡用藥材九十三種，皆知名件。」

〔一三〕「如正中偏」五句：林間録卷一載悟本禪師五位君臣偈曰：「正中偏，三更初夜月明前。莫恠相逢不相識，隱隱猶懷昔日嫌。偏中正，失曉老婆逢古鏡。分明覿面更無他，休更迷頭猶認影。正中來，無中有路出塵埃。但能莫觸當今諱，也勝前朝斷舌才。偏中至，兩刃交鋒不須避。好手還同火裏蓮，宛然自有衝天氣。兼中到，不落有無誰敢和。人人盡欲出常流，折合還歸炭裏坐。」且曰：「世俗傳寫多更易之，以徇其私，失先德之意，予竊惜之，今録古本於此，正諸傳之誤。」智證傳、禪林僧寶傳引五位君臣，皆同此。　鍇按：除惠洪著述外，禪籍多作「兼中至」，如祖庭事苑卷二：「洞山五位：一正中偏，二偏中正，三正中來，四兼中至，五兼中到。」天聖廣燈録卷一六載汾陽善昭五位頌、卷一八載石霜楚圓五位頌，「偏中至」皆作

「兼中至」。永覺元賢禪師廣録卷二七洞上古轍卷上五位圖説專糾惠洪之謬。參見本集卷三和靈源寄瑩中注〔七〕。

題克符道者偈〔一〕

洞山悟本禪師作五位頌，有曰：「兼中到，不落有無誰敢和。人人盡欲出常流，折合終歸炭裏坐。」〔二〕予初以謂坐炭中之語别無意味，及讀此偈百餘首，有曰：「儂家住處豈堪偎，炭裏藏身幾萬回。不觸波瀾招慶月㊀，動人雲雨鼓山雷〔三〕。」乃知古老宿之語，皆不苟然。符，臨濟真子；而悟本自爲洞山之宗。道本同也，而學者不了，以私異之，惜哉！

【校記】

㊀ 招：武林本作「昭」。

【注釋】

〔一〕作年未詳。　廓門注：「涿州紙衣和尚，即克符道者也，嗣法於臨濟玄禪師。」其説甚是。鍇按：景德傳燈録卷一二臨濟義玄禪師法嗣有涿州紙衣和尚，然未記其法名。天聖廣燈録卷一三臨濟法嗣有涿州尅符道者，並載其頌三十八首。宋釋寶曇大光明藏卷三臨濟法嗣有涿州紙衣克符道者。可知涿州紙衣和尚與克符道者爲同一人，尅，通「克」。

〔二〕「洞山悟本禪師作五位頌」六句：參見前題雲居弘覺禪師語録注〔一三〕。

〔三〕「儂家住處豈堪偎」四句：見天聖廣燈録卷一三涿州尅符道者師頌三十八首都頌：「儂家住處實堪限，吞炭藏身幾萬回。不觸波瀾招慶月，動人雲雨鼓山雷。」文字略異。廓門注：「此偈未知出處。」失考。

【集評】

明釋函是云：臨濟下克符道者嘗有偈云：「儂家住處豈堪限，炭裏藏身幾萬回。不觸波瀾招慶月，動人雲雨鼓山雷。」甘露滅謂與价祖五位君臣「折合還歸炭裏坐」同一旨趣，非苟然者。後代兒孫競以臨濟、洞上互相低昂，真可一笑。海幢也有一偈，與諸人助參：「一句當塗絶古今，門門有路莫沈吟。烏雞久在煤山裏，祇要渠儂鐵石心。」（天然是禪師語録）

題清涼注參同契〔一〕

叢林故宿相傳，謂石頭參同契，明佛心宗，後輩鮮有深識其旨者，獨清涼大法眼禪師注文，發明居多。故南唐後主讀至「玄黄不真，黑白何咎」處，爽然開悟。余謂後主所悟，蓋悟法不真而已，非因其語以了石頭明暗本意也〔二〕。如安禪師破句讀楞嚴而悟，句讀且爾，矧所謂義味乎？然安於心法無疑也〔三〕。予嘗深考此書，凡四十餘句，而以明暗論者半之〔四〕。篇首便曰：「靈源明皎潔，枝派暗流注。」乃知明暗之意根於此〔五〕。又曰：「暗合上中言，明明清濁句。」調達開發之也〔六〕。至指其宗而示其趣，則曰：「本末須歸宗，尊卑用其語。」故其下廣叙明暗之句，奕奕綴聯不已者〔七〕，非決色法虚誑，乃是明其語耳。洞山悟本得此意，故有「五位偏正」之説〔八〕。至於臨濟之「句中玄」〔九〕，雲門之「隨波逐浪」〔一〇〕，無異味也。而晚輩乘其言，便想像明暗之中，有相藏露之地，不亦謬乎？大率聖人之言不明於後世，注疏之家汩之〔一一〕，非獨此文也。余不可以不辯〔一二〕。

【注釋】

〔一〕崇寧元年春作於杭州。清涼：即文益禪師，嗣法羅漢桂琛，爲青原下八世。住金陵清涼寺，謚大法眼禪師。注參同契：廓門注：「石頭參同契，見洞上古轍等。清涼注湮沒，不傳於世。」鍇按：石頭希遷參同契全文載景德傳燈録卷三〇，參見本集卷二四記西湖夜語注〔三〕。

〔二〕「故南唐後主」五句：林間録卷下：「法眼爲之注釋，天下學者宗承之。然予獨恨其不分三法，但一味作『體中玄』解，失石頭之意。李後主讀『當明中有暗』注辭曰：『玄黄不真，黑白何咎。』遂開悟。此悟『句中玄』爲『體中玄』耳。」南唐後主：名李煜，字重光，號鍾隱。嗣位之初，宋太祖已稱帝三年。後主十年自貶國號爲江南，改稱國主，歲貢方物於宋廷。好聲色，長於詞，崇佛教。後主十三年，即宋太祖開寶七年，宋遣曹彬南伐，次年占金陵，俘後主入汴。太宗太平興國二年遭毒殺。宋史、新五代史有傳。

〔三〕「如安禪師破句」四句：林間録卷下：「如安楞嚴破句讀首楞嚴，亦有明處。」錯按：景德傳燈録卷二六温州瑞鹿寺上方遇安禪師：「福州人也。得法於天台，又常閲首楞嚴了義，時謂之安楞嚴也。」大慧普覺禪師語録卷二三示妙智居士：「又記得安楞嚴看楞嚴經，至『知見立知，即無明本。知見無見，斯即涅槃』處，不覺破句讀了，曰：『知見立，知即無明本；知見無，見斯即涅槃。』沈吟良久，忽然大悟。後讀是經，終身如所悟，更不依經文。此亦決定志中，乘決定信，依義而不依文字之一也。」聯燈會要卷二八温州僊巖安禪師：「師因破句讀楞嚴經云：『知見立，知即無明本；知見無，見斯即涅槃。』於此悟入，即印心於韶國師。後畢生如是讀，或告之曰：『和尚破句讀了也。』師云：『此是我悟處。』」

〔四〕「凡四十餘句」二句：林間録卷下：「非特臨濟宗喜論三玄，石頭所作參同契備具此旨。竊嘗深觀之，但易玄要之語爲明暗耳，文止四十餘句，而以明暗論者半之。」錯按：參同契爲五言韻文，共四十四句，其中直接出現「明暗」字者有九句，另有若干與「明暗」類似之對立概念，如「東西」「南北」「事理」「色聲」「清濁」「子母」「根葉」「本末」「尊卑」「前後」「功用」等，若以明暗論之，占全文一半以上。

〔五〕「篇首便曰」四句：林間録卷下：「篇首便標曰：『靈源明皎潔，枝派暗流注。』」記西湖夜語：「自『靈源明皎潔』句，意相綴延，至於『然於一一法，依根密分布』處，乃體中玄出。」

〔六〕「又曰」四句：林間録卷下：「又開通發揚之曰：『暗合上中言，明明清濁句。』在暗則必分上中，在明則須明清濁。此體中玄也。」　調達：調和暢達。

〔七〕「至指其宗而示其趣」六句：林間録卷下：「至指其宗而示其意，則曰：『本末須歸宗，尊卑用其語。』故下廣叙明暗之句，奕奕聯連不已。此句中玄也。」文字略異。記西湖夜語：「又自『本末須歸宗』，開達錯綜，至『乘言須會宗，勿自立規矩』處，乃句中玄也。」　奕奕：盛貌。

〔八〕「洞山悟本得此意」二句：本卷題雲居弘覺禪師語録：「悟本禪師設五位法門，以發揮石頭大師之妙。」即此意。

〔九〕臨濟之「句中玄」：代指臨濟三玄。祖庭事苑卷六：「三玄：臨濟家有三玄三要，謂體中玄、玄中玄、句中玄，以接學者。」人天眼目卷一臨濟門庭：「三玄者，玄中玄、體中玄、句中玄。三要者，一玄中具三要。」參見記西湖夜語注〔八〕。

〔一〇〕雲門之「隨波逐浪」：代指雲門三句。景德傳燈録卷二二朗州德山緣密禪師：「德山有三句語：一句函蓋乾坤，一句隨波逐浪，一句截斷衆流。」德山緣密爲雲門文偃法嗣，故亦稱雲門三句。人天眼目卷二雲門宗三句：「師示衆云：『函蓋乾坤，目機銖兩，不涉萬緣，作麽生承當？』衆無對。自代云：『一鏃破三關。』後來德山圓明密禪師，遂離其語爲三句：曰函蓋乾坤句，截斷衆流句，隨波逐浪句。」注：「圓悟曰：『本真本空，一色一味，非無妙體，不在躊躇，洞然明白，則函蓋乾坤也。』又云：『本非解會，排疊將來，不消一字，萬機頓息，則截斷衆流也。』又云：『若許他相見，從苗辨地，因語識人，即隨波逐浪也。』」

〔二〕汩：攪亂。書洪範：「我聞在昔，鯀陻洪水，汩陳其五行。」傳曰：「汩，亂也。」

〔三〕余不可以不辯：廓門注：「此一段，鼓山永覺禪師晚録有辯，須一閱，此不細録也。」鍇按：明曹洞宗永覺元賢禪師嗣法弟子道霈編永覺和尚廣録卷一六有三玄考，即廓門注所言者，文繁不録。

題香山艶禪師語〔一〕

禪師父事雲庵，於予爲法兄，然予少寔師事之〔二〕。初聞其誦迦葉波偈曰：「諸法從緣生，諸法從緣滅。我師大沙門，常作如是説。」乃曰：「子悟此即是出家。」予時年十六，曉夕以思，茫然莫識其旨〔三〕。頃在海外閑居，味維摩詰言：「善來文殊師利！不來相而來，不見相而見。」文殊師利言：「如是居士，若來已更不來，若去已更不去。所以者何？來無所從，去無所至。所可見者，更不可見。」〔四〕乃追繹香山之語，遂深入緣起無生之境。將以見之，報其發藥之恩〔五〕，則化去已逾年矣。其門人文謙以其提誨之語爲示〔六〕，併書予願見不果。

【注釋】

〔一〕政和四年作於筠州新昌縣。　香山艶禪師：即三峰艶禪師，初住新昌縣三峰寶雲寺，後住汝州香山。真淨克文法嗣，惠洪法兄。冷齋夜話頗載其事，作「三峰靚禪師」。參見本集卷二四寂音自序注〔三〕。廓門注：「三峰艶禪師，不載雲庵真淨法嗣之列位，未知師承。獨見覺範傳中，此所載見於智證傳。」錯按：此文既言艶禪師父事雲庵，則其爲真淨之法嗣無疑，惠洪所載正可補燈録、僧傳之闕。

〔二〕「禪師父事雲庵」三句：禮記曲禮上：「年長以倍則父事之，十年以長則兄事之，五年以長則肩隨之。」

〔三〕「初聞其誦迦葉波偈曰」十句：智證傳：「予童子時，聞三峰艶禪師誦迦葉波偈曰：『諸法從緣生，諸法從緣滅。我師大沙門，常作如是説。』心曉然愛之。」禪林僧寶傳卷九永明智覺禪師傳：「迦葉波初聞偈曰：『諸法從緣生，諸法從緣滅。我師大沙門，嘗作如是説。』此佛祖骨髓也。」

迦葉波：即摩訶迦葉，釋迦牟尼弟子，禪宗尊爲西天第一祖。一切經音義卷一：「大飲光，即大迦葉波之美稱也。大毗婆沙論云：『上古有仙人，身有光明，能攝諸光，皆令不現，故號飲光。』摩訶迦葉波是此仙種也，身黄金色，世人號之曰大飲光。」鍇按：迦葉波此偈僅見於惠洪著述，今考諸佛書，大智度論卷一八：「如馬星比丘爲舍利弗説偈：『諸法從緣生，是法緣及盡。我師大聖王，是義如是説。』」唐釋窺基阿彌陀經通贊疏卷上：「鶖子曰：『所説何法，可得聞乎？』馬勝尊者隨宜演説云：『諸法從緣生，諸法從緣滅。我佛釋迦師，長作如是説。』」宋釋子璿金剛經纂要刊定記卷二：「如馬勝比丘爲舍利弗説偈曰：『諸法從緣生，緣離法即滅，如是滅與生，沙門如是説。』」文字略異。則説此偈者爲馬勝比丘，非迦葉波。馬勝比丘，五比丘之一。翻譯名義集卷一度五比丘篇：「頞鞞，亦阿説示，此云馬勝，亦云馬師。亦名阿輸波逾祇，此云馬星。」疑惠洪張冠李戴。

〔四〕「味維摩詰言」十三句：見維摩詰經卷中文殊師利問疾品。禪林僧寶傳卷九永明智覺禪師傳：「維摩謂文殊師利曰：『不來相而來，不見相而見。』文殊乃曰：『如是居士！若來已更不來，若去已更不去。所以者何？來者無所從來，去者無所至，所可見者，更不可見。』此緣起無生之旨也。」又智證傳：「維摩謂文殊師利曰：『不來相而來，不見相而見。』文殊師利曰：『如是居士！若來已更不來，若去已更不去。所以者何？來者無所從來，去者無所至去，可見者更不可見。』與法華同旨也。」

〔五〕發藥：言教誨開發而藥石之。語本莊子列禦寇。參見前題斷際禪師語録注〔三〕。

〔六〕文謙：艶禪師弟子，當屬臨濟宗黄龍派南嶽下十四世。生平不可考。

題玄沙語録〔一〕

右司諫集賢孫公覺莘老守福州日，俾僧編集此録，學者以覺悟宗旨，厥功茂焉〔二〕。然予獨恨集末附千光王寺沙門義澄重删三句、四機之語，議論錯謬〔三〕。何以知之？如玄沙綱宗第一句，名真常流注，與鐵輪位齊，力一天下。然未有出格之詞，猶曰明前不明後，無自由分，未辨緇素。雖得出世間，未得入世間，恐其墮一如平實無生之見，死在句下也，則有出格之詞〔四〕。而義澄輒引首楞嚴曰：「妄爲色空，及與聞見，如第二月〔五〕。」又圓覺曰：「由起幻故，内發輕安，大悲妙行，如土長苗〔六〕。」讀之令人搏髀高笑〔七〕。義澄何爲者也？乃敢指判禪宗哉？學者能深觀之，則知予言爲公。昔無業禪師每歎叢林不自揆，行解如屠沽，而自比佛祖。南山律師曉達教乘，而不敢自呼大乘師，止言律師耳〔八〕。義澄自目未見，而指人五色，使見宣律師爲人，定必羞死。

【注釋】

〔一〕作年未詳。　玄沙語録：即玄沙師備禪師之語録。師備，嗣法雪峰義存，住福州玄沙院，閩王王審知賜號宗一大師。事具景德傳燈録卷一八、宋高僧傳卷一三、禪林僧寶傳卷四。唐光化三年，門人智嚴集福州玄沙宗一大師廣録。宋知福州孫覺命玄沙僧鏤版，以行于世。今有日本元禄庚午録本。

〔二〕「右司諫集賢孫公覺莘老」四句：福州玄沙宗一大師廣録卷首玄沙廣録序，署名「右司諫直集賢院知福州軍州事充福建路兵馬鈐轄高郵孫覺撰」，落款爲「元豐三年閏月二十七日序」。其序略云：「佛學最爲多塗，而禪尤多病。唐之盛時，南北更相詆訾，而北禪浸微。逮今可見者，千有餘家，皆六祖之所自出。近世言禪尤盛，而雲門、臨濟獨傳。上自朝廷學士大夫，其下閭巷擾擾之人，莫不以禪相勝，篤好而力探之，亦皆得其髣髴。故古今禪者，其微言緒論，有見於筆墨之間，收索殆盡。玄沙備師，名徧四海，爲禪者宗。余守此且二年，求其全編不可得。晚得五六斷缺不完之本，畀僧校之，合爲一書，雖有未具，十已得七八矣。因命玄沙僧刻板，以行于世。」孫覺（一〇二八～一〇九〇）字莘老，高郵人。師事胡瑗，登皇祐元年進士第，累擢至右正言。王安石早與覺善，驟引用之，將援以爲助。而覺與異議，條奏青苗法病民，由是出知廣德軍。歷知湖、廬、蘇、福、亳、揚、徐諸州，有惠政。哲宗立，累遷御史中丞，以疾請罷，除龍圖閣學士，奉祠歸，元祐五年卒，年六十三。覺爲蘇軾好友，黄庭堅岳父。

宋史有傳。

〔三〕「然予獨恨集末附」二句：今存福州玄沙宗一大師廣録已無義澄重删之内容，卷末附經山獨菴叟玄光撰日本録唐福州玄沙宗一大師廣録序曰：「今日録斯録也，不損益宋版印本之一字，雖助刻之姓名，不没其功，而獨遺千光王寺沙門義澄重删前後共爲一册一十七葉而不刻者，何也？蓋義澄義學猶未達奥典，僭越議論宗師之説法，則其謬解不足辯也已。宋寂音尊者亦曾題斯録云：『右司諫集賢孫公覺莘老守福州日，俾僧編集此録，學者以覺悟宗旨，厥功茂焉。獨恨集末附千光王寺沙門義澄重删三句四機之語。義澄自目未見，而指人五色云云。』信乎寂音之言。蓋宗門之説法，證智之所知，而大異乎義解之所測。所以獨删除義澄之謬解，解寂音之遺恨於今日，塞後學之歧道於將來，獨傳大師説法之本色而已。」三句：禪林僧寶傳卷四福州玄沙備禪師傳：「乃示綱宗三句。曰第一句：且自承當，現成具足。盡十方世界，更無他故，祇是仁者，更教誰見誰聞？都來是汝心王所爲，全成不動智，只欠自承當，唤作開方便門。使汝信有一分真常流注，亘古亘今，未有不是，未有不非者。然此句，只成平等法。何以故？但是以言遣言，以理逐理，平常性相，接物利生耳。且於宗旨，猶是明前不明後。號爲一味平實，分證法身之量，未有出格之句，死在句下，未有自由分。若知出格量，不被心魔所使，入到手中，便轉换落落地，言通大道，不墮平懷之見。是謂第一句綱宗也。第二句：迴因就果，不著平常一如之理，方便唤作轉位投機，生殺自在，縱奪隨宜，出生入死，廣利一切，迴脱色欲愛見之境。方便喚作頓超三界之佛性。此名二理雙明，二義齊照，不被二邊之所動，妙用現前。是謂第二句綱宗也。第三句：知有大智，性相之本。通其過量之見，明陰洞陽，廓周沙界，一真體性，大用現前，應化無方，全用全不用，全生全不生。方便喚作慈定之門。是謂第三句綱宗也。」四機：指應機説法、逗機説法、觀機説法、隨機説法四種。福州玄沙宗一大師廣録卷上：「問：『如何是應機説法底人？』師云：『你豈不是從展？』云：『作麽生？』師云：『聾。』問：『如何是逗機説法？』師云：『你名什麽？』云：『無名無字。』師云：『者漆桶。』問：『如何是觀機説法？』師云：『喚你作俗人，得麽？』云：『爲什麽如此？』師云：『你問什麽？』問：『如何是隨機説法？』師云：『你什麽處打蹬來？』」

〔四〕「如玄沙綱宗第一句」十三句：福州玄沙宗一大師廣録卷中：「若是第一句綱宗，且自承當，成現具足。盡什方世界，更無他故，只是仁者，更教誰見？教誰聞？都只是你心王心所與，全成不動佛，只欠自承當，喚作開方便門。且要你諸人信，有一分真常流注，亘古亘今，未有不是者，未有不非者。如此一句，成平等法門。何以故？以言逐言，以理逐理，平常性相，接物利生，説法度人。所以道：一切羣生類，皆承此恩力。且要自信作佛，若解與麽，方喚作一句真常流注，與鐵輪齊位，十信初心，不作儱侗之見，不作斷常之解。若得如是，唯自己真如，不生不滅。且知其宗旨，由是明前不明後，一箇平實，分證法身之量，未有出格之句。死在一句之下，未有自由分。如今若知出格之量，莫被心魔所使，莫執我性，入手中便須轉換，落落地，言通大道，不生平懷之見。此是第一句綱宗也。」此叙其大意。參見禪林僧寶傳卷四福州玄沙備禪師傳。　真常流注：語本雲巖寶鏡三昧：「宗通趣極，真常流注。」惠洪注：「圓覺經曰：『一切衆生，皆證圓覺。』逢善知識，依彼所作，因地法行，爾時修習，便有頓漸。若遇如來無上菩提，正修行路，根無大小，皆成佛果。將知天真而妙，不屬迷悟，日用皆證。特以依師尋求修習，便成頓漸。至其宗趣妙極，猶爲理障，礙正知見，故名真常流注。」又引玄沙語以證之。　鐵輪位：天台宗以爲十信上品之位。續高僧傳卷一七陳南嶽衡山慧思傳：「（智顗）又諮師位即是十地。思曰：『非也，吾是十信鐵輪位。』」智顗法華玄義卷五下：「信力者，是假名位。堅固者，是鐵輪位。」宋釋善月仁王護國般若經疏神寶記卷三釋菩薩教化品：「瓔珞釋鐵輪位，當十信之上品。」

〔五〕「妄爲色空」三句：語見楞嚴經卷二。

〔六〕「由起幻故」四句：圓覺經威德自在菩薩章：「由起幻故，便能内發大悲輕安。一切菩薩從此起行，漸次增進。彼觀幻者，非同幻故，非同幻觀，皆是幻故，幻相永離。是諸菩薩所圓妙行，如土長苗。」此檃括其語。

〔七〕搏髀：拍擊其股。史記馮唐列傳：「上既聞廉頗、李牧爲人，良説，而搏髀曰：『嗟乎！吾獨不得廉頗、李牧時爲吾將，吾豈憂匈奴哉！』」　高笑：大笑。

〔八〕「昔無業禪師」六句：景德傳燈録卷二八汾州大達無業國師語：「自謂上流，並他先德。但言觸目無非佛事，舉足皆是道場。原其所習，不如一箇五戒十善凡夫；觀其發言，嫌他二乘十地菩薩。且醍醐上味爲世珍奇，遇斯等人翻成毒藥。南山尚自不許呼爲大乘，學語之流，爭鋒唇舌之間，鼓論不形之事，並他先德，誠實苦哉！」本集卷二六題隆道人僧寶傳：「唐沙門道宣，通兼三藏，而精於持律。持律，小乘之學也，而宣不許人呼以爲大乘師。」無業禪師：嗣法馬祖道一，住汾州開元寺。爲唐穆宗禮敬。卒敕謚大達國師。事具景德傳燈録卷八、宋高僧傳卷一一。參見本集卷一八大達國師無業公畫像贊注〔一〕。南山律師：即釋道宣。久居終南山，故號南山律師。參見本集卷一九宣律師贊注〔一〕。

題谷山崇禪師語〔一〕

予讀澄心堂録長慶稜公之孫、保福展公之嗣谷山禪師之語〔二〕，奇嶮宏妙，光明廣大。觀其膽氣逸羣，不在巖頭、雲門之下〔三〕。而録失其名，然語多稱報恩〔四〕。傳燈但有潭州谷山句禪師，而無機緣，其列熙、崇兩人機語〔五〕，校句所□示殆相萬〔一〕〔六〕。然皆住報恩，豈句亦常居之耶？予常與超然衝虎游谷山，訪其遺事，無所考，因相對歎息〔七〕。追念東坡之語曰：「齊魯有大臣，史失其名。而黄四娘乃得與杜詩不朽。」〔八〕事莫不爾。作詩曰：「行盡湘西十里松，到門却立數諸峰。崇公事跡無尋處，庭下春泥見虎蹤〔九〕。」又十年，復與超然夏於石門㊁〔一〇〕，偶閲前詩，遂併録之。

【校記】

㊀□：原闕一字。武林本作「出」。

㊁夏：武林本作「遇」，誤。

【注釋】

〔一〕政和四年夏作於筠州新昌縣石門寺。　谷山崇禪師：廓門注：「按汝達宗派圖，保福展下有潭州報恩熙、潭州谷山句、舒州谷山行崇。」鍇按：禪林僧寶傳卷一四谷山崇禪師傳：「禪師名行崇，不知何許人也。初住福州報恩寺，後住潭州谷山寺，嗣保福展禪師，雪峰之的孫也。」

〔二〕「予讀澄心堂録」句：本集卷二六題珣上人僧寶傳：「又游洞山，得澄心堂録書谷山崇禪師語，較傳燈，皆破碎不真。」可知讀澄心堂録乃在建中靖國元年坐夏筠州洞山時。　澄心堂録，洞山清禀禪師所撰。清禀，俗姓李氏，泉州仙遊人。雲門文偃法嗣，之金陵，南唐國主李氏命入澄心堂，集諸方語要，即澄心堂録，後住筠州洞山普利院。事具景德傳燈録卷二三。行崇與清禀均爲青原下七世。　長慶稜公：即慧稜禪師，杭州鹽官人，俗姓孫氏。

年十三於蘇州通玄寺出家登戒。唐乾符五年入閩中，謁西院，訪靈雲，尚有凝滯。後之雪峰，疑情冰釋。來往雪峰二十九載。天祐三年，受泉州刺史王延彬請，住招慶。後閩帥請去長樂府之西院，奏額曰長慶，號超覺大師。事具景德傳燈録卷一八。保福展公：即從展禪師，福州人，俗姓陳氏。年十五禮雪峰爲受業師，十八本州大中寺具戒。游吴楚間，後歸，執侍雪峰。又常以古今方便詢于長慶稜和尚，稜深許之。梁貞明四年，漳州刺史王公欽承道譽，創保福禪苑，迎請居之。事具景德傳燈録卷一九。鍇按：今考保福從展雖嘗從長慶慧稜問學，然非師徒父子關係，二人均爲雪峰義存法嗣，屬青原下六世。行崇爲保福從展法嗣，故當從禪林僧寶傳作「雪峰之的孫」，而非此云「長慶稜公之孫」。本文作於政和四年，禪林僧寶傳成於宣和四年，當有修正。

〔三〕巖頭：全豁禪師，嗣法德山宣鑒。參見本卷題洞山巖頭傳注〔一〕。雲門：文偃禪師。已見前注。

〔四〕報恩：此指漳州報恩院。

〔五〕「傳燈但有潭州谷山句禪師」三句：景德傳燈録卷一九漳州保福院從展禪師法嗣二十五人，其中潭州谷山句禪師等六人無機緣語句，而漳州報恩熙禪師、漳州報恩院行崇禪師有機緣語句見録。

〔六〕相萬：相差萬倍。極言相差之大。漢書馮奉世傳：「故少發師而曠日，與一舉而疾決，利害相萬也。」顔師古注：「相比則爲萬倍也。」

〔七〕「予常與超然」四句：禪林僧寶傳卷一四谷山崇禪師傳贊曰：「崇寧之初，衡虎至谷山，塔冢莫辨，事迹零落，不可考究，坐而太息。」其事當在崇寧三年春。超然，即僧希祖，惠洪法弟。衝虎，不顧遇虎之危險。衝，冒。語本杜甫夜歸：「夜半歸來衝虎過。」

〔八〕「追念東坡之語曰」四句：蘇軾書子美黄四娘詩：「子美詩云：『黄四娘家花滿蹊，千朵萬朵壓枝低。留連戲蝶時時舞，自在嬌鶯恰恰啼。』東坡云：此詩雖不甚佳，可以見子美清狂野逸之態，故僕喜書之。昔齊魯有大臣，史失其名。黄四娘獨何人哉，而託此詩以不朽，可以使覽者一笑。」揚雄法言五百：「昔者齊魯有大臣，史失其名。」東坡語本此。

〔九〕「行盡湘西十里松」四句：詩見於本集卷一六與超然至谷山尋崇禪師遺蹤，又見於禪林僧寶傳卷一四谷山崇禪師傳贊。

〔一〇〕「又十年」二句：崇寧三年（一一〇四）至政和四年（一一一四），其時正十年。石門，即筠州新昌縣石門寺，亦曰度門院。已見前注。

題韶州雙峰蓮華叔姪語録〔一〕

傳曰：「聽言觀道以事觀〔二〕。」生死亦大矣〔三〕，而兩人者睨矚之⊖〔四〕，不翅如出入户庭之易然〔五〕。蓋其所養非有以大過人者，何以臻此？其言具在，可信也。予觀雲門勘辯舉古〔六〕，皆脱略窠臼。方其游戲時，亦微見其旨，至疇問垂代（伐）㊁〔七〕，則語赴來機，「瞻之在前，忽焉在後」〔八〕，令人溟涬然弟之哉〔九〕！夫語赴來機，妙在轉處者。正中妙叶，洞山旨趣也〔一〇〕，豈此老渊亦或用之〔一一〕，而欽、祥默識其不傳之妙也哉〔一二〕？巴陵鑒公常答問提婆宗，曰：「銀椀裏盛雪。」答祖意教意同别，曰：「雞寒上樹，鴨寒下水。」答吹毛劍，曰：「珊瑚枝枝撑著月。」云：「吾以此三句，報答雲門法乳之恩。」〔一三〕予始誕之，今視之良然，使雲門而在，正當一捧腹耳。

【校記】

㊀ 矚：武林本作「視」。

㊁ 代：原作「伐」，誤，今從廓門本。參見注〔七〕。

【注釋】

〔一〕作年未詳。韶州雙峰、蓮華叔姪：當指韶州雙峰竟欽和尚與其法姪廬山蓮華峰祥庵主。竟欽和尚（？～九七七），號慧真廣悟禪師，益州人。受業於峨眉洞溪山黑水寺。觀方慕道，預雲門法席，密承指喻，遂嗣其法。屬青原下七世。創韶州雙峰山興福院，開堂日，雲門和尚躬臨證明。太平興國二年示寂。事具景德傳燈録卷二二。雙峰：同治韶州府志卷二六：「雙峰寺，一名興福，在雙峰山。五代時竟欽禪師建，宋賜額曰雙峰寺。」祥庵主，住廬山蓮華峰蓮華庵。嗣法奉先深禪師，屬青原下八世。廬山記卷三山行易覽：「國泰庵西上蓮華峰頂十五里，至蓮華庵。」奉先深嗣法雲門文偃，爲竟欽同門師兄弟，故竟欽與祥庵主爲叔姪。鍇按：祥庵主、奉先深所住山名及法名，各禪籍所載不同。如景德傳燈録卷二三雲門文偃禪師法嗣下三十六人有金陵奉先深禪師。建中靖國續燈録卷二有金陵奉先道琛融照禪師法嗣廬山蓮華峰祥庵主。祖庭事苑卷二：「廬山蓮華峰祥庵主，嗣奉仙道琛，即雲門之孫。」天聖廣燈録卷二二南康軍雲居山深禪師法嗣一人廬山蓮華峰詳山主，機緣語句不收。傳法正宗記卷八：「大鑒之九世，曰雲居山深禪師，其所出法嗣一人，曰蓮華峰詳山主者。」聯燈會要卷二七江陵府奉先深禪師法嗣一人天台蓮華峰祥庵主，五燈會元卷一五亦同。要之，深禪師法名道深，或作道琛，賜號融照，初住南康軍雲居山，後受江南李主之請，住金陵奉先寺。祖庭事苑作「奉仙」、聯燈會要作「江陵府」，皆涉音近而誤。祥庵主，住廬山蓮華庵，天聖廣燈録、傳法正宗記作「詳山主」，涉音近而誤。聯燈會要、五燈會元作「天台蓮華峰」，則誤以爲即天台德韶國師所在之蓮華峰，失考。

〔二〕聽言觀道以事觀：漢書賈誼傳：「人之言曰：『聽言之道，必以其事觀之，則言者莫敢妄言。』」此用其語。參見本集卷二三僧寶傳序注〔六〕。

〔三〕生死亦大矣：莊子德充符：「仲尼曰：『死生亦大矣，而不得與之變。』」郭象注：「彼與變俱，故生死不變於彼。」王羲之蘭亭序：「古人云：『死生亦大矣。』豈不痛哉！」此借用其語。

〔四〕睨矚：斜視。此意爲藐視。

〔五〕不翅：不啻，無異於。翅，通「啻」。莊子大宗師：「陰陽於人，不翅父母。」

〔六〕勘辯：即勘辨。雲門匡真禪師廣録卷下有勘辨一百六十五則。舉古：舉古德公案以示學者。雲門廣録卷中室中語要一百八十五則，多爲舉古，如：「舉古云：『聞聲悟道，見色明心。』師云：『作麼生是聞聲悟道，見色明心？』乃云：『觀世音菩薩將錢來買餬餅。』放下手云：『元來祇是饅頭。』」又如：「舉一宿覺云：『幻化空身即法身。』師拈起拄杖云：『盡大地不是法身。』」

〔七〕醻問：酬問，即對機。雲門廣録卷上有對機三百二十則。垂代：垂示代語。代語，代古人答公案問語。汾陽無德禪師語録卷中頌古代別：「室中請益，古人公案未盡善者，請以代之；語不格者，請以別之。故目之爲代別。」雲門廣録卷中有垂示代語二百九十則，如：「上堂云：『劉久雨不晴。』代云：『一箭兩垛。』或云：『遇賤即貴，遇明即暗。』代云：『一起一倒。』」底本「代」作「伐」，涉形近而誤，今改。鍇按：雲門廣録卷首熙寧九年蘇澥序：「其傳於世者，對機、室録、垂代、勘辨。」

〔八〕「瞻之在前」二句：論語子罕：「顏淵喟然歎曰：『仰之彌高，鉆之彌堅。瞻之在前，忽焉在後。夫子循循然善誘人。』」此借其語以贊雲門。

〔九〕令人溟涬然弟之哉：謂令人自甘處其下，而自甘爲弟，有崇拜服氣之意。語本莊子天地。參見本集卷二二吉州禾山寺記注〔二七〕。

〔一〇〕「正中妙叶」三句：曹洞宗禪法之一，相傳爲洞山良价禪師所傳。雲巖寶鏡三昧：「正中妙挾，敲唱雙舉。通宗通塗，挾帶挾路。」智證傳：「洞山悟本禪師所立：正中妙挾，挾路通宗，通塗挾帶。傳曰：……如言妙挾，則曰正中；如言挾路，則曰通宗；如言挾帶，則曰通塗。蓋本一挾帶，而加妙字耳。」「叶」本當作「挾」，本集均混用作「叶」。參見本集卷八游龍王贈雲老注〔二〕。

〔一一〕老淛：戲稱雲門文偃。文偃爲浙江嘉興人，故稱。本集卷一八雲門匡真禪師畫像贊二首之二稱其「黄面淛子」，可參見。

〔一二〕欽、祥：廓門注：「雙峰竟欽、白雲子祥同嗣雲門。」鍇按：祥當指蓮華峰祥庵主，非白雲子祥。蓋竟欽與子祥爲同門師兄弟，此文題雙峰、蓮華叔姪語録，不當另出子祥。

〔一三〕「巴陵鑒公常答問」十三句：禪林僧寶傳卷一二薦福古禪師傳：「如僧問巴陵提婆宗，答曰：『銀椀裏盛雪。』問吹毛劍，答曰：『珊瑚枝枝撐著月。』問佛教祖意是同別，答曰：『雞寒上樹，鴨寒下水。』云：『我此三轉語，足報雲門恩了也。』更不爲作忌齋。」鍇按：「巴陵三句」各禪籍所載有異。景德傳燈録卷二二岳州巴陵新開顥鑒大師僅載一句：「後僧問：『祖意教意是同是別？』師曰：『雞寒上樹，鴨寒入水。』」祖庭事苑卷二所載三句與此文不同：「岳州巴陵新開顥鑒禪師，嗣雲門，時謂鑒多口。凡遇雲門諱日，皆不營供食，人問其故，曰：『吾嘗對話有三語，足以報先師恩德。』三語者：僧問：『如何是道？』云：『明眼人落井。』『祖意教意是同是別？』云：『雞寒上樹，鴨寒下水。』『如何是提婆宗？』云：『銀椀裏盛雪。』叢林有語云：『巴陵平生三轉語。』」無「珊瑚枝枝撐著月」句。碧巖録卷二第十三則巴陵銀椀裏雪：「後出世法嗣雲門，先住岳州巴陵，更不作法嗣書，只將三轉語上雲門：『如何是道？』『明眼人落井。』『如何是吹毛劍？』『珊瑚枝枝撐著月。』『如何是提婆宗？』『銀椀裏盛雪。』雲門云：『他日老僧忌辰，只舉此三轉語報恩足矣。』」無「雞寒上樹，鴨寒入水」句。人天眼目卷二雲門宗巴陵三句則與惠洪所舉同。

題輔教編〔一〕

嗚呼！正法明夷〔二〕，先佛垂告。封文執僞，更相是非〔三〕。聖智圓融，凡情守隙。否極則泰〔四〕，挺生英特。則永安禪師其人也〔五〕。握管驅風，懸河瀉辯〔六〕，推慈悲於教義〔七〕，會孔墨以流沺〔八〕。巍巍乎！晃晃乎〔九〕！寔當世不可得也。凡所著集，雖不欲傳，其在四方好事者之所録，殆九牛一毛耳〔一〇〕。後之學者，至聞其名，歎不得瞻容爲恨。若夫天地之高遠，日月之昭明，江海之浩蕩，想而不可極者，蓋若人矣〔一一〕。

【注釋】

〔一〕作年未詳。輔教編：明教大師契嵩所作，凡上中下三卷。上卷原教、勸書并序共四篇；中卷廣原教并序共二十六篇；下卷孝論并序共十三篇、壇經贊、真諦無聖論。收於鐔津文集卷一至卷三。參見本集卷二三嘉祐序注〔二二〕。

〔二〕明夷：本易卦名，離下坤上：「明夷，利艱貞。」周易集解注引鄭玄曰：「夷，傷也。日出地上，其明乃光，至其明則傷矣，故謂之明夷。」喻主暗於上，賢人退避。此似用作「陵夷」義，謂衰落。

〔三〕「封文執僞」二句：宋晁迥法藏碎金録卷一〇：「若夫曲士偏私，有以教法更相是非者，豈可與言大達至公之理乎！」

〔四〕否極則泰：否極泰來。閉塞至極，則轉向通泰。吴越春秋卷七勾踐入臣外傳：「時過於期，否終則泰。」廓門注：「易否卦、泰卦也。」

〔五〕永安禪師：即契嵩，以晚住杭州靈隱寺北永安禪院，故稱。參見嘉祐序注〔一五〕。

〔六〕懸河瀉辯：喻談吐文章滔滔不絶，極爲雄辯。世説新語賞譽：「王太尉云：『郭子玄語議如懸河寫水，注而不竭。』」

〔七〕推慈悲於教義：鐔津文集卷一輔教編上原教：「聖人欲引之其所安，所以推性而同群生；聖人欲息之其所競，所以推懷而在萬物。謂物也，無昆蟲無動植，佛皆概而惠之，不散損之。

謂生也，無貴賤無賢鄙，佛皆一而導之，使自求之。推其性而自同群生，豈不謂大誠乎？推其懷而盡在萬物，豈不謂大慈乎？大慈，故其感人也深；大誠，故其化物也易。」

〔八〕會孔墨以流泄：輔教編上勸書第一：「昔孟子故擯夫爲楊墨者，而韓子則與墨曰：『孔子必用墨子，墨子必用孔子，不相用不足爲孔墨。』儒者不尚説乎死生鬼神之事，而韓子原鬼，稱乎羅池柳子厚之神奇而不疑。韓子何嘗膠於一端而不自通邪？韓謂聖賢也，豈其是非不定，而言之反覆？蓋鑒在其心，抑之揚之，或時而然也。後世當求之韓心，不必隨其語也。」　泄：水出貌。文子道原：「夫道者，高不可極，深不可測，包裹天地，禀受無形，原流泏泏，沖而不盈。」

〔九〕晃晃：明亮貌。唐釋宗密圓覺經序：「方之海印，越彼太虚，恢恢焉，晃晃焉，迥出思議之表也。」

〔一〇〕九牛一毛：喻微不足道。漢書司馬遷傳報任安書：「假令僕伏法受誅，若九牛亡一毛，與螻蟻何異？」

〔一一〕若人：猶言此人，斯人。論語憲問：「南宫适出，子曰：『君子哉若人！尚德哉若人！』」

題首山傳法偈〔一〕

諸佛甚微細智，以金剛爲喻，非凡夫麤浮心識所能了達〔二〕。華嚴十定品：「入剎那際諸佛三昧〔三〕。」乃能滅衆生顛倒想。宣和元年十月吉日〔四〕，余在湘西鹿苑虎岑（芩）堂早作靜坐㊀〔五〕，念曰：今日蓋首山生辰〔六〕。追想爲人，書其傳法偈并汾州無德禪師注釋〔七〕，詳味父子〔八〕，真能入諸佛甚微細智者也。

【校記】

㊀岑：原作「芩」，誤，今改。參見注〔五〕。

【注釋】

〔一〕宣和元年十月初一作於長沙鹿苑寺。　首山：即省念禪師（九二六～九九三），萊州人，俗姓狄氏。受業於本部南禪院，得法於風穴延沼，屬臨濟宗南嶽下八世。初住汝州首山，爲第一世。宋太宗淳化四年示寂。壽六十八。事具景德傳燈録卷一三、禪林僧寶傳卷三。天聖廣燈録卷一六作「俗壽六十七」。　傳法偈：林間録卷上：「首山和尚嘗作傳法綱要偈曰：『咄咄拙郎君，機妙無人識。打破鳳林關，穿靴水上立。咄咄巧女兒，停梭不解織。貪看鬭雞人，水牛也不識。』汾陽無德禪師注釋之。」禪林僧寶傳卷三汝州首山念禪師傳則謂「嘗作綱宗偈」，文字略異，二處「咄咄」均作「咄哉」，「穿靴」作「著靴」，「停梭」作「攛梭」。古尊宿語録卷八汝州首山念和尚語録收此，題爲示衆三首，其一曰：「背陰山子向陽多，南來北往意如何。若人問我西來意，東海東面有新羅。」其二曰：「咄哉巧女兒，攛梭不解織。貪看鬬鷄兒，水牛也不識。」其三曰：「咄哉拙郎君，巧妙無人識。打破鳳林關，穿靴水上立。」

〔二〕「諸佛甚微細智」三句：本集卷二三五宗綱要旨訣序：「諸佛三昧，謂之甚微細智。麤浮心識，其能至哉？」錯按：華嚴經卷三一十迴向品：「以無著無縛解脱心，住普賢行大迴向心，得色甚微細智、身甚微細智、刹甚微細智、劫甚微細智、世甚微細智、方甚微細智、時甚微細智、數甚微細智、業報甚微細智、清淨甚微細智。……得諸菩薩心之樂欲，獲金剛幢迴向之門。」

〔三〕「華嚴十定品」二句：華嚴經卷四〇十定品：「爾時，世尊在摩竭提國阿蘭若法菩提場中，始成正覺，於普光明殿，入刹那際諸佛三昧。」

〔四〕吉日：即初吉，每月初一。

〔五〕湘西鹿苑：長沙湘江西岸嶽麓山鹿苑寺。虎岑堂：因紀念景岑禪師而名。景岑初住長沙鹿苑寺，爲第一世。諸方謂之爲岑大蟲。大蟲爲虎之俗稱，故景岑亦稱「虎岑」。事具景德傳燈録卷一〇。參見本集卷一三題鹿苑虎岑堂注〔一〕。底本「岑」作「芩」，涉形近而誤，今改。

〔六〕首山生辰：本集高僧生辰乃指其忌日，然據景德傳燈録、禪林僧寶傳首山本傳，省念禪師示寂於淳化四年十二月四日，非十月初吉。或此生辰謂其誕生之日，然其生日僧傳不載。疑此文字有誤，或惠洪誤記，俟考。

〔七〕汾州無德禪師注釋：石霜楚圓編汾陽無德禪師語録卷中收師注首山念禪師頌，其文曰：「咄哉拙郎君。（注：）『素潔條然。』巧妙無相識。（注：）『運機非面目。』打破鳳林關。（注：）『蕩盡玲瓏性。』著靴水上立。（注：）『塵泥自異。』咄哉巧女兒。（注：）『妙智理圓容。』攛梭不解織。（注：）『無間功不立。』貪看鬬鷄人。（注：）『傍觀審騰距，爭功不自傷。』水牛也不識。（注：）『全力能負，不露頭角。』」汾陽無德禪師，即汾陽善昭。禪林僧寶傳首山本傳載善昭注，「圓容」作「圓融」，「傍觀」作「旁觀」。

〔八〕父子：善昭爲省念法嗣，故稱。

題五宗録〔一〕

性覺本自妙而常明〔二〕，以無性故不自知，謂之無明。一切衆生以無明迷醉，如目有翳〔三〕，善知識如醫師〔四〕。東坡曰：「翳師但有除翳藥，且無與明藥。如可與明，還應是翳。」〔五〕此殆天下之名言也。予所集五宗語要，如醫師除翳藥方也。從前先德用之有驗，故樂以傳世。書成於宣和元年正月。明年，有漳南道人崇顗者〔六〕，願求傳録。録畢相示，其筆力詳楷，非誠之至，志之確，不能如此。然能併除萬慮，燕坐一室，追繹先德所行之事，研味諸家所示之語，以校日用，則予之所集，不爲徒爾。顗之精勤，不爲虛行也〔七〕。

【注釋】

〔一〕宣和二年三月作於長沙南臺寺。五宗録：即五宗綱要旨訣，亦稱五宗語要。惠洪擇要所編臨濟、雲門、曹洞、潙仰、法眼五宗諸禪師之機緣語句。參見本集卷二三五宗綱要旨訣序。

〔二〕性覺本自妙而常明：宗鏡録卷七七：「以性覺不從能所而生，非假修證而起，本自妙而常明，故云性覺妙明。」參見本集卷二一合妙齋記注〔九〕。

〔三〕如目有翳：華嚴經卷一六昇須彌山頂品：「亦如目有翳，不見妙淨色。如是不淨心，不見諸佛法。」此借用其語。

〔四〕善知識如醫師：南朝釋法護等譯大乘寶要義論卷五：「當觀自身如病人想，善知識如醫師想，所教示法猶如藥想，依教所行如病除想。」

〔五〕「東坡曰」五句：東坡志林卷一論修養帖寄子由：「任性逍遥，隨緣放曠，但盡凡心，別無勝解。以我觀之，凡心盡處，勝解卓然。但此勝解，不屬有無，不通言語。故祖師教人，到此便住。如眼翳盡，眼自有明，醫師只有除翳藥，何曾有求明藥？明若可求，即還是翳。固不可於翳中求明，即不可言翳外無明。而世之昧者，便將頹然無知認作佛地。」此撮其大意。

〔六〕漳南：代指洪州。輿地紀勝卷二六江南西路隆興府：「章江，源出豫章，故名章江。西漢志云：出贛縣。」參見本集卷二送濟上人歸漳南注〔一〕。　崇顗：洪州僧，生平法系未詳。

〔七〕不爲虛行：易繫辭下：「苟非其人，道不虛行。」

題寶公讖記〔一〕

王敦素問予〔二〕：「寶公讖語，視千百年如一日，此何道而至之？」予曰：「『清明在躬，志氣如神，有物將至，其兆必先』者〔三〕，孔子之語也。凡夫所見，莫非倒想，倒想若滅，洞見三世。寶公豈有倒想者乎？」敦素拊手曰：「美哉之論也！然滅倒想，寧有道乎？」予曰：「當不忘正觀曰：『是眼則不能，自見其己體，自體尚不見，云何見餘物？』〔四〕『若樹是見，復云何樹？若樹非見，云何見樹？』〔五〕『現在若有，過去、未來亦應是有；過去、未來若無，現在亦應是無。』〔六〕故雜華曰：『法眼不思議，此見非顛倒。』〔七〕」敦素瞠然，良久曰：「此語令人溟涬然弟之哉〔八〕！」

【注釋】

〔一〕大觀二年作於江寧府。　寶公讖記：寶公，即保誌，亦作寶誌。高僧傳卷一〇梁京師釋保誌傳載其讖語甚多，且曰：「與人言語，始若難曉，後皆效驗。時或賦詩，言如讖記。」南史卷七六隱逸傳下釋寶誌傳：「好爲讖記，所謂誌公符是也。」景德傳燈録卷二七金陵寶誌禪師：「時或歌吟，詞如讖記。」本集卷三〇鍾山道林真覺大師傳：「時時題詩，初不可曉，後皆有驗。」參見本集卷一七述古德遺事作漁父詞八首之寶公。

〔二〕王敦素：王樸，字敦素，王安石弟安國孫，旐子。本臨川人，移居江寧。參見本集卷二贈王敦素兼簡正平注〔一〕。

〔三〕「清明在躬」四句：語見孔子家語問玉。禮記孔子閒居：「清明在躬，志氣如神。嗜欲將至，有開必先。」文字略異。

〔四〕「當不忘正觀曰」五句：語本中論觀六情品：「是眼則不能，自見其己體。若不能自見，云何見餘物。」法華經合論卷六：「父母所生之眼，肉眼也。肉眼何緣清淨耶？曰：以眼不能自見故。中觀論曰：『是眼則不能，自見其己體。若不能自見，云何見餘物。』」禪林僧寶傳卷七天台韶國師傳引此，亦作「若不能自見」。而楞嚴經合論卷五作「己體尚不見」，智證傳作「自體尚不見」，文字略異。正觀：即中論，又稱中觀論、正觀論，印度龍樹菩薩著，凡四卷，鳩摩羅什譯。

〔五〕「若樹是見」四句：楞嚴經卷二：「阿難言：『我實遍見此祇陀林，不知是中何者非見？何以故？若樹非見，云何見樹？若樹即見，復云何樹？如是乃至若空非見，云何爲空？若空即見，復云何空？我又思惟，是萬象中，微細發明，無非見者。』」此用其語。

〔六〕「現在若有」四句：此義見阿毗達磨俱舍釋論卷一四中分别惑品，文繁不録。又後秦僧肇注維摩詰經卷九注「我觀如來，前際不來，後際不去，今則不住」引竺道生曰：「以見佛爲見者，此理本無，佛又不見也。不見有佛，乃爲見佛耳。見佛者，見此人爲佛，從未來至現在，從現在入過去，故推不見三世有佛也。過去若有，便應更來，然其不來，明知佛不在過去矣。未來若有，便應即去。然其不去，明知佛不在未來矣。現在若有，便應有住，然其不住，明知佛不在現在矣。」此化用其意以論三世之不可分别。

〔七〕「故雜華曰」三句：廓門注：「東晉譯華嚴經卷第六菩薩明難品：『覺首菩薩偈曰：彼見不顛倒，法眼清淨故。』」錯按：此處引語見唐實叉難陀譯華嚴經卷一三菩薩問明品，東晉譯本文字與此不同。　雜華：華嚴經之别稱。

〔八〕令人溟涬然弟之哉：令人甘心低頭服輸之意。語本莊子天地。已見前注。

題古塔主論三玄三要法門〔一〕

古塔主著論，呵諸方但解知見，未明道眼。予初駭之，及觀其論「三玄三要」之義，援引諸家，證左甚明，而曰：「豈特臨濟用此法門，殆是三世如來之法式也。」僧輒問曰：「師論三玄法門，名既有三，其語亦異，切不相離。而臨濟本曰：『一句中具三玄，一玄中具三要。』有玄有要，何以辯明之？」古氣索，良久，引金剛般若經云「一切諸佛及諸佛阿耨多羅三藐三菩提法，皆從此經出」，〔二〕又首楞嚴云「於一毫端現寶王刹，坐微塵裏轉大法輪」等義對之〔三〕，曰：「理性無邊，事相無邊，雜而不參，混而不一，何疑一句之中不具三玄三要耶〔四〕？」予獨不曉金剛般若、首楞嚴等義，非知見乎？且諸經之旨既具，臨濟安得蹤跡之而建立哉？古方呵知見，而自語相違，可笑也。盤山寶積禪師曰：「道本無體，因道而求名；道本無名，因名而立號。若言即心即佛，今時未入玄微；若言非心非佛，猶是指蹤之極則。向上一路，千聖不傳。學者勞形，如猿捉影。」〔五〕盤山蓋形容「三玄三要」者。雲居云：「譬如獵犬，尋香嗅跡而去。忽若羚羊挂角時，莫道跡，香亦無矣。」〔六〕同安曰：「涅槃城裏尚猶危，陌路相逢勿定期。權挂垢衣云是佛，却裝珍御復名誰？木人夜半穿靴去，石女天明戴帽歸。萬古碧潭空界月，再三撈摝始應知。」〔七〕又形容盤山之語，〔八〕而「三玄三要」之旨益微矣。古乃又引教乘以解釋之，吾無以懲（徵）其失㊀，將撼臨濟起而使痛叱之，乃快也。

【校記】

㊀懲：原作「徵」，今從武林本。

【注釋】

〔一〕作年未詳。　古塔主：即承古禪師，因覽雲門語録對機而悟，自稱爲雲門文偃法嗣。栖止雲居山弘覺禪師塔中，四方學者奔湊，叢林號古塔主。後范仲淹迎住饒州薦福寺。其論三玄三要法門，參見禪林僧寶傳卷一二薦福古禪師傳。惠洪於薦福古禪師傳贊中斥曰：「古説法有三失：其一判三玄三要，爲玄沙所立三句；其二罪巴陵三語，不識活句；其三分兩種自己，不知聖人立言之難。」又於臨濟宗旨中斥古塔主之失。廓門注：「愚曰：古塔主三玄三要法門，詳僧寶傳承古師傳及林間録。又此一段，閱鼓山永覺禪師晚録三玄考，須得取捨矣。」鍇按：承古門人文智編古禪師語録凡一卷，今存。卷末附惠洪此文及題古塔主兩種自己。卷首有靈源叟惟清序曰：「禪師，即所謂古塔主者也。淨行無垢，孤風絶攀，名重當年，誠非虚得。垂機接物，深指悟中，語直標宗，世多參究。然判兩篇自己，列三要三玄，類聚因緣，品題緇素，與夫不見雲門，而公稱嫡嗣，情猜之士，或致譏評。是猶循器定空，刻舟尋劍，親逢大藥，反益沉痾。儻善退思，歷然神會，則知彼上人者，豈徒然哉！禪者道宣、竦聞、通辯，請將其録鏤板流傳，仍乞斯言，爲之冠引。實紹聖四年中秋日也。」又有雲門村叟妙喜宗杲序曰：「禪無傳授，可傳授者，教乘文字，先德語言而已，非心之至妙也。其至妙之心，貴不越一念而契證。苟如實契證，則教乘文字，先德語言，無少無剩，皆此心之妙用。如析旃檀，片片匪異。故曰：『教外別傳，不立文字，直指人心，見性成佛。』此萬世不易之論。近日叢林，誑妄説法之流，不信有妙悟，而專事教乘文字，先德語言，尋章摘句，狐媚學者，傳襲以爲家寶。或以隻履西歸之話爲末後大事，或以五位功勳、偏正回互爲箕裘。各立門户，各秉師承，謂之宗旨。觀斯之説，何異群虱之處褌中，逃乎深縫，匿乎壞絮，自以爲吉宅。炎丘火流，燋邑滅都，群虱褌中不能出。此之謂也。臨際曰：『有一種不識好惡，向教乘中取意度商量，成於句義。如把屎塊子口中味了，却吐過與人。』三復斯言，未嘗不喟然嘆息也。嗚呼！安得此老復出，爲後進針膏肓、起癈疾乎！」則靈源惟清與妙喜宗杲皆推崇古塔主，與惠洪立場頗爲不同。又釋祖琇僧寶正續傳卷七專作代古塔主與洪覺範書，爲古塔主論「三玄三要」、「兩種自己」辯護，以正惠洪之誤。文繁不録。

〔二〕「引金剛般若經云」二句：金剛般若波羅蜜經：「須菩提！一切諸佛及諸佛阿耨多羅三藐三菩提法，皆從此經出。」

〔三〕「又首楞嚴云」二句：楞嚴經卷四：「於一毛端現寶王刹，坐微塵裏轉大法輪。」

〔四〕「理性無邊」五句：見禪林僧寶傳承古本傳。鍇按：以上問答皆見承古本傳。

〔五〕「盤山寶積禪師曰」十三句：語見景德傳燈録卷七幽州盤山寶積禪師，「因道而求名」「因名而立號」傳燈録作「因道而立名」「因名而得號」，文字略異。寶積禪師，嗣法馬祖道一。卒敕謚凝寂大師，塔號真際。

〔六〕「雲居云」六句：語見景德傳燈録卷一七洪州雲居道膺禪師：「師謂衆曰：『如好獵狗，只解尋得有縱迹底。忽遇羚羊挂角，莫道迹，氣亦不識。』」文字略異。雲居，即道膺禪師，嗣法洞山良价，住洪州雲居山。卒敕謚弘覺禪師。參見前題雲居弘覺禪師語録注〔一〕。

〔七〕「同安曰」九句：語見景德傳燈録卷二九同安察禪師十玄談之八迴機，「勿定期」作「没定期」。同安，即常察禪師，嗣法九峰道虔，屬青原下六世。住洪州鳳棲山同安院。景德傳燈録卷一七載其機語。

〔八〕又形容盤山之語：如同安察禪師「權挂垢衣云是佛，却裝珍御復名誰」，即形容盤山「道本無體，因道而求名；道本無名，因名而立號」之語。「萬古碧潭空界月，再三撈摝始應知」，即形容盤山「學者勞形，如猿捉影」之語，用佛典猿猴水中撈月之故事。

題古塔主兩種自己〔一〕

僧承古與施秘丞論「自己」有二，曰：「有空劫時自己，有今時日用自己。」〔二〕學者以其有叢林時譽（舉）〔三〕，讀之，疑怖曰：「豈一阿難而成兩佛耶〔四〕？」余聞世尊於首楞嚴會上謂阿難曰：「譬如琴瑟、箜篌、琵琶，雖有妙音，若無妙指，終莫能發。寶覺真心，各各圓滿。如我按指，海印發光；汝暫舉心，塵勞先起。」〔五〕其説不過以善用不善用爲異，不聞析而爲兩種也。而古公立「二自己」，過矣。祖師之門，其論法方徽言語之際，略滯疑似者，隨而救之，如鳥飛空，弗住弗著〔六〕。如六祖謂永嘉曰：「汝甚得無生之意。」對曰：「無生豈有意耶？」〔七〕又問讓公：「什麽物與麽來？」對曰：「説似一物即不中。」〔八〕自是觀之，古蓋吾法中罪人，而自以能嗣雲門，其自欺欺人之狀，不窮而自露也。

【校記】

㊀ 譽：原作「舉」，誤，今改。參見注〔三〕。

【注釋】

〔一〕作年未詳。古塔主兩種自己：詳見禪林僧寶傳卷一二薦福古禪師傳。

〔二〕「僧承古與施秘丞論」四句：僧寶正續傳卷七釋祖琇代古塔主與洪覺範書曰：「開兩種自己，不知聖人立言之難者：某所以開之之意。於答施秘丞二篇中，備言之矣。蓋稟佛祖懿範，爲末代學者明示根本，使捨日用光影，直了空劫已前本來自己也。由今時多以機辯玄妙爲極則，故説二種，以驗淺深。然如來以三身設化儀，少林以皮髓別親疏，洞山以偏正立宗旨，至於馬鳴則以一心開真如、生滅二門。予故駕此之説，以救末代學者棄本之弊，非不知聖人立言之難也。」　施秘丞：未詳其人。　鍇按：僧承古答施秘丞二篇已佚。禪林僧寶傳承古本傳曰：「示衆曰：『衆生久流轉者，爲不明自己。欲出苦源，但明取自己者。有空劫時自己，有今時日用自己。空劫自己是根蔕，今時日用自己是枝葉。』」

〔三〕時譽：時人之稱譽。世説新語賞譽：「殷中軍與人書，道謝萬『文理轉遒，成殊不易』。」劉孝標注引中興書曰：「萬才器儁秀，善自衒曜，故致有時譽。兼善屬文，能談論，時人稱之。」祖庭事苑卷七：「踈山，師諱光仁，參洞山，有時譽。」底本「譽」作「舉」，不辭，涉形近而誤，今改。

〔四〕阿難：王舍城人，姓刹利帝，父斛飯王，佛之從弟也。梵語阿難陀，此云慶喜，亦云歡喜。如來成道夜生，因爲之名。多聞博達，智慧無礙，世尊以爲總持第一。禪宗尊爲西天第二祖。事具景德傳燈録卷一。參見本集卷二四彦舟字序注〔二〕。

〔五〕「余聞世尊於首楞嚴會上」十一句：語見楞嚴經卷四：「譬如琴瑟、箜篌、琵琶，雖有妙音，若無妙指，終不能發。汝與衆生亦復如是，寶覺真心，各各圓滿。如我按指，海印發光；汝暫舉心，塵勞先起。」錯按：楞嚴經此一段本爲世尊謂富樓那語，此言「謂阿難曰」，當是惠洪誤記。

〔六〕「如鳥飛空」二句：此喻常見於佛書，如增壹阿含經卷一五高幢品：「如鳥飛空，無有罣礙。」華嚴經卷五〇如來出現品：「了知諸法性寂滅，如鳥飛空無有跡。」大般涅槃經卷五如來性品：「如鳥飛空，跡不可尋。」不勝枚舉。

〔七〕「如六祖謂永嘉曰」四句：景德傳燈録卷五温州永嘉玄覺禪師：「祖曰：『汝甚得無生之

意。』曰：『無生豈有意耶？』祖曰：『無意誰當分別？』曰：『分別亦非意。』祖歎曰：『善哉！善哉！』少留一宿。時謂一宿覺矣。」

〔八〕「又問讓公」四句：景德傳燈録卷五南嶽懷讓禪師：「乃直詣曹谿參六祖。祖問：『什麽處來？』曰：『嵩山來。』祖曰：『什麽物恁麽來？』曰：『説似一物即不中。』」

【集評】

元釋明本云：寂音尊者力排古和尚説法之誤，其奮辭舞筆，如醫者用峻劑，以攻五臟之毒，殆與元氣併將蕩滌。石室老人痛指寂音公論之失，其雄談博辯，如百萬師揮戈伐國，不問仁人，必欲使之血刃而後已。審如是，則安有古、洪二師之盛譽，復喧轟於宇宙哉？蓋各有所據而然也。後之讀其書者，苟不具此正眼，於是非之外文字，其可憑乎？（天目中峰和尚廣録卷一〇題琇禪師代古塔主答寂音尊者書）

題汾州語〔一〕

六祖臨終，門人問：「住持當如何行心用行，乃契聖意？」祖曰：「設有問佛法者，汝對之時，莫迷自己。住（性）持修道㊀，第一莫瞞自心，如此則與聖意相應。」〔二〕予觀淳化已後〔三〕，宗師無出汾陽禪師之右者。味其平生，聽其言論，如謝安石之知國，造次不忘自治〔四〕，宜於曹溪最後明誨〔五〕，爲無所愧矣。

【校記】

㊀住：原作「性」，誤，今從廓門本。

【注釋】

〔一〕元符二年冬作於杭州。　汾州語：即汾陽善昭禪師語録。善昭，首山省念法嗣，臨濟宗南嶽下九世。今存石霜楚圓編汾陽無德禪師語録，凡三卷。鍇按：僧寶正續傳卷二明白洪禪師傳：「一日閲汾陽語，重有發藥，於是胸次洗然，辨博無礙。」羅湖野録卷上：「寂音尊者洪公，初於歸宗參侍真淨和尚，而至寶峰。……因違禪規，遭删去，時年二十有九。及遊東吴，寓杭之淨慈，以頌發明風穴意，寄呈真淨，曰：『五白貓兒無縫罅，等閑抛出令人怕。翻身趒擲百千般，冷地看佗成話覇。如今也解弄些些，從渠歡喜從渠駡。却笑樹頭老舅翁，只能上樹不能下。』自後復閲汾陽語録，自三玄頌，荐有所證。」

〔二〕「六祖臨終」十一句：廓門注：「六祖語未知何出。」鍇按：壇經付囑品：「師説偈已，告曰：『汝等好住，吾滅度後，莫作世情悲泣雨淚，受人弔問，身著孝服，非吾弟子，亦非正法。但識自本心，見自本性，無動無靜，無生無滅，無去無來，無是無非，無住無往。恐汝等心迷，不會吾意，今再囑汝，令汝見性。吾滅度後，依此修行，如吾在日；若違吾教，縱吾在世，亦無有益。』」此或述其大意。

〔三〕淳化：宋太宗年號，公元九九〇～九九四年。

〔四〕「如謝安石之知國」二句：晉書謝安傳：「時强敵寇境，邊書續至，梁益不守，樊鄧陷没，安每鎮以和靖，御以長算。德政既行，文武用命，不存小察，弘以大綱，威懷外著，人皆比之王導，謂文雅過之。」

〔五〕曹溪：即六祖慧能。

題準禪師語録〔一〕

石門雲庵示衆之語〔二〕，多脱略窠臼。于時衲子視之，如春在花木，而不知其所從來。予每以謂此老人可以起臨濟之仆〔三〕。哲人逝矣，切嗟悼之，以爲世莫有嗣之者。湛堂於予爲弟昆〔四〕，自其開法，未嘗聞其舉揚。殁後百餘日，得此録於杲上人處〔五〕。讀之喟曰：「雲庵之餘波，乃能發生此老種性耶？」政和五年十月七日題。

【注釋】

〔一〕政和五年十月七日作於洪州靖安縣寶峰院。準禪師語録：文準，號湛堂，嗣法真淨克文，爲臨濟宗黄龍派南嶽下十三世。事具本集卷三〇泐潭準禪師行狀，參見卷一九寶峰準禪師贊注〔一〕。宋釋師明集續古尊宿語要第一集湛堂準和尚語卷首日涉園李彭序曰：「予觀宗師説禪，嘗譬之善琴者，斵以百衲之材，絃以園客之絲，資以敏妙之天。其攫之也深，其醳之也愉，上爲南風，下爲别鵠，可謂盡矣。曾不知絃指之外，徽軫所不能管攝，有不可傳之妙。又嘗譬之善奕者，枯棊三百，鏖戰於方罫之間，或角或掎，出奇決勝，可謂備矣。曾不知陷之死地而後生，殺之亡地而後存，有不可料之著，出人意表。本分宗師，心空法徹，得大自在，窠臼不存，亦何以異此哉？昔真淨禪師，出臨濟正宗，得雲門大用。而湛堂老人，實世其家，悟活祖師意，兩坐道場，發徽軫不能管攝之音，下出人意表之著。未嘗貶剥諸方，羈縻禪子，而學者向風爭趍之，諸方宗匠，共所推仰。真祖師門下之英豪，菩提場中之宿將也。及其遷寂，參徒志端編掇平時上堂警衆機緣，將鋟□世，開鑿後人。以予嘗瞻禮杖屨，獲聽玅談，乞爲序引於卷首。予辭以丘園病夫，豈發揚潛德之具。端曰：『若欲借重於名卿巨公，以傳世而行後，非先師意也。吾雖不死，振先師之遺風，其敢負先師意乎？公毋固辭。』予曰：『唯。』乃序以冠之。政和六年六月七日序。」據此，則準禪師語録爲其弟子志端所編。

〔二〕石門雲庵：真淨克文嘗住靖安縣石門山寶峰院，故稱。

〔三〕起臨濟之仆：禪林僧寶傳卷二一慈明禪師傳：「余觀慈明，以英偉絶人之姿，行不纏凡聖之事，談笑而起臨濟于將仆。」林間録卷下：「南禪師居積翠……其門風壁立，雖佛祖亦將喪氣，故能起臨濟已墜之道。」

〔四〕弟昆：兄弟，惠洪與文準同嗣真淨，故稱。

〔五〕「自其開法」四句：宋釋祖詠編大慧普覺禪師年譜政和五年：「湛堂遷化後，其平日説法語要，不許抄録，太半師憶持誦出，集成，攜謁洪覺範，以議編次，覺範題其後云。」杲上人，即宗杲，初從湛堂文準，後從圓悟克勤悟道，嗣其法，遂爲臨濟宗楊岐派南嶽下十五世。住杭州徑山寺，賜號大慧，卒謚普覺。參見本集卷二三洪州大寧寬和尚語録序注〔一三〕。

題小參〔一〕

如來世尊説般若，傳至震旦者，無慮數百萬言〔二〕，其要不過曰：「一切智智清淨，無二、無二分、無別、無斷故〔三〕。」杜順宏華嚴入法界旨訣，終必曰：「一切智通無障礙〔四〕。」古之宗師於世尊之意，神而明之〔五〕，獨雲門大師〔六〕。雲門滅百年，有雲庵老師握臨濟劍，得雲門之旨〔七〕，於説法時，如月在千江，不借言詮，一切見者心得意了。自老師之化，出其門者，皆不足以知此，獨湛堂師兄知其意。予三復斯語〔八〕，爲之歎息。使雲門、雲庵而在，見此語，當撫掌一笑。蓋其謹嚴如歐陽率更小字〔九〕，端方如顔平原大字〔一〇〕，秀整姿媚如鍾太傅表章〔一一〕，精奇雅麗如王會稽蘭亭記〔一二〕。嗚呼，何其盛哉！

【注釋】

〔一〕政和五年十月作於靖安縣寶峰院。　小參：非時説法之語，因規模較小，與「上堂警衆機緣」之大參有別。祖庭事苑卷八：「禪門詰旦升堂，謂之早參；日晡念誦，謂之晚參；非時説法，謂之小參。」此文有「獨湛堂師兄知其意」句，可知小參亦爲文準語録，與題準禪師語録當作於同時。

〔二〕「如來世尊説般若」三句：般若，指大般若波羅蜜多經，爲大乘般若類經典之彙編，宣説諸法皆空之義。唐三藏法師玄奘譯，共六百卷。　震旦：古印度稱中國。　無慮：大約，總共。

〔三〕「一切智智清淨」三句：語見大般若波羅蜜多經卷二〇五初分難信解品：「若一切智智清淨，無二、無二分、無別、無斷故。」參見本卷題超道人蓮經注〔六〕。

〔四〕「杜順宏華嚴入法界旨訣」三句：語本杜順和尚漩澓偈頌華嚴法界觀曰：「時處帝網現重重，一切智通無罣礙。」杜順，即釋法順，俗姓杜氏。爲華嚴宗初祖。參見本集卷一七送忠道者乞炭注〔五〕。　鍇按：楞嚴經合論卷六：「曰：『何謂智境？』曰：『般若經曰：「一切智智清淨，無二、無二分、無別、無斷故。」故曰：「林木池沼，皆演法音也。」法界觀曰：「時處帝網現重重，一切智通無障礙。」故曰：「交光相羅，如寶絲網也。」』」此即以上諸句所論之意。又法華經合論卷三：「猶若今日初入真空絶相觀，偈曰：『若人欲識真空理，身内真如還徧外。

情與無情共一體，處處皆同真法界。』故經於此言大也。次入理事無礙觀，偈曰：『只用一念觀一境，一切諸境同時會。於一境中一切智，一切智中諸法界。』故經於此言通也。次入周徧含容觀，偈曰：『一念照入於多劫，一一念劫收一切。時處帝網現重重，一切智通無障礙。』故經於此言智也。」

〔五〕神而明之：易繫辭上：「神而明之，存乎其人。」

〔六〕雲門大師：即文偃禪師，雲門宗開山祖師。

〔七〕「有雲庵老師握臨濟劍」二句：此即前舉湛堂準和尚語卷首李彭序所言：「昔真淨禪師，出臨濟正宗，得雲門大用。」謂其兼有臨濟、雲門之禪法。

〔八〕三復斯語：論語先進：「南容三復白圭。」孔安國注：「詩云：『白圭之玷，尚可磨也。斯言之玷，不可爲也。』南容讀詩至此，三反覆之，是其心慎言也。」此借用其語。

〔九〕歐陽率更：歐陽詢，唐潭州臨湘人。仕隋爲太常博士，入唐官至弘文館學士。善書，初仿王羲之，而險勁過之，結構嚴整，筆鋒勁遒。八體盡能。因嘗爲太子率更令，故世稱率更。新舊唐書有傳。參見本集卷七贈鄒處士注〔三〕。

〔一〇〕顔平原大字：即顔真卿，嘗任平原太守，故稱。真卿善擘窠大字，爲碑板題額，點畫停匀端方。顔魯公集卷三乞御書天下放生池碑額表：「緣前書點畫稍細，恐不堪經久，臣今謹據石擘窠大書一本，隨表奉進。」參見本集卷一謁蔡州顔魯公祠堂注〔二九〕。

〔一二〕鍾太傅表章：鍾繇，字元常，潁川人。漢末舉孝廉，官至侍中、尚書僕射。入魏，進太傅。善書，工正、隸、行、草、八分，尤長於正、隸。三國志魏志有傳，又見唐張彦遠法書要録卷八張懷瓘書斷中。

〔一三〕王會稽：即王羲之，官至右軍將軍、會稽内史，故世稱王右軍，亦稱王會稽。蘭亭記：即蘭亭序，王羲之書法名篇。法書要録卷三何延之蘭亭記：「蘭亭者，晉右將軍會稽内史瑯琊王羲之字逸少所書之詩序也。……揮毫製序，興樂而書，用蠶繭紙、鼠鬚筆，遒媚勁健，絶代更無。」

題黄龍南和尚手抄後三首〔一〕

予猶及見叢林老成人〔二〕，皆云：黄龍南禪師游方時，嘗至歸宗，寶鬘頭方會茶，師却倚而坐。寶呵之：『南書記無骨耶？』師驚顧，玉立如山〔三〕。又至棲賢，諟禪師教令坐禪，久之得定〔四〕。因誦首楞嚴咒終其身〔五〕。建中靖國元年春，修水祖超然出雲庵所蓄此書爲示〔六〕，點畫奇勁，如空中之雨，小大蕭散，出於自然〔七〕。予置卷歎曰：「成德之人〔八〕，其所作爲，雖點筆弄墨之際，亦自卓絶，況其不可名者乎？」某題。

黃龍南禪師手録四十二章經一卷〔九〕，筆法深穩，莊重而若瘦，得顏平原用筆意〔一〇〕。雲庵老人生平無所嗜好，獨秘畜此經。偶爲人持去十餘年，莫知其所，與客論字，未嘗不搏髀追繹之〔一一〕。其小師希祖得於筠溪胡氏家㊀〔一二〕，出以示予曰：「君其寶之，政使此字不工，猶足以爲希世之珍，矧工如此，又雲庵所愛而不忘者乎？」歐陽文忠公曰：「論書當兼論平生。借使顏魯公書不工，世必珍之。」〔一三〕蘇東坡亦曰：「字畫大率如其爲人，君子雖不工，其韻自勝，小人反此也。」〔一四〕老黃龍非其以筆墨傳世者也，而其書終亦秀發。乃知歐、蘇之言，蓋理之固然。石門某謹題〔一五〕。

【校記】

㊀其小師：原作「其師」，脱「小」字，今從廓門本。參見注

【注釋】

〔一〕三首非作於同時。其一建中靖國元年春作於筠州新昌縣洞山。其二作年未詳。其三作於政和五年。

〔二〕老成人：詩大雅蕩：「雖無老成人，尚有典刑。」此借用其語指叢林尊宿。已見前注。黃龍南和尚：即慧南禪師，惠洪師祖。手抄：指其手抄佛經。

〔三〕「黃龍南禪師游方時」八句：禪林僧寶傳卷二二黃龍南禪師傳：「十九落髮，受具足戒。遠游至廬山歸宗，老宿自寶集衆坐，而公却倚。寶時時眴之，公自是坐必跏趺，行必直

視。」　寶鬔頭，即自寶禪師，嗣法五祖戒禪師，雲門宗青原下九世。以其頭髮鬔鬆，故稱。天聖廣燈録卷二三、聯燈會要卷二七、五燈會元卷一五、續傳燈録卷一載其機語。明釋大建禪林寶訓音義卷上載其傳略：「瑞州洞山自寶禪師，盧州人。嗣五祖戒禪師，清源（青原）下九世。爲人嚴謹，嘗在五祖爲庫司。戒病，令侍者往庫中取生薑煎藥，寶叱之。侍者白戒，戒令取錢回買，寶方取薑與之。後筠州洞山缺住持，郡守以書托戒所舉智者主之。戒曰：『賣生薑漢住得。』遂出世住洞山。後移歸宗寺。一日出門，見喝道者來，師問：『甚麽官？』從曰：『縣尉，令避路。』寶側立道左避之，馬忽見跪而不行。寶曰：『畜生却識人。』尉知是寶，再拜而去。後遷雲居。一夜，山神肩輿遶寺行，寶曰：『擡你爺娘，擡上方丈去。』寶初行脚時，嘗宿旅邸，爲娼女所窘。遂讓榻與之睡，寶夜危坐至旦。娼女索宿錢，寶與之，出門將火自燒其褥而去。娼女以實告母，遂請師置齋求懺，謂真佛子也。嘗作達磨讚，最播叢林。瑯琊覺和尚知之。今載正法眼藏中。」正法眼藏卷一之上：「歸宗寶和尚讚初祖達磨：『師真徒邈，三界無著。擬欲安排，知君大錯。虚勞指點，何處捫摸。要識師真，乾坤廓落。』」　書記：禪林之書寫僧。明釋大建禪林寶訓音義：「書記，執掌文翰，凡山門榜疏，書簡祈禱語祠，悉皆屬之。」鍇按：據此，則慧南嘗任歸宗寺書記。

〔四〕「又至棲賢」三句：林間録卷上：「棲賢諟禪師，建陽人，嗣百丈常和尚。性高簡，律身精嚴，動不遺法度。暮年，三終藏經，以坐閲爲未敬，則立誦行披之。黃龍南禪師初游方少，從之累年，故其平生所爲，多取法焉。嘗曰：『棲賢和尚定從天人中來，叢林標表也。』」禪林僧寶傳慧南本傳：「至棲賢依諟禪師。諟莅衆進止有律度。公規模之三年。」澄諟禪師，百丈道恒法嗣，屬法眼宗青原下十世。住廬山棲賢寶覺院。參見本集卷二三潛庵禪師序注〔三三〕。廓門注：「諟禪師，未詳。」失考。

〔五〕因誦首楞嚴咒終其身：此事未見禪林僧寶傳慧南本傳所載。首楞嚴咒：咒見楞嚴經卷七。

〔六〕修水祖超然：僧希祖，字超然，修水人，惠洪法弟，雲庵真淨克文禪師法嗣。

〔七〕「點畫奇勁」四句：此借空中之雨比喻書法排列結構勻稱而自然。參見本卷題光上人書法華經：「其衡斜點畫，勻如空中之雨，整如上瀨之魚。」鍇按：明蕭士瑋春浮園集文集卷上南歸日録小序：「余讀歐公于役誌、陸放翁入蜀記，隨筆所到，如空中之雨，八大蕭散，出於自然。」即襲用惠洪此喻。

〔八〕成德之人：猶言老成人。詩大雅蕩：「雖無老成人，尚有典刑。」孔穎達疏：「今時雖無年老成德之人，若伊陟之類，猶尚有先王常事故法，可案而用之。」

〔九〕四十二章經：佛經名，東漢西域沙門迦葉摩騰共竺法蘭譯，一卷。高僧傳卷一攝摩騰傳：「騰譯四十二章經一卷。」同卷竺法蘭傳：「（蔡）愔於西域獲經，即爲翻譯十地斷結、佛本生、法海藏、佛本行、四十二章等五部。移都寇亂，四部失本不傳，江左唯四十二章經今見在，可二千餘言。漢地見存諸經，唯此爲始也。」

〔一〇〕顔平原：即顔真卿，嘗任平原太守，故稱。參見本集卷一謁蔡州顔魯公祠堂注〔一〕。

〔一一〕搏髀：拍擊其股，表歎惋。參見本卷前題玄沙語録注〔七〕。

〔一二〕小師：釋氏要覽卷上師資小師：「寄歸傳云：『鐸曷攞，唐言小師（受戒十夏已前，西天皆彌小師）。』毗奈耶云：『難陀比丘呼十七衆比丘爲小師（此蓋輕呼之也）。』亦通沙門之謙稱也。昔高僧名僧導，爲沙彌時，叡法師見而異之，問曰：『君於佛法且欲何爲導？』對曰：『願爲法師作都講。』叡語曰：『君當爲萬人法主，豈可對揚小師乎？』」禪林以「小師」稱呼弟子。人天寶鑑：「良禪師，靖州人，楊岐會下尊宿。有小師犯戒律，臨終入惡道，其母夢其子銜恨於師曰：『皆父師不能導我爲善，致受是苦。』其母以是夢告於良，良未之信。龍圖徐禧德占是時爲布衣，嘗參扣於良。德占俄夢入一官府，兵吏斧鉞森列左右，熟視之，乃良禪師坐於庭下，鬼卒以杵撞其背，號叫震裂。復見其小師枷鎖杻械，蹲踞其側。德占問守閽吏曰：『二僧何罪？』吏曰：『老者乃少之師，以其師平時不能訓導，縱令破戒，故師之罪特重爾。』」希祖爲雲庵克文弟子，故稱「其小師」。筠溪胡氏：筠溪在新昌縣，胡氏其人未詳。

〔一三〕「歐陽文忠公曰」四句：歐陽文忠公集卷一二九世人作肥字説：「使顔公書雖不佳，後世見之必寶也。」此述其大意。

〔一四〕「蘇東坡亦曰」五句：蘇軾題魯公帖：「觀其書，有以得其爲人，則君子小人必見於書。」書唐氏六家書後：「凡書象其爲人。率更貌寒寢，敏悟絶人，今觀其書，勁嶮刻厲，正稱其貌耳。……古之論書者，兼論其平生，苟非其人，雖工不貴也。……世之小人，書字雖工，而其神情終有睢盱側媚之態。」此述其大意。

〔一五〕石門某：惠洪自稱。政和五年夏惠洪住筠州石門寺，故稱。

題晦堂墨蹟〔一〕

右晦堂大和尚墨蹟三紙，佛印，蓋公輩流也，而其言推敬之，至稱爲老師〔二〕。退之之與柳子厚，歐陽永叔之與楊大年，道樞不同，而韓、歐之稱柳、楊，唯恐不師尊之〔三〕。議者以謂避爭名之嫌〔四〕，非也。前輩傾倒，法當然耳。公道德冠叢林，而器資與公輩一時〔五〕，又名卿，且留情吾道者，今皆成千古。堪師之能畜此帖〔六〕，嗜好大是不凡。宣和四年自印福絶湖來〔七〕，出以示其姪〔八〕，因流涕書之。

【注釋】

〔一〕宣和四年冬作於長沙南臺寺。　晦堂：即黃龍祖心禪師，賜號寶覺，晚居晦堂，因以自號。錯按：此墨蹟當爲與彭汝礪書。參見注〔四〕。

〔二〕「佛印」四句：佛印，即了元禪師（一〇三二～一〇九八），字覺老，號佛印，饒州浮梁人，俗姓林氏。嗣法開先善暹禪師，屬雲門宗青原下十世。歷住江州承天、淮山斗方、廬山開先、歸宗、丹陽金山、焦山、江西大仰，四住雲居。紹聖五年正月遷化，世壽六十七。事具禪林僧寶傳卷二九雲居佛印元禪師傳。　輩流，同輩人。　鍇按：了元推敬祖心事，未詳出處。林間録卷上：「靈源叟初自龍山來，與衆羣居，痛自韜晦。佛印陞座白衆，請以爲座元，其禮數特異。靈源受之，叢林學者日親，知晦堂老人法道有在矣。」

〔三〕「退之之與柳子厚」五句：柳宗元字子厚，唐順宗永貞元年爲禮部員外郎，參與王叔文集團政治革新。憲宗即位，貶爲永州司馬，元和十年改柳州刺史。韓愈政治立場與柳宗元不同，歎其未能「自持其身」。然與柳同倡古文，私交甚深。嘗作柳子厚墓志銘、柳州羅池廟碑等推讚其人其文。　楊億，字大年，宋真宗朝兩任翰林學士，長於典制。與劉筠、錢惟演等唱和之作，輯爲西崑酬唱集，時稱西崑體。其文亦尚駢儷。歐陽修倡古文，重實用，詩文皆力矯西崑之弊，然於楊億道德文章，則甚爲推崇，如歸田録卷一：「楊文公以文章擅天下，然性特剛勁寡合。」此類稱揚甚多。

〔四〕議者以謂避爭名之嫌：歐陽修集古録卷八唐柳宗元般舟和尚碑：「子厚與退之皆以文章知名一時，而後世稱爲韓柳者，蓋流俗之相傳也。其爲道不同，猶夷夏也。然退之於文章每極稱子厚者，豈以其名竝顯於世，不欲有所貶毁，以避争名之嫌，而其爲道不同，雖不言，顧後世當自知歟？不然，退之以力排釋老爲己任，於子厚不得無言也。」此化用其意。

〔五〕器資：彭汝礪，字器資，饒州鄱陽人。治平二年進士第一。遷中書舍人，進權吏部尚書。紹聖元年出知江州，至郡數月卒。宋史有傳。參見本集卷五器資喜談禪縱横迅辯嘗摧衲子叢林苦之有詩見贈次其韻注〔一〕。彭汝礪與祖心交往之事，見於林間録卷上：「謝景温師直守潭州，虚大潙以致之，三辭弗往，又囑江西彭汝礪器資請所以不應長沙之意。晦堂曰：『願見謝公，不願領大潙也。馬祖、百丈已前，無住持事，道人相求於空閑寂寞之濱而已。其後雖有住持，王臣尊禮爲人天師。今則不然，挂名官府，如有户籍之民，直遣伍伯追呼耳。豈可復爲也？』器資以斯言反命。」同卷又曰：「靈源禪師爲予言：彭器資每見尊宿必問：『道人命終多自由，或云自有旨決，可聞乎？』往往有妄言之者，器資竊笑之。暮年乞守湓江，盡禮致晦堂老人至郡齋，日夕問道，從容問曰：『臨終果有旨決乎？』晦堂曰：『有之。』器資曰：『願聞其説。』答曰：『待公死時即説。』器資不覺起立曰：『此事須是和尚始得。』予歎味其言，作偈曰：『馬祖有伴則來，彭公死時即道。睡裏虱子咬人，信手摸得革蚤。』」

〔六〕堪師：即堪維那，生平法系未詳。本集卷二〇破塵庵銘序曰：「道人堪師庵於水西南臺之下，名曰破塵。」即此僧。參見本集卷七和堪維那移居注〔一〕。

〔七〕印福：禪院名，然其地不可考。

〔八〕其姪：惠洪自稱。晦堂祖心爲真淨克文師兄，故惠洪爲其法姪。

題雲庵手帖三首〔一〕

南禪師學魯公字〔二〕，最有工。當時歸南公者，無不學之，然無出雲庵之右者。昭默老人嘗與德洪共觀此書〔三〕，歎慕之不已，以謂不減楊少師〔四〕。一道人其珍之〔五〕。崇寧五年十月十八日門人某題。

雲庵和尚與檀越帖一紙〔六〕，伏讀，如受訓詞。叢林荒寒，無復平日，此老知不復見，況筆畫語言乎？門人某流涕謹書。

右雲庵寄張惠淵偈一首〔七〕。惠淵，予不見二十年〔八〕，聞其精進日新，真能遵受雲庵之言者也。誠上人來自宣梵〔九〕，問其師洎惠淵健否。偶記前偈，遂書以授誠，歸舉似惠淵，使較當日之本異同也。某書。

【注釋】

〔一〕三首非作於同時。其一作於崇寧五年十月十八日。其二作年未詳。其三作於宣和元年。

〔二〕南禪師：即黄龍慧南。魯公：即顔真卿。

〔三〕昭默老人：即靈源惟清，晚居昭默堂，故稱。參見本集卷二三昭默禪師序。德洪：即惠洪重得度後之法名。

〔四〕楊少師：楊凝式，五代華陰人。唐昭宗時登進士第。歷仕後梁、後唐、後晉。晉時因心疾，以禮部尚書致仕，人謂楊風子。後漢歷少傅、少師，後周贈太子太保，顯德初卒。楷法精絶，尤工顛草，筆跡遒放，師歐陽詢、顏真卿加以縱逸。新舊五代史有傳。

〔五〕一道人：即惠洪法弟僧一，字萬回。參見本集卷八送一上人注〔一〕、卷一五送一萬回注〔一〕。

〔六〕檀越：施主。

〔七〕張惠淵：即釋慧淵，俗姓張氏，嗣法真淨克文，屬臨濟宗黄龍派南嶽下十三世，惠洪師兄。住奉新縣慧安禪院。續傳燈録卷二二克文法嗣有慧安慧淵禪師，即此僧。「惠」通「慧」。大慧普覺禪師宗門武庫：「洪州奉新縣慧安院門臨道左，衲子往還黄龍、泐潭、洞山、黄蘗，無不經由。偶法席久虚，太守移書寶峰真淨禪師，命擇人主之。頭首、知事耆宿輩皆憚其行。時有淵首座，河北人，孤硬自立，參晦堂、真淨，實有契悟處，泯泯與衆作息，人無知者。聞頭首、知事推免不肯應命，白真淨曰：『惠淵去得否？』真淨曰：『汝去得。』遂復書舉淵。淵得公文即辭去。時湛堂爲座元，問淵曰：『公去如何住持？』淵曰：『某無福，當與一切人結緣，自負栲栳，打街供衆。』湛堂曰：『須是老兄始得。』遂作頌餞之曰：『師入新吳，誘攜羣有。且收驢脚，先展佛手。指點是非，分張好醜。秉殺活劍，作師子吼。應羣生機，解布袋口。擬向東北西南，直教珠回玉走。咸令昧己之流，頓出無明窠臼。阿呵呵，見三下三，三三如九。祖祖相傳，佛佛授手。』淵住慧安，逐日打化。遇暫到，即請歸院中歇泊，容某歸來修供。如此三十年，風雨不易。鼎新創佛殿、輪藏、羅漢堂，凡叢林所宜有者，咸修備焉。黄龍死心禪師訪之。淵曰：『新長老，汝常愛使没意智一著子該抹人。今夜且留此，待與公理會些細大法門。』新憚之，謂侍者曰：『這漢是真箇會底，不能與他𠢕牙劈齒得，不若去休。』不宿而行。淵終於慧安，闍維後，六根不壞者三，獲舍利無數，異香滿室，累月不絶。奉新兵火，殘破無孑遺，獨慧安諸殿巋然獨存。豈非願力成就、神物護持耶？今諸方袖手領現成受用者，聞淵之風，得不媿於心乎！」此言「張惠淵」者，乃連其俗姓法名而稱之。雲卧紀談卷上載，永道法師，東潁沈丘毛氏子，而有旨稱其「前寶覺大師毛永道」云云，亦其例。鍇按：宋史徽宗本紀四宣和元年春正月乙卯詔：「佛改號大覺金仙，餘爲仙人、大士。僧爲德士，易服飾，稱姓氏。寺爲宫，院爲觀。」張惠淵、毛永道之「稱姓氏」，當爲宣和元年下詔後之事。

〔八〕予不見二十年：惠洪見惠淵，當在元符二年（一〇九九）於寶峰寺克文門下參禪時，下推二十年，爲宣和元年（一一一九）。

〔九〕誠上人：當爲慧淵弟子，生平不可考。宣梵：禪院名。院疑在新昌、奉新一帶，或即慧安院之别稱，俟考。古尊宿語録卷四五寶峰雲庵真淨禪師偈頌下中有經宣梵院延亭：「積善一方人，延祥日益新。共當千百載，長若二三春。座客心心静，環簷物物真。院頒宣梵號，天子福黎民。」此偈豈克文寄惠淵偈歟？俟考。

題徹公石刻〔一〕

徹上人詩，初若散緩，熟味之有奇趣〔二〕。字雖不工，有勝韻，想其風度清散，如北山松下見永道人耳〔三〕。公雖游戲翰墨，而持律甚嚴〔四〕，與道標、皎然齊名，吴人爲之語曰：「餘杭標，摩雲霄；霅溪晝，能清秀；嵇山徹，洞冰雪。」〔五〕予視三人者，在唐號以詩鳴者，尚多有，而後世敬愛之者，以其知所守而已，文字不足道也。東坡每曰：「使魯公書不工，尚足以爲希世之珍。」〔六〕其是之謂耶？

【注釋】

〔一〕作年未詳。　徹公：唐詩僧靈澈。徹，通「澈」。事具宋高僧傳卷一五唐會稽雲門寺靈澈傳。

〔二〕「徹上人詩」三句：蘇軾書唐氏六家書後：「永禪師書，骨氣深穩，體兼衆妙，精能之至，反造疏淡。如觀陶彭澤詩，初若散緩不收，反覆不已，乃識其奇趣。」冷齋夜話卷一東坡得陶淵明之遺意：「東坡曰：『淵明詩，初看若散緩，熟看有奇句。』」此借用其語評靈澈詩。

〔三〕北山松下見永道人：東林十八高賢傳慧永法師傳：「師衲衣半脛，荷錫捉鉢，松下飄然而至。無忌謂衆曰：『永公清散之風，乃多於遠師也。』」慧永居西林寺，在廬山北山，故云。

〔四〕持律甚嚴：宋高僧傳列靈澈於十科中之「明律篇」，本傳曰：「稟氣貞良，執操無革。」

〔五〕「與道標、皎然齊名」八句：宋高僧傳卷一五唐杭州靈隱寺道標傳：「當時吴興有晝，會稽有靈澈，相與詶唱，遞作笙簧。故人諺云：『霅之晝，能清秀。越之澈，洞冰雪。杭之標，摩雲霄。』每飛章寓韻，竹夕華時，彼三上人，當四面之敵，所以辭林樂府，常采其聲詩。」同卷靈澈本傳：「建中、貞元已來，江表諺曰：『越之澈，洞冰雪。』可謂一代勝士。」

〔六〕「東坡每曰」三句：其言出於歐陽修世人作肥字説：「使顔公書雖不佳，後世見之必寶也。」此誤記。

題觀音贊寄嶽麓禪師〔一〕

崇寧間，至東明拜瞻石像，作此贊，時無際禪師方領住持事〔二〕。及無際遷居嶽麓，餘十年，生成寶坊于灰燼之中〔三〕。而予以弘法嬰難，流落之餘，幸復相見〔四〕。問：「前贊無恙乎？」無際戲予曰：「羽化矣〔五〕。」暇日因閲文稿，乃得舊本，忻然録以寄之，曰：「當善護持，無使復爲人持去覆醬瓿耳〔六〕。」

【注釋】

〔一〕政和四年夏作於筠州新昌縣。　觀音贊：即本集卷一八潭州東明石觀音贊。　嶽麓禪師：法名智海，號無際，真如慕喆禪師法嗣，屬臨濟宗南嶽下十三世。首住衡陽花藥山，元符二年開法於長沙東明寺，崇寧四年遷嶽麓寺。事具本集卷二九嶽麓海禪師塔銘。

〔二〕「崇寧間」四句：崇寧二年惠洪寓居長沙道林寺，嘗至東明寺瞻拜石觀音像，並作贊。事見潭州東明石觀音贊序：「長沙馬氏時，一夕，東城雉堞間光屬天，達旦不滅。州人按其處，有石卧古井旁，半爲土所吞，其色青瑩。相與發之，即大悲觀音之像。……於是建寺，號東明。初以律興，餘百年，民恃以爲福田。元祐初，長老遷公以禪易之。未幾，棄去。今海禪師自潙山來，宴坐於室，不蓄粒米，倚此像以飯四方來者。崇堂邃宇，又加麗焉。余聞菩薩之悲願……謹拜手稽首，對像説偈。」

〔三〕「及無際遷居嶽麓」三句：嶽麓海禪師塔銘：「崇寧乙酉，遷居於湘西之嶽麓，勸請皆一時名公卿。明年正月八日，麓火，一夕而燼，道俗驚嗟，以死弔。師笑曰：『夢幻成壞，蓋皆戲劇。然吾恃願力，宮室未終廢也。』於是就林縛屋，單丁而住，雜蒼頭厮養，運瓦礫，收燼餘之材，造牀榻板隔，凡叢林器用所宜有者皆備。曰：『棟宇即成，器用未具，是吾憂，故先辨之。』聞者竊笑而去，師自若也。未幾月，富者以金帛施，貧者以力施，匠者以巧施。十年之間，廈屋崇成，盤崖萬礎，飛楹層閣，塗金間碧，如化成梵釋龍天之宮。」

〔四〕「而予以弘法嬰難」三句：政和元年，惠洪流配海南。三年蒙恩釋放。四年春，北歸途經長沙，當於是時與智海禪師相見。鐔津文集卷三輔教編下孝論：「辛卯其年，自弘法嬰難，而明年鄉邑亦嬰於大盜。」此借用其語。

〔五〕羽化：本指成仙飛升，此戲喻消失無蹤。新唐書柳公權傳：「嘗貯盃盂一笥，縢識如故而器皆亡，奴妄言叵測者，公權笑曰：『銀盃羽化矣。』不復詰。」

〔六〕覆醬瓿：喻文章著述價值不高，只可用於蓋醬瓿。漢書揚雄傳贊：「而鉅鹿侯芭常從雄居，受其太玄、法言焉。劉歆亦嘗觀之，謂雄曰：『空自苦！今學者有禄利，然尚不能明易，又如玄何？吾恐後人用覆醬瓿也。』」

卷二十六

題

題才上人所藏昭默帖〔一〕

傳曰：「雖無老成，尚有典刑。」〔二〕然則老成，典刑所不逮也。予還自海外，叢林頓衰，心不爲之動者，恃昭默在耳。今又棄我而先〔三〕，惟之不自知涕零也。宣和元年八月，游法輪〔四〕，見東甌才公道人〔五〕，出此軸爲示，知師弟子之間蓋如是。衲子動成阡陌〔六〕，而才獨軫念昭默〔七〕，豈妄與人者乎？予既見其筆蹟，又得與才游彌日，兹游也，豈虚行哉！

【注釋】

〔一〕宣和元年八月作於南嶽衡山。才上人：即佛心才禪師，福州長溪人，俗姓姚氏。嗣法靈源惟清，屬臨濟宗黄龍派南嶽下十四世，惠洪法姪。聯燈會要卷一六、嘉泰普燈録卷一〇、五燈會元卷一八、續傳燈録卷二三載其機語。雲卧紀談卷上：「佛心禪師才公，始於受業院襲聲梵，應時俗。因如城置法器，遇一叟語之曰：『汝自是法器，何用更佗覓。』才忽猛省，即趨西禪法席，聞方丈海印隆禪師云：『平生睡不落人前，起不落人後。』遂竊慕焉。及見老宿達道者看經，至『一毛頭獅子，百億毛頭一時現』，才指問曰：『一毛頭獅子，作麽生得百億毛頭一時現？』達曰：『汝乍入叢林，豈可便理會許事？』尋又問以：『不在内，不在外，不在中間，此何理哉？』達使其自看，才由是凡出入門，必跨定其限，默思不在内外中間，却在那裏？其純誠若此。于時西禪衆逾萬指，才發心領淨頭職。一夕汛掃次，隆適夜參，至則遇結座，擲拄杖云：『了即毛端吞巨海，始知大地一微塵。』才豁然有省。及出閩，造豫章黄龍山，與死心禪師機不契，乃參靈源禪師。凡入室，出必揮淚自訟曰：『此事我見得甚分明，只是臨機吐不出，若爲奈何？』靈源知其勤篤，告以『須是大徹，方得自在也』。居無何，竊觀鄰案僧讀曹洞廣録，至藥山採薪歸，有僧問：『甚麽處來？』山曰：『討柴來。』僧指山腰下刀曰：『鳴剥剥是箇甚麽？』山拔刀作斫勢。才忽欣然，摑鄰案僧一掌，揭簾趨出寮門，衝口説偈曰：『徹，徹！大海乾枯，虚空迸裂。四方八面絶遮攔，萬象森羅齊漏泄。』才之生緣長谿縣，出世南嶽上封。歸閩，住東山大乘、福清靈石，後遷鼓山而示寂。其爲人褊急，叢林蚤目之爲才煎云。」參見叢林盛事卷上。

昭默：即靈源惟清禪師。已見前注。

〔二〕「傳曰」三句：詩大雅蕩：「雖無老成人，尚有典刑。」參見本集卷二三洪州大寧寬和尚語録序注〔二三〕。

〔三〕今又棄我而先：靈源惟清示寂於政和七年九月十八日，見禪林僧寶傳卷三〇黄龍佛壽清禪師傳。

〔四〕法輪：南嶽法輪寺。南嶽總勝集卷中：「法輪禪寺：在嶽之西南七十里，隸衡陽，岣嶁峰下。晉咸和年建，號雲龍寺。隋大業末，高僧大明居之。至唐末，遷移山下，馬氏更名金輪寺。或云：即馬氏之莊也。本朝太平興國中，改賜今額。」參見本集卷一一法輪齊禪師開軒於薝蔔叢名曰薝蔔二首注〔一〕。

〔五〕東甌：代指福州。參見本集卷四勸學次徐師川韻注〔八〕。佛心才公爲福州長溪人，故稱。

〔六〕衲子動成阡陌：謂道路上動輒可見成羣僧人。王安石思王逢原三首之一：「布衣阡陌動成羣，卓犖高才獨見君。」此借用其語。

〔七〕軫念：悲痛思念。楚辭屈原九章惜誦：「背膺牉以交痛兮，心鬱結而紆軫。」王逸注：「軫，隱也。言己不忍變心易行，則憂思鬱結，胸背分裂，心中交引而隱痛也。」廓門注：「軫者，動也。又發軫之義。」未明其意，殊誤。

題靈源門榜〔一〕

靈源初不願出世，隄岸甚牢〔二〕。張無盡奉使江西，屢致之不可〔三〕。久之，翻然改曰〔四〕：「禪林下衰，弘法者多假我偷安。不急撐拄之，其崩頽跬可須也〔五〕。」於是開法於淮上之太平〔六〕。予時東游，登其門〔七〕，叢林之整齊，宗風之大振，疑百丈無恙時不減也〔八〕。後十五年，見此榜于逢原之室〔九〕。讀之凛然，如見其道骨。山谷爲擘窠大書〔一〇〕，其有激云〔一一〕。嗚呼！使天下爲法施者，皆遵靈源之語以住持，則尚何憂乎祖道不振也哉！傳曰：「人能弘道，非道弘人。」〔一二〕靈源以之。

【注釋】

〔一〕政和四年春作於江西袁州。靈源門榜：靈源，即惟清禪師。宋釋曇秀人天寶鑑載靈源清禪師門牓，其略曰：「惟清名曰住持，實同客寄，但以領徒弘法，仰助教風爲職事爾。若其常住所管財物，既非己有，理不得專，一委知事僧徒分局主執，明依公私合用支破。惟清止同衆僧，齋襯隨身缾鉢，任緣去住而已。伏想四方君子來有所須顧，寢食祇接之，餘別難供應。蓋以彼所管者，世法則屬官物，佛教則爲衆財。偷衆財，盜官物，以買悦人情，而取安己有，實非素志之所敢當。預具白聞，冀垂恕察。」注曰：「石刻在天童。」明釋大建禪林寶訓音義卷上亦載靈源門榜，文字略異。鍇按：宋釋淨善集禪林寶訓卷二載惠洪此文，清釋德玉禪林寶訓順硃卷二爲之詳解，見附録。

〔二〕「靈源初不願出世」二句：謂其最初不願出任寺院住持，如自築堤壩，決不逾越。

〔三〕「張無盡奉使江西」二句：禪林僧寶傳卷三〇黄龍佛壽清禪師傳：「張丞相商英始奉使江西，高其爲人，厚禮致以居洪州觀音，不赴。」商英號無盡居士，故稱。鍇按：續資治通鑑長編卷四五〇哲宗元祐五年十一月甲戌：「提點河北西路刑獄張商英爲江南西路轉運副使。」

〔四〕翻然改曰：孟子萬章上：「伊尹耕於有莘之野。……曰：『我何以湯之聘幣爲哉？我豈若處畎畝之中，由是以樂堯舜之道哉？』湯三使往聘之，既而幡然改曰：『與我處畎畝之中，由是以樂堯舜之道，吾豈若使是君爲堯舜之君哉？吾豈若使是民爲堯舜之民哉？吾豈若於吾身親見之哉？』」此借用其語。翻然：同「幡然」，變動貌。

〔五〕跬可須：猶跬步可待，指距離極近，不待多時。須，待也。新唐書房玄齡傳：「視今雖平，其亡，跬可須也。」此借用其語。

〔六〕開法於淮上之太平：禪林僧寶傳惟清本傳：「又十年，淮南使者朱京世昌請住舒州太平，乃赴。」舒州屬淮南西路，故稱淮上。太平：即太平寺，舒州名刹。鍇按：朱京，字世昌，南豐人。朱軾子，朱彦兄。登進士甲科，授太學録，擢監察御史，見者目爲真御史。嘗提點淮西刑獄。徽宗初，遷國子司業，卒。宋史有傳。由張商英奉使江西之元祐五年（一〇九〇）下推十年，爲元符二年（一〇九九），時朱京提點淮西刑獄。

〔七〕「予時東游」二句：本集卷二四寂音自序：「年二十九乃游東吴。」時在元符二年秋，惠洪年二十九。

〔八〕「叢林之整齊」三句：景德傳燈録卷六洪州百丈懷海禪師：「檀信請於洪州新吴界，住大雄山，以居處巖巒峻極故，號之百丈。既處之未期月，玄參之賓四方麇至。」宋高僧傳卷一〇唐新吴百丈山懷海傳：「後檀信請居新吴界，有山峻極可千尺許，號百丈歟。海既居之，禪客無遠不至，堂室隘矣。」此以四方禪客雲集百丈喻惟清出住太平寺之盛況。錯按：禪林僧寶傳惟清本傳：「衲子爭趨之，其盛不減圓通在法雲、長蘆時。」圓通指法秀禪師，嘗住真州長蘆、東京法雲。本傳以法秀比惟清，其意與此相似。

〔九〕「後十五年」二句：由元符三年下推十五年爲政和四年。是年春惠洪由海南北歸，道經湖南而返江西，途經袁州，見曾孝序。孝序字逢原，已見前注。錯按：宋史曾孝序傳謂其「以論猺事與吴居厚不合，落職知袁州」。其知袁州當在政和三、四年間。

〔一〇〕山谷爲擘窠大書：其事未詳。山谷：黄庭堅，字魯直，號山谷道人。工書，爲宋四大家之一。參見本集卷三黄魯直南遷艤舟碧湘門外半月未游湘西作此招之注〔一〕。擘窠：古寫碑版或題額者，多分格書寫，使其點畫停匀，稱擘窠書。後泛指端方大字。參見本集卷一謁蔡州顔魯公祠堂注〔二九〕。

〔一一〕有激：有所感發，感慨。

〔一二〕「傳曰」三句：論語衛靈公：「子曰：『人能弘道，非道弘人。』」

【附録】

清釋德玉云：覺範和尚題靈源門榜説：靈源初無意于應世，志願甚堅。張天覺奉使漕運江西，頻頻書請出世，他總不許。久久見得世衰道微，奮發悲志，乃翻然而改曰：「禪林下衰，佛法泛濫支衍，派流滔滔者，天下皆是也。設若我偷閒自安，不速起而撑持支拄之，其法道崩頽，不一舉足可待也。」因此之故，遂出世，開張法道于淮安府太平禪院焉。予時東遊其門，叢林整齊，六好復具；宗風大振，三關再隆。疑與大智門庭無恙時相同，不減一毫也。後又十五年，見此榜文于逢原老師之室，讀其文，凛然令人敬畏，如再面靈源道貌一般。山谷居士專爲作八分楷書，其有以激勵於人云。嗚呼！設使天下之主叢林行法布施者，咸遵靈源之語，踐行住持，則又何憂其佛祖之道不行，而不得大振也哉！魯論曰：「人心有覺，而道體無爲。故人能大張此道，道不大張其人也。」靈源出世，廓大斯道以利人，正與此這兩句説話相近，故以此許之。（禪林寶訓順硃卷二）

題昭默墨蹟〔一〕

余還自海南，館于道林〔二〕。道人朱公破雨自雲蓋來〔三〕，坐未定，出昭默書一軸。予久去箴誨，初見必輒輟，熟視之，不自覺意消也〔四〕。秦少游至錢塘〔五〕，見功臣山政禪師書〔六〕，歎以爲非積學所致，其純美之韻，如水成文，出於自然〔七〕。昭默暮年臻妙，其以是哉？顔平原有大節於唐〔八〕，而以書名，識者惜之。予以謂斯人德高，而名往就之耳。借使此老書不工，尤當寶祕，況工乎，愈可寶也〔九〕。然與其門人書，語多以見及，余衰退流落，又自恨生所知遇㊀，不能不短氣耳。

【校記】

㊀所：武林本作「少」。

【注釋】

〔一〕政和四年春作於長沙。　昭默：即靈源惟清禪師。

〔二〕道林：長沙湘江西岸嶽麓山道林寺。政和四年春，惠洪自海南北歸途經長沙，寓居此寺。

〔三〕道人朱公：生平法系未詳。　雲蓋：即潭州雲蓋山雲蓋寺。明一統志卷六三長沙府：「雲蓋山，在善化縣西六十里，峰巒秀麗，望之如蓋，一名靈蓋山。山有虎溪、蛇井。」萬曆湖廣總志卷四五寺觀志：「雲蓋寺，（善化）縣西四十里。」

〔四〕不自覺意消也：莊子田子方：「物無道，正容以悟之，使人之意也消。」蘇軾初別子由：「使人之意消，不善無由萌。」已見前注。

〔五〕秦少游：秦觀（一〇四九～一一〇一），字少游，一字太虛，高郵人。蘇門四學士之一。少豪雋慷慨，溢於文詞。見蘇軾於徐州，爲賦黄樓，軾以爲有屈宋才。登元豐八年進士第，爲定海主簿。元祐初，軾以賢良方正薦於朝，除太學博士，累遷國史院編修官。尋坐黨籍削秩，編管橫州，徙雷州。徽宗立，復宣德郎，元符三年放還，至藤州卒，年五十二。有淮海集。宋史有傳。

〔六〕功臣山：輿地紀勝卷二浙江西路：「功臣山，在臨安縣東一里。本名大官山。五代史云：唐末改錢鏐所居大官山爲功臣山。」山有淨土院。　政禪師：法名惟政（九八六～一○四九），一作惟正，秀州華亭人，俗姓黄。從錢塘資聖院本如肄業。學三觀於天台宗。復從臨安功臣山淨土院惟素禪師學，久而繼其席。屬法眼宗青原下十一世。愛跨黄犢出入，世稱政黄牛。皇祐元年示寂，年六十四。著有文集三十卷，號錦溪集。又工書，筆法勝絶。事具禪林僧寶傳卷一九、五燈會元卷一○、續傳燈録卷一○。

〔七〕「如水成文」二句：蘇軾書辯才次韻參寥詩：「（辯才）平生不學作詩，如風吹水，自成文理。」此語本易渙卦：「象曰：風行水上渙。」蘇洵仲兄字文甫説首發揮其意以論文：「故曰『風行水上渙』，此亦天下之至文也。」後爲宋人論詩文之普遍觀念，此借以論書法之自然。參見本集卷二讀慶長詩軸注〔二〕、南昌重會汪彦章注〔三〕。

〔八〕顔平原有大節於唐：新唐書顔真卿傳：「真卿立朝正色，剛而有禮，非公言直道，不萌於心。天下不以姓名稱，而獨曰魯公。」又贊曰：「當禄山反，哮噬無前，魯公獨以烏合嬰其鋒，功雖不成，其志有足稱者。晚節偃蹇，爲姦臣所擠，見殞賊手。毅然之氣，折而不沮，可謂忠矣。」

〔九〕「借使此老書不工」四句：歐陽修世人作肥字説：「使顔公書雖不佳，後世見之必寶也。」此化用其意。

題昭默自筆小參〔一〕

游東吴，見邃岑（岑邃）㊀〔二〕，爲予言：「秦少游絶愛政黄牛書〔三〕。問其筆法，政曰：『書，心畫〔四〕，地作意〔五〕，則不妙耳。』故喜求兒童字，觀其純氣〔六〕。」昭默自卧疾後，無他嗜好，以翰墨爲佛事。如示衆以小參之語，皆肯自筆。此殆清閑有餘，又性不違人，豈一代宗師而作許兒戲事。此所謂大慈過人之行，非近世栽培聲名、高自標（摽）致所能及也㊁〔七〕。誠侍者出以示予〔八〕，覽之，涕泗横流。某年月日。

【校記】

㊀ 邃岑：原作「岑邃」，誤，今改。參見注〔二〕。

㊁ 摽：原作「標」，今從廓門本。

【注釋】

〔一〕約於政和八年春作於洪州分寧縣黄龍山。　小參：非時説法之語，與上堂説法相交，規模較小，故云。已見前注。鍇按：自筆小參，意爲靈源惟清自己記録説法之語，與禪門古德不許學者記録其語之態度有別，此亦爲宋代禪林重視文字書寫之一時風氣。

〔二〕邃岑：即常州承天寺住持德岑禪師。鄒浩道鄉集卷二六承天寺大藏記：「毗陵郡城中名刹相望，而傳法者凡六院，惟承天據城之東南，實隋司徒陳果仁之別圃。果仁死非其所，其妻用浮屠法薦助之，遂捨爲寺。唐長慶二年賜號正勤，至真宗皇帝即位之初，改賜今額。……元祐某年某月，道人德岑既領住持寺。岑嗣揚州建隆昭慶禪師，蓋臨濟之苗裔也。」德岑爲昭慶法嗣，屬臨濟宗黄龍派南嶽下十三世，乃惠洪法兄。續傳燈録卷二〇目録建隆昭慶禪師法嗣五人中薦福德岑禪師與秦少游學士，有名無録。鍇按：德岑與秦觀爲同門師兄弟，故德岑所言「秦少游絶愛政黄牛書」事，當屬可信。此稱德岑爲「邃岑」，如稱善權爲瘦權，祖可爲癩可，妙瑛爲骨瑛，乃北宋禪門稱呼之慣例。底本作「岑邃」，爲倒乙之誤，今改。參見本集卷一七贈承天邃岑注〔一〕。

〔三〕秦少游絶愛政黄牛書：政黄牛即惟政禪師。禪林僧寶傳卷一九餘杭政禪師傳：「秦少游見政字畫，必收畜之。」參見上文題昭默墨蹟。

〔四〕「書」二句：揚雄法言問神：「故言，心聲也；書，心畫也。聲畫形，君子小人見矣。」

〔五〕地：通「第」，但，只要。漢書丙吉傳：「西曹地忍之，此不過汙丞相車茵耳。」顔師古注：「李奇曰：『地猶第也。』地亦但也，語聲之急也。」

〔六〕「故喜求兒童字」二句：禪林僧寶傳卷一九餘杭政禪師傳：「工書，筆法勝絶，如晉宋間風流人。嘗笑學者臨法帖曰：『彼皆知翰墨爲貴者，其工皆有意。今童子書畫多純筆，可法也。』」

〔七〕高自標致：猶高自標置，自我品評，標舉位置，即所謂自我標榜。南史何尚之傳論：「而高自標致，一代歸宗，以之入用，未知所取。」晉書劉惔傳：「桓温嘗問惔：『會稽王談更進邪？』惔曰：『極進，然故第二流耳。』温曰：『第一復誰？』惔曰：『故在我輩。』其高自標置如此。」

〔八〕誠侍者：惟清侍者，然法名生平不可考。

題昭默與清老偈〔一〕

昭默孝友於昆弟〔二〕，而以謙自牧〔三〕，不如是，法道何由興乎？予觀其贈洞和禪師法句曰〔四〕：「志有常守，誠無外求。」及疑其語，瞻其風度，此老爲作實録耳。未見洞和，令人莫測其爲人；及見之坐，使人意消也〔五〕。韓子蒼曰〔六〕：「真本色住山人〔七〕。」子蒼豈欺予哉？

【注釋】

〔一〕政和八年秋作於洪州分寧縣。　清老：即釋善清，南雄保昌人，俗姓何氏。黄龍晦堂祖心法嗣，屬臨濟宗黄龍派南嶽下十三世。政和五年，繼死心悟新禪師住持黄龍，六年謝院事，結茅寺側，自號草堂。後居曹、疏二山，復移泐潭。事具僧寶正續傳卷五、嘉泰普燈録卷六。參見本集卷一九黄龍草堂清禪師贊注〔一〕。

〔二〕昭默孝友於昆弟：靈源惟清與草堂善清俱嗣法祖心，爲同門，故稱昆弟。

〔三〕以謙自牧：易謙卦：「象曰：謙謙君子，卑以自牧也。」注：「牧，養也。」疏：「謙謙君子之義，恒以謙卑自養其德也。」

〔四〕洞和禪師：據文題，當指善清禪師。善清號洞和，諸書未載，此文或可補其闕。

〔五〕「及見之坐」二句：惠洪政和八年嘗至分寧縣黄龍山，見善清當在是時，蓋善清時退黄龍住持，居寺側草堂。意消，語本莊子田子方。已見前注。

〔六〕韓子蒼：韓駒，字子蒼，時知洪州分寧縣。參見本集卷一五與韓子蒼六首注〔一〕。

〔七〕真本色住山人：景德傳燈録卷九福州大安禪師：「雪峰和尚因入山采得一枝木，其形似蛇，於背上題云：『本自天然，不假雕琢。』寄來與師。師云：『本色住山人，且無刀斧痕。』」此借用其語。

題昭默遺墨〔一〕

昭默老人道大德博，爲叢林所宗仰，雖其片言隻偈，翰墨游戲，學者爭祕之。非以其書詞之美也，尊其道師之德耳〔二〕。予游諸方，處處見之，開卷輒識其真。精到之韻，骨枯老狀，蓋其退居時筆也〔三〕。南嶽見方廣圓首座〔四〕，出此爲示。噫！圓知敬慕昭默，其亦賢於人遠矣。

【注釋】

〔一〕宣和二年春作於南嶽衡山。鍇按：此文有「南嶽見方廣圓首座」之句，靈源惟清卒於政和七年，此後惟宣和二年春惠洪嘗至方廣寺，姑繫於此。

〔二〕道師：道德之宗師。晉書文苑傳王沈傳：「聃周道師，巢由德林。」

〔三〕退居時筆：禪林僧寶傳卷三〇黃龍佛壽清禪師傳：「未幾寶覺殁，即移疾居昭默堂，頹然坐一室。」嘉泰普燈録卷六隆興府黃龍佛壽靈源惟清禪師：「師既託疾告閑，居昭默堂十有五年，頽坐一室。」

〔四〕方廣：寺名，在衡山。南嶽總勝集卷中：「方廣崇壽禪寺，在嶽之西後洞四十里，與高臺比近，在蓮花峰下，前照石廩，旁倚天堂。」圓首座：方廣寺僧，生平法系未詳。

題真歸誥銘〔一〕

宗師之於生死之際，說法作偈者有之，未有自作銘誥者也。予觀昭默此文，奮激頓挫，精到無餘，雖鳩摩羅什、道安輩〔二〕，平時作爲且不能及，況病與死鄰者能爾乎〔三〕！蓋其道眼高妙，唯道是視〔四〕，初不知其有死生之烈也。不然，何以卓絶高勝如是之盛哉？拜讀不勝增氣。

【注釋】

〔一〕政和七年九月作於南昌。 真歸誥銘：靈源惟清示寂前十日自作墓誌銘，全稱無生常住真歸告銘。誥：告誡，勸勉。國語楚語上：「近臣諫，遠臣謗，輿人誦，以自誥也。」韋昭注：「誥，告也。」禪林僧寶傳卷三〇黄龍佛壽清禪師傳載真歸告銘全文曰：「賢劫第四尊釋迦文佛直下第四十八世孫惟清，雖從本覺應緣出生，而了緣即空，初無自性；氏族親里，莫得而詳。但以正因一念，爲所宗承，是廁釋迦之遠孫，其號靈源叟。據自了因，所了妙性，無名字中，示稱謂耳。亦臨濟無位真人、傅大士之心王類矣，亦正法眼藏，涅槃妙心，唯證乃知，餘莫能測者歟？所以六祖問讓和尚：『什麽處來？』曰：『嵩山來。』祖曰：『什麽物恁麽來？』曰：『說似一物即不中。』祖曰：『還假修證否？』曰：『修證即不無，污染即不得。』祖曰：

『即此不污染，是諸佛之護念。汝既如是，吾亦如是。』茲蓋獨標清淨法身，以遵教外別傳之宗。而揀云：『報化非真佛，亦非説法者。』然非無報化大功大用，謂若解通報化，而不頓見法身，則滯污染緣，乖護念旨，理必警省耳。夫少室道行，光騰後裔。則有雲門偃奮雄音絶唱於國中，臨濟玄振大用大機於天下，皆得正傳，世咸宗奉。惟清望臨濟，九世祖也。今宗教衰喪，其未盡絶滅者，唯二家微派，斑斑有焉。然名多媿實，顧適當危寄，而朝露身緣，勢迫晞墜。因力病釋俗從真，叙如上事，以授二三子。吾委息後，當用依禀觀究，即不違先聖法門，而自見深益。慎勿隨末法所尚，乞空文於有位，求爲銘誌，張飾説，以涴吾。至囑至囑，因自所叙，曰無生常住真歸誥，且繫之以銘。銘曰：『無涯湛海，瞥起一漚。亘乎百年，曷浮曷休。廣莫清漢，欻生片雲。有無起滅，隱顯何分。了茲二者，即見實相。十世古今，始終現量。吾銘此旨，昭示汝曹。泥多佛大，水長船高。』」其文又載於嘉泰普燈録卷三〇。

〔二〕鳩摩羅什：東晉時高僧，天竺人。七歲出家，專習大乘，通東西方言。講佛學於西域諸國。後秦姚興迎入長安，待以國師之禮。率弟子譯大品般若、小品般若、法華、金剛等經及中論、百論、大智度論等論共七十四部，三百八十四卷。事具高僧傳卷二鳩摩羅什傳。　道安：亦東晉時高僧。常山扶柳人，俗姓衛氏。十二歲出家，神智聰敏，精勤不倦。入鄴都，師佛圖澄。後於太行恒山創立寺塔。避石氏亂，至襄陽，立檀溪寺。苻堅取襄陽，得安，送至長安，僧徒千人，大弘法化。注般若道行、密迹、安般諸經。沙門姓釋，注經開三分，皆由安始。事具高僧傳卷五晉長安五級寺釋道安傳。

〔三〕況病與死鄰者能爾乎：謂鳩摩羅什與道安於生死之際，皆未能惟道是視，忘懷得失。高僧傳鳩摩羅什本傳：「什未終日，少覺四大不愈，乃口出三番神呪，令外國弟子誦之以自救。未及致力，轉覺危殆，於是力疾與衆僧告別。……以僞秦弘始十一年八月二十日，卒于長安。」高僧傳道安本傳：「後至秦建元二十一年正月二十七日，忽有異僧形甚庸陋，來寺寄宿。……安驚起，禮訊，問其來意。答云：『相爲而來。』安曰：『自惟罪深，詎可度脱？』彼答云：『甚可度耳，然須臾浴聖僧，情願必果。』具示浴法。安請問來生所往處，彼乃以手虛撥天之西北，即見雲開，備覩兜率妙勝之報。爾夕，大衆數十人悉皆同見。安後營浴具，見有非常小兒伴侶數十，來入寺戲。須臾就浴，果是聖應也。至其年二月八日，忽告衆曰：『吾當去矣。』是日齋畢，無疾而卒。」

〔四〕唯道是視：廓門注：「左傳僖公五年曰：『臣聞之，鬼神非人實親，惟德是依。』文選第二十五卷盧子諒詩曰：『唯道是杖。』此語勢也。」謂其用左傳、文選句法。

題濳庵書〔一〕

傳曰：「有國者，非謂有喬木也，謂有世臣也。」〔二〕予亦曰：「有禪林者，非有四事之傳也〔三〕，謂有耆年也。」濳庵今九十一歲矣〔四〕，而筆語如此，真叢席之大老人也。年月日某題。

【注釋】

〔一〕宣和四年作於長沙水西南臺寺。　潛庵：即清源禪師，號潛庵。嗣法黄龍慧南，爲惠洪師叔。參見本集卷二三潛庵禪師序。

〔二〕「傳曰」四句：孟子梁惠王下：「所謂故國者，非謂有喬木之謂也，有世臣之謂也。」

〔三〕四事：指衣服、卧具、飲食、湯藥。法華經卷五安樂行品：「衣服卧具，飲食醫藥，而於其中，無所希望。」無量壽經卷上：「常以四事供養恭敬一切諸佛。」景德傳燈録卷三〇永嘉真覺大師證道歌：「四事供養敢辭勞，萬兩黄金亦銷得。」

〔四〕潛庵今九十一歲矣：據潛庵禪師序，政和五年（一一一五）惠洪自太原南歸洪州，時清源年八十四。此言九十一，當爲宣和四年（一一二二）。鍇按：本集卷一七送先上人親潛庵：「潛庵九十一，自是百歲人。造物偶遺漏，頓置漳水濱。先禪江西來，邈得渠儂真。展挂雪色壁，毛髮皆精神。」此文題潛庵書，亦當爲先上人所蓄清源書而作。

題佛鑑僧寶傳〔一〕

禪者精於道，身世兩忘，未嘗從事於翰墨。故唐宋僧史〔二〕，皆出於講師之筆。道宣精於律，而文詞非其所長，作禪者傳，如户婚按檢〔三〕。贊寧博於學，然其識暗，以永明爲興福，巖頭爲施身〔四〕，又聚衆碣之文爲傳，故其書非一體〔五〕。予甚悼惜之。頃嘗經行諸方，見博大秀傑之衲，能袒肩以荷大法者，必編次而藏之，蓋有志於爲史。中以罪廢逐，還自海外，則意緒衰落，魂魄遺失，其存者無幾。宣和改元，夏於湘西之谷山〔六〕，發其藏畜，得七十餘輩〔七〕。因倣前史作贊〔八〕，使學者概其爲書之意。書既成，有佛鑑大師淨因者曰：「噫嘻！此先德之懿也，願首傳以爲畢生之玩。」因以父事佛照〔九〕，以大父事雲庵〔一〇〕，而視余爲季父也〔一一〕。因生廬山之陽，游方飽叢林，參道有知見，恭謹孝友，蓋其天性，而蘊藉雅尚〔一二〕，若出自然。與余游餘二十年〔一三〕，久而益敬，故余欣然授之。因以謂此書當得妙於筆札者傳之，於是憑川道者敏傳願施其能〔一四〕。傳以伯父事佛照，以兄事佛鑑。其能書乃夙習，筆楮不擇精麤，飛翰如蠶食葉〔一五〕，俄頃千字，其衡斜布列，擘窠棋畫，非特字工而已。工詩，善丹青，兼衆妙而有，然未嘗以自多。長坐不睡，一食終日者，十二年矣，人以爲難，而傳以爲易。久游靈源之門，得其旨要者也。六月二十五日，佛鑑攜此書來，請記其本末，而以謂先覺之前言往行〔一六〕，不聞於後世，學者之罪也；聞之而不能以廣傳，同志之罪也。今予既以傳次之，而因又善傳，傳公又成之。嗚呼！後世學者讀之，當想見法席之盛也。

【注釋】

〔一〕宣和元年六月二十五日作於長沙谷山。　佛鑑：法名淨因，字覺先，號佛鑑大師。法雲惠杲法嗣，惠洪法姪，屬臨濟宗黄龍派南嶽下十四世。參見本集卷八送因覺先注〔一〕。　僧寶傳：即惠洪撰禪林僧寶傳，此尚爲初稿。

〔二〕唐宋僧史：指唐釋道宣撰續高僧傳與宋釋贊寧撰宋高僧傳。

〔三〕如户婚按檢：謂續高僧傳其文如官府户籍婚姻條例，毫無文采章法可言。本集卷二五題修僧史：「其文雜煩重，如户婚鬬訟按檢。」

〔四〕「然其識暗」三句：宋高僧傳分爲譯經、義解、習禪、明律、護法、感通、遺身、讀誦、興福、雜科等十科。宋錢塘永明寺延壽禪師傳，見於宋高僧傳卷二八興福篇第九之三；唐鄂州巖頭山全豁傳，則見於該書卷二三遺身篇第七。　鍇按：惠洪意謂永明延壽、巖頭全豁傳本當列入習禪篇，贊寧却分别列入興福、遺身，歸類不當，故云「其識暗」。此言「施身」，宋高僧傳作「遺身」，惠洪誤記。

〔五〕「又聚衆碣之文爲傳」三句：宋高僧傳卷首贊寧自序曰：「臣等謬膺良選，俱乏史才，空門不出於董狐，弱手難探於禹穴。而乃循十科之舊例，輯萬行之新名。或案誄銘，或徵志記，或問輶軒之使者，或詢耆舊之先民，研磨將經論略同，讎校與史書懸合。勒成三秩，上副九重。」其言「誄銘志記」，即所謂「聚衆碣之文」。

〔六〕湘西之谷山：明一統志卷六三長沙府：「谷山，在府城西七十里，山有靈谷深邃，名梓木洞，其下有龍潭，禱雨輒應。」

〔七〕得七十餘輩：本卷題珣上人僧寶傳：「凡經諸方三十年，得百餘傳，中間忘失其半。晚歸谷山，遂成其志。」鍇按：惠洪之禪林僧寶傳，初爲百人傳，後忘失近半，故成於谷山時僅七十餘傳，爲初稿，後增補至八十一人。參見本集卷二三僧寶傳序注〔七〕。

〔八〕因倣前史作贊：禪林僧寶傳卷首長沙侯延慶禪林僧寶傳引曰：「各爲傳而繫之以贊。」九靈山人戴良重刊禪林僧寶傳序：「依倣司馬遷史傳，各爲贊辭。」

〔九〕因以父事佛照：淨因爲佛照禪師法嗣，故云。法雲惠杲禪師，賜號佛照。廓門注：「佛照善杲嗣雲庵。」無據。鍇按：佛照法名惠杲，非善杲，參見本集卷二〇喧寂庵銘注〔九〕。

〔一〇〕以大父事雲庵：佛照爲雲庵真淨法嗣，淨因爲雲庵法孫，故云。大父，即祖父。

〔一一〕季父：叔父。惠洪爲佛照師弟，故淨因當稱其季父。

〔一二〕藴藉雅尚：漢書薛廣德傳：「廣德爲人温雅有醖藉。」注：「服虔曰：『寛博有餘也。』師古曰：『醖言如醖釀也。藉，有所薦藉也。』」藴，通「醖」。

〔一三〕與余游餘二十年：宣和元年（一一一九）上推二十餘年，爲元符年間（一〇九八～一一〇〇）。嘉泰普燈録卷七東京法雲佛照杲禪師：「後依真淨。一日，讀祖師偈……豁然大悟。後謂人曰：『我於紹聖三年十一月二十一日，悟得方寸禪。』出住歸宗。」佛照出住歸宗當在元符年間，淨因從其參學，當在是時。淨因與惠洪交游，亦在是時。參見本集卷一四余游鍾山宿石佛峰下因上人自歸宗來贈之六首注〔一〕。

〔一四〕憑川道者敏傳：敏傳禪師，洪州人，以工書知名，且能詩善畫。憑川道者，當爲敏傳之號。本卷題誼叟僧寶傳後：「予初成此書於谷山，時出塵庵師宜公誼叟在焉，命南州傳道者録之，以衆編參定，特爲善本。」傳道者即敏傳。又李綱梁谿集卷一六二書金字華嚴經普賢行願品後：「有大比丘敏傳以金書是經，將建重閣藏于雲巖禪剎。」皆可證敏傳「妙於筆札」。廓門注：「敏傳，諸書不載師承。」鍇按：據下文，敏傳游靈源惟清之門，得其旨要，則師承惟清甚明，當屬臨濟宗黄龍派南嶽下十四世。其年少於淨因，故以兄事之。此可補諸燈録、僧傳之闕。

〔一五〕飛翰如蠶食葉：歐陽修禮部貢院閱進士就試：「無嘩戰士銜枚勇，下筆春蠶食葉聲。」此借用其語。

〔一六〕先覺之前言往行：易大畜卦：「君子以多識前言往行，以畜其德。」

【集評】

宋釋志磐云：洪覺範謂宣律師作僧史，文辭非所長，作禪者傳，如户昏案檢。寧僧統雖博學，然其識暗，聚衆碣爲傳，非一體。覺範之論何其至耶！昔魯直見僧傳文鄙義淺，欲删修之而不果，惜哉！如有用我者，吾其能成魯直志乎！（佛祖統紀卷四三）

清錢謙益云：昔洪覺範譏寧公僧史以永明爲興福，巖頭爲施身。以覺範之賢，豈猶以興福、施身爲下於習禪乎？吾謂永明一心爲鏡，萬善同歸，此興福之大者，雖不言習禪可也。（牧齋有學集卷二五白法長老八十壽序）

題誼叟僧寶傳後〔一〕

清涼大法眼禪師出世行道三十年〔二〕，其所示徒，皆勸勉之語，未嘗以法傳人。非有法而祕惜，寔無有法耳。譬如無病而飲藥，病從藥生〔三〕。故曰：「一切文字、語言，學者嗜著，是名壅蔽自心光明〔四〕。」然前聖指道之轍，入法之階，後世不聞而學，則又如無田而望有秋成，無有是處。予初成此書於谷山〔五〕，時出塵庵師宜公誼叟在焉，命南州傳道者録之〔六〕，以衆編參定，特爲善本。明年春，予游嶽還〔七〕，復過誼叟，出以爲示。其裝寫之精，竄較之完〔八〕，非用意之專，信道之審，莫能臻是。予知其閲而仰思，當助發其光明，俾倡其智證，去先德亦何遠哉？則清涼以文字語言爲壅蔽者，蓋治疾之藥耳。覽者其以是窺出塵可也。

【注釋】

〔一〕宣和二年春作於長沙谷山。　誼叟：即宜禪師，字誼叟，號出塵庵，筠州新昌人。嘗住道遥山，嗣法靈源惟清禪師，屬臨濟宗黄龍派南嶽下十四世。僧傳、燈録失載。參見本集卷八用韻寄誼叟注〔一〕。

〔二〕清涼大法眼禪師：即文益禪師，住金陵清涼院，卒謚大法眼禪師。參見本集卷一八清涼大法眼禪師真贊注〔一〕。

〔三〕「譬如無病而飲藥」二句：古尊宿語録卷二百丈語之餘：「有病不喫藥，是愚人；無病喫藥，是聲聞人。」又云：「貪瞋癡等是毒，十二分教是藥，毒未銷，藥不得除。無病喫藥，藥變成病，病去藥不消。」又見天聖廣燈録卷九洪州大雄山百丈懷海禪師。此化用其意。

〔四〕「一切文字語言」三句：金陵清涼院文益禪師語録未載此語句，不知出處。

〔五〕予初成此書於谷山：見前題佛鑑僧寶傳：「宣和改元，夏於湘西之谷山，發其藏畜，得七十餘輩。因倣前史作贊，使學者概其爲書之意。」又本卷題珣上人僧寶傳：「凡經諸方三十年，得百餘傳，中間忘失其半。晚歸谷山，遂成其志。」皆可互證。

〔六〕南州：代指洪州。　傳道者：即敏傳禪師。見前題佛鑑僧寶傳注〔一四〕。

〔七〕「明年春」二句：禪林僧寶傳初稿成於宣和元年夏，故「明年春」指宣和二年春，惠洪游南嶽方廣寺還。參見前題昭默遺墨注〔一〕。

〔八〕竄較：點竄校正。竄，改易，删改。較，通「校」。

題珣上人僧寶傳〔一〕

予初游吴〔二〕，讀贊寧宋僧史，怪不作雲門傳〔三〕。有耆年曰：「嘗聞吴中老師自言，尚及見寧，以雲門非講學〔四〕，故删去之。」又游曹山〔五〕，拜澄源塔〔六〕，得斷碣曰：「耽章號本寂禪師〔七〕，獲五位圖㊀，盡具洞山旨訣〔八〕。」又游洞山，得澄心堂録書谷山崇禪師語〔九〕，較傳燈，皆破碎不真〔一〇〕。於是喟然而念，雲門不得立傳，曹山名亦失真，崇之道不減巖頭〔一一〕，叢林無知名，况下者乎！自是始有撰叙之意。凡經諸方三十年，得百餘傳〔一二〕，中間忘失其半。晚歸谷山，遂成其志。時長汀璲、珣二衲子來從予游〔一三〕，録此副本。易曰：「多識前言往行，以大畜其德。」〔一四〕是録也，皆叢林之前言往行也，能不忘玩味，以想其遺風餘烈，則古人不難到也，二子勉之。

【校記】

㊀五位：原作「五藏位」，「藏」字衍，今删。參見注〔八〕。

【注釋】

〔一〕宣和元年夏作於長沙谷山。　珣上人：法名彦珣。本集卷一八南安巖主定光古佛木刻即彦琦。

像贊謂「僧彦珣自汀州來」，本文謂「長汀璲、珣二衲子來從予游」，汀州即長汀，可知珣上人

〔二〕予初游吴：寂音自序：「年二十九乃游東吴。」時爲元符二年。

〔三〕「讀贊寧宋僧史」二句：宋僧史即贊寧撰大宋高僧傳，計三十卷，全書正傳五百三十二人，附傳一百二十五人，未爲雲門宗開山大師文偃禪師立傳。錯按：陳垣中國佛教史籍概論卷二宋高僧傳三十卷本書之特色及缺點云：「雲門匡真大師塔銘，本南漢大寶元年立，又碑銘大寶七年立，以僻在廣東乳源縣，故贊寧當日搜羅未獲，今皆見南漢金石志。」

〔四〕以雲門非講學：謂贊寧以爲雲門文偃乃禪師，非義學講師，故不著其傳。

〔五〕曹山：弘治撫州府志卷三山水志一：「曹山，在（宜黄）縣北三十里，高百丈，周回五十里。」錯按：惠洪元符元年嘗游撫州金谿縣疎山，游宜黄縣曹山亦當在其時。

〔六〕澄源塔：未詳。廓門注：「禾山澄源無殷，嗣九峰道虔禪師。」錯按：禾山在吉州，與曹山迥不相屬，此曹山澄源塔當非禾山無殷禪師塔。據景德傳燈録卷一七，本寂敕謚元證大師，塔曰福圓。「澄源」或爲「元證」之誤，或另有所指。

〔七〕耽章號本寂禪師：禪林僧寶傳卷一撫州曹山本寂禪師傳曰：「禪師諱耽章。」錯按：中國佛教史籍概論卷六禪林僧寶傳三十卷僧寶傳之體製及得失曰：「今僧寶傳既託始於曹山、雲門，運用其嶄新史料，凡得八十一人。然曹山名耽章，前此未聞，後亦無人信用，此與皇甫謐

謂漢高父名執嘉，王符謂漢高父名煓，同其不易取信也。」然惠洪此説源於實地考察，有斷碣爲證，與皇甫謐、王符之説似有不同。大抵前人已有惠洪書多「浮誇」、「臆説」之見，陳垣亦沿其説。黄啓江北宋佛教史論稿僧史家惠洪與其「禪教合一」觀比勘僧寶傳與文人名家所撰之塔銘、碑記，證明「其言之有據而無誇張不實之處」，可辨前人之誣。此言「游曹山，拜澄源塔，得斷碣」，乃今所謂田野調查，不得以「前此未聞」而棄之。

〔八〕「獲五位圖」二句：五位圖，傳爲曹山本寂所製，以圖示洞山良价五位君臣旨訣，故稱。永覺元賢禪師廣録卷二七有五位總圖，又有五位圖説，明釋虚一宗門玄鑑圖有洞山祖師五位圖，清釋性統編三山來禪師五家宗旨纂要卷中收録洞山五位圖，清釋行策寶鏡三昧本義亦稱五位圖，不勝枚舉。底本「五位圖」作「五藏位圖」，禪籍無此稱者，「藏」字衍，今删。鍇按：五位君臣指「正中偏」、「偏中正」、「正中來」、「兼中至」（惠洪謂當作「偏中至」）、「兼中到」。已見前注。

〔九〕「又游洞山」二句：禪林僧寶傳卷一四谷山崇禪師傳贊曰：「洞山清禀禪師作澄心堂録，録崇語句，細味之，骨氣不減巖頭，恨不能多見。」本集卷二五題谷山崇禪師語：「予讀澄心堂録長慶稜公之孫、保福展公之嗣谷山禪師之語，奇險宏妙，光明廣大，觀其膽氣逸羣，不在巖頭、雲門之下，而録失其名。」洞山，指筠州新昌縣洞山普利禪院，建中靖國元年惠洪嘗寓居於此。

〔一〇〕「較傳燈」二句：謂相比較，則景德傳燈録所載皆破碎不真。

〔一〕巖頭：唐巖頭全豁禪師，嗣法德山宣鑒。參見本集卷二五題洞山巖頭傳注〔一〕。

〔二〕「得百餘傳」二句：明釋無愠山庵雜録卷上：「覺範僧寶傳，始名百禪師傳。大惠（宗杲）初見讀之，爲剔出一十九人而焚之。厥後覺範致書與黄檗知和尚云：『宗杲竊見吾百禪師傳，輒焚去者一十九人。不知何意？』覺範雖一時不悦，彼十九人終不以預卷。多見人議僧寶傳止於八十一人，欲準九九之數，乃燕人舉燭之説也。」此言「中間忘失其半」，爲何忘失，似有所諱言，與宗杲之焚有關亦未可知。中國佛教史籍概論卷六禪林僧寶傳三十卷僧寶傳之體製及得失曰：「杲少洪十八歲，於法系視洪爲從祖，竟貿然焚其初成之史稿，不知師子兒果有是事否，又不知其何所見而爲此也。」鍇按：是時宗杲尚未至克勤門下，仍屬湛堂文準弟子，視惠洪爲師叔，而非從祖。

〔三〕長汀：福建路汀州，治長汀縣。　璲：僧璲，法名全名及生平法系未詳，時爲首座，本集卷一〇有璲首座出示巽中詩。

〔四〕「易曰」三句：易大畜：「君子以多識前言往行，以畜其德。」

題宗上人僧寶傳〔一〕

予撰此傳，方定稿，上淨三昔〔二〕，而東甌道人將還石門〔三〕，自潙水過谷山〔四〕，款予〔五〕。見其書曰：「噫嘻！此一代之博書，先德前言往行具焉。願手録以示江南道侶〔六〕。」即挂巾屨，坐夏。四月二十三日録畢，以示予。予歎曰：「夫彈冠必整衣〔七〕，心敬必形肅〔八〕。宗非至誠，愛重法道，其謹楷精嚴，渠能至是哉〔九〕？歐陽率更以書畫名世，見鍾太傅碑，愛其筆法，卧其下，三昔不忍去〔一〇〕。率更嗜世間法且爾，況出世間法乎？宗爲法坐夏，賢於率更遠甚。」

【注釋】

〔一〕宣和元年四月二十三日作於長沙谷山。宗上人：福建人，生平法系未詳。本集卷一五有宗上人求偈之江南，即此僧。

〔二〕上淨三昔：淨洗持戒三日。廓門注：「『昔』與『夕』同。」

〔三〕東甌：泛指福建一帶。參見本集卷四勸學次徐師川韻注〔八〕。石門：即洪州靖安縣石門山寶峰禪院。

〔四〕潙水：代指湖南寧鄉縣大潙山密印禪寺，潙水出其旁，故稱。

〔五〕款：拜謁。

〔六〕江南：石門在江南西路洪州，故稱。

〔七〕彈冠必整衣：謂彈去冠巾灰塵，清理整潔衣服。史記屈原賈生列傳：「屈原曰：『吾聞之，新沐者必彈冠，新浴者必振衣，人又誰能以身之察察，受物之汶汶者乎！』」

〔八〕心敬必形肅：南朝梁僧祐弘明集卷一二鄭道子與禪師書論踞食：「敬心内充而形肅乎外。」

〔九〕渠：通「詎」，豈。史記張儀列傳：「且蘇君在，儀寧渠能乎！」司馬貞索隱：「渠音詎，古字少，假借耳。」

〔一〇〕「歐陽率更以書畫名世」五句：廓門注：「按，唐書歐陽詢傳不載此義。又言鍾太傅，傳寫之謬也。當作索靖碑。」其説甚是。唐劉餗隋唐嘉話卷中：「率更令歐陽詢行見古碑，索靖所書，駐馬觀之，良久而去。數百步復還，下馬佇立，疲則布毯坐觀，因宿其旁，三日而後去。」本卷題墨梅山水圖曰：「歐陽率更見索靖碑，因留不去，竟寢其下三昔。」亦可證此處之筆誤。鍇按：歐陽詢，唐潭州臨湘人。善書，八體盡能。因嘗爲太子率更令，故世稱率更。鍾太傅，即鍾繇，三國魏潁川長社人。明帝時遷太傅。善書，工正、隸、行、草、八分，尤長於正、隸。參見本集卷二五題小參注〔八〕〔一〇〕。索靖，西晉敦煌人。仕至散騎常侍、後軍將軍。善章草，傳張芝之法，自名其書爲「銀鈎蠆尾」。晉書有傳。

題圓上人僧寶傳〔一〕

仰山初見耽源所傳六祖圓相，即以焚之，及其授法也，則有默論〔二〕。雲門不許録語句，而遠侍者以紙爲衣，遂傳于今〔三〕。以是論之，非離文字語言，非即文字語言，可以求道也。臨川圓道人，少游方，有志學道，一鉢經行諸方。其孤征絶俗，雪鴻戾天〔四〕，仰不可及。而骨董中有此録〔五〕，小字薄紙，畫畫精誠，可以見其志也。

【注釋】

〔一〕宣和年間作於長沙南臺寺。圓上人：臨川人，生平未詳。疑爲惠洪弟子，法名圓，字無住，時爲南臺寺監寺。參見本集卷一五送圓監寺持鉢之邵陽注〔一〕。

〔二〕「仰山初見耽源」四句：人天眼目卷四溈仰宗圓相因起：「圓相之作，始於南陽忠國師，以授侍者耽源。源承讖記，傳於仰山，遂目爲溈仰宗風。明州五峰良和尚嘗製四十則，明教嵩禪師爲之序，稱道其美。良曰：『總有六名：曰圓相，曰暗機，曰義海，曰字海，曰意語，曰默論。』耽源謂仰山曰：『國師傳六代祖師圓相九十七箇，授與老僧。國師示寂時，復謂予曰：「吾滅後三十年，南方有一沙彌到來，大興此道。次第傳授，無令斷絶。」吾詳此讖，事在汝躬。我今付汝，汝當奉持。』仰山既得，遂焚之。源一日又謂仰山曰：『向所傳圓相，宜深祕之。』仰曰：『燒却了也。』源云：『此諸祖相傳至此，何乃燒却？』仰曰：『某一覽已知其意，能用始得，不可執本也。』源曰：『於子即得，來者如何？』仰曰：『和尚若要，重録一本。』仰乃重録呈似，一無差失。耽源一日上堂，仰山出衆，作○相，以手托起作呈勢，却叉手立。源以兩手交拳示之。仰進前三步，作女人拜。源點頭，仰便禮拜。此乃圓相所自起也。」

〔三〕「雲門不許録語句」三句：林間録卷上雲居佛印禪師曰：「雲門和尚説法如雲，絶不喜人記録其語，見必罵逐曰：『汝口不用，反記我語，佗時定販賣我去。』今對機室中録，皆香林明教以紙爲衣，隨所聞，隨即書之。」遠侍者：即香林明教，法名澄遠（九〇八～九八七），漢州綿竹人，俗姓上官氏。嗣法雲門文偃，爲青原下七世。後住益州青城香林禪院。景德傳燈録卷二二、建中靖國續燈録卷二、聯燈會要卷二六、五燈會元卷一五載其機語。

〔四〕雪鴻戾天：蘇軾和子由澠池懷舊：「人生到處知何似？應似飛鴻踏雪泥。」詩大雅旱麓：「鳶飛戾天，魚躍于淵。」此合而用之。鍇按：惠洪首創此語，後有禪籍襲用之，如清釋道霖聖箭堂述古：「再得芙蓉繼之，而其道始大振。且凜凜標格，如雪鴻戾天，可仰而不可即。」釋蘊上集文字禪卷首舒峻極集文字禪序：「覺範爲博大秀傑宗師，嘗謂禪者精於道，身世兩忘，未嘗從事於翰墨，然禪兼衆妙，若雪鴻戾天，仰不可及。」

〔五〕骨董：指骨董箱，收藏瑣雜物之箱，亦稱骨董袋，僧人游方荷之。景德傳燈録卷一九韶州雲門山文偃禪師：「若是一般掠虚漢，食人涎唾，記得一堆，一擔骨董到處逞。」參見本集卷一一送琳上人注〔一〇〕。

題淳上人僧寶傳〔一〕

問：「如何是火性？」答曰：「熱是火性。」問：「如何是水性？」答曰：「濕是水性。」〔二〕問者欣然而有得，水火之義，盡於此矣。又問：「何以謂之恕？」答曰：「如我之心以待人，則恕矣〔三〕。」又問：「何以謂之慎？」答曰：「心之十（一）具德見於慎耳〔一〇〕〔四〕。」問者又欣然有得，蓋恕慎之理，極於此矣。此世間義理之論也。義理者，心之塵垢也，其去佛道不翅如百億天淵〔五〕。然昔者有問竹林：「如何是法身？」答曰：「法身無相。」又問：「如何是法眼？」答曰：「法眼無瑕。」爲道吾衆中所失笑者，宜矣〔六〕。近世邪師相與傳授，謂無有悟，但直問直答，謂之於法中不生異見〔七〕。紛然棋布名山，稱嗣祖沙門〔八〕，學者例無英氣，往往甘心屈伏。每爲之流涕。宣和四年九月二十七日夜，爲衆説參同契〔九〕，至「本末須歸宗，尊卑用其語」處，曲折引譬，以發明先聖之意〔一〇〕，使忱信而虔敬者，一洗其矯誣宗旨之氣。而福唐太淳上人〔一一〕，適出此編示予，燈下爲書以付之。淳能識宗，則知尊卑之語，不出義理之域，而悟首山「獨坐無尊卑，從上無一法與人」〔一二〕，爲太老婆饒舌矣〔一三〕。

【校記】

㊀十：原作「一」，誤，今改。參見注〔一〕。

【注釋】

〔一〕宣和四年九月二十七日作於長沙南臺寺。淳上人：法名太淳，字無染，福州人。惠洪弟子。後住南漳縣明教寺。參見本集卷一三送太淳長老住明教注〔一〕。

〔二〕「問」八句：大般涅槃經卷四〇憍陳如品：「堅是地性，濕是水性，熱是火性，動是風性，無所罣礙是虚空性。」此借用其語。

〔三〕「如我之心以待人」二句：「恕」由「如心」二字合成，故可釋爲「如我之心以待人」。論語衛靈公：「子貢問曰：『有一言而可以終身行之者乎？』子曰：『其恕乎！己所不欲，勿施於人。』」賈誼新書道術：「以己度人謂之恕。」

〔四〕心之十具德見於慎耳：國語周語：「慎，德之守也。」「慎」可拆爲「心十具」三字。此以佛教教義釋之，華嚴經疏卷二二：「前十具勝德，一順佛，二離世，三行勝法，四住等理，五等慈，六明智，七離過，八忘緣，九捨執，十不斷煩惱，而入涅槃。」宗鏡録卷三五：「第五圓教，約性海圓明，法界所起。唯一法界性，起心即具十德。」故底本「一具」當爲「十具」之誤。鍇按：惠洪此釋恕、慎二字，皆以會意言之，如王安石字説解字之法。

〔五〕不翅：不啻，無異於。翅，通「啻」。百億天淵：極言差别之巨大。宋張耒超然臺賦：

「何善惡之足較兮，固天淵之異區。」「天淵」復加「百億」，誇張之辭也。

〔六〕「然昔者有問竹林」十句：景德傳燈録卷一五澧州夾山善會禪師：「廣州峴亭人也，姓廖氏。九歲於潭州龍牙山出家，依年受戒，往江陵，聽習經論，該練三學。遂參禪會，勵力參承。初住京口。一夕，道吾策杖而至，遇師上堂。僧問：『如何是法身？』師曰：『法身無相。』曰：『如何是法眼？』師曰：『法眼無瑕。』師又曰：『目前無法，意在目前。不是目前法，非耳目所到。』道吾乃笑。師乃生疑，問吾何笑。吾曰：『和尚一等出世，未有師，可往浙中華亭縣參船子和尚去。』」林間録卷上：「夾山會禪師初住京口竹林寺。升座，僧問：『如何是法身？』答曰：『法身無相。』『如何是法眼？』答曰：『法眼無瑕。』時道吾笑於衆中。會遥見，因下座問曰：『上座適笑，笑何事耶？』道吾曰：『笑和尚一等行脚，放複子不著所在。』會曰：『能爲我説否？』對曰：『我不會説，秀州華亭有船子和尚，可往見之。』會因散衆而往。船子問曰：『大德近住何寺？』對曰：『寺則不住，住則不寺。』船子曰：『不寺似箇什麽？』對曰：『不是目前法。』船子曰：『何處學得來？』對曰：『非耳目所到。』船子笑曰：『一句合頭語，萬劫繫驢橛。』」　竹林：指夾山善會禪師，嗣法船子和尚，爲青原下四世。以初住京口竹林寺，故稱。

〔七〕「近世邪師相與傳授」四句：林間録卷上：「於今叢林師受弟子，例皆禁絶悟解，推去玄妙，唯要直問直答，無則始終言無，有則始終言有，毫末差誤，謂之狂解。使船子聞之，豈止萬劫繫驢橛而已哉！」

〔八〕嗣祖沙門：宋僧人撰述常自署「嗣祖沙門某某」之名。參見本集卷二四記徐韓語注〔七〕。

〔九〕參同契：石頭希遷所撰付法之歌訣，全文載景德傳燈録卷三〇。參見本集卷二四記西湖夜語注〔三〕。

〔一〇〕「至本末須歸宗」三句：本集卷二五題清凉注參同契：「至指其宗而示其趣，則曰：『本末須歸宗，尊卑用其語。』故其下廣叙明暗之句，奕奕綴聯不已者，非決色法虚誑，乃是明其語耳。」然如何「曲折引譬」已不可得而知。

〔一一〕福唐：福州之别稱。方輿勝覽卷一〇福建路福州事要：「郡名合沙、三山、長樂、福唐、閩中、東冶、東甌、七閩。」

〔一二〕首山：即首山省念禪師，嗣法風穴延沼，爲臨濟宗南嶽下八世。參見本集卷二五題首山傳法偈注〔一〕。智證傳：「首山念禪師，有僧問：『如何是佛？』答曰：『新婦騎驢阿家牽。』僧曰：『未審意旨如何？』答曰：『百歲翁翁失却父。』僧曰：『百歲翁翁豈有父耶？』首山曰：『汝會也。』又曰：『此是獨坐無尊卑，從上無一法與人。』」

〔一三〕老婆饒舌：謂如老太婆對兒孫一般反復叮嚀。景德傳燈録卷一二鎮州臨濟義玄禪師：「師却返黄蘗。黄蘗問云：『汝迴太速生。』師云：『只爲老婆心切。』」本集卷一三送太淳長老住明教：「何用老婆更饒舌，暗中五色自成文。」

題芳（其）上人僧寶傳㊀〔一〕

長沙益陽白鹿太（大）禪師門弟子季芳㊁〔二〕，福唐人〔三〕。純靜寡言笑，年二十餘，侍其師。宣和四年夏于湘西南臺，寫此書三十卷〔四〕。寫畢以示予。予曰：「汝師出雲蓋西堂之門〔五〕。西堂爲臨濟九世之嫡孫，而黄龍南公之真子也〔六〕。□家辯才㊂，叢林畏仰之。汝能自勤自誦習此書，玩味其旨，蹤跡其行事，繼之以不休，則古人豈難到哉！如寫而不讀，讀而不味其意，徒欲粉飾清興，於道何有？」

【校記】

㊀ 芳：原作「其」，今從廓門本。

㊁ 太：原作「大」，今改。

㊂ □：原闕一字。天寧本作「禪」，無據，係臆補。

【注釋】

〔一〕宣和四年夏作於長沙南臺寺。芳上人：法名季芳，法太禪師弟子。底本作「其上人」，與文中所述不合，今從廓門本作「芳上人」。

〔二〕長沙益陽白鹿：明一統志卷六三長沙府寺觀志：「白鹿寺，在白鹿山，宋建。」同卷山川志：

「白鹿山，在益陽縣治西南。下有龍湫，蒼崖古木，清絶可愛。唐裴休講道于此，有白鹿啣花出聽，因名。宋楊億詩：『濱江水急魚行澁，白鹿峰高鳥度遲。』」太禪師：即僧法太，字希先，時稱太希先。嗣法雲蓋守智，屬臨濟宗黄龍派南嶽下十三世，爲惠洪法門師兄弟。時住益陽縣白鹿寺。參見本集卷二次韻權巽中送太上人謁道鄉居士注〔一〕、卷六游白鹿贈大希先注〔一〕。

〔三〕福唐：福州之别稱。已見前注。

〔四〕寫此書三十卷：今存禪林僧寶傳共三十卷，故季芳所抄寫已爲足本。據此，則禪林僧寶傳至遲於宣和四年夏已成書。

〔五〕汝師：指法太。雲蓋西堂：指守智禪師。禪林僧寶傳卷二五雲蓋智禪師傳：「出世住道吾，俄遷住雲蓋十年。疾禪林便軟暖，道心澹薄，來參者掉頭不納。元祐六年，退居西堂，閉户三十年。」因以西堂稱之。

〔六〕「西堂爲臨濟九世之嫡孫」二句：臨濟至雲蓋法系爲：臨濟義玄—興化存獎—南院慧顒—風穴延沼—首山省念—汾陽善昭—石霜楚圓—黄龍慧南—雲蓋守智，共九世。

題範上人僧寶傳〔一〕

蚍蜉細字欲闌斑〔二〕，病眼臨窗看亦難。八十一人閑鼻孔〔三〕，都（那）盧穿在一毫端㊀〔四〕。且道有鼻孔，從範上座穿。只如懷禪師無鼻孔〔五〕，作麽生下手？若也道得，西川漏籃子，一錢買三個〔六〕。若道不得，南臺門外是湘江。

【校記】

㊀ 都：原作「那」，誤，今從廓門本。參見注〔四〕。

【注釋】

〔一〕宣和四年作於長沙南臺寺。　範上人：惠洪弟子，即文中「範上座」。本集卷一五有送範上人乞食，即此僧。

〔二〕蚍蜉細字：形容小字如螞蟻排列，猶本集卷一隆上人歸省覲留龍山爲予寫起信論作此謝之言「字工戢戢行凍蟻」。蚍蜉，大蟻。　闌斑：錯雜斑斕。

〔三〕八十一人：禪林僧寶傳爲八十一人立傳，故稱。　閑鼻孔：宗門喻禪僧爲牛，參禪爲牧牛，穿鼻孔爲調伏心性。景德傳燈録卷五撫州石鞏慧藏禪師：「一日在厨中作務次，（馬）祖問曰：『作什麽？』曰：『牧牛。』祖曰：『作麽生牧？』曰：『一迴入草去，便把鼻孔拽來。』祖曰：『子真牧牛。』」故後之禪籍稱有德禪師爲有鼻孔。人天眼目卷二臨濟門庭：「四賓主者，師家有鼻孔，名主中主。學人有鼻孔，名賓中主。師家無鼻孔，名主中賓。學人無鼻孔，名賓中賓。」嘉泰普燈録卷四舒州白雲守端禪師：「淨空居士郭功甫訪師。上堂：『夜來枕上作得箇山頌，謝功甫大儒，直要與天下有鼻孔衲僧，脱却著肉汗衫，莫言不道。』」法演禪師語録卷上：「爲我見住白雲端和尚，從教熏天炙地，一任穿過蔡州，有鼻孔底辨取。」

〔四〕都盧：唐宋俗語，全都，統統。釋齊己觀李瓊處士畫海濤：「李瓊奪得造化本，都盧縮在秋毫端。」景德傳燈録卷二八汾州大達無業國師語：「從前記持憶想，見解智慧，都盧一時失却。」參見本集卷五食菜羹示何道士注〔八〕。

〔五〕懷禪師：當指天衣義懷禪師。建中靖國續燈録卷五越州天衣山義懷禪師：「上堂云：『髑髏常干世界，鼻孔摩觸家風。芭蕉聞雷開，葵花隨日轉。諸仁者，芭蕉聞雷開，還有耳麽？葵花隨日轉，還有眼麽？』」五燈會元卷一六越州天衣義懷禪師：「如今若有箇人鼻孔遼天，山僧性命何在？」

〔六〕「西川漏籃子」二句：斷橋和尚語録卷下：「復舉真淨示衆云：『今日乃是第二箇四月。不見古人道，放過一著，落在第二。雖然第二，依舊只是箇孟夏漸熱。阿呵呵，有利無利，不離行市。西川成都府漏籃子，一文錢三箇兩箇，撒在諸人面前，一一可以治病。又不知廬陵米作麽價。』」續刊古尊宿語要第六集辰别峰和尚語：「因記得大慧和尚道：十字街頭，現成行貨。擬欲商量，漆桶蹉過。不蹉過，是什麽？將謂廣南檳榔，元來却是西川漏籃子，喝一喝。」漏籃子，草藥名。

題端上人僧寶傳〔一〕

臨川志端上人，宣和四年夏於長沙之谷山〔二〕。谷山有衆，而領袖者魯暗，不通曉世事，叢林以是凋落。端律身益敬，日誦經行，道暇則寫僧寶傳。同學勸經行他山，要與之俱，端辭以山水未暇觀，正以白業未辦爲憂〔三〕。同學怒棄去，端怡然勿恤也。明年正月上澣日〔四〕，端袖此書來，求題其後。予告之曰：「一精想中，十法界種子皆具〔五〕，隨其所熏發而起。譬之田有稻種，藉時雨以芽孽之〔六〕。十法界者，六凡四聖謂也〔七〕。今端屏絶諸緣，日唯録佛祖之語，味佛祖之意，則亦熏發佛乘之種，與夫游談無根，疲精神於莊孟，爲陳言腐説以欺無知者異矣。然能窮究其所自，使所言所履如傳八十一人者〔八〕，則可謂出家知恩者〔九〕。予視端精緊板而聲圓〔一〇〕，若可語此者，聊及之，端其勉之。」

【注釋】

〔一〕宣和五年正月上旬作於長沙南臺寺。端上人：法名志端，臨川人，湛堂文準弟子，惠洪法姪。參見本集卷二〇藏六軒銘注〔二〕。

〔二〕谷山：廓門注：「長沙府：『谷山在府城西七十里。』」已見前注。

〔三〕白業：善業，相對於黑業之稱。佛説白衣金幢二婆羅門緣起經卷上：「云何白業？謂不殺生，不偷盜，不邪染，不妄言，不綺語，不兩舌，不惡口，不貪，不瞋，正見，此是白業。」

〔四〕上澣日：指上旬休沐日，亦泛指上旬。明楊慎丹鉛總録卷三三澣：「俗以上澣、中澣、下澣爲上旬、中旬、下旬，蓋本唐制十日一休沐。」

〔五〕「一精想中」二句：本集卷二三華嚴同緣序：「余聞一切衆生，識種皆具十法界性。」即此意。參見注〔七〕。

〔六〕藉：憑藉。　時雨：應時之雨水。書洪範：「曰肅，時雨若。」　芽蘖：植物之嫩芽。此用作動詞，謂滋生嫩芽。蘖，通「糵」。魏伯陽周易參同契卷下：「薺麥芽糵，因冒以生。」

〔七〕「十法界者」二句：佛教依法華經以六凡四聖爲十法界，天、人、傍生、餓鬼、地獄、阿脩羅爲六凡，佛、菩薩、緣覺、聲聞爲四聖。參見本集卷二三華嚴同緣序注〔二〕。

〔八〕八十一人者：指禪林僧寶傳所傳八十一位高僧。

〔九〕出家知恩者：大智度論卷七〇：「知恩者，諸世間善法中最上，能與今世好名聲，後與上妙果報。是故佛自説知恩，報恩中第一；我尚知布施持戒等恩，何況般若波羅蜜。」

〔一〇〕精緊：精悍緊湊。　板：疑爲衍文。

題隆道人僧寶傳〔一〕

古之學者，非有大過人者，惟能博觀約取，知宗而用妙耳〔二〕。唐沙門道宣通兼三藏，而精於持律。持律，小乘之學也，而宣不許人呼以爲大乘師〔三〕。棗柏長者力弘佛乘，而未嘗一語及單傳心要〔四〕。方是時，曹溪之説信於天下〔五〕，非教乘之論所當雜。宣公甘以小乘自居，棗柏止以教乘自志，竟能爲百世師者〔六〕，知宗用妙而已。禪宗學者自元豐以來〔七〕，師法大壞，諸方以撥去文字爲禪〔八〕，以口耳受授爲妙〔九〕，耆年凋喪，晚輩蝟毛而起〔一〇〕，服紈綺，飯精妙，施施然以處華屋爲榮〔一一〕，高尻罄折王臣爲能〔一二〕。以狙詐羈縻學者之貌〔一三〕，而腹非之〔一四〕，上下交相欺誑。視其設心，雖儈牛履豨之徒所恥爲〔一五〕，而其人以爲得計。於是佛祖之微言，宗師之規範，掃地而盡也。予未嘗不中夜而起，喟然而流涕，以謂列祖綱宗至於陵夷者〔一六〕，非學者之罪，乃師之罪也。以苟認意識爲智證〔一七〕，爲師者之門望〔一八〕，見以輕慢之心萌矣〔一九〕。非特然也，又執己是，而去取諸方，賤目睹而尊信傳説〔二〇〕，故不見至道之大全，古人之大體。因編五宗之訓言、諸老之行事爲之傳〔二一〕，必書其悟法之由，必載其臨終之異，以譏口耳授受之徒，謂之禪林僧寶傳。書成，而九嶷道人道隆閲之〔二二〕，一月而吭吭上口〔二三〕，兩月而娓娓成誦〔二四〕，三月而能爲末學者舉紐領〔二五〕。夏於雲蓋〔二六〕，閉門寢飯之外，口誦而録之。非誠著於學，志存於道，何能臻是哉？然其爲人，不甘爲啞羊苾芻〔二七〕，混處疾之甚，至於詬駡。喜與有識博聞者游，意所合，則不問道俗，千里從之。嗚呼！叢林博聞者，既不可人求之，而啞羊苾芻，動成阡陌〔二八〕。隆雖口受吾文，抱吾所集，以游諸方，亦安能忘詬駡之喙乎！宣和二年秋，得得自山中來〔二九〕，出此編爲示。予佳其好學，爲書其本末，以告未知隆者㊀。

【校記】

㊀者：武林本作「也」，誤。

【注釋】

〔一〕宣和二年秋作於長沙南臺寺。隆道人：法名道隆，湖南永州人，生平法系未詳。

〔二〕「古之學者」四句：蘇軾稼説：「古之人，其才非有以大過今之人也，其平居所以自養而不敢輕用以待其成者，閔閔焉如嬰兒之望長也。……博觀而約取，厚積而薄發，吾告子止於此矣。」此化用其意。

〔三〕「唐沙門道宣通兼三藏」五句：景德傳燈録卷二八汾州大達無業國師語：「南山尚自不許呼

爲大乘，學語之流，爭鋒脣舌之間，鼓論不形之事，並他先德，誠實苦哉！」本集卷二五題玄沙語録：「昔無業禪師每歎叢林不自揆，行解如屠沽，而自比佛祖。南山律師曉達教乘，而不敢自呼大乘師，止言律師耳。」道宣久居終南山，故稱南山律師。

〔四〕「棗柏長者力弘佛乘」二句：唐李通玄，號棗柏大士，嘗著華嚴經合論、解迷顯智成悲十明論等。事具宋高僧傳卷二二大宋魏府卯齋院法圓傳附李通玄傳。單傳心要：指禪宗宗旨，以心傳心，不立文字。

〔五〕「方是時」二句：宋高僧傳卷八唐韶州今南華寺慧能傳：「乃移住寶林寺焉。時刺史韋據命出大梵寺，苦辭，入雙峰曹侯溪矣。大龍倏起，飛雨澤以均施；品物攸滋，逐根荄而受益。五納之客，擁塞于門；四部之賓，圍繞其座。時宣祕偈，或舉契經，一切普熏，咸聞象藏；一時登富，悉握蛇珠。皆由徑途，盡歸圓極。所以天下言禪道者，以曹溪爲口實矣。」鍇按：據宋高僧傳本傳，李通玄卒於開元十八年，報齡九十六，逆推則當生於貞觀九年，其生卒年爲公元六三五～七三〇年。據六祖大師緣起外記，慧能（曹谿）生於貞觀十二年；據宋高僧傳本傳，慧能卒於先天二年，年七十六，則其生卒年爲公元六三八～七一三年。李通玄與慧能同時，故曰「方是時」。

〔六〕百世師：孟子盡心下：「聖人，百世之師也。」蘇軾潮州韓文公廟碑：「匹夫而爲百世師，一言而爲天下法。」

〔七〕元豐：宋神宗年號，公元一〇七八～一〇八五年。

〔八〕以撥去文字爲禪：即提倡不立文字之禪，反對任何文字寫作，尤其反對疏經造論。嘉泰普燈録卷三〇張商英東林善法堂記：「諸佛爲之種種譬喻方便，爲之説三乘，爲之説五教，河沙句偈，不足以勝其情而奪其識。其究竟也，以清淨法眼，涅槃妙心，無相實相，正法眼藏，撥去文字，教外別傳，囑付飲光。宛轉傳授，以至今日。」

〔九〕以口耳受授爲妙：廓門注：「荀子勸學篇曰：『小人之學也，入乎耳，出乎口。口耳之間，則四寸耳，曷足以美七尺之軀哉？』此借用。」受授，下文作「授受」。鍇按：清錢謙益首楞嚴經疏解蒙鈔卷末佛頂五録第三佛頂枝録五義解：「雙溪彭以明曰：『滯於跡者，不究所歸，往往惜其牽於儒習。嗟夫！盤之走珠，珠之走盤，了無不可，而妄議其横斜曲直，是豈真知寂音者，不幾墮於戲論歟？』雙溪之論，蓋爲靈源言之也。而寂音之深心誓願，則謂：『元豐以來，師法大壞，諸方以撥去文字爲禪，以口耳傳授爲妙。是以搜剔五家綱宗，和會馬、龍性相教網，防閑魔外於像季之秋，使佛祖微言、宗師軌範，不致埽地而盡。』此則其造論著書之宗旨。靈源固未能盡知，而雷庵、雙溪尊奉頂論者，殆亦引其意而未發也。嗚呼！今日宗門，視元豐已後何如？寂音於篆面鞭背、炎荒九死之日，猶不惜箋釋文句，唱導末法。而今之學者，昧石門之苦心，掠靈源之剩句，沿波逐流，往而不返。許彥周之稱寂音曰：『於佛法，與救鴿飼虎等。於世法，程嬰、公孫杵臼、貫高、田光之用心也。』嗚呼！尚念之哉！」

〔一〇〕蝟毛：刺猬毛，形容衆多。唐釋神清北山録卷二法籍興：「其徒蝟張剪爲冠讎。」釋慧寶注：「大天之徒如蝟毛而張熾，與聖衆共爲寇讎也。」

〔一一〕施施然：喜悦自得貌。孟子離婁下：「（妻）與其妾訕其良人，而相泣於中庭。而良人未之知也，施施從外來，驕其妻妾。」趙岐注：「施施，猶扁扁，喜悦之貌。」

〔一二〕高尻罄折王臣：形容僧人見王臣卑躬屈膝之態。韓愈祭河南張員外文：「走官階下，首下尻高。」此化用其意。高尻，指首低而臀高之拜揖。罄折，曲躬如磬，表示謙恭。罄，通「磬」。後漢書馬援傳：「述鸞旗旄騎，警蹕就車，磬折而入。」李賢注：「磬折者，屈身如磬之曲折，敬也。」

〔一三〕狙詐：狡猾奸詐。後漢書黨錮傳序：「霸德既衰，狙詐萌起。」李賢注：「廣雅曰：『狙，獼猴也。』以其多詐，故比之也。」羈縻：籠絡。

〔一四〕腹非：口中不言而心中非議。山谷題跋卷四跋法帖：「魯公書，今人隨俗多尊尚之。少師書，口稱善而腹非也。欲深曉楊氏書，當如九方皋相馬，遺其玄黄牝牡乃得之。」

〔一五〕儈牛履豨：泛指商賈買賣之事。儈牛，謂撮合雙方牛之買賣。後漢書逸民傳逢萌傳：「君公遭亂獨不去，儈牛自隱。」李賢注：「儈謂平會兩家買賣之價。」履豨，謂檢驗豬之肥瘦。莊子知北遊：「正獲之問於監市履豨也，每下愈况。」郭象注：「豨，大豕也。夫監市之履豨，以知其肥瘦者，愈履其難肥之處，愈知豕肥之要。」參見本集卷七鄧循道分財贍族湘陰諸老賦詩同作注〔六〕。

〔一六〕綱宗：廓門注：「僧寶傳曰：『巖頭曰：但識綱宗，本無實法。』」　陵夷：衰落。

〔一七〕苟認意識：釋契嵩鐔津集卷二輔教編中廣原教：「今夫天下混謂乎心者，言之而不詳，知之而不審，苟認意識，謂與聖人同得其趣道也，不亦遠乎。」此借用其語。參見本集卷二三臨平妙湛慧禪師語録序注〔五〕。

〔一八〕門望：門閥郡望。魏書韓顯宗傳：「夫門望者，是其父祖之遺烈，亦何益於皇家？益於時者，賢才而已。」此借以指禪門各派祖師之德。

〔一九〕見以輕慢之心萌矣：後漢書黄憲傳：「時月之間不見黄生，則鄙吝之萌復存乎心。」此化用其語。輕慢：輕蔑傲慢。隋釋吉藏法華義疏卷一〇：「又説人過，必是輕慢之心，則自生煩惱。」　鍇按：此句不甚通順，「見以」二字疑有脱衍。

〔二〇〕賤目睹而尊信傳説：即禪宗所言「貴耳賤目」。景德傳燈録卷一四澧州藥山惟儼禪師：「朗州刺史李翱嚮師玄化，屢請不起，乃躬入山謁之。師執經卷不顧，侍者白曰：『太守在此。』翱性褊急，乃言曰：『見面不如聞名。』師呼太守，翱應諾。師曰：『何得貴耳賤目？』翱拱手謝之。」金陵清涼院文益禪師語録：「官人云：『金屑雖貴，又作麽生？』老宿無對。鏡清代云：『比來抛甎引玉。』師別云：『官人何得貴耳賤目？』」此借用其意。

〔二一〕「因編五宗之訓言」句：陳垣中國佛教史籍概論卷六禪林僧寶傳三十卷僧寶傳之體製及得失：「今此八十一人中，除未詳所屬者數人外，屬青原者十一人，曹洞十人，臨濟十七人，雲門、黄龍各十五人，法眼五人，溈仰一人，楊岐四人，足見當日雲門、臨濟之盛。」

〔二二〕九嶷：山名。亦作「九疑」。此代指永州。方輿勝覽卷二五湖南路永州：「九疑山，零陵郡之望山也。」零陵郡即永州。

〔二三〕岏岏上口：意爲朗朗上口。岏，本爲山名，此疑有誤。

〔二四〕娓娓成誦：謂連續不倦讀誦，聲音動聽。

〔二五〕末學：猶後學。韓愈讀墨子：「余以爲辯生於末學，各務售其師之説，非二師之道本然也。」　紐領：猶言綱領。紐，本，根據。

〔二六〕夏於雲蓋：謂於長沙雲蓋山坐夏安居。萬曆湖廣總志卷四五寺觀志：「雲蓋寺，（善化）縣西四十里。」

〔二七〕啞羊苾芻：即啞羊僧。大智度論卷三：「云何名啞羊僧？雖不破戒，鈍根無慧，不别好醜，不知輕重，不知有罪無罪。若有僧事，二人共諍，不能斷決，默然無言。譬如白羊，乃至人殺，不能作聲，是名啞羊僧。」此處指以不立文字爲藉口、碌碌無爲、默然無語之禪僧。參見本集卷四示忠上人注〔一一〕。

〔二八〕動成阡陌：謂動輒滿路可見。王安石思王逢原三首之一：「布衣阡陌動成羣，卓犖高才獨見君。」此借用其語。

〔二九〕得得自山中來：釋貫休禪月集卷二〇陳情獻蜀皇帝：「一缾一鉢垂垂老，千水千山得得來。」此借用其語。得得，特地。

題休上人僧寶傳〔一〕

泰山之鳥，巢於木末；九淵之魚，託於沙罅〔二〕。嗚呼！魚鳥之微，亦知附託於高深，安有毀髮學道之徒〔三〕，而自棄於淺陋乎？季休，福唐人也〔四〕，而得業於湘上之南臺。其師太公與予爲兄弟行〔五〕，其熏烝見聞有自來矣〔六〕。初，太遭横逆〔七〕，坐圜扉中百許日〔八〕，他法屬皆畏訓酢之〔九〕，而休服勤，不敢失禮。逮其釋，余勸度之，宣和四年正月也。既受具〔一〇〕，陪衆，遂寫此傳，除夕捧以來。予佳其能自脱淺陋而趨高深，爲題其末，明年元日也。明白庵題〔一一〕。

【注釋】

〔一〕宣和五年正月初一作於長沙南臺寺。休上人：法名季休，福州人。法太禪師弟子，屬臨濟宗黄龍派南嶽下十四世。

〔二〕「泰山之鳥」四句：釋契嵩鐔津集卷一輔教編勸書第三：「泰山有鳥，巢於曾崖木末，而弋者不及；千仞之淵有魚，潛於深泉幽穴，而筌者不得。蓋其所託愈高，而所棲愈安；所潛愈深，而所生逾適。」此化用其意。 錯按：契嵩語意本唐吴兢貞觀政要卷六貪鄙：「貞觀十六年，太宗謂侍臣曰：『古人云：鳥棲於林，猶恐其不高，復巢於木末；魚藏於水，猶恐其不深，復穴於窟下。然而爲人所獲者，皆由貪餌故也。』」罅，縫隙。

〔三〕毁髮學道之徒：指出家僧人。毁髮，猶言削髮。

〔四〕福唐：福州之别稱。

〔五〕「其師太公」句：太公，即法太，字希先，嗣法雲蓋守智。守智與惠洪之師克文同嗣法黄龍慧南，故法太與惠洪爲兄弟行。參見本集卷二次韻權巽中送太上人謁道鄉居士注〔一〕。

〔六〕熏烝：猶言熏陶，習染。司馬光上謹習疏：「是故上行下效謂之風，熏蒸漸漬謂之化。」本集卷一六贈胡子顯八首之二：「作官要自有家法，童稚熏蒸飽見聞。」

〔七〕遭横逆：猶言遭横禍。

〔八〕圜扉：獄門，代指牢獄。文選卷四六王融三月三日曲水詩序：「稀鳴桴於砥路，鞠茂草於圜扉。」李善注：「周禮曰：以圜土教罷民。」吕向注：「圜扉，獄也。言時無犯罪者，獄皆久空，故養盛草於獄中。」參見本集卷四獄中暴寒凍損呻吟注〔六〕。

〔九〕詶酢：同「酬酢」，應對。易繫辭上：「顯道神德行，是故可與酬酢，可與祐神矣。」韓康伯

注：「可以應對萬物之求，助成神化之功也。酬酢，猶應對也。」

〔一〇〕受具：僧人受具足戒。參見本集卷一八大達國師無業公畫像贊注〔八〕。

〔一一〕明白庵：惠洪自結庵堂，在南臺寺。參見本集卷二〇明白庵銘注〔一〕。

題英大師僧寶傳〔一〕

老子曰「爲學日益，爲道日損」者〔二〕，理之序也。博觀而約取，厚積而薄施〔三〕，多識前言往行者〔四〕，日益之學也。如春夏之水方增川〔五〕，浩然不可測其際。思之又思之，以至於無思，如囟（顖）之在頂㊀，蓋造形上（之）極㊁，不可以數量情識得〔六〕。孔子晚乃悟曰：「天下何思何慮。」〔七〕如秋冬之水縮，廓然見其涯涘〔八〕。嗚呼！叢林法道之壞，無如今日之甚，非特學者之罪，寔爲師者之罪也。學者方蒙然無知，而反誡之曰：「安用多知？」但飽食默坐，雖若甚要，然亦去愚俗何遠。予所録僧寶傳，先叙其悟道之緣，又書其死生之際，欲學者法前輩爲道之精。而惠英大師年二十餘〔九〕，生海上，獨挺然有志，不肯碌碌〔一〇〕，而啞羊者固已憎之如十世讎矣〔一一〕。手寫此書，攜以過予。予佳其勤，扶此心以自此趨無上佛果，如順風揚塵耳〔一二〕。宣和四年十一月題。

【校記】

㈠ 囟：原作「囪」，武林本作「顖」，誤，今改。參見注〔六〕。

㈡ 上：原作「之」，誤，今改。參見注〔六〕。

【注釋】

〔一〕宣和四年十一月作於長沙南臺寺。英大師：法名惠英，字穎孺，廣州人。本集卷二四穎孺字序曰：「五羊僧名惠英，年二十餘，能折節讀書，工作詩，而未有字，余以穎孺字之。」參見本集卷一送英老兼簡鈍夫注〔一〕。

〔二〕「老子曰」句：老子四十八章：「爲學日益，爲道日損。損之又損，以至於無爲。」

〔三〕「博觀而約取」二句：蘇軾稼説：「博觀而約取，厚積而薄發，吾告子止於此矣。」

〔四〕多識前言往行者：易大畜：「君子以多識前言往行，以畜其德。」

〔五〕如春夏之水方增川：詩小雅天保：「如川之方至，以莫不增。」鄭箋：「川之方至，謂其水縱長之時也。萬物之收，皆增多也。」本集卷四石門中秋同超然鑒忠清三子翫月：「三子新聞舊，學問川增益。」

〔六〕「思之又思之」五句：謂思如囟門，爲頭頂上限，再向上則爲無思，非情識所能到。法華經合論卷一：「盡其思慮以度佛智，亦莫能得。是何也？曰：佛之智境，出於形數之表。蓋思慮所及，皆形數也。思於文，從囟從心。説文曰：造形上極，思之又思之，乃至於無思，如囟上達土氣然也。」鍇按：説文囟部：「囟，頭會𡿺蓋也。象形。凡囟之屬，皆从囟。」説文思部：「思，容也。从心囟聲。凡思之屬，皆从思。」「思」字从囟从心，囟在頭頂，故稱「造形上極」。宋楊時龜山集卷一〇語録：「孔子繫辭曰：『天下何思何慮？天下同歸而殊塗，一致而百慮。天下何思何慮？』夫心猶鏡也，居其所，而物自以形來，則所鑒者廣矣。若執鏡隨物，以度其形，其照幾何。或曰：『思，造形之上極。過是，非思之所能及。故唯天下之至神，則無思也。無思所以體道，有思所以應世。』此爲不知易之義也。易所謂無思者，以爲無所事乎思云耳。故其於天下之故，感而通之而已。今而曰『不可以有思』，又曰『不能無思』，此何理哉！」宋陸佃爾雅新義卷四釋言：「顛，頂也。造形上極，無非倒者。據天下莫大于秋毫，而泰山爲小。」同書卷一〇釋山：「山頂冢，造形上極，亦玄宅也，即又玄離形焉。」底本「囟」作「囪」，涉形近而誤。底本「上極」作「之極」，亦誤，今據諸書改。

〔七〕「孔子晚乃悟曰」二句：易繫辭下：「子曰：『天下何思何慮？天下同歸而殊塗，一致而百慮。天下何思何慮？』」

〔八〕「如秋冬之水縮」二句：即秋冬水落石出之意。涯涘：水岸，引申爲邊際。莊子秋水：「秋水時至，百川灌河，涇流之大，兩涘渚涯之間，不辯牛馬。」

〔九〕惠英大師年二十餘：本卷題所録詩曰：「海南道人惠英，字穎孺，生十有二日而失母，年七齡而爲沙門。二十歲從予遊。」錯按：惠英初從惠洪遊，時在崇寧五年。此言「年二十餘」，似當指惠英初從惠洪遊之年紀，非宣和四年之年紀。

〔一〇〕不肯碌碌：漢荀悦漢紀宣帝紀一：「不肯碌碌，反抱關木。」此借用其語。碌碌，平庸無能貌。

〔一一〕啞羊者：即啞羊僧。參見前題隆道人僧寶傳注〔二五〕。

〔一二〕順風揚塵：楞嚴經卷七：「云何汝等在會聲聞，求最上乘決定成佛？譬如以塵揚于順風，有何艱險？」唐釋懷迪楞嚴經義海卷二〇：「塵譬宿習，風如神呪，順風揚塵，散之則易；誦呪除習，脱之匪難。」

【集評】

清釋智云：覺範禪師曰「爲學日益」，百川浸灌也；「爲道日損」，水落石出也。苟非爲學日益，又安知爲道之日損哉？正氣曰：損是損其情慾，益是益其正知。故曰：學事以成務致用也，學道者自反至誠而已。果然徹上徹下，由此中行，則學事猶茶飯也。本茂則末自榮，不見道「本末盡歸宗」。（清釋興磬、興斧編青原愚者智禪師語録卷三室中正訓）

清退翁云：讀石門文字禪，當時僧寶傳成，親炙寂音若干人，多濡筆和墨，手録副本投鉢袋。寂音不惜各爲題識，以賞其重法之勤。蓋八十一祖精神命脈所在，宜爲後來所奉重。（清釋濟璣

（等編南岳繼起和尚語録卷一〇南岳正續録卷末附）

題所録詩〔一〕

海南道人惠英，字穎孺，生十有二日而失母，年七齡而爲沙門，二十歲從予游。予所作語言徧叢林，未嘗收録，而英編兩巨帙爲示。既有媿於九祖〔二〕，欲焚去之；又念英之好學，爲一笑而置之。然流俗寡聞，見少年嗜筆硯者，不背數必腹非之〔三〕，以謂禪者不當以翰墨爲急。寧知龍勝詩流震旦者卅餘首㊀，論□動以億萬㊁，□多爲言哉㊂〔四〕！英勉之。老子言：「爲學日益，爲道日損。」〔五〕使其未嘗學也，何所損哉？如川之增者〔六〕，學也；水落石出者〔七〕，損也。然未易與粥飯僧論此也〔八〕。

【校記】

㊀者卅餘：三字原闕，今據寬文本、廓門本補。天寧本作「好學者」，乃妄補。

㊁□：原一字闕。天寧本作「其」，無據。

㊂□：原一字闕。天寧本作「篇」，無據。

【注釋】

〔一〕宣和四年十一月作於長沙南臺寺。　鍇按：惠英既手寫禪林僧寶傳，又抄録惠洪詩，且嘗手録冷齋夜話（見本集卷一六英上人手録冷齋爲示戲書其尾），惠洪皆爲之題跋，故此文與上文題英上人僧寶傳當作於同時。蓋惠洪住南臺寺時，年少僧人多從之游，抄録其著述，所謂「手抄禪林僧寶傳，暗誦石門文字禪」者甚夥。參見本集卷一五僧從事文字禪三首、與法護禪者及本卷諸題跋。

〔二〕九祖：指禪宗西天第九祖伏馱蜜多尊者。景德傳燈録卷一第八祖佛陀難提：「至提伽國城毘舍羅家，見舍上有白光上騰，謂其徒曰：『此家當有聖人，口無言説，真大乘器；不行四衢，知觸穢耳。』言訖，長者出致禮，問何所須。尊者曰：『我求侍者。』曰：『我有一子，名伏馱蜜多，年已五十，口未曾言，足未曾履。』尊者曰：『如汝所説，真吾弟子。』尊者見之，遽起禮拜。」本集卷四大圓庵主以九祖畫像遺作此謝之謂「當時兩脚不肯舉，今雖有口如當時」，曰「我遭俗瞋坐多語」，又曰「見之心怍有愧色，君以贈我聊鍼之」。以九祖之口無言説與己之多語對舉，其意即此「有媿於九祖」。廓門注：「九祖，言覺範，讀前詩須得意也。」其説殊誤。

〔三〕背數：猶言背毁，背後數落詆毁。腹非：口中不言而心中非議。參見前題隆道人僧寶傳注〔一四〕。

〔四〕「寧知龍勝詩流震旦者」三句：龍樹菩薩傳：「是時龍樹於南天竺大弘佛教，摧伏外道，廣明摩訶衍，作優波提舍十萬偈，又作莊嚴佛道論五千偈，大慈方便論五十偈，令摩訶衍教大行於天竺。又造無畏論十萬偈，於無畏中出中論也。」

〔五〕「老子言」三句：見老子四十八章。參見前題英上人僧寶傳注〔二〕。

〔六〕如川之增：詩小雅天保：「如川之方至，以莫不增。」此借其語以喻「爲學日益」。參見前題英大師僧寶傳注〔五〕。

〔七〕水落石出：蘇軾後赤壁賦：「山高月小，水落石出。」此借用其語以喻「爲道日損」。

〔八〕粥飯僧：只喫粥飯而不知修行之僧人。景德傳燈録卷一一鄧州香嚴智閑禪師：「師遂歸堂，遍檢所集諸方語句，無一言可將酬對。乃自歎曰：『畫餅不可充飢。』於是盡焚之曰：『此生不學佛法也，且作箇長行粥飯僧，免役心神。』」宋錢易南部新書卷一〇：「清泰朝，李專美除北院，甚有舟檝之歎。時韓昭裔已登庸，因賜之詩曰：『昭裔登庸汝未登，鳳池雞樹冷如冰。何如且作宣徽使，免被人呼粥飯僧。』」

【集評】

清方以智云：學道人即博即約，日益日損，即謂之本無損益，而不礙損益。則凡自一技一能，以至至玄之道，皆不可執，豈特文字耶？易，一藝也；禪，一藝也。七曜四時，天之藝也。成能皆藝，而所以能者，道也。寂音曰：「川之方至，益也；水落石出，損也。使其無所益也，何所損哉？」不識字者與之書，則辨畫不暇；識字者直答其指，豈爲字累！（東西均道藝）

題佛鑑蓄文字禪〔一〕

余幼孤，知讀書爲樂，而不得其要，落筆嘗如人掣其肘〔二〕，又如瘖者之欲語，而意窒舌大〔三〕，而濃笑者數數然〔四〕。年十六七，從洞山雲庵學出世法〔五〕，忽自信而不疑，誦生書七千〔六〕，下筆千言，跬步可待也〔七〕。嗚呼！學道之益人，未論其死生之際，益其文字語言如此，益可自信也。今三十八年矣，而見雲庵平時親愛之人佛鑑大師淨因於湘中，頹然相向，俱老矣。而故意特未老〔八〕，又出余少時詩句讀之，想見山林之舊游處。誦白公詩曰：「手把楊枝臨水坐，閑思往事似前身。」〔九〕

【注釋】

〔一〕宣和六年作於長沙。元祐元年，惠洪年十六，從真淨克文學出世法，下推三十八年，即此年。佛鑑：法名淨因，字覺先，號佛鑑大師，嗣法法雲杲禪師，爲惠洪法姪，克文法孫。已見前注。鍇按：淨因所蓄「文字禪」，當即覺慈編石門文字禪所據之舊稿。本集卷二六有題僧人所蓄詩數篇，如題所録詩、題弼上人所蓄詩、題言上人所蓄詩、題自詩寄幻住庵、題自詩、題自詩與隆上人、題珠上人所蓄詩卷，均無「文字禪」之名。可知約宣和六年，惠洪始自名詩集爲石門文字禪。本集卷一五與法護禪者有「手抄禪林僧寶傳，暗誦石門文字禪」

之句，該詩亦作於宣和六年，可爲旁證。

〔二〕落筆嘗如人掣其肘：謂書寫不順，如受人牽制。吕氏春秋具備：「吏方將書，宓子賤從旁時掣摇其肘；吏書之不善，則宓子賤爲之怒。」

〔三〕意窒：謂心意有窒礙，思路受阻。　舌大：舌大難掉動，形容張口結舌。林間録卷上：「（雲庵）又嘗問講師曰：『火災起時，山河大地皆被焚盡，世間空虛，是否？』對曰：『教有明文，安有不是之理？』雲庵曰：『如許多灰燼將置何處？』講師舌大而乾，笑曰：『不知。』雲庵亦大笑曰：『汝所講者，紙上語耳。』」大慧普覺禪師語録卷上：「（仰山偉和尚）遂鳴鍾集衆，數秀曰：『汝爲領袖，師表後昆，處心不公，何以勸勵學者？』秀舌大而乾，窘無以對，竟杖逐之。」

〔四〕濃笑者數數然：謂屢屢遭人嘲笑。　濃笑：大笑。李賀唐兒歌：「東家嬌娘求對值，濃笑書空作唐字。」　數數然：屢次，常常。莊子逍遥遊：「彼其於世未數數然也。」

〔五〕洞山雲庵：元豐中，克文嘗住筠州洞山普利禪院，蘇轍欒城集卷三五有洞山文長老語録叙。元豐七年，克文受王安石之請，住江寧報寧禪院。元祐元年，自江寧還洞山。

〔六〕生書：未曾讀之書。唐姚合下第：「閉門辭雜客，開篋讀生書。」廓門注：「宋崇寧、大觀間，禁誦東坡詩文，故隱其名曰『生書』。事見風月堂詩話，不録。」鍇按：宋朱弁風月堂詩話卷上：「東坡詩文，落筆輒爲人所傳誦。……崇寧、大觀間，海外詩盛行，後生不復有言歐公者。是時朝廷雖嘗禁止，賞錢增至八十萬。禁愈嚴而其傳愈多，往往以多相誇。士大夫不能誦東坡詩者，便自覺氣索，而人或謂之不韻。」未有「生書」之説。且惠洪學出世法，「生書」乃泛指未讀書，非專指東坡詩文。廓門注無據。

〔七〕跬步可待：謂舉步之間可待其完成。跬，舉足一次，半步。

〔八〕故意：舊友之情意。杜甫贈衛八處士：「十觴亦不醉，感子故意長。」

〔九〕「誦白公詩曰」三句：白公即白居易。白氏長慶集卷一六臨水坐：「昔爲東掖垣中客，今作西方社内人。手把楊枝臨水坐，閑思往事似前身。」

題弼上人所蓄詩〔一〕

往時叢林老衲多以講宗爲心，呵衲子從事筆硯〔二〕。予游方時，省息衆中〔三〕。多習氣，抉磨不去，時時作未忘情之語〔四〕，隨作隨棄。如人高笑〔五〕，幸其不聞。過廬山，見弼上人出一巨軸，讀之茫然，不可諱爲多言之戒〔六〕。昔殷浩喜作詩，不甚工，嘗出示桓温。温戲曰：「子勿犯吾，儻見犯，即出子詩示人。」〔七〕弼上人不見惡，願勿傳乃幸。

【注釋】

〔一〕作年未詳。　弼上人：生平未詳。續傳燈録卷一八目録百丈元肅禪師法嗣有西峰元弼禪師，屬臨濟宗黄龍派南嶽下十三世，疑即此僧。

〔二〕呵：呵責。

〔三〕省息：止息。

〔四〕「多習氣」三句：習氣，指作詩之習慣。本集卷二次韻君武中秋月下：「世間垢習揩磨盡，但餘猿鶴哀吟聲。」即此意。未忘情之語，特指詩。本集卷二〇懶庵銘序：「以臨高眺遠未忘情之語爲文字禪。」

〔五〕高笑：大笑。此指嘲笑，用法如前題佛鑑蓄文字禪之「濃笑」。

〔六〕「見弼上人出一巨軸」三句：蘇軾答劉沔都曹書：「軾平生以言語文字見知於世，亦以此取疾於人，得失相補，不如不作之安也。以此常欲焚棄筆硯，爲瘖默人，而習氣宿業，未能盡去，亦謂隨手雲散鳥没矣。不知足下默隨其後，掇拾編綴，略無遺者，覽之慙汗，可爲多言之戒。」錯按：本文及以下題言上人所蓄詩、題自詩，其意皆脱胎於蘇文。

〔七〕「昔殷浩喜作詩」七句：廓門注：「『晉書列傳第四十四曰：『殷浩字淵源，陳郡長平人也。』云云。傳不載此義。事文要玄第一卷引沈東陽野史曰：『桓温少與殷浩友善。浩嘗小詩示温，温戲曰：汝慎勿犯我，當出汝詩示人。』」錯按：冷齋夜話卷一〇當出汝詩示人：「沈東陽野史曰：晉桓温少與殷浩友善。殷嘗作詩示温，温玩侮之曰：『汝慎勿犯我，犯我，當出汝詩示人。』

題言上人所蓄詩〔一〕

予幻夢人間，游戲筆硯，登高臨遠，時時爲未忘情之語，旋踵羞悔汗下〔二〕。又自覺曰：「譬如候蟲時鳥，自鳴自已〔三〕，誰復收録？」寶山言上人乃編而爲帙〔四〕，讀之大驚，不復料理其訛正，可爲多言之戒。然佳言之好學，雖鄙語如予者亦收之，世有加予數十等之人〔五〕，其語言文字之妙，能録藏以增益其智識，又可知矣。夫水發岷山其濫觴，至楚國則萬物至滿，則合之者衆也〔六〕。善學者，其能外此乎？言公其勉之。

【注釋】

〔一〕作年未詳。言上人：疑即新昌洞山擇言禪師，乃洞山梵言法嗣，真淨克文法孫，惠洪法姪。屬臨濟宗黄龍派南嶽下十四世。參見本集卷一一重會言上人乞詩注〔一〕。

〔二〕旋踵：掉轉脚跟，形容時間極短。韓詩外傳卷一〇：「夫天怨不全日，人怨不旋踵。」

〔三〕「譬如候蟲時鳥」二句：東坡全集卷五四與程正輔尺牘：「見勸作詩，本亦無固必，自懶作爾。如此候蟲時鳥，自鳴二一，何所損益，不必作，不必不作也。」

〔四〕寶山：指靖安縣寶峰禪院，言上人嘗參禪於此，故稱。

〔五〕加予數十等之人：猶言比我高出十個等級之人。禮記王制：「夫子曰：『獻子加於人一等矣。』」此化用其語。

〔六〕「夫水發岷山」三句：文選卷一二郭璞江賦：「惟岷山之導江，初發源乎濫觴。」李善注：「家語：『孔子謂子路曰：夫江始于岷山，其源可以濫觴。及其至于江津，不舫舟，不避風，則不可以涉。』」本集卷二三潙源記：「岷江因山爲名，初發泫然濫觴，漫衍而至楚，則爲際天之雲濤，萬斛之舟，解風而不敢濟。」

題自詩寄幻住庵〔一〕

淵明作訓子詩，可以想見其愷弟〔二〕。而杜子美乃曰：「有子賢與愚，何其挂懷抱。」〔三〕作閑情賦，足以見其真〔四〕，而昭明太子曰：「白璧微瑕，正在此耳。」〔五〕癡人面前不可説夢，豈子美、昭明亦真癡耶〔六〕？予自居海上及南歸，寄意於一戲，故語不復料理其當否，今録數首以寄幻住庵主。杜子美、梁昭明猶未脱癡病，幻住其能不癡耶？

【注釋】

〔一〕政和六年春作於筠州上高縣九峰。幻住庵：本明，字無塵，號幻住庵。真淨克文法嗣，惠洪師弟。嘗爲惠洪刻林間録，請謝逸作序。後目盲，住高安荷塘寺幻住庵。鍇按：本集卷一五雪後寄荷塘幻住庵盲僧四首，作於九峰，本文當作於同時而稍後。

〔二〕「淵明作訓子詩」二句：陶淵明集卷三責子：「白髮被兩鬢，肌膚不復實。雖有五男兒，總不好紙筆。阿舒已二八，懶惰故無匹。阿宣行志學，而不愛文術。雍端年十三，不識六與七。通子垂九齡，但覓梨與栗。天運苟如此，且進杯中物。」

〔三〕「而杜子美乃曰」三句：杜甫遣興五首之三：「陶潛避俗翁，未必能達道。觀其著詩集，頗亦恨枯槁。達生豈是足，默識蓋不早。有子賢與愚，何其挂懷抱。」

〔四〕「作閑情賦」二句：陶淵明集卷五閑情賦序：「初張衡作定情賦，蔡邕作靜情賦，檢逸辭而宗澹泊，始則蕩以思慮，而終歸閑正。將以抑流宕之邪心，諒有助於諷諫。綴文之士，奕代繼作，並因觸類，廣其辭義。余園閭多暇，復染翰爲之。雖文妙不足，庶不謬作者之意乎？」

〔五〕「而昭明太子曰」三句：南朝梁昭明太子蕭統陶淵明集序曰：「白璧微瑕者，惟在閑情一賦，揚雄所謂『勸百而諷一』者，卒無諷諫，何必摇其筆端？惜哉！無是可也。」

〔六〕「癡人面前不可説夢」二句：豫章黄先生文集卷二六書陶淵明責子詩後：「觀淵明之詩，想見其人豈弟慈祥、戲謔可觀也。俗人便謂淵明諸子皆不肖，而淵明愁歎見於詩，可謂癡人前不得説夢也。」詩話總龜前集卷九：「山谷云：『杜子美困窮於三蜀，蓋爲不知者詬病，以爲拙於生事，又往往譏議宗文、宗武失學，故聊託之淵明以解嘲耳。其詩名曰遣興，可解也。俗人便爲譏病淵明，所謂癡人前不得説夢也。』」東坡全集卷六七題文選曰：「淵明閑情賦，正所謂『國風好色而不淫』，正使不及周南，與屈、宋所陳何異？而統乃譏之，此乃小兒强作解事者。」

題自詩〔一〕

予始非有意於工詩文，夙習洗濯不去〔二〕，臨高望遠，未能忘情，時時戲爲語言，隨作隨毁，不知好事者皆能録之。南州琦上人處見巨編〔三〕，讀之，面熱汗下〔四〕。然佳琦之好學，雖語言之陋如僕者，亦不肯遺，況工於詩者乎？因出示，輒題其末。

【注釋】

〔一〕作年未詳。

〔二〕夙習：舊習，積習。此指作詩文之習慣，本集或稱「垢習」、「習氣」。

〔三〕南州：本集代指洪州。已見前注。琦上人：生平法系未詳。

〔四〕面熱汗下：羞愧之貌。即蘇軾答劉沔都曹書所謂「覽之慙汗」。

題權巽中詩〔一〕

世稱唐文物特盛〔二〕，雖山林之士，輒能以詩自鳴。以余觀之，如雙井茶，品格雖妙，然終令人咽酸冷耳〔三〕。巽中下筆，豪特之氣凌跨前輩，有坡谷之淵源〔四〕。予見之，未視名字，輒能辯。大率句法如徐季海之字，字外出骨，骨中藏稜〔五〕。讀者當置軸紬繹〔六〕，想見瘦行清坐時也〔七〕。使巽中聞此語，當以予爲知言。

【注釋】

〔一〕作年未詳。　權巽中：僧善權，字巽中，號真隱，洪州靖安人，俗姓高氏。以詩鳴，入江西宗派圖。參見本集卷二贈巽中注〔一〕。　鍇按：宋舒邦佐雙峰先生存稿卷一真隱詩集序：「師川跋其詩云：『巽中下筆，豪特之氣凌跨前輩。予每見之，未示名字，輒能辨。大率如得李北海字，字外出骨，骨中藏棱。讀之者當置軸紬繹，想見靜坐時也。』覺範云『邂逅雙林，對牀夜語，聽其誦近詩十餘篇，令人骨清神爽，通夕不寐。』前輩不浪許予，此數語落人間，與此詩俱不朽，何用後人厝詞。」據此，則本文一作徐俯（師川）跋語，而惠洪（覺範）另有題跋。其說待考。

〔二〕世稱唐文物特盛：宋張方平樂全集卷二讀杜詩：「文物皇唐盛，詩家老杜豪。」

〔三〕「如雙井茶」三句：蘇軾和錢安道寄惠建茶：「草茶無賴空有名，高者妖邪次頑懭。體輕雖復强浮泛，性滯偏工嘔酸冷。其間絶品豈不佳，張禹縱賢非骨鯁。」又稱建茶曰：「粃糠團鳳友小龍，奴隸日注臣雙井。」此借其品茶之語而喻詩品。雙井茶，指洪州分寧縣雙井所産草茶。歐陽修歸田録卷上：「自景祐以後，洪州雙井白芽漸盛。近歲製作尤精，囊以紅紗，不過一二兩，以常茶十數斤養之，用辟暑濕之氣。其品遠出日注上，遂爲草茶第一。」

〔四〕坡谷之淵源：謂其詩學蘇東坡、黄山谷之體。

〔五〕「大率句法如徐季海之字」三句：喻其詩清瘦而有力。徐季海，名浩，唐越州人。肅宗、代宗朝任中書舍人，四方詔令，多出其手。德宗初，進郡公，卒年八十，贈太子少師，謚曰定。浩善書，八體皆備，草隸尤工，世狀其法曰「怒猊抉石，渴驥奔泉」。新舊唐書有傳。東坡全集卷七〇試吴説筆：「前史謂徐浩書鋒藏畫中，力出字外。杜子美云：『書貴瘦硬方通神。』」東坡詩集注卷二八孫莘老求墨妙亭詩：「徐家父子亦秀絶，字外出力中藏稜。」

〔六〕紬繹：抽繹，引出端緒，闡述引申。此指欣賞品味。漢書谷永傳：「燕見紬繹，以求咎愆。」顔師古注：「紬繹者，引其端緒也。」

〔七〕瘦行清坐：形容善權之行坐，蓋其體貌清癯，時稱「瘦權」，故云。

題自詩與隆上人〔一〕

余少狂，爲綺美不忘情之語〔二〕，年大來輒自鄙笑，因不復作。自長沙來歸，舍龍安〔三〕，山中無可作做，學坐睡法，飽飯靠椅，口角流涎〔四〕，自喜，以謂得其妙。旁舍有道人隆公，雅好予昔所病者〔五〕，時時過予，終日而未嘗倦。問予：「昔所作尚能尋繹乎？」予引紙爲録此數篇以遺之，而戲之曰：「昔達觀禪師居京師，士大夫相從者，皆以能詩答話多之。觀笑曰：『解答諸方話，能言五字詩。二般俱好藝，只是見錢遲。』〔六〕」隆公曰：「果爾，吾不復耳。」坐客皆笑之。隆字默翁，湘中清勝者也。

【注釋】

〔一〕崇寧三年夏作於洪州分寧縣。　隆上人：隆字默翁，湖南人，生平法系未詳。

〔二〕綺美不忘情之語：指詩。其説本陸機文賦：「詩緣情而綺靡，賦體物而瀏亮。」

〔三〕龍安：指分寧縣龍安山兜率寺，時慧照禪師住持於此。

〔四〕「山中無可作做」四句：此自狀飽食終日無所事事之貌，兼嘲諷禪林無事禪之弊。本集卷四送凝上人：「此策簡截君牢收，飽食熟睡且隨流。泛然四海無不可，人將愛與君同游。」卷二五題華嚴綱要：「方天下禪學之弊極矣，以飽食熟睡、游談無根爲事。」本卷題英大師僧寶傳：「學者方蒙然無知，而反誡之曰：『安用多知，但飽食默坐。』雖若甚要，然亦去愚俗何遠。」

〔五〕予昔所病者：指綺美不忘情之詩，因妨礙參禪學道，故以爲病。

〔六〕「昔達觀禪師居京師」八句：禪林僧寶傳卷二〇華嚴隆禪師傳：「又見達觀穎禪師戲作偈曰：『解答諸方語，能吟五字詩。二般俱好藝，只是見錢遲。』隆曰：『佛法却成戲論，後生無識，遞相效學，不可長也。但曰：二般雖雜道，也勝別施爲。』」達觀禪師，法名曇穎，號達觀，俗姓丘氏，錢塘人。嗣法襄州石門慈照蘊聰禪師，五燈會元卷一二列臨濟宗南嶽下十世。事具禪林僧寶傳卷二七。參見本集卷二三僧寶傳序注〔五〕。鍇按：元戴良九靈山房集卷二二倪仲權索予書所作詩文題其後：「今五十餘歲，而來四明，見先生所嘗與游者，曰倪君仲權。一笑相顧，年俱老大，而嗜好特未除。索予向時所作，予客處既久，舊藁俱已遺失，姑手書近和陶靖節詩辭數篇以寄，且戲之曰：昔達觀禪師在宋初，士大夫多以能詩善答稱之。師笑曰：『解答諸方話，能言五字詩。二般俱好藝，只是見錢遲。』仲權覽予所寄，亦將指笑其繆耶？抑閔所學之無補也？」乃戲用惠洪所記之事。

題珠上人所蓄詩卷〔一〕

予於文字未嘗有意，遇事而作，多適然耳。譬如枯株無故蒸出菌芝〔二〕，兒稚喜爭攫取之，而枯株無所損益。寶峰珠上人，湛堂公之高弟〔三〕。其爲人精敏，能辨事，於佛事欲營之，蓋不知艱嶮爲何等物，在叢林中爲衆推，蓋其氣不受控勒〔四〕。日涉園夫李商老每於人物特慎許可〔五〕，而贈珠以詩曰「歎玉渥洼種」者〔六〕，佳湛堂之有子也。

【注釋】

〔一〕宣和四年八月作於長沙南臺寺。　珠上人：即珠侍者，法名曇珠，泐潭文準禪師弟子，惠洪法姪。　時居洪州靖安縣寶峰禪院。　參見本集卷六送珠侍者重修真淨塔注〔一〕。

〔二〕枯株無故蒸出菌芝：柳宗元與蕭翰林俛書：「雖朽枿敗腐，不能生植，猶足蒸出芝菌，以爲瑞物。」蘇軾次韻呂梁仲屯田：「枯朽猶能出菌芝。」本集屢用此喻，如卷七和游谷山：「我慚衰老亦作詩，譬如菌芝生朽木。」已見前注。

〔三〕湛堂公：即文準禪師，號湛堂，真淨克文法嗣，惠洪師兄。　初開法於雲巖，後移居泐潭寶峰院。　事具本集卷三〇泐潭準禪師行狀。　參見本集卷一五謁準禪師塔注〔一〕。

〔四〕控勒：勒住馬轡，猶控制。　禪林僧寶傳卷二九雲居佛印元禪師傳贊曰：「佛印種性從横，慧辨敏速，如新生駒，不受控制。」

〔五〕日涉園夫李商老：李彭，字商老，號日涉園夫，南康軍建昌人。　李常從孫，秉彝子，黄庭堅表侄。　詩入江西詩派，有日涉園集二十卷傳世。　釋曉瑩雲卧紀談卷二：「海昏逸人號日涉園夫者，李彭商老，參道於寶峰湛堂。」

〔六〕「而贈珠以詩曰」句：李彭日涉園集卷七曇珠曇規二禪者歸湖外乞詩二首之一：「淑氣紛花藥，喧風欒鳥烏。　山僧來訪別，稚子竟傳呼。　噴玉渥洼種，行沙滄海珠。　湘天多過雁，能寄尺書無？」　噴玉：駿馬噓氣鼻中噴出之雪白唾霧，狀駿馬氣勢。杜詩詳注卷一八醉爲馬墜諸公攜酒相看：「安知決臆追風足，朱汗驂驒猶噴玉。」仇兆鰲注：「穆天子傳：天子東游於黃澤，使宮樂謡曰：『黃之澤，其馬噴沙，皇人威儀。黃之澤，其馬噴玉，皇人壽穀。』今按：踏岸則噴沙，激水則噴玉，皆言馬勢之雄猛。」歕，同「噴」。　渥洼：産神馬之處。史記樂書：「又嘗得神馬渥洼水中。」

題華光鑑湖圖〔一〕

予建中靖國游西湖〔二〕，航西興〔三〕，游淛東〔四〕，以病不果，甚以爲恨。讀東坡詩，見山川之精神，如兒稚對蜜知其甜〔五〕。今觀鑑湖圖，如華光戲以蜜置舌本（書）間耳㊀〔六〕。涌師俄收之而去〔七〕，兒稚雖癡，然亦知蜜不可如飯嘗食之也。

【校記】

㊀本：原作「書」，誤，今從廓門本。

【注釋】

〔一〕宣和二年冬作於長沙南臺寺。鍇按：本集卷二七跋東坡山谷墨蹟云：「宣和二年冬，涌師於湘西古寺中出以爲示。」本文有「涌師俄收之而去」句，當與之作於同時，姑繫於此。

華光：即僧仲仁，越州人。嗣法南嶽惟鳳，爲東林常總法孫。住衡州華光山妙高寺，世稱華光長老。工畫墨梅，有華光梅譜傳世。參見本集卷一華光仁老作墨梅甚妙爲賦此注〔一〕。

鑑湖：又名鏡湖。輿地紀勝卷一〇紹興府：「鏡湖，在會稽、山陰兩縣界。後漢永和五年，太守馬臻所創。水高丈餘，周三百十里，灌田九千頃。或以爲黄帝於此鑄鏡，因得名，非也。蓋取其平如鏡，又曰鑑湖，曰照湖。唐以賜賀知章。王逸少詩云：『山陰路上行，如在鏡中游。』」

〔二〕建中靖國：宋徽宗年號，公元一一〇一年。　西湖：指杭州西湖。

〔三〕西興：即錢塘江西興渡。方輿勝覽卷六浙東路紹興府：「西興渡，在蕭山縣西十二里，本名西陵，吴越武肅王以非吉語，改西興。」

〔四〕淛東：即浙東。鍇按：鑑湖在越州，即紹興府，宋屬兩浙東路。

〔五〕「讀東坡詩」三句：以食蜜喻讀詩，意本蘇軾安州老人食蜜歌：「安州老人心似鐵，老人心肝小兒舌。不食五穀惟食蜜，笑指蜜蜂作檀越。蜜中有詩人不知，千花百草爭含姿。老人咀嚼時一吐，還引世間癡小兒。小兒得詩如得蜜，蜜中有藥治百疾。正當狂走捉風時，一笑看詩百憂失。東坡先生取人廉，幾人相歡幾人嫌。恰似飲茶甘苦雜，不如食蜜中邊甜。」

〔六〕舌本：舌根。世説新語文學：「殷仲堪曰：『三日不讀道德經，便覺舌本間强。』」底本作「舌書」，不辭，無據，誤。

〔七〕涌師：涌上人，亦作「湧上人」，華光仲仁弟子。參見本集卷一一贈湧上人乃仁老子也注〔一〕。

題墨梅山水圖〔一〕

華光老人眼中閣煙雨，胸次有丘壑〔二〕，故戲筆和墨，即江湖雲石之趣便足。春色不可收畜也〔三〕，而此老人藏於耐寒凍枝頭〔四〕，一時高韻，譁於士林。而其所畜，又其尤精選也。以病，舉以付其子湧〔五〕。湧如獲夜光照乘〔六〕，千里以書誇於予。不有是父，安得此子哉？歐陽率更見索靖碑，因留不去，竟寢其下三昔〔七〕。文字畫刻，是中安得美味，而嗜好有如此者。予初大怪之，及視湧之好尚，率更要不足怪也。

【注釋】

〔一〕宣和元年冬作於長沙。鍇按：此言華光仲仁已病，又稱其子湧千里寄書，當作於仲仁返會稽後。仲仁返會稽，時在宣和元年秋後。參見本集卷三〇祭妙高仁禪師文。

〔二〕胸次有丘壑：黄庭堅題子瞻枯木：「胸中元自有丘壑，故作老木蟠風霜。」此化用其語。

〔三〕收畜：收集存貯。

〔四〕耐寒凍枝頭：蘇軾次韻楊公濟奉議梅花十首之七：「冰盤未薦含酸子，雪嶺先看耐凍枝。」此借用其語指梅花。

〔五〕子湧：華光仲仁弟子湧上人，即前文之「涌師」。

〔六〕夜光：寶珠名。抱朴子祛惑：「凡探明珠，不於合浦之淵，不得驪龍之夜光也。」照乘：亦寶珠名。史記田敬仲完世家：「若寡人國小也，尚有徑寸之珠照車前後各十二乘者十枚。」本集卷二三昭默禪師序：「有得其片言隻句者，甚於獲夜光照乘。」

〔七〕「歐陽率更見索靖碑」三句：隋唐嘉話卷中：「率更令歐陽詢行見古碑，索靖所書，駐馬觀之，良久而去。數百步復還，下馬佇立，疲則布毯坐觀，因宿其旁，三日而後去。」三昔，猶三夕。參見前題宗上人僧寶傳注〔一〇〕。

題墨梅〔一〕

華光作此梅，如西湖籬落間煙重雨昏時見〔二〕，便覺趙昌寫生不足道也〔三〕。

【注釋】

〔一〕作年未詳。墨梅：華光仲仁所畫。

〔二〕「華光作此梅」二句：詩話總龜卷二一詠物門引冷齋夜話：「衡州花光仁老，以墨寫梅花，魯直歎曰：『如嫩寒春曉，行孤山籬落間，但欠香耳。』余賦長短句曰：『碧瓦籠晴香霧繞，呵手西偏，小駐聞啼鳥。風度女牆吹語笑，南枝破臘應開了。道骨不凡江瘴曉，春色通靈，醫得花重小。抱甕釀寒春杳杳，一聲畫角光殘照。』又曰：『入骨風流國色，透塵種性真香。爲誰風鬟涴啼妝，半樹水村春暗。雪壓枝低籬落，月高影動池塘。高情數筆寄微茫，小寢初開霧帳。』」宋陳敬陳氏香譜卷三「韓魏公濃梅香又名返魂梅」引黄太史（庭堅）跋云：「余與洪上座同宿潭之碧湘門外舟中，衡嶽花光仲仁寄墨梅二枝叩船而至，聚觀於燈下，余曰：『只欠香耳。』洪笑發谷董囊，取一炷焚之，如嫩寒清曉行孤山籬落間。」

〔三〕趙昌寫生：事實類苑卷五二蜀人善畫者：「趙昌者，漢州人，善畫花。每朝晨露下，時遶檻欄諦玩，手中調彩色寫之。自號寫生趙昌。人謂趙昌畫染成，不布彩色，驗之者以手捫摸，不爲彩色所隱，乃真趙昌畫也。」

題蘭〔一〕

無人自芳之態〔二〕，此老何從見之？豈胸次有此風葉蕭散乎？

【注釋】

〔一〕作年未詳。蘭：當爲墨蘭，亦華光仲仁所畫。本集卷一六琛上人所蓄妙高墨戲三首之二：「脩葉鬧花增秀色，爲誰幽徑撒秋香。還如此老行藏處，不爲無人亦自芳。」即題詠仲仁所畫墨蘭，可參見。

〔二〕無人自芳之態：指蘭花之態。孔子家語在厄：「且芝蘭生於深林，不以無人而不芳。」黄庭堅幽芳亭記：「蘭生深林，不以無人而不芳；道人住山，不以無人而不禪。」

題公翼蓄華光所畫湘山樹石〔一〕

予習湘山者也，日與樹石爲伍。華光畫樹石而不畫我〔二〕，何哉？公翼仕宦三十年，而貧在我上，簏中唯墨梅、樹石數軸〔三〕，其人品可以想見。

【注釋】

〔一〕宣和元年冬作於長沙。公翼：姓與名不可考，生平未詳。鍇按：據文意，時華光仲仁尚在世，而惠洪寓居湘西鹿苑寺，故自稱「習湘山者」。

〔二〕華光畫樹石而不畫我：此欲畫家「畫我」之觀念，亦見於本集卷四法雲同王敦素看東坡枯木：「恨翁樹間不畫我，擁衲扶笻送飛鳥。」並作玄沙息影圖，禪齋長伴爐煙嫋。」

〔三〕簏：竹篋編盛器物，竹箱、竹簍之類。説文：「簏，竹高篋也。从竹，鹿聲。」

題橘洲圖〔一〕

公翼愛橘洲，而使華光圖之。予家於湘西，開門則漁汀斷岸，不呼而登几案間。蓋湘西皆吾畫笥〔二〕，書此以誇公翼云。

【注釋】

〔一〕宣和元年冬作於長沙。橘洲：在長沙西湘江中。參見本集卷五次韻陳倅二首注〔一一〕。

〔二〕畫笥：裝畫軸之方形竹器，此借指供繪畫題材之事物。蘇軾石氏畫苑記：「吾行都邑田野所見人物，皆吾畫笥也。」

題平沙遠水圖五首〔一〕

公翼詩云：「蕭然野趣忽在手，彷彿江南煙雨村。」〔二〕此殆筆端能生煙雲〔三〕。非胸次有江山〔四〕，何能作此語？

【注釋】

〔一〕宣和元年冬作於長沙。平沙遠水圖五首：本文及後文又題公翼所畜、又宣上人所蓄、又惠子所蓄、又偁上人所作，共計五首，皆題平沙遠水圖。

〔二〕「公翼詩云」三句：可爲全宋詩斷句輯佚補遺。

〔三〕筆端能生煙雲：宋黄文節公全集正集卷七贈惠洪：「不肯低頭拾卿相，又能落筆生雲煙。」此借用其語贊公翼詩。

〔四〕胸次有江山：猶言「胸次有丘壑」。

又題公翼所畜〔一〕

歐公嘗語客曰〔二〕：「坐而隱者，不知巖石雲泉之妙〔三〕。王公貴人圖江山，卧而披之〔四〕。蓋荆山之人，以玉抵鵲〔五〕，而秦乃割其十五城以求璧〔六〕。豈世以希見爲貴，初無定情耶〔七〕？」予生長山林，而目不自覩〔八〕。公翼，賢士大夫也，其希見而盡畜之，宜矣。

【注釋】

〔一〕宣和元年冬作於長沙。此爲題平沙遠水圖五首之二。

〔二〕歐公嘗語客曰：歐公，即歐陽修。此引歐公語客之言未知出處，俟考。

〔三〕「坐而隱者」二句：山谷外集詩注卷二弈棋二首呈任公漸之一：「坐隱不知巖穴樂，手談勝與俗人言。」史容注：「語林曰：『王中郎以圍棋是坐隱，支公以棋爲手談。』」

〔四〕「王公貴人圖江山」二句：蘇軾郭熙畫秋山平遠：「玉堂晝掩春日閒，中有郭熙畫春山。鳴鳩乳燕初睡起，白波青嶂非人間。……伊川佚老鬢如霜，卧看秋山思洛陽。」黄庭堅次韻子瞻題郭熙畫秋山：「玉堂卧對郭熙畫，發興已在青林間。」皆此類。

〔五〕「蓋荆山之人」二句：漢桓寬鹽鐵論崇禮：「南越以孔雀珥門户，崑山之旁，以玉璞抵烏鵲。」

〔六〕秦乃割其十五城以求璧：史記廉頗藺相如列傳：「趙惠文王時，得楚和氏璧。秦昭王聞之，使人遺趙王書，願以十五城以易璧。」

〔七〕「豈世以希見爲貴」二句：文選卷四二曹子建與吴季重書：「家有千里驥，而不珍焉；人懷盈尺和氏，而無貴矣。」李善注曰：「言驥及和氏，以希爲貴。今若家有千里，人懷盈尺，即驥及和氏，寧得珍貴乎？」和氏，謂和氏璧。此化用其意。

〔八〕目不自覩：本集卷四提舉范公開軒面鍾山名曰寸碧索詩：「湖山煙翠層，千葉青蓮拆。公家蓮菂間，如眼不自覩。」義同此。佛書多有此義，如大般涅槃經卷二九師子吼菩薩品：「如眼不自見，指不自觸，刀不自割，受不自受。」新羅釋元曉大乘起信論別記：「如刀不自割，指亦不自指，如目不自見，其事亦如是。」

又宣上人所蓄〔一〕

華光滴露寫寒枝，幻出平遠〔二〕。士大夫厭飫富貴之餘，見之收蓄可也。道林清富宣師開軒，瀟湘江山不呼而登几案〔三〕。閑步林麓，嗅梅尋柳，嘗應接不暇〔四〕。乃袖而寶祕之也，好事無乃太多乎哉？

【注釋】

〔一〕宣和元年冬作於長沙。此爲題平沙遠水圖五首之三。宣上人：即文中所稱「道林清富宣師」。鍇按：宣和元年，先後住持道林寺者，爲曹洞宗枯木法成、龍王法雲禪師父子。參見本集卷八餞枯木成老赴南華之命、游龍王贈雲老、卷二一重修龍王寺記。考諸嘉泰普燈録卷九、五燈會元卷一四，法成法嗣有法宣禪師，住太平州吉祥寺，爲曹洞宗青原下十三世，當即此「宣上人」。蓋其時尚未住山，依師兄法雲於道林寺。

〔二〕「華光滴露寫寒枝」二句：謂華光仲仁所畫墨梅平遠，皆如露如幻，蓋其墨戲也。金剛經偈曰：「一切有爲法，如夢幻泡影，如露亦如電，應作如是觀。」所謂「滴露」「幻出」者，皆本此義。

〔三〕「道林清富宣師開軒」二句：清富堂在湘西嶽麓山頂，屬道林寺。本集卷二二忠孝松記：

「宣和元年，余謁枯木大士成公於道林。是日，遊客喧闐，喜氣成霧。余曰：『噫嘻！登高望遠，此日猶然，其荆楚舊俗哉！』成笑曰：『有異木産吾家巔，非緣佳節也。』於是導余登清富堂，下臨瀟湘，如開畫牒，千里纖穠，一覽而盡得之。」宣上人住清富堂，故開軒可見瀟湘江山美景。

〔四〕嘗應接不暇：謂美景令人目不暇接。世説新語言語：「從山陰道上行，山川自相映發，使人應接不暇。」此借用其語。

又惠子所蓄〔一〕

「好在華光真子，過于雲屋之間。春色都隨談笑，袖中仍有湖山〔二〕。」宣和元年十二月初五日，惠子出其師所作湖山平遠，曰：「此蓋老人得意時筆也。」予平生無所嗜山水，少年游戲錢塘〔三〕，眷湖山之勝，欲老焉。以詩寫之，不能肖，逮今衰暮，雖與華光善，得其戲筆，必爲人持去。惠子呵予不能善祕之。予曰：「凡四海九州，山川煙雲，皆吾畫笥也。奈何爲兒戲畜紙墨間乎？」惠子笑曰：「公儻恍大言〔四〕，蓋其天性，然爲題此紙。」於是書六言付之。

【注釋】

〔一〕宣和元年十二月初五作於長沙。此爲題平沙遠水圖五首之四。惠子：法名法惠，華光仲仁法嗣，明州翠巖僧。參見本集卷二五題法惠寫宗鏡録。

〔二〕「好在華光真子」四句：此六言絶句本集卷一四未收，可從文中抽出補之。真子：嫡傳弟子。雲屋：即雲房，在衡州華光山。本集卷三〇祭妙高仁禪師文：「去年中秋，宿師雲房。」

〔三〕少年游戲錢塘：寂音自序：「年二十九乃游東吴。」林間録卷下：「予嘗游東吴，寓於西湖淨慈寺。」

〔四〕懭怳：難以索解，不可測度。大言：誇大之語。史記高祖本紀：「劉季固多大言，少成事。」

又稱上人所作〔一〕

宣和元年十二月初吉日，里道人稱公絶湘來過予〔二〕。時江寒欲雪，小室諠譁。良久，出畫一軸，蓋橘洲斷岸平遠之圖，華光墨梅別館之兒稚也〔三〕。稱妙思如此，力之不已，當不減華光。口占曰：「袖裏兩枝煙雨〔四〕，門前一片瀟湘。」

【注釋】

〔一〕宣和元年十二月初一作於長沙。此爲題平沙遠水圖五首之五。稱上人：當即僧祖偁。鍇按：文中稱「里道人稱公」，可知其爲惠洪同里僧人。本集卷二一雙峰正覺禪院涅槃堂記：「而僧祖偁，祖印所賢，而余閈里，又掌寺權。」祖偁亦惠洪同里僧人。説文：「偁，揚也。」義同「稱」，故稱上人即僧祖偁。據此文，祖偁當爲華光仲仁弟子，筠州新昌人，畫學仲仁，善墨梅平遠。燈録、僧傳、畫史失載。

〔二〕絶湘：渡越湘江。絶，越過。荀子勸學：「假舟楫者，非能水也，而絶江河。」廓門注：「『絶湘』，未詳，疑是『瀟湘』寫誤歟？」殆未明文意。

〔三〕華光墨梅別館之兒稚：謂稱上人學華光畫而稍嫌稚嫩，如華光別闢墨梅藝館中之兒童。

〔四〕兩枝煙雨：代指所畫兩枝墨梅。

題華光梅〔一〕

華光紹聖初試手作梅〔二〕，便如迦陵鳥，方雛聲，已壓衆鳥〔三〕。東坡見之，如黄梅視無姓兒，便肯之〔四〕。無姓兒今將以衣鉢授嶺南獠（撩）㊀〔五〕，予惜黄梅破頭老人不及見也〔六〕。圓禪者當還，舉似乃翁〔七〕，問甘露滅法喻齊否〔八〕。政和五年十一月十二日夜，石門精舍題〔九〕。

【校記】

㊀ 獠：原作「撩」，廓門本作「撩子」，誤，今改。參見注〔五〕。

【注釋】

〔一〕政和五年十一月十二日夜作於筠州新昌縣。　華光梅：廓門注：「元周密志雅堂雜抄曰：『衡州有花光山，長老仲仁能作墨梅，所謂花光梅是也。』」

〔二〕紹聖：宋哲宗年號，公元一〇九四～一〇九八年。

〔三〕「便如迦陵鳥」三句：迦陵，鳥名，梵語迦陵頻伽之略稱。亦譯作伽羅頻伽。大智度論卷三：「又如迦羅頻伽鳥，在鷇中未出，發聲微妙，勝於餘鳥。菩薩摩訶薩亦如是，雖未出無明鷇，説法議論之音，勝於聲聞、辟支佛及諸外道。」楞嚴經卷一：「迦陵仙音，偏十方界。」宋釋子璿首楞嚴義疏注經卷一：「佛聲和雅，衆所愛樂，聽之無厭。如迦陵頻伽在於鷇，鳴勝餘鳥，故堪喻佛聲。此鳥非常，故云仙也。」林間録卷下：「夫知法比丘，雖凡夫具足煩惱之軀，然其志好明達，慧辯猛利，非果位小乘可比。如迦陵鳥在殼，則聲壓衆鳥；如堅好木茁地，則已秀羣木。」

〔四〕「東坡見之」三句：以四祖道信首肯五祖弘忍事，喻東坡欣賞華光仲仁墨梅。　黄梅：代指四祖道信，因住黄梅縣破頭山，故云。　無姓兒：指五祖弘忍。林間録卷上：「舊説四祖大師居破頭山，山中有無名老僧，唯植松，人呼爲栽松道者。嘗請於祖曰：『法道可得聞乎？』祖曰：『汝已老，脱有聞，其能廣化耶？儻能再來，吾尚可遲汝。』乃去，行水邊，見女子浣衣，揖曰：『寄宿得否？』女曰：『我有父兄，可往求之。』曰：『諾我即敢行。』女首肯之，老僧回策而去。女，周氏季子也。歸輒孕，父母大惡，逐之。女無所歸，日庸紡里中，夕於衆館之下。已而生一子，以爲不祥，弃水中。明日見之，泝流而上，氣體鮮明，大驚，遂舉之。成童，隨母乞食，邑人呼爲無姓兒。四祖見於黄梅道中，戲問之曰：『汝何姓？』曰：『姓固有，但非常姓。』祖曰：『何姓？』曰：『是佛性。』祖曰：『汝乃無姓耶？』曰：『姓空故無。』祖化其母，使出家，時七歲。」此以四祖比東坡，以五祖比華光。　鍇按：東坡見華光墨梅事今不可考，然山谷詩集注卷一九有詩題曰：「花光仲仁出秦、蘇詩卷，思兩國士不可復見，開卷絶歎。因花光爲我作梅數枝及畫煙外遠山，追少游韻，記卷末。」其詩云：「何況東坡成古丘，不復龍蛇看揮掃。」則似東坡生前嘗見華光揮掃畫梅。

〔五〕無姓兒今將以衣鉢授嶺南獠：六祖大師法寶壇經行由品：「惠能安置母畢，即便辭違。不經三十餘日，便至黄梅，禮拜五祖。祖問曰：『汝何方人？欲求何物？』惠能對曰：『弟子是嶺南新州百姓，遠來禮師，惟求作佛，不求餘物。』祖言：『汝是嶺南人，又是獦獠，若爲堪作佛？』惠能曰：『人雖有南北，佛性本無南北。獦獠身與和尚不同，佛性有何差別？』五祖更欲與語，且見徒衆總在左右，乃令隨衆作務。惠能曰：『惠能啓和尚，弟子自心，常生智慧，不離自性，即是福田。未審和尚教作何務？』祖云：『這獦獠根性大利！汝更勿言，著槽廠去。』……祖知悟本性，謂惠能曰：『不識本心，學法無益；若識自本心，見自本性，即名丈夫、天人師、佛。』三更受法，人盡不知，便傳頓教及衣鉢，云：『汝爲第六代祖，善自護念，廣度有情，流布將來，無令斷絶。』」嶺南獠，本指慧能。獠，即獦獠，古對南方少數民族之蔑稱。此以五祖弘忍傳衣鉢與六祖慧能事，喻華光將畫墨梅之秘法親傳與己。惠洪初從海南北歸，霜鬢瘴面，類嶺南獦獠，故云。宋鄧椿畫繼卷五：「惠洪覺範能畫梅竹，每用皂子膠畫梅於生絹扇上。燈月下映之，宛然影也。其筆力於枝梗極遒健。」此當學華光墨梅而變其法。底本「獠」作「撩」，涉形近而誤。

〔六〕黄梅破頭老人：指四祖道信。景德傳燈録卷三三十一祖道信大師：「唐武德甲申歲，師却返蘄春，住破頭山，學侶雲臻。」此喻指東坡。廓門注：「破頭老人，謂四祖，以比華光也。無姓兒，謂五祖。嶺南獠子，謂六祖也。」不確。此句蓋謂今已將傳華光墨梅之法，惜東坡已仙逝，不得見也，如四祖不得見五祖傳衣鉢與六祖。

〔七〕「圓禪者」二句：圓禪者，生平未詳。乃翁，即華光。可知圓禪者爲華光弟子。

〔八〕甘露滅：惠洪自號。

〔九〕石門精舍：指新昌縣筠溪石門寺，本集卷二二無證庵記：「後三年，余蒙恩北歸，館于石門精舍。」亦爲惠洪自號，卷二八化供八首之一：「石門精舍始以單丁住持，盛至于傳器，極矣。」

題石龜觀壁〔一〕

余家筠溪之上〔二〕，去城餘百里〔三〕。兒時聞城中塔成，欲往觀焉。因先君行，坐余於力謝三肩上〔四〕，至石龜觀。謝三者紿余曰〔五〕：「當先拜石龜，乃能見塔；不然，終不可見。」余曰：「儻爾，汝何不拜？」曰：「我已嘗拜之。汝既童子，又後至，法當拜。」於是再拜入城，幸見塔，而心喜謝三肯余先也。後三十年過焉，視石烏龜良無恙，摩挲以追繹前事，爲大笑。吾亡友胡汝霖民望〔六〕，生撫之金谿〔七〕，七八歲時隨兄入城，忽不知所在，使人尋，已在寶應寺前看泥力士矣〔八〕。余每以戲之，而忘余亦有此患。乃以炭書其壁曰：「須知泥力士，不減石烏龜。」忠子，民望里人也〔九〕，書以示之。

【注釋】

〔一〕大觀元年作於撫州臨川。　石龜觀：當在筠州高安城内，俟考。　錯按：據文中所寫坐謝三肩上以及胡汝霖七八歲隨兄入城事，則惠洪拜石龜時亦當爲七八歲。下推三十年，當在此年，時惠洪年三十七。

〔二〕余家筠溪之上：本集卷二二寶峰院記：「余家筠谿，谿出新吴車輪峰之陽。」筠溪在新昌縣。

〔三〕去城餘百里：輿地紀勝卷二七瑞州：「新昌縣，在州西一百二十里。」城，指筠州州治高安城。

〔四〕力謝三：做苦力者謝三。

〔五〕紿：欺騙。穀梁傳僖公元年：「惡公子之紿。」

〔六〕吾亡友胡汝霖民望：胡汝霖，字民望，撫州金谿人。以清才敏識知名太學。元符元年，惠洪在臨川嘗與汝霖交游。汝霖卒於崇寧五年，故稱「亡友」。參見本集卷一次韻胡民望小蟲墮耳注〔一〕。

〔七〕金谿：撫州屬縣。輿地紀勝卷二九撫州：「金谿縣，在州東一百二十里。寰宇記云：本臨川縣上幕鎮，其山崗出銀礦，嘗爲銀監。周顯德五年，析臨川及餘干縣地，立金谿場。國朝會要云：淳化五年，改場爲縣。舊傳上幕嶺東有小谿，水色如金，縣之取名以此。」

〔八〕寶應寺：輿地紀勝卷二九江南西路撫州：「寶應寺，在臨川縣北四里。本謝靈運翻經臺，唐大曆四年，有觀察使魏少游奏置，刺史顔真卿立碑。」參見本集卷一九臨川寶應寺塔光贊注〔一〕。

〔九〕「忠子」二句：僧本忠，字無外，惠洪弟子，與胡汝霖同里，亦撫州金谿人。鍇按：大觀元年，惠洪應知州朱彦之請，住撫州臨川北景德寺，本忠從其游，當在是時。參見本集卷四謝忠子出山注〔一〕。

題廬山〔一〕

余十五六時游北山㈠〔二〕，謁準禪師〔三〕。殘僧三四輩，草屋數椽，殆不堪其愁。準老而喜飲㈡，時酹一樽，則擊磬禮觀音〔四〕。空階夜雨，彌月不止。後二十五年，余還自海外，過此，而山川增勝，樓閣如幻出，大鐘横撞，淨侶戢戢〔五〕。而真隱方開石門法道于此〔六〕，余乃服其老且衰矣。重九前三日，秋陰，皆當時清絶之象，而有今日適悦之情，遂書此。

【校記】

㈠北：廓門本作「此」。

㈡飲：廓門本作「飯」。

【注釋】

〔一〕政和四年九月六日作於廬山。鍇按：文中言「重九前三日」「遂書此」，九月九日前推三日，即九月六日。時惠洪證獄太原過此，盤桓數日。參見本集卷五仙廬同巽中阿祐忠禪山行注〔一〕。

〔二〕北山：廬山分爲南山、北山。廬山記卷一總叙山水篇：「於是山南屬南康，山北屬江州矣。」本集寫廬山多用「北山」一詞，如卷二送通上人游廬山：「興來得好語，録寄北山人。」卷三福唐秀上人相見圓通：「廬山萬木春已透，滿目春光迎馬首。北山攫飯借榻眠，一任春山穿户牖。」卷四余自太原還匡山道中逢澤上人與至海昏山店有作：「忽憶南荒海外時，敢料北山松下見。」廓門本作「此山」，不確。

〔三〕準禪師：法名洪準，桂林人。黄龍慧南法嗣，屬臨濟宗黄龍派南嶽下十二世，爲惠洪師伯。嘗住福州延慶寺，挽退院事，寓居廬山寒溪寺。事具林間録卷下、續傳燈録卷一六。

〔四〕「準老而喜飲」三句：林間録卷下：「延慶洪準禪師，桂林人。從南禪師游有年，天資純至，未嘗忤物，聞人之善，如出諸己，喜氣津津生眉宇間。聞人之惡，必合掌扣空，若追悔者，見者莫不笑之。而其真誠如此，終始一如。暮年不領院事，寓跡於寒溪寺，壽已逾八十矣。平生日夕無佗營爲，眠食之餘，唯吟梵音贊觀世音而已。臨終時，門人弟子皆赴檀越飯，唯一僕夫在。師攜磬坐土地祠前，誦孔雀經一遍，告別，即安坐瞑目，三日不傾。鄉民來觀者堵立。師忽開目見笑，使坐於地。有頃，門弟子還，師呼立其右，握手如炊熟，久寂然，視之，去矣。神色不變，頰紅如生。道俗塑其像龕之。予嘗過其廬拜瞻，歎其平生多潛行密用，不妄求知於世。至於死生之際，乃能超然如是，真大丈夫也！」準禪師「擊罄禮觀音」與洪準禪師「攜磬」「唯吟梵音贊觀世音」事相類，當爲同一人。罄，同「磬」。

〔五〕淨侶：僧侶。戢戢：衆多貌。

〔六〕真隱：僧善權，字巽中，號真隱，詩入江西宗派。本集卷二七有跋養直可師唱和真隱詩。直齋書録解題卷二〇著録其真隱集三卷。石門法道：指石門應乾禪師之法道。應乾（一〇三四～一〇九六），袁州萍鄉人，俗姓彭氏。受具之後，遍歷諸方。晚參常總於泐潭，得悟，遂爲其嗣。常總受命東林，乃繼其泐潭法席。屬臨濟宗黄龍派南嶽下十三世。建中靖國續燈録卷一九、嘉泰普燈録卷六、續傳燈録卷二〇、五燈會元卷一七録其機語。石門，即泐潭，指靖安縣寳峰禪院。本集卷二九馮氏墓銘：「初，幼子善權俊發，夫人白曰：『此兒非仕林可致也。』施以從石門道人應乾游。以文學之美，致高名於世。」善權爲應乾法嗣，此時正開其法道於廬山，故云。

題天池石間〔一〕

□續茂功與德洪覺範道人㊀〔二〕，自虎谿屏人乘〔三〕，入資聖庵。少焉，歷石門澗、錦繡谷〔四〕，窮高陟險，遂至天池。致敬普見如來〔五〕，獲紫金光明之瑞。越翌日，齋罷，作禮而退，聞佛手巖、寶林峰之勝〔六〕，一一登覽。其上望擲筆峰〔七〕，下瞰聖寺經巖，神刻玉削，不知幾千仞。而江流吞天，山接平野，雲煙開合，一目千里，兹實匡廬第一境〔八〕，隱然爲天下奇觀也。薄晚投宿化城〔九〕，回望杖屨所經，蘿逕鳥道，杳然在層崖絶壁之上，殆非人間之游也。此身儻未變滅〔一〇〕，要當結廬以終。

【校記】

〔一〕□：原闕一字。天寧本作「成」，係妄補。

【注釋】

〔一〕約元祐八年作於廬山。　天池：廬山記卷一叙山北：「天池院，一名羅漢池。池在山頂，大旱不爲之竭。張景詩曰：『若以山形比人骨，此池應合是泥洹。』人以爲的句也。」參見本集卷二次韻李商老匡山道中望天池注〔一〕。廓門注：「『間』當作『門』。一統志九江府：有石門山、天池峰、擲筆峰、大林峰、虎溪。南康府：有芙蓉山、錦繡谷。」

〔二〕□績茂功：□績，字茂功，闕其姓，生平不可考。德洪覺範道人：惠洪自稱。

〔三〕虎谿：廬山記卷一叙山北：「流泉匝寺，下入虎溪。昔遠師送客過此，虎輒號鳴，故名焉。」

〔四〕「入資聖庵」三句：廬山記卷一叙山北：「由天池直下山十五里，同名錦繡谷。舊録云：谷中奇花異草不可殫述，三四月間，紅紫匝地，如被錦繡，故以爲名。今山間幽房小檻往往種瑞香，太平觀、東林寺爲盛。其花紫而香烈，非羣芳之比。始野生深林草莽中，山人聞其香，尋而得之，栽培數年則大茂。今移貿幾遍天下，蓋出此山云。谷之水，其源出于谷中，曰錦繡源。水傍有雙龍庵，次廣福庵，次尊勝庵，次寶寧庵。寶寧之西，前有石門，其源出于石門間，東與錦繡谷之水合，西流五十里，入湓水。由雙龍至寶寧四庵，相望皆不百步，同在兩澗之間。」據廬山記，石門澗、錦繡谷兩澗之間諸庵，無名爲資聖庵者，此豈尊勝庵之誤歟？俟考。輿地紀勝卷三〇江州：「石門澗，太平寰宇記云：在山西，兩崖對聳，形如門闕，當雙石之間，垂流數丈，有一石可坐二十許人。白樂天游石門澗詩：『石門無舊徑，披榛訪遺跡。時逢山水秋，清輝如古昔。嘗聞慧遠輩，題詩此巖壁。雲覆莓苔封，蒼然無處覓。』」又云：「錦繡谷，寰宇記云：四季芳妍，百花如錦繡。十道四蕃志云：乃遠公種藥之處。」

〔五〕「致敬普見如來」二句：普見如來，即文殊菩薩。唐釋慧祥古清涼傳卷上立名標化：「文殊師利者，蓋法身之大士也。先成正覺，名龍種尊，名歡喜藏，亦號普見如來。」錯按：廬山記卷一叙山北：「晉陶侃初爲廣州刺史，海濱漁人見夜有光艷，遂網之，得金文殊菩薩之像，旁有誌云：『昔阿育王所鑄。』後商人於東海亦獲圓光，持以就像，若彌縫焉。侃以送武昌寒溪寺，主者僧珍常往夏口，夢寺火，而像屋獨有神物圍繞。珍馳還寺，果已焚，惟像屋並存。侃移督江州，以像神靈，使人迎以自隨，復爲風濤所溺。時荆楚爲之謡曰：『陶惟劍雄，像以神標。雲翔泥宿，邈何遥遥。可以誠致，難以力招。』至遠公刱寺，乃禱於水上，其像復出。始迎置神運殿，後造重閣，以奉香火。故李邕寺記云：『育王贖罪，文殊降形。蹈海不沈，驅於陶侃。迫火不熱，夢於僧珍。』蓋謂此也。至會昌毀寺，二僧負像藏之錦繡谷之峰頂。其後寺復，訪之藏處，不獲。二僧相疑或匿之，俄見圓光瑞色現於空裏。故至今遊人至峰頂，佛手巖、天池有見光相者。」又云：「(天池)其西有羅漢把針巖、四祖坐禪石、文殊亭。世傳代州五臺山文殊所居，人之至者，往往見兜羅綿雲五色圓光，光中或有菩薩及師子諸相。此山傳有文殊之像舊矣，近歲自皇祐、治平已來，人之所覩不減五臺，人之記其所見於此亭者多矣。」蘇軾菩薩泉銘叙：「陶侃爲廣州刺史，有漁人每夕見神光海上，以白侃。侃使跡之，得金像。視其款識，阿育王所鑄文殊師利像也。初送武昌寒溪寺。及侃遷荆州，欲以像行，人力不能動。益以牛車三十乘，乃能至船。船復没，遂以還寺。其後惠遠法師迎像歸廬山，了無艱礙。山中世以二僧守之。會昌中，詔毀天下寺，二僧藏像錦繡谷。比釋教復興，求像不可得，而谷中至今有光景，往往發見，如峨眉、五臺所見。」廓門注：「『普見』當作『普光』歟？」失考。

〔六〕佛手巖：宋高僧傳卷一三周廬山佛手巖行因傳：「釋行因，不詳姓氏，雁門人也。遊方問道于江淮，見廬山北有巖，遥望如垂手焉，手下則深邃可三五丈許。因獨棲禪觀于其中。……初，巖如五指，中指上有松一株。因終之日，此亦枯瘁。」廬山記卷一叙山北：「由擲筆峰一里，至佛手巖。以石爲屋，可容百衆，旁有流泉，因石爲渠。巖上巨石，偃若指掌，故名佛手。

南唐元宗時，有僧行因住此巖三十年，製華嚴別論十卷，詔命不赴。由佛手巖三里，至天池院。」寶林峰：即寶林寺所在處，原名大林寺，在峰頂，故稱。廬山記卷一敍山北：「由峰頂五里，至大林，今名寶林寺。梁天監二年刺史蕭綱所造，中廢。唐初復興，故有虞世南撰復寺記。古有平雲庵、遠法師果園、廢寺基、辟蛇行者葬牛冢，皆在絶頂，而反平廣延袤不知其極。昔謝靈運登絶頂望諸嶠詩之『積峽忽復啓，平塗俄已閉。巒隴有合沓，往來無蹤轍。晝夜蔽日月，冬夏共霜雪』，正此處也。又白樂天大林寺詩云：『人間四月芳菲盡，山寺桃花始盛開。長恨春歸無覓處，不知轉入此中來。』」廓門注：「『寶林』當作『大林』也。」失考。

〔七〕擲筆峰：廬山記卷一敍山北：「由寶林一里，至擲筆峰。其峰下臨大壑，羣峰巀嵲，不可名狀。昔遠公製涅槃經疏于此，疏成，故以名其峰。」

〔八〕兹實匡廬第一境：白居易白氏長慶集卷四三遊大林寺序：「因與集虛輩歎且曰：『此地實匡廬間第一境。』」此借用其語。

〔九〕化城：即化城院。亦作化成院，分爲上下二院。白居易遊大林寺序：「凡十七人，自遺愛草堂，歷東西二林，抵化城，憩峰頂，登香爐峰，宿大林寺。」廬山記卷一敍山北：「西林之東南五里，至下化成院。由下化成三里，至護國庵。由護國一里，亦至石盆庵。石盆在山上，非鑱石所成，盆中清泉雖旱不竭。石盆之上半里，至保與庵，其旁半里，有大師庵。次上化成院，亦義熙中遠公所立也。祥符中，錫名普照寺。本朝陳尚書恕布衣時遊焉，其子恭公秉政，請錫御書度僧。今有陳氏祠堂，有保大中移寺等三碣。好事者刻白樂天遊大林寺詩并前後序，坎石于屋壁。凡遊人在二林，望上化成樓閣，隱隱在雲靄中，有若圖畫。自東林徑去，猶半日之久。既至化成，其僧必訊客曰：『翌日上山與否？』蓋過上化成，山路彌險，中間往往不可假肩輿矣。」

〔一〇〕此身儻未變滅：維摩詰經卷上方便品：「是身如浮雲，須臾變滅。」此反其意而用之。

題浮泥壁〔一〕

空印禪師以宣和二年十二月〔二〕，偕余謁從禪師於芙蓉峰〔三〕，累石於玉淵之上〔四〕，以爲塔，酌泉賦詩，暮夜矣，遂宿焉。次日，從公追余二人杖屨，下危峰，自關山谷中，並澗行十餘里。兩山爭倚天〔五〕，煙霏層疊，自獻部曲〔六〕。斷續行九地底〔七〕，水聲硔硐〔八〕，如千乘車挽而起。仰望晴虛，如展匹練。既出谷，沃野夷曠，遂飯于木陰。空山暴寒，雪意濃甚㊀，跣而渡澗者十八九，入石門〔九〕，已夕。山中之人炬而來迎，及寺，已二鼓矣。秉燭夜話，如夢寐中〔一〇〕。住山宣公云〔一一〕：「常有虎來，月黑逾垣而去。」空印使余記之，遂書。

【校記】

㊀ 雪：武林本作「雲」。

【注釋】

〔一〕宣和二年十二月作於潭州安化縣。浮泥：嘉靖湖廣圖經志書卷一五山川安化：「浮泥山，在縣東北七十里。崖壁峭絶，浮壤沃饒，土人攀緣而上，開畬種穀。」

〔二〕空印禪師：大溈山密印禪寺住持元軾禪師，號空印。已見前注。

〔三〕從禪師：生平法系未詳。鍇按：續傳燈録卷二五目録智海平禪師法嗣有黄檗敏從禪師，屬臨濟宗南嶽下十四世，與惠洪同時，疑即此僧。芙蓉峰：太平寰宇記卷一一四潭州寧鄉縣：「芙蓉山，在縣西，舊名青羊山。名勝志：『芙蓉山與大溈山相接，其中有芙蓉洞。』」

〔四〕玉淵：未詳。當爲芙蓉山名勝。

〔五〕兩山爭倚天：指芙蓉山與浮泥山。

〔六〕自獻部曲：謂羣山如部曲排列，自向詩人供獻呈現其貌。部曲，猶軍隊。已見前注。鍇按：冷齋夜話卷五王荆公詩用事：「舒王晚年詩曰：『紅梨無葉庇華身，黄菊分香委路塵。歲晚蒼官纔自保，日高青女尚横陳。』又曰：『木落岡巒因自獻，水歸洲渚得横陳。』山谷謂予曰：『自獻横陳事，見相如賦，荆公不應用耳。』」山谷内集詩注卷一九勝業寺悦亭：「苦雨已解嚴，諸峰來獻狀。」任淵注：「王介甫詩：『木落岡巒因自獻。』」本集頗多山峰自獻之類描寫，如卷四重陽後同鄒天錫登滕王閣：「西山向人亦傾倒，犯雲爭來獻層疊。」卷五次韻許叔温賦龍學鐵杖歌：「此篇秀如望秋山，奇峰自獻晴雲滅。」卷七次韻游南嶽題石橋：「雲披獻青嶂，風檻爭捲簾。」卷二一五慈觀閣記：「晚望淮山，萬疊自獻，雪盡蒼然。」皆奪胎於王安石詩。

〔七〕九地：謂深秘之地形。孫子形篇：「善守者藏於九地之下，善攻者動於九天之上。」梅堯臣注：「九地，言深不可知。」

〔八〕硔硐：本指大壑，此作象聲詞，形容壑中水響。硔，同「谼」。

〔九〕石門：此指浮泥山下之石門寺。

〔一〇〕「秉燭夜話」二句：杜甫羌村三首之一：「夜闌更秉燭，相對如夢寐。」此化用其語。

〔一一〕住山宣公：指石門寺住持宣禪師，生平法系未詳。鍇按：五燈會元卷一八載蘄州四祖仲宣禪師機語，仲宣號祖印，爲東京智海佛印智清禪師法嗣，雲居元祐禪師法孫，屬臨濟宗黃龍派南嶽下十四世，爲惠洪法侄，疑即此僧。蓋建炎元年仲宣住四祖山，此前或嘗住安化縣石門寺。參見本集卷二一雙峰正覺禪院涅槃堂記。

題清修院壁〔一〕

昔余庵于湘西，與希一爲鄰〔二〕，相歡如价、密〔三〕。宣和四年冬，希(居)一遷于茲山㊀〔四〕。然每會面，夜語達旦。七年秋，余將歸老玉峰之下〔五〕，來謁別，爲留兩昔〔六〕。言意俱盡，而情則有餘，桑下三宿，前聖丁寧者〔七〕，正箴余今日之病。曉陰閣雨〔八〕，千掌在有無中〔九〕，出山，有不勝言者。中秋後二日題。

【校記】

㊀希：原作「居」，誤，今從廓門本。

【注釋】

〔一〕宣和七年八月十七日作於潭州益陽縣。清修院：在益陽縣小廬山。方輿勝覽卷二三潭州：「小廬山，在益陽，似九江廬山，故曰小廬山。上有清修寺。」明一統志卷六三長沙府：「小廬山，在益陽縣南六十里。舊名清修山。」參見本集卷七送元老住清修注〔一〕。

〔二〕「昔余庵于湘西」二句：宣和二年三月，惠洪遷水西南臺寺，時希一住湘西鹿苑寺，二寺相鄰。元禪師，字希一。本集卷二四待月堂序：「宣和四年二月辛亥，湘西真身禪寺新堂成，余同道林真教禪師、鹿苑希一禪師往登焉。」

〔三〕相歡如价、密：謂二人相得甚歡，如唐高僧洞山良价與神山僧密之關係。僧密即密師伯，與良价同游方參學，禪籍多載其事，參見景德傳燈録卷一五。鍇按：送元老住清修：「一飯必招呼，嘲之終不慍。」可證二人之相歡。

〔四〕兹山：即小廬山清修院。鍇按：自宣和二年三月二人爲鄰，至宣和四年冬希一還清修院，前後共三年。故送元老住清修曰：「三年我東鄰，家顛開小徑。」

〔五〕余將歸老玉峰之下：指歸老襄陽鹿門寺之事。玉峰，即玉山。湖廣通志卷一〇山川志襄陽府襄陽縣：「玉山，縣東三十里。」鍇按：本集卷七贈別若虛：「我如浮水葉，遇坎當自止。行將看荆山，歸老鹿門寺。」同卷宣和七年重陽前四日余自長沙還鹿門過荆渚謁天寧璋禪師留二宿作此：「兹行歸鹿門，已作終焉計。」即指此。

〔六〕兩昔：兩日。昔，同「夕」。

〔七〕「桑下三宿」二句：後漢書襄楷傳：「浮屠不三宿桑下，不欲久生恩愛，精之至也。」參見本集卷二二寄老庵記注〔一九〕。

〔八〕閣雨：含雨而未下。韓琦和御製賞花釣魚：「輕陰閣雨留天仗，寒色凝春送壽杯。」

〔九〕千掌：喻指千峰。蔡襄端明集卷三齊雲閣：「雨嵐供眼横千掌，星漢垂簷直半尋。」

題白鹿寺壁〔一〕

希先昔游公卿間〔二〕，與鄒志（至）完、曾公衮、蔡子因、吴子副（野）厚①〔三〕。居自江左，還南嶽，庵方廣十年〔四〕，叢林高之。湘南使者勸請開法此山〔五〕，希先持一鉢，欣然而來。既至，屋老，過者疑將壓焉。殘僧纔十許輩，大率如逃亡人家。未五白〔六〕，殿閣宇室間見層出〔七〕，如化城〔八〕，如梵釋龍天之宮〔九〕，從空而墮人間。此邦之檀信〔一〇〕，往來之士大夫，太息以爲勤，不知希先蓋游戲也。余自長沙來，館余四昔，時故人傳彥濟試手作邑〔一一〕，攙姦摧（推）滑㊂，民驚以神〔一二〕。當暇日，攜僚佐時時舟而至，其登高臨遠，烹茶賦詩，則兹山之風月未至乾没也〔一三〕。

【校記】

㊀志：原作「至」，誤，今改。　副：原作「野」，誤，今改。參見注〔三〕。

㊁摧：原作「推」，誤，今從廓門本。

【注釋】

〔一〕宣和七年秋作於潭州益陽縣。　白鹿寺：明一統志卷六三長沙府寺觀志：「白鹿寺，在白鹿山，宋建。」同卷山川志：「白鹿山，在益陽縣治西南。下有龍湫，蒼崖古木，清絶可愛。唐裴休講道于此，有白鹿啣花出聽，因名。宋楊億詩：『濱江水急魚行澀，白鹿峰高鳥度遲。』」

〔二〕希先：僧法太，字希先，雲蓋守智法嗣，屬臨濟宗黄龍派南嶽下十三世。參見本卷題芳上人僧寶傳注〔一二〕。

〔三〕鄒志完：鄒浩字志完，號道鄉居士，常州晉陵人。法太與鄒浩交往事，參見本集卷二次韻權巽中送太上人謁道鄉居士。廓門注：「『至』當作『志』。」其説甚是，今據改。曾公衮：曾紆字公衮，撫州南豐人。曾布第四子，晚號空青老人。事具汪藻浮溪集卷二八右中大夫直寶文閣知衢州曾公墓誌銘，參見本集卷一送雷從龍見宣守注〔六〕。廓門注：「曾公衮，傳未詳。」失考。蔡子因：蔡仍字子因，仙遊人，蔡卞子，號夢蝶居士。參見本集卷三寄蔡子因注〔一〕。吴子副：吴則禮字子副，富川人。晚居洪州，號北湖居士。參見本集卷二吴子副送性之詩有老子只堪持蟹螯之句因寄之注〔一〕。吴則禮北湖集卷二有阿堌以歙鉢供太希先偶成、次公采贈太希先密雲團韻、贈希先等詩，可證法太與其交游事。底本「副」作「野」。廓門注：「萬姓統譜曰：吴復古字子野，揭陽人，趣味超逸。」鍇按：吴復古爲蘇軾友，紹聖、元符年間皆在嶺南，卒於元符三年，東坡全集卷六三有祭吴子野文。法太與鄒、曾、蔡、吴諸公之交往皆在大觀年間，與吴復古時地皆不相接。故底本「吴子野」必爲「吴子副」之誤，今改。

〔四〕庵方廣十年：政和四年惠洪自海南北歸，時法太爲南嶽方廣寺首座，本集卷一一有海上初還至南嶽寄方廣首座，又有還太首座詩卷。其事詳見本集卷二〇明極堂銘序：「道人法太少年追隨翰墨，所與遊多一時顯人。晚居衡嶽，一衲窮年，垂涕捫蝨，猥衰坐睡，守糞爐煨芋。直名其所居爲明極，取首楞嚴『餘塵尚諸學，明極即如來』義。欲以道人坐進此道，爲之銘曰。」同卷甘露滅齋銘序：「政和四年春，余還自海外，過衡嶽，謁方廣譽禪師。館於靈源閣之下，因名其居曰甘露滅。道人法太請曉其說。」

〔五〕湘南使者：謂荆湖南路轉運使，未詳其人。

〔六〕五白：五年。景德傳燈録卷二第二十二祖摩拏羅：「後鶴勒那問尊者曰：『我止林間，已經九白。』」注：「印度以一年爲一白。」

〔七〕間見層出：交替出現。語本韓愈貞曜先生墓誌銘：「神施鬼設，間見層出。」

〔八〕化城：一時幻化之城郭。見法華經卷三化城喻品。

〔九〕梵釋龍天之宫：蘇軾東林第一代廣惠禪師真贊：「蓋將拊掌談笑，不起于坐，而使廬山之下，化爲梵釋龍天之宫。」此化用其語意。

〔一〇〕檀信：檀越信衆。

〔一一〕傅彦濟：嘉靖臨江府志卷六人物志一：「傅雱，字彦濟，清江人。政和八年進士。高宗初，相李綱薦雱可使虜。假工部侍郎充通問使，行，尋詔止之，授朝奉郎，尚書考功員外郎。」時出知益陽縣，故稱「試手作邑」。

〔一二〕「攙姦摧滑」二句：形容縣官治理能力之套語，如本集卷二三連瑞圖序：「思禹風力敏强，鑿姦鏟猾，撥煩摧劇，吏民驚縮以爲神，號霹靂手。」攙：刺，猶言鑿。摧：底本作「推」，涉形近而誤。

〔一三〕乾没：猶言陸沉，喻埋没而無人知。本集卷三洪玉父赴官潁州會余金陵：「風月久乾没，畫舫誰料理。」

題觀音院壁〔一〕

□□祖師相授法者㊀，三世塔廟在淮山〔二〕。從之游得道者，多庵於蒼巖大林之間。路由蘄春〔三〕，真身存者無慮八十餘處〔四〕。黄於蘄爲接壤〔五〕，太平興國初〔六〕，僧昭信始見琳公於大石之間〔七〕，大安、龜頭相繼而出〔八〕。竹瓦之東石尉村〔九〕，有古松兩株，參天合抱，邦民歲禱雨暘於其下〔一〇〕，其應如懸響〔一一〕。端（垂）拱初㊁〔一二〕，耆舊相傳爲觀音院。嗚呼！豈非祖師之門得道出世於兹，已嘗建寺毁壞而不可考者乎？有僧祖欽投牒〔一三〕，疏其事於郡太守，待制韓公駒欣然給據付之〔一四〕，使中興其院。欽敦厚坦夷，道俗愛之，翕然而成。余建炎元年□□過焉㊂〔一五〕，到門却立，縱望雲間，萬峰來朝，兹地也其興乎！

【校記】

㊀□□：原二字闕。天寧本作「達磨」，係妄補。

㊁端：原作「垂」，誤，今改。參見注〔一二〕。

㊂□□：二字闕。天寧本作「幸經」，無據，今不從。

【注釋】

〔一〕建炎元年十月作於黄州。　觀音院：今不可考。

〔二〕三世塔廟在淮山：三祖僧璨之塔在舒州皖公山，四祖道信之塔在蘄州黄梅縣破頭山，五祖弘忍之塔在黄梅縣東山，俱屬淮南西路，故稱淮山。景德傳燈録卷三第三十祖僧璨大師：「即適羅浮山優游二載，却旋舊址。逾月，士民奔趨大設檀供，師爲四衆廣宣心要訖，於法會大樹下合掌立終。即隋煬帝大業二年丙寅十月十五日也。唐玄宗謚鑑智禪師覺寂之塔。……初，唐河南尹李常，素仰祖風，深得玄旨，天寶乙酉歲，遇荷澤神會，問曰：『三祖大師葬在何處？或聞入羅浮不迴，或説終於山谷，未知孰是？』會曰：『璨大師自羅浮歸山谷，得月餘方示滅。今舒州見有三祖墓。』常未之信也。會謫爲舒州别駕，因詢問山谷寺衆僧曰：『聞寺後有三祖墓，是否？』時上坐慧觀對曰：『有之。』常欣然與寮佐同往瞻禮，又啓壙取真儀闍維之，得五色舍利三百粒，以百粒出己俸建塔焉。」同卷第三十一祖道信大師：「唐武德甲申歲，師却返蘄春，住破頭山，學侣雲臻。……迄高宗永徽辛亥歲閏九月四日，忽垂誡門人曰：『一切諸法悉皆解脱，汝等各自護念，流化未來。』言訖，安坐而逝，壽七十有二，塔于本山。明年四月八日，塔户無故自開，儀相如生，爾後門人不敢復閉。代宗謚大醫禪師慈雲之塔。」同卷第三十二祖弘忍大師：「至上元二年，忽告衆曰：『吾今事畢，時可行矣。』即入室安坐而逝，壽七十有四，建塔於黄梅之東山。代宗皇帝謚大滿禪師法雨之塔。」

〔三〕蘄春：縣名，蘄州州治，此代指蘄州。

〔四〕真身存者：輿地紀勝卷四七淮南西路蘄州：「正覺院，在黃梅西北三十里。有四祖及栽松道者二真身。真慧院，在黃梅東北三十里，寺有五祖真身。」參見本集卷一九栽松道者真身贊注〔一〕。　無慮：大約，總共。

〔五〕黃於蘄爲接壤：黃指黃州，與蘄州接壤，皆屬淮南西路。

〔六〕太平興國：宋太宗年號，公元九七六～九八三年。

〔七〕僧昭信：生平法系未詳。　琳公：唐高僧福琳禪師，荷澤神會法嗣。景德傳燈録卷一三：「黃州大石山福琳禪師，荆州人也，姓元氏。本儒家子，幼歸釋氏，就玄靜寺謙著禪師剃度登戒。遊方，遇荷澤師，示『無念靈知，不從緣有』，即煥然見諦。後抵黃州大石山，結庵而居，四方禪侶依之甚衆。唐興元二年入滅，壽八十有二。」錯按：興元爲唐德宗年號，興元二年爲公元七八四年。此言太平興國初僧昭信見琳公，疑年代有誤。

〔八〕大安：當指大安山，在黃州麻城縣。弘治黃州府志卷二山川麻城縣：「大安山，在縣西三十里。山有虛應禪師寺基址，有詩録於後。」　龜頭：當指龜頭山，在黃州麻城縣東。元豐九域志卷五淮南西路黃州：「麻城，州北一百七十五里。四鄉，岐亭、故縣、白沙、永泰、桑林、永寧六鎮。有龜頭山、永泰河。」亦作龜峰山。弘治黃州府志卷二山川麻城縣：「龜峰山，在治東六十里。山勢嵯峨，山有巖刻唐人詩。有黃黑龍二井，取水禱雨。元和志：麻城縣東南八十里有龜頭山，舉水所出。春秋吴楚戰於柏舉，即此也。」龜頭山，或有禪師弘法於此，然不可考。

〔九〕竹瓦：竹瓦鋪。弘治黄州府志卷四鋪舍黄岡縣北有竹瓦鋪，即此。石尉村：其地不可考。

〔一〇〕雨暘：雨天晴天。書洪範：「曰雨，曰暘。」

〔一一〕應如懸響：易繫辭上：「其受命也如響。」孔穎達疏：「如響之應聲也。」

〔一二〕端拱：宋太宗年號，公元九八八～九八九年。底本作「垂拱」。廓門注：「當作『端拱』，宋太宗年號也。」錯按：垂拱爲武則天年號，公元六八五～六八八年，遠在上文所述諸事之前，與文意史實不合，今據廓門注改「垂」作「端」。

〔一三〕僧祖欽：生平法系未詳。

〔一四〕韓公駒：韓駒字子蒼，仙井監人。政和八年知洪州分寧縣，嘗與惠洪唱酬。參見本集卷一五與韓子蒼六首注〔一〕。韓駒知黄州在靖康元年夏秋之間。能改齋漫録卷六赤壁棲鶻：「韓子蒼靖康初守黄州，三月而罷。」墨莊漫録卷九：「靖康初，韓子蒼知黄州，頗訪東坡遺跡。」此追記其事。

〔一五〕余建炎元年□□過焉：本集卷二五題光上人所書華嚴經：「建炎元年十月，予自漢上南還，過廬山，阻兵於大石山。」即此事。所闕二字，疑當作「十月」。

卷二十七

跋

跋唐明皇傳〔一〕

初，明皇聞元魯山之歌，歎曰：「賢人之言也。」〔二〕聞左璫訴，道迎宋璟，不爲璟禮，則益知其賢〔三〕。何其明也！及聞禄山曰：「胡家不知有父，但知有母。」便遂信之〔四〕。何其暗也！孟子曰：「養心莫大於寡欲。」〔五〕欲少縱之，則反易如此。然能割所甚愛以寧天下〔六〕，與漢高帝鑄印銷印〔七〕，遲速一間耳。此其所以再造唐室也。

【注釋】

〔一〕作年未詳。唐明皇傳：疑指明皇雜録。明皇雜録，唐鄭處誨撰，上下二卷，補遺一卷，成書於唐大中九年，記載唐玄宗一代雜事，偶兼及肅、代二朝史實。

〔二〕「初」四句：明皇雜録卷下：「唐玄宗在東洛，大酺於五鳳樓下，命三百里縣令、刺史率其聲樂來赴闕者，或謂令較其勝負而賞罰焉。時河内郡守令樂工數百人於車上，皆衣以錦繡，伏廂之牛，蒙以虎皮，及爲犀象形狀，觀者駭目。時元魯山遣樂工數十人，聯袂歌于蔿。于蔿，魯山文也。玄宗聞而異之，徵其詞，乃歎曰：『賢人之言也。』其後上謂宰相曰：『河内之人，其在塗炭乎？』促命徵還，而授以散秩。」

〔三〕「聞左璫訴」四句：封氏聞見記卷九端慤：「宋璟爲廣府都督，玄宗思之，使内侍楊思勖馳馬往追。璟拜恩就馬，在路竟不與思勖交一言。思勖以將軍貴倖殿庭，因訴。玄宗嗟歎良久，即拜刑部尚書。」　左璫：宦官之别稱。東漢時中侍中爲宦官，冠飾左貂銀璫，故後世以左璫代稱宦官。

〔四〕「及聞禄山曰」四句：開天傳信記：「上幸愛禄山爲子，嘗與貴妃於便殿同樂，禄山每就坐，不拜上而拜妃。上顧問：『此胡不拜我而拜妃子，意何在也？』禄山奏曰：『胡家即知有母，不知有父故也。』上大笑而捨之。禄山豐肥大腹，上嘗問曰：『此胡腹中何物？其大如是。』禄山尋聲應曰：『腹中更無他物，惟赤心爾。』上以言誠，而益親善之。」

〔五〕「孟子曰」二句：孟子盡心下：「孟子曰：『養心莫善於寡欲。其爲人也寡欲，雖有不存焉者寡矣。其爲人也多欲，雖有存焉者寡矣。』」

〔六〕能割所甚愛以寧天下：所甚愛指楊貴妃。舊唐書玄宗本紀下：「（天寶十五載六月）丙辰，次馬嵬驛。諸衛頓軍不進，龍武大將軍陳玄禮奏曰：『逆胡指闕，以誅國忠爲名，然中外羣情，不無嫌怨。今國步艱阻，乘輿震蕩，陛下宜徇羣情，爲社稷大計，國忠之徒，可置之於法。』會吐蕃使二十一人遮國忠，告訴於驛門，衆呼曰：『楊國忠連蕃人謀逆！』兵士圍驛四合。及誅楊國忠、魏方進一族，兵猶未解，上令高力士詰之，迴奏曰：『諸將既誅國忠，以貴妃在宫，人情恐懼。』上即命力士賜貴妃自盡。玄禮等見上請罪，命釋之。」

〔七〕漢高帝鑄印銷印：謂唐玄宗知錯就改，英明如漢高祖鑄六國印復銷毁之。史記留侯世家：「食其曰：『昔湯伐桀，封其後於杞；武王伐紂，封其後於宋。今秦失德棄義，侵伐諸侯社稷，滅六國之後，使無立錐之地。陛下誠能復立六國後世，畢已受印，此其君臣百姓必皆戴陛下之德，莫不鄉風慕義，願爲臣妾。德義已行，陛下南鄉稱霸，楚必斂衽而朝。』漢王曰：『善。趣刻印，先生因行佩之矣。』食其未行，張良從外來謁。漢王方食，曰：『子房前！客有爲我計橈楚權者。』具以酈生語告於子房，曰：『何如？』良曰：『誰爲陛下畫此計者？陛下事去矣。』漢王曰：『何哉？』張良對曰：『臣請藉前箸爲大王籌之……誠用客之謀，陛下事去矣。』漢王輟食吐哺，罵曰：『豎儒幾敗而公事。』令趣銷印。」本集卷一五寄華嚴居士三首之一：「仰惟陛下實英主，鑄印消印如沛公。」鍇按：冷齋夜話卷一古人貴識其真：「漢高帝臨大事，鑄印銷印，甚於兒戲。然其正直明白，照映千古，想見其爲人。」

跋狄梁公傳〔一〕

秦攻魏，破之，殺魏王瑕，誅諸公子。而一公子不得，乃令魏國曰：「得公子者，賜金千鎰；匿之者，罪至夷。」公子之乳母節乳之俱逃，而魏故臣有識乳母者曰：「乳母無恙乎？」乳母曰：「嗟乎！吾奈公子何？」故臣曰：「今公子安在？吾聞秦令曰：『有能得公子者，賜千金；匿之者夷。』乳母儻知其處，盍不言乎？」乳母曰：「吁！我不知公子處，借吾知之，終不可言。」故臣曰：「魏國正破亡，族已滅矣，尚誰爲乎？」乳母吁而言曰：「夫見利而反上，逆也；畏死而棄義，亂也。恃逆亂以求利，吾不爲也。」遂抱公子藏大澤中。故臣告秦軍，秦軍追見，射之。乳母以身蔽，矢著身者數十，乃俱死。秦王聞而貴之，葬以卿禮〔二〕。東漢李善，南陽李元奴也。家疫死，止孤兒續，始生數旬，而貲以萬數。奴婢共議，謀殺續分其産。善潛負續逃亡，隱山陽瑕丘界中，親自哺養，乳爲生湩。續雖在孩抱，奉之不異長者，有事輒跪請白，然後行之。續年十歲，善與歸其邑，修理舊業。鍾離意時爲瑕丘令，上書薦之，光武詔善及續並爲太子舍人〔三〕。魏節乳母、漢李善，古之奴婢也，而其所爲卓越如此。予聞虎生三日，其氣食牛〔四〕。駃騠七日，而超其母〔五〕。蓋其種性殊特，不幸而趣異類中耳〔六〕。若二人者，殆功名富貴者事也，又可以品類拘之乎？唐則天皇后受夫顧託，而欲奪以自有〔七〕。哥舒翰提兵三十萬，而北面事賊〔八〕。此真奴婢，豈寔能功名富貴者乎？

【注釋】

〔一〕作年未詳。狄梁公：狄仁傑，字懷英，唐并州太原人。高宗初爲大理丞。天授二年入爲地官侍郎同鳳閣鸞臺平章事。爲酷吏來俊臣誣害下獄，密使其子訴於武后，得免，貶彭澤令。至神功元年復相，力勸武后立唐嗣。聖曆三年卒，年七十一。贈文昌右相，謚曰文惠。睿宗時封梁國公。新舊唐書有傳。參見本集卷一謁狄梁公廟注〔一〕。

〔二〕「秦攻魏」四十九句：廓門注：「以上見韓詩外傳第九卷十三葉、列女傳第五卷二十葉及女俠傳等。」鍇按：此故事實出自漢劉向列女傳卷五魏節乳母傳，情節、人物、文字皆大體相同，而韓詩外傳卷九所載稍異，其文曰：「秦攻魏，破之。少子亡而不得，令魏國曰：『有得公子者，賜金千斤；匿者，罪至十族。』公子乳母與俱亡。人謂乳母曰：『得公子者賞甚重，乳母當知公子處而言之。』乳母應之曰：『我不知其處，雖知之，死則死，不可以言也。爲人養子，不能隱而言之，是畔上畏死。吾聞：忠不畔上，勇不畏死。凡養人子者，生之，非務殺之也。豈可見利畏誅之故，廢義而行詐哉！吾不能生而使公子獨死矣。』遂與公子俱逃澤中。秦軍見而射之，乳母以身蔽之，著十二矢，遂不令中公子。秦王聞之，饗以太牢，且爵其兄爲大夫。詩曰：『我心匪石，不可轉也。』」無魏故臣事。

〔三〕「東漢李善」二十二句：後漢書獨行列傳李善傳：「李善字次孫，南陽淯陽人，本同縣李元蒼頭也。建武中疫疾，元家相繼死没，唯孤兒續始生數旬，而貲財千萬，諸奴婢私共計議，欲謀殺續，分其財産。善深傷李氏而力不能制，乃潛負續逃去，隱山陽瑕丘界中，親自哺養，乳爲生湩。推燥居濕，備嘗艱勤。續雖在孩抱，奉之不異長君，有事輒長跪請白，然後行之。閭里感其行，皆相率脩義。續年十歲，善與歸本縣，脩理舊業。告奴婢於長吏，悉收殺之。時鍾離意爲瑕丘令，上書薦善行狀。光武詔拜善及續並爲太子舍人。」參見本集卷二三連瑞圖序注〔一五〕。

〔四〕「予聞虎生三日」二句：秦觀淮海集卷九慶張君俞都尉留後得子：「龍得一珠應獻佛，虎生三日便吞牛。」詩話總龜卷三志氣門：「丞相劉公沆，以義氣自許。嘗作牡丹詩曰：『三月內方有，百花中更無。』又述懷詩曰：『虎生三日便窺牛，獵食寧能掉尾求。』」參見本集卷一〇送淨心大師住温州江心寺注〔六〕。

〔五〕「駃騠七日」二句：漢書鄒陽傳：「蘇秦相燕，人惡之燕王。燕王按劍而怒，食以駃騠。」顔師古注引孟康曰：「駃騠，駿馬也，生七日而超其母。」

〔六〕異類：景德傳燈録卷八池州南泉普願禪師：「一日師示衆云：『道箇如如，早是變也。今時師僧須向異類中行。』歸宗云：『雖行畜生行，不得畜生報。』」

〔七〕「唐則天皇后受夫顧託」二句：新唐書后妃傳上：「高宗則天順聖皇后武氏，并州文水人。……太后知威柄在己，因大赦天下，改國號周，自稱聖神皇帝，旗幟尚赤，以皇帝爲皇嗣，立武氏七廟於神都。」

〔八〕「哥舒翰提兵三十萬」二句：新唐書哥舒翰傳：「哥舒翰，其先蓋突騎施酋長哥舒部之裔。……十四載，禄山反，封常清以王師敗。帝乃召見翰，拜太子先鋒兵馬元帥。……明年，進拜尚書左僕射、同中書門下平章事。禄山遣子慶緒攻關，翰擊走之。……而國忠計迫，謬説帝趣翰出潼關復陝、洛。……翰窘，不知所出。六月，引而東，慟哭出關，次靈寶西原，與乾祐戰。……既敗，翰引數百騎絶河還營，羸兵裁八千，至潼津，收散卒復守關。乾祐進攻，於是火拔歸仁等紿翰出關，翰曰：『何邪？』曰：『公以二十萬衆，一日覆没，持是安歸？公不見高仙芝等事乎？』翰曰：『吾寧效仙芝死，汝捨我。』歸仁不從，執以降賊，械送洛陽，京師震動，由是天子西幸。禄山見翰責曰：『汝常易我，今何如？』翰俯伏謝罪曰：『陛下撥亂主。今天下未平，李光弼在土門，來瑱在河南，魯炅在南陽，臣爲陛下以尺書招之，三面可平。』禄山悦，即署司空、同中書門下平章事。執火拔歸仁，曰：『背主忘義，吾不爾容。』斬之。翰以書招諸將，諸將皆讓翰不死節。禄山知事不可就，囚之。東京平，安慶緒以翰度河。及敗，乃殺之。」據新唐書當作「提兵二十萬」，然本卷跋杜子美祭房太尉文藁亦作「將軍三十萬」，當爲惠洪誤記。

跋北里誌〔一〕

春秋傳書「六鷁退飛」，「石隕五」〔二〕，微事也，何足書乎？先儒曰：「聖人之意，以謂如鷁與石，無預於道德性命之理，且猶謹嚴詳次如此，況道德性命乎？」〔三〕北里誌，戲劇之文，而達道校證藏之〔四〕，豈五石、六鷁之意乎？舒王曰〔五〕：「司馬君實平生大過人者，臨事不苟〔六〕。」於達道亦云〔七〕。

【注釋】

〔一〕宣和四年作於長沙南臺寺。　北里誌：唐孫棨撰，一卷。書成於唐僖宗中和四年（八八四）。其自序曰：「自大中皇帝（宣宗）好儒術，特重科舉。故其愛壻鄭詹事再掌春闈。上往往微服長安中，逢舉子則狎而與之語。時以所聞，質於內庭，學士及都尉皆聳然莫知所自。故進士自此尤盛，曠古無儔。然率多膏粱子弟，平進歲不及三數人。由是僕馬豪華，宴游崇侈，以同年俊少者爲兩街探花使，鼓扇輕浮，仍歲滋盛。自歲初等第於甲乙，春闈開送天官氏，設春闈宴，然後離居矣。近年延至仲夏，京中飲妓，籍屬教坊，凡朝士宴聚，須假諸曹署行牒，然後能致於他處。惟新進士設宴顧吏，故便可行牒。追其所贈之資，則倍於常數。諸妓皆居平康里，舉子、新及第進士，三司幕府但未通朝籍、未直館殿者，咸可就詣。如不吝所費，則下車水陸備矣。其中諸妓，多能談吐，頗有知書言話者。自公卿以降，皆以表德呼之。其分别品流，衡尺人物，應對非次，良不可及。信可輟叔孫之朝，致楊秉之惑。比常聞蜀妓薛濤之才辯，必謂人過言，及睹北里二三子之徒，則薛濤遠有慚德矣。予頻隨計吏，久寓京華，時亦偷游其中，固非興致。每思物極則反，疑不能久，常欲記述其事，以爲他時談藪。顧非暇豫，亦竊俟其叨忝耳。不謂泥蟠未伸，俄逢喪亂，鑾輿巡省崤函，鯨鯢逋竄山林，前志掃地盡矣。静思陳事，追念無因，而久罹驚危，心力減耗，向來聞見，不復盡記。聊以編次，爲太平遺事云。時中和甲辰歲，無爲子序。」平康里，在長安城北門内，故曰北里，爲妓女聚居地。

〔二〕「春秋傳書」二句：春秋僖公十六年：「春，王正月，戊申朔，隕石於宋五。是月，六鷁退飛，過宋都。」

〔三〕「先儒曰」六句：廓門注：「先儒，見王充論衡。」鍇按：此引先儒之言，其意實見於穀梁傳：「(僖公)十有六年，春，王正月，戊申朔，隕石于宋五。先隕而後石，何也？隕而後石也。于宋，四竟之内曰宋。後數，散辭也，耳治也。是月，六鶂退飛，過宋都。是月者，決不日而月也。六鶂退飛過宋都，先數，聚辭也。目治也。子曰：『石無知之物，鶂微有知之物。石無知，故日之。鶂微有知之物，故月之。君子之於物，無所苟而已。石鶂且猶盡其辭，而況於人乎？故五石六鷁之辭不設，則王道不亢矣。』」

〔四〕達道：即周達道，時爲潭州通判，又爲荆湖南路轉運司勾當公事。參見本集卷六次韻周達道運句二首注〔一〕、卷一九周達道通判贊注〔一〕。

〔五〕舒王：即王安石，字介甫。卒謚文，政和三年追封舒王。

〔六〕「司馬君實平生大過人者」二句：王安石此語出處不可考。司馬君實，即司馬光（一〇一九～一〇八六），字君實，號迂夫，晚號迂叟，陝州夏縣人。登寶元元年進士甲科。嘉祐六年遷起居舍人，同知諫院。神宗初，官御史中丞，爲翰林學士，以議新法，與王安石不合，求去。遂以端明殿學士出知永興軍，判西京御史臺，閑居洛陽，專修資治通鑑。哲宗立，起爲門下侍郎，拜尚書右僕射，悉去新法。在相位八月而卒，年六十八。贈太師温國公，謚文正。有文集八十卷、資治通鑑二百九十四卷等。宋史有傳。

〔七〕於達道亦云：廓門注：「東坡全集第十五卷故龍圖閣學士滕公墓誌銘曰：『公諱甫，字元發，其後避高魯王諱，以字爲名，而字達道，東陽人也。滕氏出周文公之子錯，封於滕，所謂滕叔繡者。』」錯按：此「達道」姓周，非姓滕。蓋滕達道卒於元祐五年，年七十一，年長於惠洪五十餘歲，二人無交游之機。廓門注殊誤。

跋達道所蓄伶子于文〔一〕

風行水上，涣然成文者，非有意於爲文也〔二〕。余讀此傳，蓋通德娓娓而語，子于筆追而書之，非有意也〔三〕。然通德所論惠男子，殆天下名言〔四〕。吾以謂子于之室有此婢，如維摩詰之有天女也〔五〕。達道手校諸書，而此本最美，非好古博雅，何以至是？司馬君實無所嗜好，獨畜墨數百爾。或以爲言，君實曰：「吾欲子孫知吾所用此物何爲也〔六〕。」達道之畜書，其亦司馬之墨癖也。

【注釋】

〔一〕宣和四年作於長沙南臺寺。達道：即周達道通判。伶子于文：指趙飛燕外傳，舊題漢伶玄撰。伶玄自叙云：「伶玄，字子于，潞水人。學無不通，知音，善屬文。簡率，尚真樸，無所矜式。揚雄獨知之。然雄貪名矯激，子于謝不與交。雄深慊毀之。子于由司空小吏歷三署，刺守州郡，爲淮南相，人有風情。」

〔二〕「風行水上」三句：廓門注：「見易涣卦。」鍇按：此意本蘇洵仲兄字文甫説：「故曰『風行水上涣』，此亦天下之至文也。然而此二物者，豈有求乎文哉？無意乎相求，不期而相遭，而文生焉。是其爲文也，非水之文也，非風之文也，二物者非能爲文，而不能不爲文也。」參見本集卷二讀慶長詩軸注〔二〕、南昌重會汪彦章注〔三〕。

〔三〕「余讀此傳」四句：伶玄自叙云：「哀帝時，子于老休，買妾樊通德。通德，嫕之弟子不周之子也。有才色，知書，慕司馬遷史記。頗能言趙飛燕姊弟故事。子于閑居命言，厭厭不倦。……通德奏於子于曰：『……幸主君著其傳，使婢子執研削道所記。』於是撰趙后別傳。」

〔四〕「然通德所論惠男子」三句：伶玄自叙：「子于語通德曰：『斯人俱灰滅矣，當時疲精力，馳騖嗜欲蠱惑之事，寧知終歸荒田野草乎？』通德占袖，顧視燭影，以手擁髻，悽然泣下，不勝其悲。子于亦然。通德奏子于曰：『夫淫於色，非慧男子不至也。慧則通，通則流，流而不得其防，則百物變態，爲溝爲壑，無所不往焉。禮儀成敗之説，不能止其流。惟感之以盛衰奄忽之變，可以防其壞。今婢子所道趙后姊弟事，盛之至也；主君悵然有荒田野草之悲，衰之至也。婢子拊形屬影，識夫盛之不可留，衰之不可推。俄然相緣奄忽，雖婕妤聞此，不少遺乎？』」

〔五〕如維摩詰之有天女：維摩詰經卷中觀衆生品：「時維摩詰室有一天女，見諸大人聞所説法，便現其身，即以天華，散諸菩薩、大弟子上。」

〔六〕「司馬君實無所嗜好」五句：司馬光字君實，已見前注。其嗜墨事未見出處，或惠洪得聞於前輩者。然東坡志林卷一〇：「司馬温公曰：『茶與墨正相反，茶欲白，墨欲黑；茶欲重，墨欲輕；茶欲新，墨欲陳。』予曰：『二物之質誠然矣，然亦有同者。』公曰：『何謂？』予曰：『奇茶妙墨皆香，是其德同也；皆堅，是其操同也。譬如賢人君子，妍醜黔皙之不同，其德操蘊藏，實無以異。』公笑以爲是。」則司馬光嗜墨似當有據。鍇按：後世筆記類書如元陸友仁墨史卷下、研北雜志卷下、明方弘靜千一録卷二一、郭良翰問奇類林卷三三、鄭仲夔偶記卷三、清宋犖筠廊偶筆卷上、迮朗繪事瑣言卷二皆引惠洪此説。

【集評】

清宋犖云：洪覺範禪師云：「司馬温公無所嗜好，獨蓄墨數百觔。或以爲言，公曰：『吾欲子孫知吾用此物何爲者也。』」嗚呼！司馬公豈玩物喪志者耶？獨垂訓於後世如此。（筠廊偶筆卷上附墨論）

跋邴根矩傳〔一〕

孔北海年十六時，能舍匿山陽張儉，事泄，兄弟及母三人爭死，竟坐兄褒。北海因是顯名〔二〕。遼東太守公孫度欲殺劉政，政先依根矩，矩匿之月餘，以付太史子義。既而謂度曰：「政已去，君之害豈不除哉？」度曰：「然。」根矩曰：「君之畏政者，以其智也。今（令）政已免㊀，智將用矣，尚奚拘政之家？不若赦之，無重怨（悲）也㊁。」度乃出之（棄）㊂。又資送政家，皆歸故郡〔三〕。嗚呼！東漢號多氣節之士，其天性哉？

方張儉、劉政之窘，而遇北海兄弟、太史子義、根矩，雖困於亨〔四〕，蓋其平生取友護助，何所憾焉？韓退之誌柳子厚，愛其請代劉夢得播州，曰：「嗚呼！士窮乃見節義。今夫平居里巷相慕悦，酒食遊戲相徵（微）逐㊃，詡詡（翊翊）强笑語以相取下㊄，握手出肺肝相示，指天日涕泣，言死生不相背負，宜若可信。一旦臨小利害，僅如毛髮比，反眼若不相識，落陷阱不一引手救，反擠之，又下石焉者，皆是也。此宜禽獸所不忍爲，而其人自視以爲得計，使聞子厚之風，亦可以少愧矣〔五〕。」予聞退之之言太過，及親嘗之，乃知此曹今古一律也。借能過之，安能已之哉！

【校記】

㊀ 今：原作「令」，誤，今據武林本改。參見注〔三〕。

㊁ 怨：原作「悲」，誤，今改。參見注〔三〕。

㊂ 之：原作「之棄」，「棄」字衍，今删。參見注〔三〕。

㊃ 徵：原作「微」，誤，今據四庫本、廓門本、武林本、天寧本改。參見注〔五〕。

㊄ 詡詡：原作「翊翊」，誤，今改。武林本作「栩栩」。參見注〔五〕。

【注釋】

〔一〕作年未詳。　邴根矩傳：指三國志魏書邴原傳。邴原，字根矩，北海朱虛人。少與管寧俱以操尚稱，州府辟命皆不就。黄巾起，原至遼東。後得歸，太祖曹操辟爲司空掾。徙署丞相徵事。代涼茂爲五官將長史。太祖征吴，從行，卒。事具本傳。

〔一二〕「孔北海年十六時」六句：後漢書孔融傳：「山陽張儉爲中常侍侯覽所怨，覽爲刊章下州郡，以名捕儉。儉與融兄褒有舊，亡抵於褒，不遇。時融年十六，儉少之而不告。融見其有窘色，謂曰：『兄雖在外，吾獨不能爲君主邪？』因留舍之。後事泄，國相以下，密就掩捕，儉得脱走，遂并收褒、融送獄。二人未知所坐。融曰：『保納舍藏者，融也，當坐之。』褒曰：『彼來求我，非弟之過，請甘其罪。』吏問其母，母曰：『家事任長，妾當其辜。』一門爭死，郡縣疑不能決，乃上讞之。詔書竟坐褒焉。融由是顯名，與平原陶丘洪、陳留邊讓齊聲稱。」

〔一三〕「遼東太守公孫度欲殺劉攷」二十句：三國志魏書邴原傳：「時孔融爲北海相，舉原有道。原以黄巾方盛，遂至遼東，與同郡劉政俱有勇略雄氣。遼東太守公孫度畏惡欲殺之，盡收捕其家，政得脱。度告諸縣：『敢有藏政者與同罪。』政窘急，往投原，原匿之月餘。時東萊太史慈當歸，原因以政付之。既而謂度曰：『將軍前日欲殺劉政，以其爲己害。今政已去，君之害豈不除哉！』度曰：『然。』原曰：『君之畏政者，以其有智也。今政已免，智將用矣，尚奚拘政之家？不若赦之，無重怨。』度乃出之。原又資送政家，皆得歸故郡。」太史慈，字子義，三國志吴書有傳。參見本集卷五予頃還自海外夏均父以襄陽别業見要使居之後六年均父謫祁陽酒官余自長沙往謝之夜語感而作注〔一四〕。廓門注：「本傳『令』作『今』。『悲』傳作「怨」。傳無有「棄」字。」今據本傳删改。

〔四〕困於亨：易困卦：「困，亨。貞大人吉，无咎。」王弼注：「困必通也。處窮而不能自通者，小人也。處困而得无咎，吉乃免也。」

〔五〕「韓退之誌柳子厚」二十三句：韓愈柳子厚墓誌銘：「其召至京師而復爲刺史也，中山劉夢得禹錫亦在遣中，當詣播州。子厚泣曰：『播州非人所居，而夢得親在堂，吾不忍夢得之窮，無辭以白其大人。且萬無母子俱往理。請於朝，將拜疏，願以柳易播，雖重得罪死不恨。』遇有以夢得事白上者，夢得於是改刺連州。嗚呼！士窮乃見節義。今夫平居里巷相慕悦，酒食游戲相徵逐，詡詡强笑語以相取下，握手出肺肝相示，指天日涕泣，誓生死不相背負，真若可信。一旦臨小利害，僅如毛髮比，反眼若不相識，落陷穽不一引手救，反擠之，又下石焉者，皆是也。此宜禽獸夷狄所不忍爲，而其人自視以爲得計，聞子厚之風，亦可以少媿矣。」廓門注：「韓文『翊』作『詡』。『言』作『誓』。『宜』作『真』。」詡詡：漢書張敞傳：「長安中傳張京兆眉憮。」顔師古注引孟康曰：「憮音詡。北方人謂媚好爲詡畜。」底本作「翊翊」，恭敬貌，與韓文意不合，乃涉形近而誤。鍇按：又韓文「禽獸」作「禽獸夷狄」，「使聞」作「聞」，疑惠洪誤記或從别本。

跋魯公與郭僕射論位書〔一〕

魯公作字，多擘窠大書〔二〕，端勁而秀偉。黄魯直云：「此所期無不欲高照千載者〔三〕。」此帖草略匆匆，前所未見，開軸未暇熟視，已覺粲然忠義之氣横逆，而點畫所至處，便自奇勁。公嘗謂盧杞曰：「朝廷法度，豈更堪公破壞也。」〔四〕於此又曰：「朝廷綱紀，須共存立（正）㈠。」〔五〕凛然想見其爲人。蓋公所遭之時如此，而所守之道不得不然，故倉卒未敢忘國之綱紀也。余私有感於中者，因記於此。

【校記】

㈠立：原作「正」，今據武林本改，參見注〔五〕。

【注釋】

〔一〕作年未詳。　魯公：顔真卿。葉夢得避暑録話卷下：「顔魯公真跡，宣和間存者猶可數十本，其名著者，與郭英乂論座位書，在永興安師文家。」　郭僕射：郭英乂。顔魯公文集卷二四書評四與郭英乂論座位書引魯公年譜：「廣德二年甲辰，公年五十六。……十一月有與郭僕射書。……按：郭英乂爲尚書右僕射，封定襄郡王，驕蹇侈汰，陰事元載、魚朝恩以久其權。明年，嚴武死，以英乂爲成都尹充劍南節度使。自以有内主，肆志無所憚。崔旰反，英乂奔靈池，普州刺史韓澄殺之。」鍇按：與郭僕射論位書，全文見於顔魯公文集卷四，題爲與郭僕射書。文繁不録。

〔二〕擘窠大書：古碑板題額之大字。參見本集卷一謁蔡州顔魯公祠堂注〔二九〕。

〔三〕此所期無不欲高照千載者：此句今存山谷集未載，疑崇寧三年惠洪聞於與黄庭堅相見長沙時。

〔四〕「公嘗謂盧杞曰」三句：廓門注：「按，顔真卿唐書本傳謂元載之言也。」鍇按：新唐書顔真卿傳：「帝自陝還，真卿請先謁陵廟而即宫，宰相元載以爲迂。真卿怒曰：『用舍在公，言者何罪？然朝廷事豈堪公再破壞邪！』」

〔五〕「於此又曰」三句：與郭僕射書曰：「朝廷紀綱，須共存立，過爾隳壞，亦恐及身。」

跋杜子美祭房太尉文藁〔一〕

房琯之賢，盧杞之不肖〔二〕，讀其傳，曉然易分也。然睢陽之敗由琯〔三〕，魯公被害，杞實使之〔四〕。校二者之設心，則終不能優劣。而甫稱琯之材，雖困蹇以死，益堅壯，非忠義激烈，篤於自信，其能爾耶？疑史記賀蘭不予南霽雲兵事若不直〔五〕。雖然，哥舒翰之臣禄山，天子西奔，天下怨之〔六〕，而高適乃表雪其事，稱舒翰忠義有素，而以病奪其明〔七〕。將軍三十萬，而低首事賊，非叛乎？從而文其罪，非欺乎？而甫亦嘗以舒翰、適爲賢〔八〕，豈史皆不足憑，而甫之稱無不真者耶？

【注釋】

〔一〕作年未詳。杜子美祭房太尉文藳：即杜甫祭故相國清河房公文，見杜詩詳注卷二五，其略曰：「維唐廣德元年歲次癸卯，九月辛丑朔，二十二日壬戌，京兆杜甫敬以醴酒茶藕蓴鯽之奠，奉祭故相國清河房公之靈曰：嗚呼！純樸既散，聖人又没。苟非大賢，孰奉天秩。唐始受命，羣公間出。君臣和同，德教充溢。魏杜行之，夫何畫一。婁宋繼之，不墜故實。百餘年間，見有輔弼。及公入相，紀綱已失。將帥干紀，煙塵犯闕。王風寢頓，神器圮裂。關輔蕭條，乘輿播越。太子即位，揖讓倉卒。小臣用權，尊貴倏忽。公實匡救，忘餐奮發。累抗直詞，空聞泣血。時遭祲沴，國有征伐。車駕還京，朝廷就列。盜本乘弊，誅終不滅。高義沉埋，赤心蕩折。貶官厭路，讒口到骨。致君之誠，在困彌切。天道闊遠，元精茫昧。偶生賢達，不必際會。明明我公，可去時代。賈誼慟哭，雖多顛沛。仲尼旅人，自有遺愛。二聖崩日，長號荒外。後事所委，不在卧内。因循寢疾，顑頷無悔。矢死泉塗，激揚風概。天柱既折，安仰翼戴。地維則絶，安放夾載。」房太尉，即房琯，字次律。天寶十五載拜相。奉册靈武，見肅宗，頗受眷任。後以兵敗被讒，罷爲太子少師，封清河郡公。出爲邠州刺史。寶應二年，召拜刑部尚書，道病卒，贈太尉。新舊唐書有傳。參見本集卷五次韻謁子美祠堂注〔二〕。

〔二〕盧杞：字子良，滑州靈昌人。父奕，御史中丞，爲安禄山叛軍所殺。杞有口才，體貌甚陋。

德宗建中初召爲御史中丞，逾年遷御史大夫，十天内擢門下侍郎、同中書門下平章事。既得志，險賊浸露，賢者媢，能者忌，小忤己，不傳死地不止。爲籌軍餉，搜刮民財，天下怨之。建中四年貶新州司馬。貞元元年遇赦，改授澧州别駕，卒。新唐書入姦臣傳。

〔三〕睢陽之敗由琯：謂張巡、許遠守睢陽而爲叛軍攻陷，乃由房琯所致。舊唐書忠義傳下許遠傳：「初，賀蘭進明與房琯素不相叶，及琯爲宰相，進明時爲御史大夫。琯奏用進明爲彭城太守、河南節度使兼御史大夫，代嗣虢王巨。復用靈昌太守許叔冀爲進明都知兵馬兼御史大夫，重其官以挫進明。虢王巨受代之時，盡將部曲而行，所留者揀退羸兵數千人，劣馬數百匹，不堪扞賊。叔冀恃部下精鋭，又名位等於進明，自謂匹敵，不受進明節制。故南霽雲之乞師，進明不敢分兵，懼叔冀見襲，兩相觀望，坐視危亡。致河南郡邑爲墟，由執政之乖經制也。」新唐書忠義傳中張巡傳：「御史大夫賀蘭進明代巨節度，屯臨淮，許叔冀、尚衡次彭城，皆觀望，莫肯救。巡使霽雲如叔冀請師，不應，遺布數千端，霽雲嫚罵，馬上請決死鬬，叔冀不敢應。巡復遣如臨淮告急，引精騎三十，冒圍出，賊萬衆遮之，霽雲左右射，皆披靡。既見進明，進明曰：『睢陽存亡已決，兵出何益？』霽雲曰：『城或未下，如已亡，請以死謝大夫！』叔冀者，進明麾下也。房琯本以牽制進明，亦兼御史大夫，勢相埒而兵精。進明懼師出且見襲，又忌巡聲威，恐成功，初無出師意。」

〔四〕「魯公被害」二句：新唐書顔真卿傳：「及盧杞，益不喜，改太子太師，並使罷之。數遣人問方鎮所便，將出之。真卿往見杞，辭曰：『先中丞傳首平原，面流血，吾不敢以衣拭，親舌舐之，公忍不見容乎！』杞矍然下拜，而銜恨切骨。李希烈陷汝州，杞乃建遣真卿：『四方所信，若往諭之，可不勞師而定。』詔可，公卿皆失色。」新唐書盧杞傳：「李希烈反，杞素惡顔真卿挺正敢言，即令宣慰其軍，卒爲賊害。」參見本集卷一謁蔡州顔魯公祠堂注〔一一〕。

〔五〕史記賀蘭不予南霽雲兵事：韓愈張中丞傳後序：「南霽雲之乞救於賀蘭也，賀蘭嫉巡、遠之聲威功績出己上，不肯出師救。愛霽雲之勇且壯，不聽其語，强留之，具食與樂，延霽雲坐。霽雲慷慨語曰：『雲來時，睢陽之人不食月餘日矣。雲雖欲獨食，義不忍，雖食且不下咽。』因拔所佩刀斷一指，血淋漓，以示賀蘭，一座大驚，皆感激爲雲泣下。雲知賀蘭終無爲雲出師意，即馳去。將出城，抽矢射佛寺浮圖，矢著其上甎半箭，曰：『吾歸破賊，必滅賀蘭，此矢所以志也。』」

〔六〕「哥舒翰之臣禄山」三句：新唐書哥舒翰傳：「禄山见翰責曰：『汝常易我，今何如？』翰俯伏謝罪曰：『陛下撥亂主。今天下未平，李光弼在土門，來瑱在河南，魯炅在南陽，臣爲陛下以尺書招之，三面可平。』禄山悦，即署司空、同中書門下平章事。執火拔歸仁，曰：『背主忘義，吾不爾容。』斬之。翰以書招諸將，諸將皆讓翰不死節。禄山知事不可就，因之。東京平，安慶緒以翰度河。及敗，乃杀之。」見前跋狄梁公傳注〔八〕。

〔七〕「而高適乃表雪其事」三句：新唐書高適傳：「高適，字達夫，滄州渤海人。……禄山亂，召翰討賊，即拜適左拾遺，轉監察御史，佐翰守潼關。翰敗，帝問羣臣策安出，適請竭禁藏募死士抗賊，未爲晚，不省。天子西幸，適走間道及帝於河池，因言：『翰忠義有素，而病奪其明，乃至荒踣。監軍諸將不恤軍務，以倡優蒲簺相娛樂，渾、隴武士飯糲米日不厭，而責死戰，其敗固宜。又魯炅、何履光、趙國珍屯南陽，而一二中人監軍更用事，是能取勝哉？臣數爲楊國忠言之，不肯聽。故陛下有今日行，未足深恥。』帝頷之。」

〔八〕而甫亦嘗以舒翰、適爲賢：杜甫投贈哥舒開府翰二十韻：「金代麒麟閣，何人第一功？君王自神武，駕馭必英雄。開府當朝傑，論兵邁古風。先鋒百戰在，略地兩隅空。青海無傳箭，天山早挂弓。廉頗仍走敵，魏絳已和戎。每惜河湟棄，新兼節制通。智謀垂睿想，出入冠諸公。日月低秦樹，乾坤繞漢宫。胡人愁逐北，宛馬又從東。受命邊沙遠，歸來御席同。軒墀曾寵鶴，畋獵舊非熊。茅土加名數，山河誓始終。策行遺戰伐，契合動昭融。勳業青冥上，交親氣概中。」又有贈高適數詩，如高三十五書記十五韻、寄高三十五書記、寄高三十五詹事、寄彭州高使君適虢州岑長史參、酬高使君相贈、因崔五侍御寄高彭州一絶、奉簡高三十五使君等等，不勝枚舉。

跋東坡山谷帖二首〔一〕

東坡、山谷之名，非雷非霆，而天下震驚者〔二〕，以忠義之效，與天地相始終耳，初不止於翰墨。王羲之、顔平原皆直道立朝，剛而有禮〔三〕，故筆蹟至今天下寶之者，此也。予於雲巖訥室觀此帖〔四〕，皆其海上窮困時自適之語。然高標遠韻，凌秋光，磨月色，令人手玩，一飯不置。若訥當藏之名山〔五〕，以增雲林之佳氣。

前代尊宿火浴〔六〕，無燒香偈子〔七〕，山谷獨能偈之。初見羅漢南公化，作偈，其略曰：「黑蟻旋磨千里錯，巴蛇吞象三年覺。」〔八〕天下衲子聽瑩十年〔九〕。晦堂曰〔一〇〕：「魯直作此有據乎〔一一〕？亦意造爾。」山谷曰：「吾聊爲叢林戲耳。」晦堂大笑曰：「豈可以般若爲戲論乎？」山谷始悔前所學未登本色鑪鞴〔一二〕，乃卜居于庵之旁，方知晦堂真不請之友耳〔一三〕。今讀此書，乃是未見晦堂時語也。不然，安有吹劍語乎〔一四〕？

【注釋】

〔一〕政和八年作於洪州分寧縣。　鍇按：寂音自序：「往來九峰、洞山者四年，將自西安入湘上，依法眷以老，館雲巖。」館雲巖事在政和八年，文中有「予於雲巖訥室觀此帖」句，故繫於此。

〔二〕「非雷非霆」二句：揚雄法言問道：「非雷非霆，隱隱耾耾。」禪林僧寶傳卷三〇黄龍佛壽清禪師傳：「非雷非霆，而聲名常在人耳。」

〔三〕「王羲之、顔平原」二句：晉書王羲之傳：「及長，辯贍，以骨鯁稱。」新唐書顔真卿傳：「真卿立朝正色，剛而有禮，非公言直道，不萌於心。天下不以姓名稱，而獨曰魯公。」

〔四〕雲巖：分寧縣雲巖禪院。輿地紀勝卷二六江南西路隆興府：「雲巖禪院，在分寧縣東二百步。紹聖間，僧悟新主禪席，爲轉輪蓮花藏，山谷作記，蓋其幼年肄業之所。元祐間，法清結草庵於古木間，名頤庵，山谷爲作記。」　訥室：雲巖禪院之丈室，僧若訥居此。

〔五〕若訥：雲巖院僧，生平法系未詳。　藏之名山：語本司馬遷報任少卿書：「僕誠以著此書，藏諸名山，傳之其人，通都大邑，則僕償前辱之責。」三國志魏書陳思王植傳「植益内不自安」裴松之注引魏略：「雖未能藏之名山，將以傳之同好。」

〔六〕火浴：火化。

〔七〕燒香偈子：爲禮懺儀式上燒香時所作偈頌。參見本集卷一五十生觀音生辰燒香偈示智俱注〔一〕。

〔八〕「初見羅漢南公化」五句：二句偈見於山谷集卷一五，題作羅漢南公升堂頌二首，其二曰：「黑蟻旋磨千里錯，巴蛇吞象三年覺。日光天子轉須彌，失眼衆生問演若。」　羅漢南公：釋系南（一〇五〇～一〇九四），汀洲長汀人，俗姓張氏。年十歲，依金泉院德廉出家。徧參善知識，初見開元潭禪師，又見隆慶閑、仰山偉禪師，三人皆謂南有法師器。元豐二年至湖湘，入道林元祐之室，得密符心印。祐遷廬山羅漢寺，南超據第一座。祐移雲居，南遂繼住持羅漢，時年三十九。道譽遠播，四方學者謂小南。紹聖元年三月逝，壽四十五。有詩行於世。事具僧寶正續傳卷一。五燈會元卷一八列爲雲居元祐禪師法嗣，屬臨濟宗黃龍派南嶽下十三世。鍇按：雲卧紀談卷上：「祐住羅漢，南輔相，建立叢林，雄冠江表。祐因告老，南繼其席，則年三十有九。處事撫衆，風規峻整，道譽四馳。閲于七白，忽陞堂告衆曰：『羅漢今日倒騎鐵馬，逆上須彌，踏破虚空，不留朕跡。』乃歸方丈，跏趺而逝。」故山谷羅漢南公升堂頌，實作於系南陞堂告衆、跏趺而逝之後，即火浴之時。蓋紹聖元年山谷途經廬山，當正遇系南之化。參見本卷跋山谷雲庵贊。

〔九〕聽瑩：亦作「聽熒」，疑惑貌。莊子齊物論：「是黃帝之所聽熒也，而丘也何足以知之。」

〔一〇〕晦堂：即黃龍祖心禪師，自號晦堂，賜號寶覺禪師。參見本集卷一七黃龍生辰因閲晦堂偈作此注〔一〕。

〔一一〕魯直：黃庭堅字魯直，號山谷道人。

〔一二〕鑪鞴：宗門語。本謂火爐鼓風之皮囊，借指熔爐，禪宗喻指培養陶冶佛性之具。明覺禪師語録卷一住蘇州洞庭翠峰禪寺語：「爐鞴之所，固無鈍鐵；良醫之門，誰是病夫？」圓悟佛果禪師語録卷三：「開作家爐鞴，奮佛祖鉗鎚。」

〔一三〕不請之友：謂不待請求而爲其益友。維摩詰經卷上佛國品：「衆人不請，友而安之。」參見本集卷二三華嚴同緣序注〔七〕。

〔一四〕吹劍：吹劍環上之小孔，聲微弱而難聽。語本莊子則陽：「吹劍首者，吷而已矣。堯舜，人之所譬也；道堯舜於戴晉人之前，譬猶一吷也。」

【集評】

清熊文舉云：覺範言：「東坡海上窮困自適之語，高標遠韻，淩秋光，磨月色，令人把玩，一飯不置。」此老當日風流，直是雷霆一世，不特玉堂深處，奉爲金粟如來。（雪堂先生文集卷一六書覺範語）

又云：石門長老云：「東坡、山谷之名，非雷非霆，而天下震驚者，以忠義之效與天地相終始耳，初不止於翰墨。王羲之、顏平原皆直道立朝，剛而有禮，故筆蹟至今天下寶之者，此也。」此老可謂以贊嘆爲佛事，東坡、山谷，還他兩尊羅漢。（同上書東坡集）

跋東坡與佛印帖〔一〕

東坡騎鯨上天去，十九白矣〔二〕。平生文章流落世間者，所在神物護持〔三〕。然士大夫罕蓄之，多見山人野士之室。汝水旼禪者出此帖示予〔四〕，雖其一期酬酢之語⊖〔五〕，而謙光燭人〔六〕。三復之，想見幅巾杖屨，翛然行儋石水溢間〔七〕，如淵明在柴桑斜川時〔八〕。某題。

【校記】

㊀ 期：武林本作「時」。

【注釋】

〔一〕宣和元年作於長沙。　佛印：釋了元（一〇三二～一〇九八），字覺老，號佛印，饒州浮梁人，俗姓林氏。嗣法開先善暹禪師，屬雲門宗青原下十世。歷住江州承天，淮山斗方，廬山開先、歸宗，丹陽金山、焦山，江西大仰，四住雲居。紹聖五年正月遷化，世壽六十七。事具禪林僧寶傳卷二九。蘇軾文集校注卷六一尺牘有與佛印十二首。

〔二〕「東坡騎鯨上天去」二句：謂蘇軾逝世至今已十九年。騎鯨，猶騎魚，語本杜甫送孔巢父謝病歸遊江東兼呈李白：「若逢李白騎鯨魚，道甫問訊今何如。」本集代指逝世仙去。十九白，即十九年。景德傳燈録卷二第二十二祖摩拏羅：「後鶴勒那問尊者曰：『我止林間，已經九白。』」注：「印度以一年爲一白。」鍇按：蘇軾卒於建中靖國元年（一一〇一），下推十九年，爲宣和元年（一一一九）。

〔三〕所在神物護持：新唐書劉禹錫傳：「素善詩，晚節尤多，與白居易酬復頗多。居易以詩自名者，嘗推爲『詩豪』，又言：『其詩在處，應有神物護持。』」此借用其語意。

〔四〕汝水：代指臨川。方輿勝覽卷二一撫州：「汝水，在臨川東北六里。」　旼禪者：生平法系未詳。

〔五〕一期：猶一時。

〔六〕謙光燭人：猶言謙光照人。易謙卦：「謙，尊而光，卑而不可逾。」孔穎達疏：「尊者有謙而更光明盛大，卑謙而不可逾越。」宋釋道融叢林盛事卷下：「東坡到京口，佛印渡江謁見。坡云：『趙州昔日不下禪牀，金山因甚今日渡江？』佛印以頌答曰：『趙州昔日欠謙光，不下禪牀接二王。爭似金山無量相，大千沙界是禪牀。』」

〔七〕儋石：儋耳山之石，在昌化軍。蘇軾儋耳山：「突兀隘空虛，他山總不如。君看道傍石，盡是補天餘。」　水溢：未詳，疑有誤字。

〔八〕淵明在柴桑斜川：宋書隱逸傳陶潛傳：「陶潛，字淵明，或云淵明，字元亮，尋陽柴桑人也。」淵明有游斜川詩，其序曰：「辛酉正月五日，天氣澄和，風物閑美，與二三臨曲，同游斜川。」鍇按：蘇軾有和陶酬劉柴桑、和陶游斜川等詩。

跋東坡平山堂詞〔一〕

東坡登平山堂，懷醉翁，作此詞〔二〕。張嘉甫謂予曰〔三〕：「時紅粧成輪〔四〕，名士堵立〔五〕，看其落筆。置筆，目送萬里，殆欲仙去爾。」余衰退，得觀此於祐上座處〔六〕，便覺煙雨孤鴻在目中矣〔七〕。

【注釋】

〔一〕作年未詳。東坡平山堂詞：蘇軾西江月平山堂：「三過平山堂下，半生彈指聲中。十年不見老仙翁，壁上龍蛇飛動。欲弔文章太守，仍歌楊柳春風。休言萬事轉頭空，未轉頭時是夢。」輿地紀勝卷三七淮南東路揚州：「平山堂：在州城西北五里大明寺側。慶曆八年二月，歐公來牧是邦，爲堂於大明寺庭之坤隅。江南諸山，拱列簷下，若可攀取，因目之曰平山堂。沈括爲之記。荆公詩云：『城北横崗走翠虬，一堂高視兩三州。淮岑日對朱欄出，江岫雲齊碧瓦浮。』蘇子由詩云：『堂上平看江上山，晴光千里對憑欄。海門僅可一二數，雲夢猶吞八九寬。』」

〔二〕「東坡登平山堂」三句：蘇軾於元豐二年赴湖州任，途經揚州，登平山堂，作此詞。龍榆生東坡樂府箋卷一引傅注：「歐陽文忠公知滁州日，作亭琅琊山，自號醉翁，因以名亭。後守揚州，於僧寺建平山堂，甚得觀覽之勝，堂下手植柳數株。後數年，公在翰林，金華劉原父出守維揚，公出家樂飲餞，親作朝中措詞。議者謂非劉之才不能當公之詞，可謂雙美矣。詞曰：『平山欄檻倚晴空，山色有無中。手種堂前垂柳，别來幾度春風？文章太守，揮毫萬字，一飲千鍾。行樂直須年少，尊前看取衰翁。』」蓋歐詞「文章太守」指劉原父（劉敞），蘇詞「文章太守」乃指歐陽修。

〔三〕張嘉甫：即張嘉父。施元之、顧禧注東坡先生詩卷三二送張嘉父長官注：「張嘉父，名大亭，山陽人。登元豐八年第，治春秋學。政和間爲司勳郎。張文潛嘗作南山賦以贈之。」參見本集卷四與嘉父兄弟别於臨川復會毗陵注〔一〕。

〔四〕紅粧成輪：謂美女圍觀如花輪。本集好寫此場景，參見卷一次韻寄吴家兄弟注〔一一〕。

〔五〕名士堵立：言名士圍觀，如牆而立。語本禮記射義：「孔子射于矍相之圃，蓋觀者如堵牆。」

〔六〕祐上座：疑爲善祐禪師。參見本集卷二四德效字序。

〔七〕便覺煙雨孤鴻在目中矣：蘇軾水調歌頭黄州快哉亭贈張偓佺：「長記平山堂上，欹枕江南煙雨，渺渺没孤鴻。認得醉翁語，山色有無中。」此化用其意。

跋東坡與荆公帖〔一〕

予嘗見東坡與荆公帖，謂少游曰：「願公稱揚之，使增重於世。」〔二〕又舉魯直自代表曰：「魁壘之才，足以冠絶天下；孝友之行，足以追配古人。」〔三〕是四老俱登鬼録〔四〕，覽此翰墨，尚足以增山川之勝氣也。

【注釋】

〔一〕作年未詳。荆公：王安石，字介甫。封荆國公，世稱王荆公。蘇軾文集校注卷五〇與王荆公二首之二，即此帖。

〔二〕「予嘗見東坡與荆公帖」四句：蘇軾與王荆公二首之二：「向屢言高郵進士秦觀太虛，公亦粗知其人，今得其詩文數十首拜呈。詞格高下，固無以逃於左右，獨其行義修飭、才敏過人、有志於忠義者，某請以身任之。此外，博綜史傳，通曉佛書，講習醫藥，明練法律，若此類未易以一二數也。才難之歎，古今共之，如觀等輩，實不易得。願公少借齒牙，使增重於世，其他無所望也。」秦觀字少游，一字太虛，高郵人。蘇門四學士之一。參見本集卷一九東坡畫彌勒應身贊注〔四〕。

〔三〕「又舉魯直自代表曰」五句：黄庭堅，字魯直。蘇軾舉黄庭堅自代狀：「蒙恩除臣翰林學士。伏見某官黄某，孝友之行，追配古人；瑰瑋之文，妙絶當世。舉以自代，實允公議。」與此文字略異。惠洪當是憑記憶叙其大意。表，同狀。

〔四〕四老：指蘇軾、王安石、秦觀、黄庭堅。鬼録：死者名册。登鬼録，指已死亡。三國魏曹丕與吴質書：「觀其姓名，已爲鬼録；追思昔游，猶在心目。」

跋東坡老木〔一〕

東坡婆娑林丘〔二〕，如此老木。而山谷以筆端之口爲形容之〔三〕。華光鉢囊中〔四〕，乃一時頓有此兩玉人耶〔五〕？

【注釋】

〔一〕宣和元年作於衡州。　東坡老木：米芾畫史：「子瞻作枯木，枝幹虬屈無端，石皴亦怪怪奇奇無端，如其胸中盤鬱也。」參見本集卷四法雲同王敦素看東坡枯木注〔一〕。

〔二〕婆娑：盤桓，逍遥。三國魏杜摯贈毌丘儉：「騏驥馬不試，婆娑槽櫪間。」抱朴子外篇崇教：「若夫王孫公子，優游貴樂，婆娑紈綺之間，不知稼穡之艱難。」

〔三〕山谷以筆端之口爲形容之：黄庭堅蘇李畫枯木道士賦：「東坡先生佩玉而心若槁木，立朝而意在東山。其商略終古，蓋流俗不得而言。其於文事，補衮則華蟲黼黻，醫國則盧扁和秦。虎豹之有美，不彫而常自然。至於恢詭譎怪，滑稽於秋毫之穎，尤以酒而能神。故其觴次滴瀝，醉餘顰申，取諸造物之爐錘，盡用文章之斧斤。寒煙淡墨，權奇輪囷。挾風霜而不栗，聽萬物之皆春。」又東坡居士墨戲賦：「東坡居士游戲於管城子、楮先生之間，作枯槎壽木，叢篠斷山。筆力跌宕於風煙無人之境，蓋道人之所易，而畫工之所難。如印印泥，霜枝風葉先成於胸次者歟？顰申奮迅，六反震動，草書三昧之苗裔者歟？金石之友，質已死而心在，斲泥郢人之鼻、運斤成風之手者歟？」

〔四〕華光：即仲仁禪師，住衡州華光山，故稱。　鉢囊：此指裝書畫之口袋。

〔五〕一時頓有此兩玉人：謂蘇軾、黄庭堅爲一時頓有之玉人，此乃時人公論。語本南史謝晦傳：「時謝琨風華爲江左第一，嘗與晦俱在武帝前，帝目之曰：『一時頓有兩玉人耳。』」王直方名其園亭曰「頓有」，以置蘇、黃墨寶。參見本集卷一四悼山谷五首注〔二〕。

跋東坡仇（恱）池録㈠〔一〕

歐陽文忠公以文章宗一世，讀其書，其病在理不通；以理不通，故心多不能平。以是後世之卓絶穎脱而出者，皆目笑之〔二〕。東坡蓋五祖戒禪師之後身〔三〕，以其理通，故其文涣然如水之質，漫衍浩蕩，則其波亦自然而成文〔四〕。蓋非語言文字也，皆理故也。自非從般若中來，其何以臻此〔五〕？其文自孟軻、左丘明、太史公而來，一人而已〔六〕。然予有恨，恨其窺夢幻如隔霧見月㈡〔七〕。雖老而死，古今聖達所不免，譬如晝則有夜〔八〕。而東坡喜學煉形蟬蜕之道，期白日而骨飛〔九〕，竟以病而歿。使其如魯仲連之不受萬鍾之位而肆志〔一〇〕，則寧復有遺恨哉？佛鑑能珍敬其書〔一一〕，則其趣味乃真是山邊水邊之人〔一二〕，與夫假高尚之名，心悦孔方道人者異矣〔一三〕。

【校記】

㈠ 仇：底本作「恱」，誤，今據武林本改。

㈡ 隔：原闕，語未通，今據捫虱新話上集卷二補。

【注釋】

〔一〕政和七年五月作於新昌縣。　仇池録：　即仇池筆記，今本共二卷，明趙開美仇池筆記序：「筆記於志林，表裏書也。先大夫既已序志林而刻之矣。茲於曾公類説中復得此兩卷，其與志林並見者，得三十六則，去其文而存其題，庶無複辭，亦不廢若原書。」據惠洪此跋，則仇池筆記或本名仇池録。蘇軾雙石詩叙曰：「至揚州，獲二石。其一緑色，岡巒迤邐，有穴達於背。其一正白可鑑，漬以盆水，置几案間。忽憶在潁州日，夢人請住一官府，榜曰『仇池』。覺而誦杜子美詩曰：『萬古仇池穴，潛通小有天。』乃戲作小詩，爲僚友一笑。」仇池録當得名於此。底本「仇」作「忼」，涉形近而誤。

〔二〕「歐陽文忠公」七句：陳善捫蝨新話卷三蘇子由解老子與佛書合：「蘇子由作老子解，多與佛書合，亦時用其語。當是先看佛書，知其旨趣，故時時參用耳。其與筠僧道全語，自謂得之佛書。予嘗恨歐陽公文章議論，高出千古，而猶未能免俗，惜乎其不看佛書也。」此論與惠洪相近。

〔三〕東坡蓋五祖戒禪師之後身：冷齋夜話卷七夢迎五祖戒禪師：「蘇子由初謫高安時，雲庵居洞山，時時相過。有聰禪師者，蜀人，居聖壽寺。一夕，雲庵夢同子由、聰出城迓五祖戒禪師。既覺，私怪之，以語子由。語未卒，聰至。子由迎呼曰：『方與洞山老師説夢，子來亦欲同説夢乎？』聰曰：『夜來輒夢見吾三人者，同迎五祖戒和尚。』子由拊手大笑曰：『世間果有同夢者，異哉！』良久，東坡書至，曰：『已次奉新，旦夕可相見。』三人大喜，追筍輿而出城，至二十里建山寺，而東坡至。坐定無可言，則各追繹向所夢以語坡。坡曰：『軾年八九歲時，嘗夢其身是僧，往來陝右。又先妣方孕時，夢一僧來託宿，記其頎然而眇一目。』雲庵驚曰：『戒，陝右人，而失一目，暮年棄五祖來游高安，終於大愚。』逆數蓋五十年，而東坡時年四十九歲矣。後東坡以書抵雲庵，其略曰：『戒和尚不識人嫌，强顔復出，真可笑矣。既是法契，可痛加磨礪，使還舊觀，不勝幸甚。』自是常衣衲衣。」

〔四〕「故其文涣然如水之質」三句：蘇軾自評文：「吾文如萬斛泉源，不擇地皆可出，在平地滔滔汩汩，雖一日千里無難。及其與山石曲折，隨物賦形，而不可知也。所可知者，常行於所當行，常止於不可不止，如是而已矣。」

〔五〕「自非從般若中來」二句：冷齋夜話卷七盧山老人於般若中了無剩語：「『横看成嶺側成峰，遠近看山了不同。不識廬山真面目，只緣身在此山中。』魯直曰：『此老人於般若横説豎説，了無剩語。非其筆端有口，安能吐此不傳之妙哉！』」

〔六〕「其文自孟軻」二句：宋史蘇軾傳：「其體渾涵光芒，雄視百代，有文章以來，蓋亦鮮矣。」即此意，蓋時人之公論。

〔七〕「恨其窺夢幻如隔霧見月」：本集卷一九東坡居士贊：「視閻浮其一漚，而寄夢境於儋耳；開胸次之八荒，而露幻影如蛾眉。」鍇按：蘇軾四月十一日初食荔支：「人間何者非夢幻，南來萬里真良圖。」和陶停雲四首之四：「夢幻去來，誰少誰多？彈指太息，浮雲幾何。」底本「隔」字闕，語意未通，今據陳善捫虱新話上集卷二補，參見本文集評。

〔八〕「雖老而死」三句：本集卷二二普同塔記：「人之有死生，如日之有明暗。死生相尋於無窮，而明暗迭更，未始有既。然知其明暗者，固自若也。」

〔九〕「而東坡喜學煉形蟬蜕之道」二句：蘇軾仇池筆記卷下樂天燒丹：「樂天作廬山草堂，蓋亦燒丹也，欲成而爐鼎敗。來日，忠州刺史除書到，乃知世間出世間事不兩立也。僕有此志久矣，而終無成者，亦以世間事未敗故也。今日真敗矣。書曰：『民之所欲，天必從之。』信而有徵。」同卷般運法：「揚州有武官侍其者，偶忘其名，官於二廣惡地十餘年，終不染瘴。面紅盛，腰足輕快，年八十九乃死。初不服藥，唯用一法，每日五更起坐，兩掌相鄉，熱摩湧泉穴無數，以汗出爲度。歐陽文忠公不信仙佛，笑人行氣。晚年見之，云：『吾數年來患足氣，一痛殆不可忍。近日有人傳一法，用之三日，不覺失去。』其法，垂足坐，閉目握固，縮穀道，摇颭兩足，如攝氣毬狀，無數。氣極即少休，氣平復爲之，日七八度，得暇即爲之，無定時。蓋湧泉與腦通，閉縮摇颭，即氣上潮，此乃般運捷法也。文忠疾已則廢，使其不廢，當有益。」又其東坡志林卷一有養身説、陽丹訣、陰丹訣、辟穀説等，皆此類。

〔一〇〕魯仲連之不受萬鍾之位而肆志：史記魯仲連鄒陽列傳：「於是平原君欲封魯連，魯連辭讓者三，終不肯受。平原君乃置酒，酒酣起前，以千金爲魯連壽。魯連笑曰：『所貴於天下之士者，爲人排患釋難解紛亂而無取也。即有取者，是商賈之事也，而連不忍爲也。』遂辭平原君而去，終身不復見。」

〔一〕佛鑑：淨因，字覺先，賜號佛鑑大師。佛照惠杲法嗣，惠洪法姪。已見前注。

〔二〕山邊水邊：宋高僧傳卷一五唐會稽雲門寺靈澈傳載其歸湘南作：「山邊水邊待月明，暫向人間借路行。如今還向山邊去，唯有湖水無行路。」參見本集卷二四待月堂記注〔五〕。

〔三〕心悦孔方道人：謂愛錢之和尚。孔方：錢之謔稱。晉魯褒錢神論：「錢之爲體，有乾坤之象，内則其方，外則其圓。親之如兄，字曰孔方。失之則貧弱，得之則富昌。」

【集評】

宋陳善云：僧惠洪覺範嘗言：「東坡言語文字，理性通曉，蓋從般若中來，然嘗恨其窺幻夣如隔霧見月。雖老而死者，聖達所不免，譬如晝則有夜，而坡欲白日仙去，竟以病而歿。」徐師川亦云。予以爲不然，坡公胸次，韜藏萬象，洞視八表，視天下萬物無足以易其樂者。顧嘗好寫字畫竹，談笑之餘，猶復留意養生，蓋游戲爲之，於道不妨也。公詩云：「平生萬事足，所欠惟一死。」此豈生死夢幻所能蔽障乎？覺範之言，良亦未是。然予笑覺範亦自有癖，常好作詩，陳瑩中以書痛誡之曰：「比丘以寂默爲事，五十三善知識中，惟法雲等五人可名比丘。彼於行住坐卧，所爲所念，永與世隔。公既不忘僧事，直欲追侶先覺，則於世間文字，不宜貪著太深。」書數千言，然覺範爲之不衰。惟古之達者，無物非真，無不可以寓其意者，養生作詩，比之古人結髦蠟屐，聊當一戲，

亦復何害？（捫虱新話上集卷二辨惠洪論東坡）

明釋袾宏云：洪覺範謂：東坡文章德行，炳焕千古，又深入佛法，而不能忘情於長生之術。非唯無功，反坐此病卒。予謂東坡尚爾，況其餘乎！今有口談無生，而心慕長生者；有始學無生，俄而改業長生者。蓋知之不真，見之不定耳，故道人不可刹那失正知見。（竹窗隨筆）

跋東坡綴啓〔一〕

東坡海外之文，中朝士大夫編集已盡。雖予之篤好者，亦以爲無餘矣。佛鑑輒出此帙爲示〔二〕，皆中朝士大夫集中所無者。山林之人，泯泯棥棥〔三〕，若無所用，而其志好尚亦清絶哉！譬如無雲之月，有目者皆愛仰之，況斯文乎？

【注釋】

〔一〕政和七年五月作於新昌縣。

〔二〕佛鑑：即淨因。見前注。

〔三〕泯泯：紛亂貌，衆多貌。吕氏春秋慎大：「衆庶泯泯，皆有遠志，莫敢直言，其生若驚。」棥棥：亦衆多貌。景德傳燈録卷三〇一鉢歌：「枉却一生頭棥棥。」參見本集卷一七摩陁歌贈乾上人注〔九〕。

跋東坡書簡〔一〕

王逸少骨鯁〔二〕，顔平原剛正〔三〕，兩公皆有立朝大節，而後世以字畫稱。予嘗嗟惜之。然名德之重，故世珍其筆蹟，蓋理之固然。東坡之於王、顔，又其逸羣絶塵者〔四〕，其法權極可寶秘㊀〔五〕。宣和四年人日〔六〕，覺慈軸以來示予〔七〕。予忻然喜其嗜好，若可教也。

【校記】

㊀權：武林本作「帖」。

【注釋】

〔一〕宣和四年正月初七日作於長沙。

〔二〕王逸少骨鯁：晉書王羲之傳：「及長，辯贍，以骨鯁稱。」

〔三〕顔平原剛正：新唐書顔真卿傳：「真卿立朝正色，剛而有禮，非公言直道，不萌於心。」

〔四〕逸羣絶塵：莊子田子方：「夫子奔逸絶塵，而回瞠若乎後矣。」

〔五〕法權：天台宗語，謂佛法之權宜方便。宗鏡録卷九二：「台教云：若一切法權，何所不破？如來有所説，尚復是權，況復人師。」鍇按：此似謂東坡書簡如佛法之權宜方便。

〔六〕人日：即正月初七。北齊書魏收傳：「晉議郎董勛答問禮俗云：正月一日爲雞，二日爲狗，三日爲豬，四日爲羊，五日爲牛，六日爲馬，七日爲人。」

〔七〕覺慈：惠洪弟子，初字敬修，改字季真。已見前注。

跋山谷所遺靈源書〔一〕

熙寧、元豐之間〔二〕，西安出二偉人〔三〕。徐德占一旦興草萊，與人主論天下事，若素宦於朝〔四〕。黄魯直氣摩雲霄，與蘇東坡並馳而爭先〔五〕。二公皆名震天下，聖世第一等人也。而詩詞所寓，翰墨之妙，拳拳服膺於靈源大士如此〔六〕。則知彼上人者，必有大過人者耳。一以達摩正諦不斷才一縷爲憂，一以願得一雲門爲言，豈非念其所負不可以蹤蹟者耶？高安道人誼叟久從之游〔七〕，蓄此書，出以示予。予祝之，使藏之名山〔八〕，庶百千年之下，知江南道德所在，未全寂寥也。

【注釋】

〔一〕宣和二年春作於長沙。　靈源：即惟清禪師，字覺天，自號靈源叟。嗣法黄龍祖心。嘗住舒州太平，復住黄龍，退居昭默堂。已見前注。鍇按：山谷老人刀筆卷一四有與清長老三首，或即此遺靈源書。

〔二〕熙寧、元豐：皆宋神宗年號。熙寧，公元一〇六八～一〇七七年；元豐，公元一〇七八～一〇八五年。

〔三〕西安：分寧縣之古稱。後漢建安中，孫權分海昏縣立西安縣，其地即宋之武寧、分寧縣。

〔四〕「徐德占一旦興草萊」三句：徐禧（一〇四三～一〇八二）字德占，分寧人。少有志度，新法行，以布衣獻治策二十四篇，爲神宗器賞，驟被任用，與王安石、呂惠卿相左右。元豐初，惠卿欲更蕃漢兵制，諸老將均不願，獨禧是其議。五年，受詔往城永樂，种諤力阻不聽，猝與虜遇，城陷死之，年四十。贈吏部尚書，謚忠愍。宋史有傳。鍇按：黄庭堅祭徐德占文：「嗚呼！德占文足以弼亮天工，武足以折衝樽俎，識足以超萬人之毁譽，量足以任百世之榮名。璞玉渾金，未加繩墨，不借一臂，而自發於林丘。大臣歌肯來之詩，天子興見晚之歎。一日而三錫命，驚動漢朝。試之難能，無一不可，迎刃而解，目無全牛。決獄大疑，手平如水。論議魁壘，氣吞西州。」

〔五〕「黄魯直氣摩雲霄」三句：山谷老人刀筆卷首山谷老人傳曰：「而公之文尤絶出高妙，追古冠今，祝後輝前，晚節位益黜，名益高，世以配眉山蘇公，謂之蘇黄。公嘗游灊院，樂山谷寺石牛洞之林泉，因自號山谷老人。天下皆稱曰山谷，而不名字之，以配東坡云。」

〔六〕拳拳服膺：衷心信服。禮記中庸：「回之爲人也，擇乎中庸，得一善則拳拳服膺，而弗失之矣。」鄭玄注：「拳拳，奉持之貌。」錯按：禪林僧寶傳卷三〇黃龍佛壽清禪師傳：「公風神洞冰雪，而趣識卓絶流輩。龍圖徐禧德占、太史黃庭堅魯直皆師友之。」雲卧紀談卷下：「武寧徐龍圖禧，字德占，早參黃龍晦堂和尚，而受印可，遂與靈源爲法友。因致問於靈源曰：『昔有老宿，見人便唤爲倒騎牛漢。且道如何得不被佗恁麽唤？』靈源對以『是佗巴鼻，在我手裏』。仍有頌發揮之曰：『途中作主，門裏出身。倒騎順騎，誰爲最親？莫嫌土面塵埃甚，百尺竿頭步步新。』」羅湖野録卷上：「太史黃公魯直，元祐間丁家艱，館黃龍山，從晦堂和尚遊，而與死心新老、靈源清老尤篤方外契。……及在黔南，致書死心曰：『往日嘗蒙苦口提撕，常如醉夢，依俙在光影中。蓋疑情不盡，命根不斷，故望崖而退耳。謫官在黔州道中，晝卧，覺來忽然廓爾。尋思平生被天下老和尚謾了多少，唯有死心道人不肯，乃是第一相爲也。』靈源以偈寄之曰：『昔日對面隔千里，如今萬里彌相親。寂寥滋味同齋粥，快活談諧契主賓。室内許誰參化女，眼中休自覓瞳人。東西南北難藏處，金色頭陀笑轉新。』公和曰：『石工來斲鼻端塵，無手人來斧始親。白牯狸奴心即佛，龍睛虎眼主中賓。自攜瓶去沽村酒，却著衫來作主人。萬里相看常對面，死心寮裏有清新。』黃公爲文章主盟，而能鋭意斯道，於黔南機感相應，以書布露，以偈發揮，其於清、新二老道契可槩見矣。」山谷老人刀筆卷一五答徐甥師川：「太平清老，老夫之師友也。平生所見士大夫，人品未有出此公之右者。」

〔七〕高安道人誼叟：宜禪師，自號誼叟，庵名出塵，筠州人，嘗住逍遥山，嗣法靈源惟清，屬臨濟宗黃龍派南嶽下十四世。參見本集卷八用韻寄誼叟注〔一〕。

〔八〕藏之名山：語本司馬遷報任少卿書：「僕誠以著此書，藏諸名山，傳之其人。」參見本卷跋東坡山谷帖二首注〔五〕。

跋山谷雲峰悅老語録序〔一〕

山谷筆回三峽，不露一言〔二〕。雲峰舌覆大千〔三〕，更無剩法〔四〕。昔日龍山父子雖被熱瞞〔五〕，今朝虎溪兒孫應增冷笑〔六〕。咄！寒山子道底〔七〕。

【注釋】

〔一〕作年未詳。山谷雲峰悅老語録序：即山谷集卷一六翠巖悅禪師語録後序，又見於古尊宿語録卷四一雲峰悅禪師初住翠巖語録卷末附黃庭堅題雲峰悅禪師語録。校其文，似以古尊宿語録本爲優，其文曰：「悅禪師語者，青山白雲，開遮自在；碧潭明月，撈摝方知。鐵石崩崖，霜弓劈箭。不受然燈記莂，自提三印正宗；假令古佛出頭，也下一椎定當。前則激惠南老子，出泐潭死水而印慈明；後則勸祖心禪師，撥大愚寒灰而見黃檗。看儂兩著，須天下碁客受先；破此一塵，與四海禪宗點眼。有懷疑者，是不肯山谷老人；擬欲全提，且救取無爲居士。」雲峰悅老：釋文悅（九九七～一〇六二），南昌人，俗姓徐氏。七歲落髮，年十九遊方。從大愚守芝禪師開悟。後歷住芝山、同安、翠巖，又造南嶽，依承天勤禪師，十年不出户，道遂大顯，學者歸心。出住法輪，俄遷雲峰。屬臨濟宗南嶽下十一世。事具禪林僧寶傳卷二二雲峰悦禪師傳。

〔二〕「山谷筆回三峽」二句：宋釋道融叢林盛事卷下：「本朝士大夫與當代尊宿撰語録序，語句斬絶者，無出山谷、無爲、無盡三大老。」杜甫醉歌行：「詞源倒流三峽水，筆陣獨掃千人軍。」此借用其語。

〔三〕舌覆大千：大般若波羅蜜多經卷一〇初分現舌相品：「爾時，世尊現廣長舌相，遍覆三千大千世界。」唐釋窺基阿彌陀經疏：「如來爲證小事，但舒舌覆面，或至髮際；若證大事，即舒舌覆大千。」宋釋延壽注心賦卷三：「佛説法華經，出舌至梵天；説阿彌陀佛經時，舌覆大千世界。」

〔四〕無剩法：無多餘之佛法。林間録卷上記晦堂祖心禪師語：「然心外無剩法者。」此借用。

〔五〕龍山父子：指黄龍慧南及其法嗣黄龍祖心。　熱瞞：宗門方語，謂欺瞞甚深。雲門匡真禪師廣録卷中：「靈利底即見不靈利底，著於熱瞞。」明覺禪師語録卷二舉古：「然則者僧被保福熱瞞，爭奈真不掩僞，曲不藏直。」鍇按：此句謂慧南、祖心皆受文悦點撥而改換門庭，最終悟道。其事見禪林僧寶傳卷二二黄龍南禪師傳、卷二三黄龍寶覺心禪師傳。同書卷二二雲峰悦禪師傳贊曰：「至其發積翠（慧南）以見慈明（楚圓），發晦堂（祖心）以見積翠，至公法道，則有大愚、陳睦州之韻。」參見注〔一〕引山谷雲峰悦禪師語録序。

〔六〕虎溪兒孫：疑指石門應乾及其弟子真隱善權。應乾嗣法東林常總，東林寺旁有虎溪，故云。

〔七〕寒山子道底：唐閭丘胤寒山子詩集序：「詳夫寒山子者，不知何許人也。自古老見之，皆謂貧人風狂之士。隱居天台唐興縣西七十里，號爲寒巖，每於兹地，時還國清寺。寺有拾得，知食堂，尋常收貯餘殘菜滓於竹筒内，寒山若來，即負而去。或長廊徐行，叫噪陵人，或望空獨笑。時僧遂捉駡打趁，乃駐立撫掌，呵呵大笑，良久而去。且狀如貧子，形貌枯悴，一言一氣，理合其意，沉思有得。或宣暢乎道情，凡所啓言，洞該玄默。乃樺皮爲冠，布裘破敝，木屐履地。是故至人遯跡，同類化物。或長廊唱詠，唯言咄哉咄哉。」

跋山谷筆蹟〔一〕

山谷爲予言：自出峽，見少年時書，便自厭〔二〕。此帖在龍舒時作〔三〕，自然有一種勝氣，未易與俗人言也，當有賞音耳。

【注釋】

〔一〕作年未詳。

〔二〕「山谷爲予言」四句：據山谷年譜，黄庭堅於建中靖國元年三月出三峽，至峽州。與惠洪言當在崇寧三年正月，時赴宜州謫命途經長沙。參見本集卷三黄魯直南遷艤舟碧湘門外半月未游湘西作此招之注〔一〕。

〔三〕龍舒：即舒州，治懷寧縣，宋屬淮南西路。鍇按：據山谷年譜，黄庭堅元豐三年嘗至舒州，游皖山三祖山山谷寺，因號山谷道人。

跋山谷帖〔一〕

山谷翰墨風流，不減謝東山〔二〕。而書詞鄭重〔三〕，傾倒於華光如此〔四〕。予疑百世之下有讀之者，知華光後身支道林哉〔五〕！

【注釋】

〔一〕作年未詳。

〔二〕謝東山：東晉名臣謝安，字安石。世説新語排調：「謝公在東山，朝命屢降而不動。後出爲桓宣武司馬，將發新亭，朝士咸出瞻送。高靈時爲中丞，亦往相祖。先時，多少飲酒，因倚如醉，戲曰：『卿屢違朝旨，高卧東山，諸人每相與言：「安石不肯出，將如蒼生何？」今亦蒼生將如卿何？』謝笑而不答。」晉書謝安傳：「安雖受朝寄，然東山之志始末不渝，每行于言色。」本集卷四同敦素沈宗師登鍾山酌一人泉：「臨川冰玉清，風流繼東山。」

〔三〕鄭重：頻繁反復。漢書王莽傳中：「然非皇天所以鄭重降符命之意。」顔師古注：「鄭重，猶言頻煩也。」引申爲殷勤切至。

〔四〕傾倒於華光如此：山谷别集卷一一書贈花光仁老：「比過鸞山，會芝公書記還自嶺表，出師所畫梅花一枝，想見高嶺。乃知大般若手，能以世間種種之物而作佛事，度諸有情。於此薦得，則一枝一葉，一點一畫，皆是老和尚鼻孔也。」

〔五〕支道林：東晉名僧支遁，字道林。已見前注。

跋行草墨梅〔一〕

山谷醉眼蓋九州〔二〕，而神於草聖〔三〕。華光道價重叢林，而以筆墨作佛事。兩翁並軸，如夏口松下見婁師德、永禪師像於邢和璞甕中耳〔四〕。

【注釋】

〔一〕作年未詳。行草墨梅：當是華光仲仁禪師所作墨梅，黄庭堅爲之行草題詩。山谷詩集注卷一九花光仲仁出秦蘇詩卷思二國士不可復見開卷絶歎因花光爲我作梅數枝及畫煙外遠山追少游韻記卷末：「夢蝶真人貌黄槁，籬落逢花須醉倒。雅聞花光能畫梅，更乞一枝洗煩惱。扶持愛梅説道理，自許牛頭參已早。長眠橘洲風雨寒，今日梅開向誰好？何況東坡成古丘，不復龍蛇看揮掃。我向湖南更嶺南，繫舡來近花光老。歎息斯人不可見，喜我未學霜前草。寫盡南枝與北枝，更作千峰倚晴昊。」疑即此畫此詩。

〔二〕醉眼蓋九州：黄庭堅次韻周德夫經行不相見之詩：「春風倚樽俎，緑髮少年時。酒膽大如斗，當時淮海知。醉眼槩九州，何嘗識憂悲。」參見本集卷一九山谷老人贊注〔二〕。

〔三〕草聖：本指草書藝術成就極高之書法家。晉衛恒四體書勢：「弘農張伯英……常曰：『匆匆不暇草書。』寸紙不見遺，至今世尤寶其書，韋仲將謂之草聖。」後亦代指草書。宋高僧傳卷二二晉巴東懷濬傳：「濬且能草聖，筆法天然。」

〔四〕「如夏口松下」句：蘇軾觀宋復古畫序曰：「舊説，房琯開元中嘗宰盧氏，與道士邢和璞出游，過夏口村，入廢佛寺，坐古松下。和璞使人鑿地，得甕中所藏婁師德與永禪師畫。笑謂琯曰：『頗憶此耶？』琯因悵然，悟前生之爲永禪師也。故人柳子玉寶此畫，云是唐本，宋復古所臨者。」參見冷齋夜話卷八房琯婁師德永禪師畫圖。婁師德：字宗仁，鄭州原武人。西征吐蕃，屢立戰功。武后朝兩度拜相。爲人寬厚大度，嘗薦狄仁傑爲相。新舊唐書有傳。參見本集卷一贈歐陽生善相注〔六〕。永禪師：陳隋時僧智永。會稽人，俗姓王，爲羲之七世孫。善書法，尤工草書。其事見唐張懷瓘書斷卷中。邢和璞：新唐書方技傳張果傳：「時有邢和璞者，善知人夭壽。師夜光者，善視鬼。帝令和璞推果生死，懵然莫知其端。和璞喜黄老，作潁陽書，世傳之。」

跋橘洲圖山谷題詩〔一〕

予棲遲橘洲斷岸甚久〔二〕，別來無夕不在夢。偶開軸見之，如倚法華臺引鏡也〔三〕。讀山谷語，如幅巾相從道林路時〔四〕。

【注釋】

〔一〕作年未詳。　橘洲圖山谷題詩：山谷集卷二七跋仁上座橘洲圖：「會稽仁上座作橘洲圖，余方自塵埃中來，觀此已有餘清。然古人作畫，若不作小李將軍，真山真水、草木樓臺人物，皆令如本，則須若荆浩、關同、李戎，木石瘦硬，煙雲遠近，一以色取之，乃爲畢其能事。」題詩則未見。

〔二〕棲遲：游息。詩陳風衡門：「衡門之下，可以棲遲。」

〔三〕法華臺：在嶽麓山絶頂。張舜民畫墁集卷八郴行録：「游嶽麓升中寺、洞真觀，謁漢文帝廟、嶽麓書院、塔院。大抵諸寺相隣，惟升中寺最高，宛轉登陟，可百餘步。門外小溪激射竹木，其聲泠然，稍稍露石角。寺後有法華臺，高絶山頂。晉僧法崇者箋法華經于此。……升中寺，法華臺下，有白鶴泉，涓涓有聲，味極甘冷。橘洲，湘江中，南北與城等，有巡檢司、僧寺兩三所、居民業漁者數百家，景物最爲佳處。」

〔四〕幅巾相從道林路：本卷跋山谷字二首之一：「山谷初自鄂渚舟至長沙，時秦處度、范元寔皆在，予自三井往從之。道人儒士數輩日相隨，穿聚落，游叢林，路人聚觀，以爲異人。」道林：即道林寺，在湘江西岸嶽麓山下。

跋山谷五觀〔一〕

舒王在鍾山〔二〕，多與禪者游。王以宗乘關鍵（捷）問之㊀〔三〕，莫不瞠若〔四〕。若以膚淺問之，莫不聽瑩〔五〕，於是大訝其寡聞。嘗問一僧五觀法〔六〕，使誦之，往往不能句者。嗚呼！非施法之過，學者亦罪焉，以其不能從師授也。山谷冠冕道德〔七〕，偉俊聳于縉紳，宜其倚花叫飲，高追晉宋風流之游。方其窮約〔八〕，乃知跏趺而食，又作觀法，非直己好之，且欲移於天下。其信道爲法之勤，可謂透脱情境者耳〔九〕。逢原畜此〔一〇〕，疾欲以示學者，庶幾其有能動心者耳。

【校記】

㊀ 鍵：原作「捷」，誤，今據武林本改。參見注〔三〕。

【注釋】

〔一〕政和四年春作於袁州。山谷五觀：即黄庭堅所作士大夫食時五觀，見山谷外集卷九，其文曰：「古者君子有飲食之教，在鄉黨、曲禮，而士大夫臨尊俎則忘之矣。故約釋氏法，作士君子食時五觀云：一、計功多少，量彼來處。此食墾殖、收穫、舂磑、淘汰、炊煮乃成，用功甚多，何況屠割生靈，爲己滋味。一人之食，十人作勞，家居則食父祖心力所營，雖是已財，亦承餘慶。仕宦則食民之膏血，大不可言。二、忖己德行，全缺應供。始於事親，終於事君，終於立身。全此三者，則應受此供；缺則當知愧恥，不敢盡味。三、防心離過，貪等爲宗。治心養性，先防三過：美食則貪，惡食則嗔，終日食而不知食之所從來則癡。君子食無求飽，離此過也。四、正事良藥，爲療苦形。五穀、五蔬以養人，魚肉以養老。形苦者，飢渴爲主病，四百四病爲客病。故須食爲醫藥，以自扶持。是故知足者舉箸，常如服藥。五、爲成道業，故受此食。『君子無終食之間違仁』，先結款狀，然後受食。『彼君子兮，不素餐兮』，此之謂也。山谷老人曰：禮所教飲食之序，教之末也；食而作觀，教之本也。大概今之士大夫，誦先王之法言，則一人也；起居飲食，則一人也。故設教不得不如是。君子有思，終身之思也；食時作五觀，終食之思也。日一日，如是行之，念念仁智，則夫二人者，合而爲一矣。」

〔二〕舒王：王安石，政和三年追封舒王。　鍾山：在江寧府。

〔三〕宗乘關鍵：猶言宗門關鍵，禪門關鍵。鍇按：禪僧相見，好以宗乘事相問，如景德傳燈録卷七洪州泐潭常興禪師：「僧問：『如何是宗乘極則事？』師云：『秋雨草離披。』」同書卷一六郢州芭蕉和尚：「僧問：『從上宗乘，如何舉唱？』師曰：『已被冷眼人覷破了。』」底本「關鍵」作「關捷」，不辭，涉形近而誤，今改。

〔四〕瞠若：莊子田子方：「夫子奔逸絶塵，而回瞠若乎後矣。」注：「瞠，直目以視也。」

〔五〕聽瑩：同聽熒，疑惑貌。已見前注。

〔六〕五觀法：指釋氏食時五觀。唐釋道宣四分律删繁補闕行事鈔卷三：「今故約食時立觀，以開心道，略作五門，明了論如此分之。初計功多少，量他來處。智論云：『思惟此食，墾植、耘除、收穫、蹂治、舂磨、淘汰、炊煮乃成，用功甚多。計一鉢之食，作夫流汗，集合量之，食少汗多，須臾變惡。我若貪心，當墮地獄，噉燒鐵丸；從地獄出，作諸畜生，償其宿債，或作猪狗常噉糞除。故於食中應生厭想。』僧祇云：『告諸比丘，計此一粒米，用百功乃成。奪其妻子之分，求福故施，云何棄之？』二自忖己身德行。毗尼母云：『若不坐禪誦經，不營佛法僧事，受人信施，爲施所墮。若無三業，知故而施，俱爲施墮。比丘强飽，食施主食憍慢意，或自食己食，强飽過分，爲施所墮。以其食亦從施主得故。何以故？佛長夜中常嘆最後限食。施持戒者能受能消，施持戒果報大，破戒果報少。足食已更强食者，不加色力，但增其患。故不應無度食。』三防心離過。明了論疏云：『律中説：出家人受食，先須觀食，後方得噉。凡食有三種：上食起貪，應離四事：一喜樂過，貪著香味，身心安樂，縱情取適故；二離食醉過，食竟身心力强，不計於他故；三離求好顔色過，食畢樂於光悦勝常，不須此心；四離求莊嚴身過，食者樂得充滿肥圓故。二者下食便生嫌瞋，多墮餓鬼，永不見食。三者中膳不分，心眼多起癡捨。死墮畜生中，作諸噉糞樂糞等蟲。初貪重故，並入地獄。』且略如此。反此三毒，成三善根，生三善道。謂無貪，故生諸天中，下二可知。四正事良藥。觀分二：爲除故病，飢渴不治，交廢道業。不生新病，食飲減約，宿食消滅。又以二事爲譬：初如油膏車，但得轉載，焉問油之美惡。二欲度險道，有子既死，飢窮餓急，便食子肉，必無貪味。五爲成道業。觀三種：一爲令身久住故。欲界之身，必假摶食，若無，不得久住，道緣無託故；二爲相續壽命，假此報身假命，成法身慧命故；三爲修戒定慧，伏滅煩惱故。」

〔七〕冠冕道德：廓門注：「文選第五十一卷『冠道德，履純仁，被六藝，佩禮文』之類也。」

〔八〕窮約：窮困，貧賤。莊子繕性：「故不爲軒冕肆志，不爲窮約趨俗。」

〔九〕透脱情境：擺脱世情俗境之束縛。林間録卷上：「予謂比丘於唐交士大夫者，或見於傳記，多犯法辱教。而圭峰獨超然如此，爲史者亦欣然點筆疾書。蓋其履踐之明也，觀其偈，則無不欲透脱情境，譬如香象擺壞鐵鎖，自在而去，豈若蠅爲唾所涴哉！」羅湖野録卷下：「吳與本以同參契分，更唱迭和，與夫捉盃笑語爲治劇餘樂，則有間矣。若非透脱情境，安能爾耶？」

〔一〇〕逢原：曾孝序，字逢原，泉州晉江人。政和四年知袁州。惠洪自海南北歸還鄉，過袁州，拜見孝序。參見本集卷二六題靈源門榜注〔八〕。

跋黔安書〔一〕

王家父子翰墨流落後世不少〔二〕，而所見皆弔喪問病之帖〔三〕，豈其得意之書，已爲當時賢士大夫所藏，世不得而見之耶？弼上人處見黔安青石牛帖〔四〕，皆與村落故人語，然其傲睨萬物之意不没〔五〕，更百年後，斯帖當亦貴耳。

【注釋】

〔一〕作年未詳。黔安：即黄庭堅，以紹聖二年責授涪州别駕、黔州安置，故自號涪翁，又號黔安居士。蘇軾跋黔安居士漁父詞：「魯直作此詞，清新婉麗。問其得意處，自言以水光山色，替却玉肌花貌。」

〔二〕王家父子：東晉書法家王羲之、獻之父子。

〔三〕弔喪問病之帖：王羲之書帖傳世者，如旦夕帖：「旦夕都邑動静清和，想足下使還，具時州將。桓公告慰情，企足下數使命也。謝無奕外任，數書問，無他。仁祖日往，言尋悲酸，如何可言。」又遠宦帖：「省别具，足下小大問爲慰。多分張，念足下懸情，武昌諸子亦多遠宦。足下兼懷，並數問不？老婦頃疾篤，救命，恒憂慮。余粗平安，知足下情至。」王獻之書帖傳世者，如吴興帖：「吾十一日發吴興，違遠兄姊，感戀無喻。慶等别，不可言。比奉告，故多患姊，經感極頓，憂馳益深。適咨議十六日告，風疾故爾。反側，餘可行未？東動靜不寧。吾宜速吴，與丞別。兄進，猶戀，罔勞，亦極惡，馳情！二女晚生，皆佳。未復華、姜疏。比來得直疏，故惡。故云當視華也。汝兒女並可不？」多此類，不勝枚舉。

〔四〕粥上人：疑爲西峰元粥禪師，嗣法百丈元肅，屬臨濟宗黃龍派南嶽下十三世。參見本集卷二六題粥上人所蓄詩注〔一〕。青石牛：黃庭堅自稱。山谷詩集注卷二〇代書寄翠巖新禪師：「山谷青石牛，自負萬鈞重。八風吹得行，處處是日用。又將十六口，去作宜州夢。」任淵注：「舒州皖公山，三祖僧璨大師道場，是爲山谷寺。西北有石牛洞，其石狀如伏牛，因以爲名。錢紳同安志云：初，李伯時畫魯直坐于石牛上，魯直因自號山谷道人。」

〔五〕傲睨萬物：黃庭堅跋俞秀老清老詩頌：「清老往與余共學於漣水，其傲睨萬物，滑稽以玩世，白首不衰。」此借用其語以稱其人。傲睨，倨傲旁視，目空一切。

跋山谷字二首〔一〕

山谷初自鄂渚舟至長沙〔二〕，時秦處度、范元寔皆在〔三〕，予自三井往從之〔四〕。道人儒士數輩日相隨，穿聚落，游叢林，路人聚觀，以爲異人。今餘二十年，予再游長沙山林間，往往見其筆札（扎）㈠。此帖此簡前嘗見之。宣和二年秋八月至法輪〔五〕，竦上人出以爲示〔六〕，玩之不忍置。魯女有遺荆釵而泣者，路人笑之曰：「以荆爲釵易辦，女乃泣，何也？」女以手掠髮曰：「非以其難致也，以其故舊耳。」〔七〕予所以玩之者，實鍾魯女泣荆之情。

山谷初謫，人以死弔。笑曰：「四海皆昆弟，凡有日月星宿處，無不可寄此一夢者〔八〕。」此帖蓋其喜得黔戎〔九〕，有過從之詞，其喜氣可摶（搏）掬㊁〔一〇〕。山谷得瘴鄉〔一一〕，有遊從，其情如此。使其坐政事堂，食箸下萬錢〔一二〕，以天下之重，則未必有此喜也。

【校記】

㊀ 札：原作「扎」，今從四庫本、武林本、廓門本。

㊁ 搏：原作「摶」，今從廓門本。參見注〔一〇〕。

【注釋】

〔一〕宣和二年八月作於南嶽衡山。

〔二〕山谷初自鄂渚舟至長沙：據山谷年譜，崇寧二年十二月十九日夜中發鄂渚。山谷別集卷八跋苦寒吟：「開封張德淵，號爲有急難之義。予晚識之於長沙，名不虛得也。泊船驛步門，與德淵官廨相近，時時相過。……他日，持此卷來乞書，會舟子作歲除，未能行，舟中無他緣，偶得意書盡。崇寧二年十二月晦，山谷老人書。」可知庭堅至長沙，當在崇寧二年十二月末。

鄂渚：輿地紀勝卷六六荆湖北路鄂州：「鄂渚，在江夏西黄鶴磯上三百步。輿地記云：『雲夢之南，是爲鄂渚。其名於離騷見之。』又晏公類要云：『隋平陳，立鄂州，以鄂渚爲名。』」

〔三〕時秦處度、范元寔皆在：山谷詩集注卷一九晚泊長沙示秦處度湛范元實温用寄明略和父韻五首，題下任淵注：「處度，少游之子也。當是護少游喪留長沙，而元實來會於此。山谷在宜州有答長沙平老帖云：『秦處度遂不成歸，淮南得安居否？』」秦湛字處度，高郵人，秦觀子，少好學，善畫著色山水。著有蠶書、回天録。參見直齋書録解題卷七、圖繪寶鑑補遺卷四。范温字元實，華陽人，范祖禹子，秦觀壻，學詩於黄庭堅，著有潛溪詩眼。參見郡齋讀書志卷一五、直齋書録解題卷二二。鍇按：獨醒雜志卷三：「秦少游之子湛自古藤護喪北歸，其壻范温候於零陵，同至長沙，適與山谷相遇。温，淳夫之子也。淳夫既没，山谷亦未弔其子。至是，與二子執手大哭，遂以銀二十兩爲賻。」寔同「實」。

〔四〕三井：代指長沙雲蓋山。建中靖國續燈録卷三潭州雲蓋山志顒禪師：「僧曰：『恁麼則五雲嶺秀，三井風清？』師云：『雲開萬里新。』」彭汝礪鄱陽集卷九雲蓋寺詩并序曰：「唐淨圓禪師初自石霜來，得乳蘿洞，喜之，將宅焉。初至，蛇虺塞路，矯然怒視師，師以法語告，蛇引去。既宿而斃，師爲焚之。且視，無遺燼，有三水焉，左者黑，右者清，中者白。師既築室，從之者如歸市，逮今遂爲名刹。（詩曰）舊日蛇虺穴，今時薝蔔林。寒泉三井舊，高閣五峰深。翠竹娟娟老，長松漠漠陰。鳳凰池好在，誰得老師心。」

〔五〕法輪：南嶽法輪寺。南嶽總勝集卷中：「法輪禪寺：在嶽之西南七十里，隸衡陽，岣嶁峰下。晉咸和年建，號雲龍寺。隋大業末，高僧大明居之。至唐末，遷移山下，馬氏更名金輪寺。或云：即馬氏之莊也。本朝太平興國中，改賜今額。」

〔六〕竦上人：疑即鎮江府孝咸竦禪師，嗣法夢庵普信，屬臨濟宗黃龍派南嶽下十六世。嘉泰普燈録卷一七、續傳燈録卷三三有名無録。

〔七〕「魯女有遺荆釵而泣者」八句：韓詩外傳卷九：「孔子出遊少源之野。有婦人中澤而哭，其音甚哀。孔子怪之，使弟子問焉，曰：『夫人何哭之哀？』婦人曰：『鄉者刈蓍薪而亡吾蓍簪，吾是以哀也。』弟子曰：『刈蓍薪而亡蓍簪，有何悲焉？』婦人曰：『非傷亡簪也，吾所以悲者，蓋不忘故也。』」此化用其意。

〔八〕「山谷初謫」六句：山谷詩集注卷一二竹枝詞二首之二：「浮雲一百八盤縈，落日四十八渡明。鬼門關外莫言遠，四海一家皆弟兄。」即此意。

〔九〕黔：黔州，治彭水縣，宋屬夔州路。戎：戎州，治僰道縣，宋屬梓州路。錯按：紹聖二年黃庭堅責授涪州別駕、黔州安置。元符元年春，以避外兄張向嫌遷戎州。

〔一〇〕摶掬：聚成團而捧取。起世因本經卷九最勝品：「次以手抄漸漸手掬，後遂摶掬而恣食之。」

〔二〕瘴鄉：嶺南有瘴氣之地。鍇按：崇寧二年冬，黄庭堅除名編管宜州。次年夏至貶所。宜州屬廣南西路，在嶺南，故曰瘴鄉。

〔三〕食箸下萬錢：極言生活奢侈。語本晉書何曾傳：「然性奢豪，務在華侈。食日萬錢，猶曰無下箸處。」

跋珠上人山谷酺池詩〔一〕

予紹聖初留都下〔二〕，聞士大夫藉藉誦青石牛詩〔三〕，而此四絶尤著聞，恨不見比老。閲三年，遊石門〔四〕，林下識君實〔五〕，骨面善談笑〔六〕，相從最久。時珠禪垢面不襪，然已超卓。後二十餘年，予還自海外，而君實化去久矣。丁酉〔七〕，坐夏洞上〔八〕，有鴟步而至者〔九〕，問之，乃吾向所識不襪公也〔一〇〕。於是甘吾老矣。夏休〔一一〕，珠將經行湘山，袖此卷來。讀之，龍蛇飛動，凌跨韓柳之氣〔一二〕，糠粃王侯之韻，如其無恙時。陰晚，坐覺山川增勝，爽然忘其孤廢也。湘山多高人，識青石牛甚衆。珠可以示之，使其韻摩搏衡霍〔一三〕，固不佳哉！

【注釋】

〔一〕政和七年秋作於新昌縣。珠上人：生平法系未詳。山谷酺池詩：文中謂「四絶尤著聞」，今考山谷詩集注卷九自門下後省歸卧酺池寺觀盧鴻草堂圖：「黄塵逆帽馬辟易，歸來下簾卧書空。不知繡鞍萬人立，何如盧郎駕飛鴻。」同卷題子瞻寺壁小山枯木二首之一：「爛腸五斗對獄吏，白髮千丈濯滄浪。却來獻納雲臺表，小山桂枝不相忘。」之二：「海内文章非畫師，能回筆力作枯枝。豫章從小有梁棟，也似鄭公雙鬢絲。」此二首題下任淵注：「張方回家本云：『題子瞻酺池寺予書齋旁畫木石壁兩首。』」又同卷題子瞻枯木：「折衝儒墨陣堂堂，書入顔楊鴻雁行。胸中元自有丘壑，故作老木蟠風霜。」編在題子瞻寺壁小山枯木二首之後，當同時所作。以上四首似爲酺池詩四絶。然山谷詩集注卷一一寺齋睡起二首之一：「小黠大癡螳捕蟬，有餘不足夔憐蚿。退食歸來北窗夢，一江風月趁漁船。」之二：「桃李無言一再風，黄鸝惟見緑匆匆。人言九事八爲律，儻有江船吾欲東。」今臺北故宫博物院藏黄庭堅酺池寺詩行書帖所書即此二首，「風月」作「春月」，「漁船」作「漁舷」，「黄鸝」作「黄麗」，詩後題曰：「右歸自門下後省卧酺池寺書堂。」據此，則寺齋睡起二首亦稱「酺池寺詩」。惠洪所言「四絶」未知孰是，俟考。

〔二〕予紹聖初留都下：冷齋夜話卷九三十六計走爲上計：「紹聖初，曾子宣在西府，淵材往謁之。論邊事，極言官軍不可用，用士爲良。子宣喜之。既罷，與余過興國寺，河上食素分茶，甚美。」時在紹聖元年。

〔三〕藉藉：衆多紛亂貌。漢書江都易王非傳：「國中口語藉藉，慎無復至江都。」青石牛：黄庭堅自稱，其代書寄翠巖新禪師曰：「山谷青石牛，自負萬鈞重。」已見前注。

〔四〕「閲三年」二句：惠洪於紹聖元年秋自京師南還，至廬山歸宗寺依真淨克文禪師。紹聖四年春，隨克文遷靖安縣寶峰院。寶峰院在石門山，故稱。

〔五〕君實：寶峰院僧，生平法系未詳。本集卷一四有送實上人還東林時余亦買舟東下四首，實上人當即此僧。廓門注：「宋史第九十五曰：司馬光字君實，陝州夏縣人也，云云。贈太師温國公。」其注殊誤，按宋史，司馬光卒於元祐元年（一〇八六），惠洪識君實在紹聖四年（一〇九七），故此君實絶非指司馬光。

〔六〕骨面：面相清癯，瘦骨嶙峋。善：廓門注：「『善』當作『喜』歟？」

〔七〕丁酉：政和七年，歲在丁酉。

〔八〕洞上：洞山之別稱，即新昌縣洞山普利禪院。

〔九〕鴨步：如鴨行之步態，遲緩而摇晃。

〔一〇〕不襪公：戲稱珠上人，以其少時「垢面不襪」，故稱。

〔一一〕夏休：指七月十五日坐夏結束。

〔一二〕韓柳：韓愈、柳宗元。

〔一三〕衡霍：即南嶽衡山。杜甫送王十六判官：「衡霍生春早，瀟湘共海浮。」參見本集卷七次韻新化道中注〔八〕。

跋與法鏡帖〔一〕

山谷作黄龍書時〔二〕，與予同在長沙碧湘門外舟中〔三〕。今餘年㊀，佛鑑出此以示予〔四〕，曇諦見前身塵尾〔五〕。山谷醉中仙去〔六〕，此帖墮空之垢被也〔七〕。

【校記】

㊀ 今：武林本作「十」。

【注釋】

〔一〕作年未詳。法鏡：釋可僊，號法鏡，嚴陵人，俗姓陳氏。於長壽寺得度。元豐間説法圓通，次遷石霜、黄龍。爲東林常總禪師法嗣，屬臨濟宗黄龍派南嶽下十三世。建中靖國續燈録卷一九、嘉泰普燈録卷六、續傳燈録卷二〇載其機語。山谷老人刀筆卷二〇答法鏡僊老：「雅聞公才器超卓，求之士大夫中未易得之，獨恨未相識耳。去春在雲巖，已治萍鄉之行。自朝至夕，賓客衮衮，雖承惠教勤重，不能作答。既行以道路，未有煖穩之地，以至今耳，所以不果通書之意，想照悉有餘矣。專人辱書，勤懇千萬，乃知水邊林下，風期不隔，固不以俗人相望也。尚阻瞻承，臨書傾倒，千萬珍重。」

〔二〕黃龍：即可僊，嘗住黃龍山，故云。見嘉泰普燈録卷六隆興府黃龍可僊禪師。

〔三〕「與予同在」句：苕溪漁隱叢話前集卷四八引冷齋夜話：「山谷南遷，與余會於長沙，留碧湘門一月。李子光以官舟借之。」陳氏香譜卷三引黃太史（庭堅）跋云：「余與洪上座同宿潭之碧湘門外舟中。」洪上座即惠洪。碧湘門：潭州城門。葉庭珪海録碎事卷一三下：「潭州有碧湘門，因馬氏碧湘宮得名。」湖廣通志卷七九古蹟志長沙縣：「碧湘門，即今府南門，馬氏建。」參見本集卷三黃魯直南遷艤舟碧湘門外半月未游湘西作此招之注〔一〕。

〔四〕佛鑑：淨因，字覺先，號佛鑑大師。惠洪法姪。已見前注。

〔五〕曇諦見前身麈尾：高僧傳卷七宋吴虎丘山釋曇諦傳：「母黃氏晝寢，夢見一僧呼黃爲母，寄一麈尾，并鐵鏤書鎮二枚。眠覺，見兩物具存，因而懷孕生諦。諦年五歲，母以麈尾等示之，諦曰：『秦王所餉。』母曰：『汝置何處？』答云：『不憶。』至年十歲出家，學不從師，悟自天發。」參見本集卷六次韻吴興宗送弟從潙山空印出家注〔五〕。

〔六〕醉中仙去：死亡之婉稱。

〔七〕此帖墮空之垢被也：謂此帖乃山谷醉後嘔吐垢污之被從空落下者。被，被蓋。

跋石臺肱禪師所蓄草聖〔一〕

少游此詩〔二〕，荆公自書於紈扇〔三〕，蓋其勝妙之極，收拾春色於語言中而已。及東坡和之〔四〕，如語中出春色。山谷草聖不數張長史、素道人〔五〕，遂書兩詩於華光梅花樹下，可謂四絕〔六〕。予不曉草字，開卷但見其雷砰電射〔七〕，揭地祇而西七曜耳〔八〕。吁哉異也！政當送與龍安照禪師〔九〕，使一讀之。

【注釋】

〔一〕政和五年冬作於新昌縣。石臺：輿地紀勝卷二七瑞州：「石臺山，在新昌縣南二十里，中有清涼禪院，東坡、欒城嘗游焉，有詩贈長老問公。」肱禪師：生平法系未詳。草聖：指草書。

〔二〕少游此詩：秦觀淮海集卷四和黃法曹憶建溪梅花：「海陵參軍不枯槁，醉憶梅花愁絕倒。爲憐一樹傍寒溪，花水多情自相惱。清淚斑斑知有恨，恨春相逢苦不早。甘心結子待君來，洗雨梳風爲誰好？誰云廣平心似鐵，不惜珠璣與揮掃。月没參横畫角哀，暗香消盡令人老。天分四時不相貸，孤芳轉盼同衰草。要須健步遠移歸，亂插繁華向晴昊。」

〔三〕荆公自書於紈扇：豫章先生遺文卷一〇書贈華光仁老：「某有梅花一詩，東坡居士爲和，王荆公書之於扇，却待手寫一本奉酬也。」鍇按：疑遺文當作「某有少游梅花一詩」。

〔四〕及東坡和之：蘇軾和秦太虛梅花：「西湖處士骨應槁，只有此詩君壓倒。東坡先生心已灰，爲愛君詩被花惱。多情立馬待黄昏，殘雪消遲月出早。江頭千樹春欲闇，竹外一枝斜更好。

孤山山下醉眠處，點綴裙腰紛不掃。萬里春隨逐客來，十年花送佳人老。去年花開我已病，今年對花還草草。不知風雨卷春歸，收拾餘香還畀昊。」

〔五〕不數：不亞於。

〔六〕四絶：謂少游詩、東坡詩、華光畫及山谷草書。

〔七〕雷砰電射：形容草書筆畫之氣勢令人震撼。歐陽文忠公集卷二八黄夢升墓誌銘：「子之文章，電激雷震，雨雹忽止，闃然滅泯。」

〔八〕揭地祇而西七曜：此亦極力形容其草書之力，使地神翻舉，七曜向西。地祇，地神。史記司馬相如列傳：「修禮地祇，謁款天神。」七曜，指日、月和金、木、水、火、土五星。

〔九〕龍安照禪師：即慧照禪師，一作惠照，兜率從悦法嗣，惠洪法姪，屬臨濟宗黄龍派南嶽下十四世。嘗住分寧縣龍安山兜率寺。僧寶正續傳卷一有兜率照禪師傳。參見本集卷一〇寄龍安照禪師注〔一〕。

跋山谷筆古德二偈〔一〕

此兩詩，唐智閑禪師所作也〔二〕。世口膾炙之久矣，而莫知主名，豈山谷未敢必誰所作耶？覺慈（思）示山谷在華光時筆㊀〔三〕，此翁以筆墨爲佛事，處處稱贊般若〔四〕，於教門非無力者也。今成千古，爲之流涕書之。

【校記】

㊀ 慈：原作「思」，誤，今改。參見注〔三〕。

【注釋】

〔一〕宣和年間作於長沙。　古德：古之有德高僧。　二偈：香嚴智閑禪師悟道後所述二偈，見景德傳燈録卷一一鄧州香嚴智閑禪師，其一曰：「一擊亡所知，更不假修治。動容揚古路，不墮悄然機。處處無蹤跡，聲色外威儀。諸方達道者，咸言上上機。」或作一偈，五言八句。然一偈不當押二「機」字，當作二偈，每偈五言四句。

〔二〕唐智閑禪師：宋高僧傳卷一三梁鄧州香嚴山智閑傳：「釋智閑，青州人也。身裁七尺，博聞强記，有幹略。親黨覯其所以，謂之曰：『汝加力學，則他後成佐時之良器也。』俄爾，辭親出俗。既而慕法心堅，至南方禮潙山大圓禪師盛會，咸推閑爲俊敏。潙山一日召對，茫然，將諸方語要一時煨燼，曰：『畫餅弗可充飢也。』便望南陽忠國師遺跡而居。偶芟除草木，擊瓦礫，失笑，冥有所證，抒頌唱之，由兹盛化。終後，敕謚襲燈大師，塔號廷福焉。」其事亦見景德傳燈録卷一一。

〔三〕覺慈：惠洪弟子，好蓄書帖。本卷有跋東坡書簡、跋山谷雲庵贊、跋李商老大書雲庵偈二首等，皆爲覺慈作。底本「慈」作「思」，涉形近而誤。山谷在華光時筆：山谷年譜謂崇寧三年途經衡州花光寺。

〔四〕「此翁以筆墨爲佛事」二句：山谷別集卷一一書贈花光仁老：「乃知大般若手，能以世間種種之物而作佛事，度諸有情。」即此之類。

跋山谷雲庵贊〔一〕

雲庵住廬山時，山谷過焉，相與游鸞溪，坐大石上，擘窠留題〔二〕。其法喜之游，如黄檗、裴公〔三〕，乃作此贊。後二十餘年，得於衡陽毛氏之家〔四〕，持以還。長沙開法長老覺慈，寔其的孫〔五〕，時年二十三歲，即以付之，臨濟正脈使流通不斷，乃無所媿此贊，其敬之哉！宣和五年中秋前一日題。

【注釋】

〔一〕宣和五年八月十四日作於長沙。雲庵：即真淨克文禪師。鍇按：山谷所作雲庵贊已佚。

〔二〕「雲庵住廬山時」五句：真淨克文紹聖元年至四年住廬山歸宗寺。南康金石志「石鏡溪」山谷題名：「紹聖元年七月辛亥，同真淨禪師熱茗此石上。南昌黄庭堅題。」鸞溪：在歸宗寺旁。廬山記卷二叙山南記歸宗寺：「昔人卜其基曰：是山有翔鸞展翼之勢。院東之水，故名鸞溪。」　擘窠：泛指端莊大字。已見前注。

〔三〕「其法喜之游」二句：景德傳燈録卷九洪州黄檗希運禪師：「裴相國休鎮宛陵，建大禪苑，請師説法。以師酷愛舊山，還以黄檗名之。又請師至郡，以所解一編示師。師接，置於坐，略不披閲，良久云：『會麽？』公云：『未測。』師云：『若便恁麽會得，猶較些子。若也形於紙墨，何有吾宗？』裴乃贈詩一章曰：『自從大士傳心印，額有圓珠七尺身。挂錫十年棲蜀水，浮盃今日渡漳濱。一千龍象隨高步，萬里香華結勝因。擬欲事師爲弟子，不知將法付何人。』師亦無喜色。自爾，黄檗門風盛于江表矣。」景德傳燈録卷一二相國裴休：「裴休字公美，河東聞喜人也。守新安日，屬運禪師初於黄檗山捨衆入大安精舍，混迹勞侣，掃灑殿堂。公入寺燒香，主事祇接，因觀壁畫，乃問：『是何圖相？』主事對曰：『高僧真儀。』公曰：『真儀可觀，高僧何在？』僧皆無對。公曰：『此間有禪人否？』曰：『近有一僧投寺執役，頗似禪者。』公曰：『可請來詢問得否？』於是遽尋運師，公覩之欣然，曰：『休適有一問，諸德吝辭，今請上人代醻一語。』師曰：『請相公垂問。』公即舉前問，師朗聲曰：『裴休！』公應諾。師曰：『在什麽處？』公當下知旨，如獲髻珠，曰：『吾師真善知識也，示人剋的若是，何汩没於此乎？』寺衆愕然。自此延入府署，留之供養，執弟子之禮。屢辭不已，復堅請住黄檗山，荐興祖教。有暇即躬入山頂謁，或渴聞玄論，即請師入州。公既通徹祖心，復博綜教相，諸方禪學咸謂裴相不浪出黃檗之門也。至遷鎮宣城，還思瞻禮，亦創精藍，迎請居之。」

〔四〕「後二十餘年」二句：政和四年春，惠洪自海南北歸，過衡陽，爲毛在庭作思古堂記、季子夢訓、毛季子贊、毛女贊、毛氏所蓄巖主贊等。已見前注。紹聖元年至政和四年，計二十一年。

〔五〕「長沙開法長老覺慈」二句：覺慈爲惠洪法子，故謂其爲克文「的孫」，時住長沙開法寺。釋氏要覽卷上稱謂引譬喻經偈云：「我今謂長老，未必先出家。修其善本業，分別於正行。設有年齒幼，諸根無漏缺。此謂名長老。」覺慈年齒幼而有德行，故稱長老。

跋東坡山谷墨蹟〔一〕

予自南來，流落山水，久不見偉人，便覺胸次勃土可掃〔二〕。宣和二年冬，涌師於湘西古寺中出以爲示〔三〕，如見蘇黃連璧下馬，氣如吐霓也〔四〕。

【注釋】

〔一〕宣和二年冬作於長沙。

〔二〕勃土：塵土，塵埃。勃，乾粉末。參見本集卷一仁老以墨梅遠景見寄作此謝之二首注〔一七〕。

〔三〕涌師：即阿湧，湧上人，華光仲仁弟子。參見本集卷二六題華光鑑湖圖注〔六〕。湘西古寺：指水西南臺寺。

〔四〕「如見蘇黄連璧下馬」二句：李賀高軒過：「入門下馬氣如虹，云是東京才子、文章巨公。」此化用其意贊蘇軾、黄庭堅。連璧：喻並美之人物。

跋山谷字〔一〕

山谷翰墨妙天下，蓋所謂本分鉗鎚〔二〕。至於説禪，自到於三老之後〔三〕，則似攙奪行市〔四〕。奇傑之氣，光風霽月〔五〕，如珥立殿陛之下〔六〕，何其照曜哉！漳州正道書記於東山雪朝出以相示〔七〕，便覺增清山川，精神秀發。道雖一杖（枝）一鉢㊀〔八〕，求實於己者無有，然骨董箱有此軸〔九〕，殆可與連城、照乘爭價也〔一〇〕。

【校記】

㊀杖：原作「枝」，誤，今改。參見注〔八〕。

【注釋】

〔一〕建炎元年十二月作於蘄州黄梅縣。

〔二〕本分鉗鎚：宗門語，猶言本色鉗鎚，喻指真正鍛煉佛性之工具，亦喻本色宗師。明覺禪師語録卷三拈古：「師云：『然精金百煉，須要本分鉗鎚。』」建中靖國續燈録卷一六東京十方淨因禪院佛日禪師：「僧曰：『斬釘截鐵，須還本分鉗鎚。』師云：『也不消得。』」

〔三〕三老：未詳所指，俟考。

〔四〕攙奪行市：搶佔爭奪行市。福州玄沙宗一大師廣録卷下：「師侍雪峰，雪峰指面前火爐云：『三世諸佛總在裏許説法，轉大法輪。』師云：『近日王令稍嚴。』峰云：『作麽？』師云：『不許人攙奪行市。』」古尊宿語録卷一九袁州楊岐山普通禪院會和尚語録：「上堂：『凡聖不存，佛祖何立？大衆，清平世界，不許人攙奪行市。』」

〔五〕光風霽月：雨後天晴之景象，喻人品高潔，胸中透脱無礙。語本黄庭堅濂溪詩序：「春陵周茂叔，人品甚高，胸中灑落如光風霽月。」此借其語以贊其人。

〔六〕珥立：珥筆而立。史官上朝，常插筆冠側，以便記録，謂之「珥筆」。鍇按：黄庭堅嘗爲史官，世稱黄太史，故云。宋史黄庭堅傳：「哲宗立，召爲校書郎、神宗實録檢討官。逾年，遷著作佐郎，加集賢校理。」

〔七〕漳州：宋屬福建路，治龍溪縣。正道書記：東山寺僧，生平法系未詳。書記，禪林之書寫僧。東山：即五祖山，在黄梅縣東北，又名馮茂山，俗稱東山。輿地紀勝卷四七蘄州：「五祖山，在黄梅縣東北二十五里，即大滿禪師道場也。」明一統志卷六一黄州府：「五祖山，在黄梅縣東北三十里，一名馮茂山，即五祖大滿禪師道場。山頂有池生白蓮花，又名蓮峰。」

〔八〕一杖一鉢：游方僧之行頭。底本「一杖」作「一枝」，涉形近而誤。本集卷二送通上人游廬山：「少年四方志，一杖餘疊巾。」卷二四妙宗字序：「妙宗佳妙年，東吴叢林號飽參者，一杖翛然，如無心雲，殊可人也。」皆可證。

〔九〕骨董箱：收藏瑣雜物之箱，亦稱骨董袋，僧人游方荷之。景德傳燈録卷一九韶州雲門山文偃禪師：「若是一般掠虚漢，食人涎唾，記得一堆，一擔骨董到處逞。」禪林僧寶傳卷二一慈明禪師傳：「嘗橐骨董箱，以竹杖荷之，游襄沔間。」參見本集卷一一送琳上人注〔一〇〕。

〔一〇〕連城：連城璧，價值連城之玉。　照乘：寶珠名，謂其光可照明車乘。皆已見前注。

又詩〔一〕

山谷論詩，以寒山爲淵明之流亞〔二〕。世多未以爲然，獨雲巖長老元悟以爲是〔三〕。此道人村氣，而俎豆山谷、靈源之間也〔四〕，已可驚駭，乃又能斲評詩之輪（論）〔五〕，殊出意外。此寒山詩也，以山谷嘗喜書之，故多爲林下人所得。顔平原方乞米〔六〕，而山谷已謝得米〔七〕。要之，非胡椒八百斛之家也〔八〕。

【校記】

㈠輪：原作「論」，誤，今改。參見注〔五〕。

【注釋】

〔一〕建炎元年十二月作於蘄州黄梅縣。　鍇按：此題爲「又詩」，當與前跋山谷字作於同時，意謂「又跋山谷書寒山詩」。

〔二〕「山谷論詩」二句：宋釋祖琇隆興佛教編年通論卷二〇：「昔寶覺心禪師嘗命太史山谷道人和寒山子詩，山谷諾之，及淹旬不得一辭。後見寶覺，因謂：『更讀書作詩十年，或可比陶淵明。若寒山子者，雖再世亦莫能及。』寶覺以謂知言。」　流亞：同一類人物。　鍇按：山谷外集卷九示王孝子孫寒山詩後：「有性智者，觀寒山之詩，亦不暇寢飯矣。」山谷别集卷一二跋寒山詩贈王正仲：「此皆古人沃衆生業火之具。余聞王正仲閉關不交朝市之士，其子鑄參禪學道，不樂火宅之樂，因余姪檥求書，故書遺之。」

〔三〕雲巖：分寧縣雲巖禪院，已見前注。　元悟：雲巖禪院僧，生平法系未詳。

〔四〕俎豆山谷、靈源之間：謂其崇奉黄庭堅與靈源惟清禪師。俎豆，本爲祭祀宴饗時盛食物之具，代指祭祀、奉祀，引申爲崇奉。莊子庚桑楚：「今以畏壘之細民而竊竊焉，欲俎豆予于賢人之間，我其杓之人邪？」

〔五〕斲評詩之輪：謂其評詩如輪扁斲輪，有不可言傳之妙。莊子天道：「輪扁曰：『臣也以臣之事觀之，斲輪，徐則甘而不固，疾則苦而不入，不徐不疾，得之於手而應於心，口不能言，有數存焉於其間。臣不能以喻臣之子，臣之子亦不能受之於臣。是以行年七十而老斲輪。』」以斲輪喻藝事，古多有之。如文心雕龍神思：「至精而後闡其妙，至變而後通其數。伊摯不能言鼎，輪扁不能語斤，其微矣乎！」杜甫偶題：「文章千古事，得失寸心知。……車輪徒已斲，堂構惜仍虧。」不勝枚舉。底本「輪」作「論」，然前既有「評」，後不當復有「論」，且「斲論」搭配不當，乃涉形近而誤，今改。

〔六〕顏平原方乞米：避暑録話卷下：「顏魯公真跡，宣和間存者猶可數十本，其名著者……乞米帖，在天章閣待制王質家。」其帖今尚存世，其文云：「拙於生事，舉家食粥，來已數月。今又罄竭，祇益憂煎，輒恃深情。故令投告，惠及少米，實濟艱勤。仍恕干煩也。真卿狀。」

〔七〕山谷已謝得米：豫章黄先生文集卷一五答楊明叔送米頌：「買竹爲我打籬，更送米來作飯。用此回光反照，佛事一時成辦。不須天下求佛，問取弄臭脚漢。」疑即此指六言詩頌。

〔八〕胡椒八百斛之家：指豪奢貪腐之家。新唐書元載傳：「及死，行路無嗟隱者。籍其家，鐘乳五百兩，詔分剌中書、門下臺省官。胡椒至八百石，它物稱是。」蘇軾歐陽叔弼見訪誦陶淵明事歎其絶識既去感慨不已而賦此詩：「云何元相國，萬鍾不滿欲。胡椒銖兩多，安用八百斛？」

跋叔黨字(子)㊀〔一〕

王子敬童稚時作字〔二〕，行草已超放(故)㊁〔三〕。方引紙著腕，右軍從後掣其筆，不獲，乃歎曰：「是兒他日名當大成！」〔四〕予觀叔黨行草，皆蟬蜕埃(壝)塵之類㊂〔五〕，筆法逼(通)亞乃翁矣㊃〔六〕。惜其早世〔七〕，不然(秋)㊄〔八〕，庸詎知不以此郎媲子敬耶㊅〔九〕？邵陽僉上人雨歇攜此帖見過〔一〇〕，翛然如見父子角巾竹杖行小港榕林之下，不勝清絶。建炎二年三月十八日。

【校記】

㊀字：原作「子」，誤，今據四庫本、武林本改。參見注〔一〕。

㊁放：原作「故」，誤，今改。參見注〔三〕。

㊂埃：原作「壝」，誤，今改。參見注〔五〕。

㊃逼：原作「通」，誤，今改。參見注〔六〕。

㊄然：原作「秋」，誤，今據武林本改。參見注〔八〕。

㊅知：原闕，今補。參見注〔九〕。

【注釋】

〔一〕建炎二年三月十八日作於廬山。　叔黨：　蘇過（一〇七二～一一二三）字叔黨，眉山人。蘇軾幼子，以蔭任右承務郎。性至孝，父軾帥定州，謫英州、惠州，遷儋州，徙廉州、永州，獨過侍奉。凡生理晝夜寒暑所須，一身百爲，不知其難。軾卒於常州，過葬軾汝州郟城小峨眉山，遂家潁昌。營湖陰水竹數畝，名曰小斜川，自號斜川居士。善書畫，時稱小坡。歷通判中山府。宣和五年卒，年五十二。有斜川集二十卷。事具晁説之嵩山文集卷二〇蘇叔黨墓誌銘。宋史有傳。鍇按：底本「字」作「子」，涉形音近而誤，今改。

〔二〕王子敬：王獻之，字子敬，羲之幼子。累官中書令。工草隸，善丹青。晉書有傳。

〔三〕超放：超邁豪放。底本作「超故」，不辭，涉形近而誤。鍇按：本集屢用「超放」一詞，如卷一十二月十六日發雙林登塔頭曉至寶峰寺見重重繪出庵主讀善財徧參五十三頌作此兼簡堂頭：「此老無恙時，超放殊媚嫵。」卷三福唐秀上人相見圓通：「人生超放當趁健，東風已暗藏鴉柳。」卷四同敦素沈宗師登鍾山酌一人泉：「兩翁亦超放，瘦策容躋攀。」今據改。

〔四〕「方引紙著腕」五句：晉書王獻之傳：「七八歲時學書，羲之密從後掣其筆不得，歎曰：『此兒後當復有大名！』」

〔五〕蟬蜕埃塵：語本史記屈原賈生列傳：「自疏濯淖汙泥之中，蟬蜕於濁穢，以浮游塵埃之外。」底本「埃」作「墳」，涉形近而誤。廓門注：「『墳』當作『埃』歟？」其説甚是。鍇按：本集屢用此語，如卷一〇泠然齋：「蟬蛻塵埃軒蓋集。」卷一二招夏均父：「蟬蛻塵埃出郭來。」卷二八又藥石榜：「脱煩籠如蟬蛻塵埃。」追薦四首之四：「蟬蛻塵埃，睇道山之日遠。」今據改。

〔六〕筆法逼亞乃翁矣：謂蘇過筆法可與乃翁蘇軾相匹敵。　逼亞：匹敵，相當。本集卷三贈石頭志庵主：「陝西道人最聲價，自與老南相逼亞。」卷二九嶽麓海禪師塔銘：「金出鄧峰永公門，父子道價逼亞東林總、玉澗祐。」底本作「通亞」，不辭，涉形近而誤。

〔七〕早世：過早辭世。左傳昭公三年：「則又無禄，早世殞命，寡人失望。」

〔八〕然：同「肰」。底本作「秋」，文義不通，涉「肰」之形近而誤。

〔九〕庸詎知：豈知。語本莊子齊物論：「庸詎知吾所謂知之非不知邪？庸詎知吾所謂不知之非知邪？」鍇按：底本作「庸詎」，無「知」字。然此句型本莊子，且本集所有用例皆作「庸詎知」，如卷一九王宏道舍人贊：「庸詎知此老人獨不如是乎？」卷二二一擊軒記：「庸詎知此君不以爲敏乎？」同卷朱氏延真閣記：「庸詎知其不雜屠沽尚往來故居乎？……又庸詎知不攜吾登毛車渡弱水以游道山哉？」同卷思古堂記：「著氈則觀者庸詎知不疑簞縟亦可以留珠乎？」卷二三夢徐生序：「萬里獨行，庸詎知無意外憂乎？」卷二九蘄州資福院逢禪師碑銘序：「庸詎知文非逢公邪？」故知本句脱「知」字，今補。

〔一〇〕邵陽：邵州州治，宋屬荆湖南路。　儉上人：生平法系未詳。

跋本上人所蓄小坡字後〔一〕

雞蘇，本草：「龍腦薄荷也。」〔二〕東吴林下人夏月多以飲客〔三〕。而俗人便私議坡誤用雞蘇爲紫蘇〔四〕，可發吴儂一笑〔五〕。予將發鸞溪〔六〕，上人以此軸爲示，筆勢飛動，皆學坡而未臻坡嶮處者。要之，如烏（馬）巷中逢王謝家子弟㊀〔七〕，步趨狀貌，蘊藉風流，有自來矣。覺範題。

【校記】

㊀烏：原作「馬」，誤，今改。參見注〔七〕。

【注釋】

〔一〕建炎二年三月作於廬山。本上人：歸宗寺僧，生平法系未詳，嘗學詩於祖可。參見本集卷一五本上人久游歸宗贈之二首注〔一〕。小坡：即蘇過，字叔黨，蘇軾幼子。見前注。

〔二〕「雞蘇」三句：本草綱目卷一四草之三水蘇：「釋名：雞蘇、香蘇、龍腦薄荷、芥蒩、芥苴。時珍曰：此草似蘇而好生水邊，故名水蘇。其葉香辛，可以煮雞，故有龍腦、香蘇、雞蘇諸名。」

〔三〕東吴林下人夏月多以飲客：山谷詩集注卷二以小龍團及半挺贈無咎并詩用前韻爲戲：「雞

蘇胡麻留渴羌，不應亂我官焙香。」任淵注：「本草：『水蘇，一名雞蘇。胡麻，一名巨勝。』東坡云：『即今油麻也。』俗人煮茶多以此二物雜之。」

〔四〕「而俗人便私議」句：東坡詩集注卷二九歸宜興留題竹西寺三首之二：「道人勸飲雞蘇水，童子能煎鶯粟湯。」堯卿注：「本草有水蘇、紫蘇、假蘇三種，各異。水蘇一名雞蘇。」

〔五〕吴儂：吴人之代稱。蓋吴人自稱曰我儂，稱人曰渠儂、他儂，故云。

〔六〕鸞溪：在歸宗寺旁。參見前跋山谷雲庵贊注〔二〕。

〔七〕烏巷中逢王謝家子弟：烏巷，烏衣巷之省稱。其地在金陵秦淮河南，六朝時王謝等望族居此。世説新語雅量：「王公曰：『我與元規雖俱王臣，本懷布衣之好，若其欲來，吾角巾徑還烏衣，何所稍嚴？』」劉孝標注引丹陽記：「烏衣之起，吴時爲烏衣營處所也。江左初立，琅玡諸王所居。」宋書謝弘微傳：「混風格高峻，少所交納，唯與族子靈運、瞻、曜、弘微並以文酒賞會。嘗共宴處，居在烏衣巷，故謂之烏衣之游。」歐陽修歐陽文忠公集外集卷五劉秀才宅對弈：「烏巷招邀謝墅中，紫囊香佩更臨風。」梅堯臣宛陵先生集卷二二次韻景彝奉慈廟孟秋攝事二十韻：「事畢歸烏巷，陰餘晦綵油。」文彦博潞公集卷一〇温卷啓：「冠蓋風趨，日有龍門之譏；縷縷輻湊，比聞烏巷之游。」胡宏五峰集卷三王筠齋鄉薦：「烏巷若無新舉子，鰲峰焉有舊書生。」底本作「馬巷」，與王謝子弟無關，「馬」乃涉「烏」之形近而誤，此即「烏焉成馬」轉寫致誤之例，今改。

【集評】

清王士禛云：釋覺範文字禪跋蘇叔黨書云：「叔黨行草皆蟬蜕塵埃……不勝清絶。」又跋本上人所畜小坡書後云：「雞蘇，本草：龍腦薄荷也。……風流有自來矣。」觀此，則知小坡不獨工詩賦，而書法亦不愧家學，矧其忠孝大節尤卓然者哉！（古夫于亭雜録卷一）

跋了翁詩〔一〕

「仁者難逢思有常㊀，平居慎勿恃何妨㊁。爭先世路機關惡㊂，近後語言滋味長。爽口物多終作疾㊃，快心事過必爲傷㊄。與其病後求良藥㊅，不若病前能自防〔二〕。」右了翁送其姪剛勝柔詩〔三〕，勝柔過南昌，出以爲示曰：「伯氏祝曰〔四〕：『儻見覺範，使爲汝説破〔五〕。』」予曰：「翁欲汝知，口只好喫飯耳〔六〕。」

【校記】

㊀難：冷齋夜話卷一〇作「雖」。

㊁恃：冷齋夜話作「示」。　何妨：伊川擊壤集卷六作「無傷」。

㊂世路：伊川擊壤集作「徑路」。

④爽：冷齋夜話作「可」。　終：伊川擊壤集作「須」。

⑤傷：伊川擊壤集作「殃」。

⑥求良：伊川擊壤集作「能求」。

【注釋】

〔一〕政和八年夏作於南昌。　了翁：陳瓘，字瑩中，號了翁。已見前注。　錯按：冷齋夜話卷一〇陳瑩中此集食豬肉鮓魚：「明年，予還自朱崖，館於高安大愚。瑩中自台州載其家來漳浦，過九江，愛廬山，因家焉。督予兼程來。予以三日至湓城。……後三年，予客漳水，見瑩中姪勝柔自九江來，出詩示予曰：『仁者雖逢思有常，平居慎勿示何妨。爭先世路機關惡，近後語言滋味長。可口物多終作疾，快心事過必爲傷。與其病後求良藥，不若病前能自防。』予謂勝柔曰：『公癡叔詩如食鮓魚，唯恐遭骨刺耳，與岐下豬肉，不可同日而語也。』」

〔二〕「仁者難逢思有常」八句：此首律詩乃邵雍所作，非陳瓘詩。宋吳子良荆溪林下偶談卷二冷齋誤載邵堯夫詩：「冷齋夜話云：『余客漳水……惟恐遭骨刺。』此詩邵堯夫作，而冷齋誤以爲瑩中。或者瑩中手書此詩，冷齋不知爲堯夫作歟？」邵雍（一〇一一～一〇七七）字堯夫。其先范陽人，晚遷河南。歲時耕稼，僅給衣食，名其居曰安樂窩，自號安樂先生。熙寧十年卒，元祐中賜謚康節。宋史有傳。其伊川擊壤集卷六載此詩，題爲仁者吟。邵雍時代在陳瓘前，此當爲陳瓘手書邵雍詩贈其姪，而陳剛既不知，惠洪復承其誤。

〔三〕剛勝柔：陳剛，字勝柔，陳瓘姪。生平不可考。

〔四〕伯氏：伯父。左傳昭公十五年：「王曰：『伯氏，諸侯皆有以鎮撫王室，晉獨無有，何也？』」楊伯峻注：「周王于諸侯，同姓者，無論行輩，俱稱伯父或叔父。」

〔五〕爲汝説破：禪宗謂爲學者説破佛理底藴，此借用其語。建中靖國續燈録卷九廬山棲賢智遷禪師：「上堂云：『山僧久不與大衆道話，何故？幸有佛殿三門，溪山松竹，每日喃喃地爲汝説破了也。』」續傳燈録卷九荆州軍玉泉承皓禪師：「汝若不會，來大陽爲汝説破。」

〔六〕口只好喫飯耳：戲謂口不能言語，只能喫飯，反諷摒棄一切語言文字之無事禪。古尊宿語録卷一九（楊岐方會禪師）後住潭州雲蓋山海會寺語録：「上堂：『舉古人一轉公案，布施大衆。』良久，云：『口只好喫飯。』」

跋了翁書〔一〕

宣和三（二）年夏㊀〔二〕，得翁書：「前去無日矣，能復一來相見乎？」翁平生剛方，吐言如刀鋸，而此書若悽冷，私怪之。明年四月，遣書走山陽〔三〕。八月，人還，云：「翁方發書日下世矣，蓋四月九日也〔四〕。」聞之酸鼻累日〔五〕。翁視死生一戲耳，予重爲天下惜此人品。翁知國如陸宣（忠）公㊁〔六〕，臨大節不奪如顔魯公〔七〕，文章光明贍博如白樂天〔八〕，通達宗教如裴公美〔九〕。然四公者，皆享富貴，建功名，死無遺恨。而翁兼四公之長，而以一斥不能復，遂坐廢二(三)十年㊂〔一〇〕。予所以追悼而不去心也。八月七日，方飯僧薦冥福，病卧，刺然刀畫〔一一〕，而南州珠上人攜此軸來〔一二〕。讀之而長歎：「哲人逝矣，予何所税駕乎〔一三〕？此去死生一決耳。」珠包腰一鉢，苦硬有膽氣，而能蓄此書。今叢林禪和子以爲何種故紙，然則珠殆亦有佳處，因爲流涕而書之。

【校記】

㊀三：原作「二」，誤，今改。參見注〔二〕。

㊁宣：原作「忠」，誤，今改。參見注〔六〕。

㊂二：原作「三」，誤，今改。參見注〔一〇〕。

【注釋】

〔一〕宣和四年八月七日作於長沙。

〔二〕宣和三年夏：底本作「三」作「二」。若據底本文字推證，則陳瓘當卒於宣和三年四月九日。然通鑑長編紀事本末卷一三一謂張商英卒於宣和三年十一月，陳瓘聞其訃，歎傷異常。陳了翁年譜所載大致相同，唯「十一月」作「十月」，則瓘之卒不當早於商英，絶無宣和三年四月九日卒之理。年譜又言瓘未幾感疾睢陽，則其卒日距商英之卒時月未久。宋史陳瓘傳曰：「宣和六年卒，年六十五。」而據年譜，瓘生於嘉祐二年（一〇五七），若卒年六十五，則當卒於宣和四年（一一二二）。年譜謂陳瓘宣和六年二月卒於楚州，然宣和四年、五年均未載其任何行跡，此當爲宋史本傳所誤。今考陳淵默堂先生文集卷二一祭叔祖右司文：「維宣和四年十月丙戌朔二十日乙巳，侄孫淵謹以清酌家饌之奠，致祭於亡叔祖宮使右司之靈。」陳淵之叔祖右司即陳瓘，因嘗任右司諫故稱。據此，則陳瓘必卒於宣和四年十月前之四月。宋史、年譜編者爲元人，去北宋久遠，所叙頗疏；而惠洪與陳瓘交善，陳淵爲陳瓘姪孫，所言當可信。故此底本「二年」當爲「三年」缺筆之誤，今據史實改。

〔三〕山陽：即楚州，治山陽縣，宋屬淮南東路。

〔四〕蓋四月九日也：獨醒雜志卷九：「陳忠肅公居南康日，一夕，忽夢中得六言絶句云：『靜坐一川煙雨，未辨雷音起處。夜深風作輕寒，清曉月明歸去。』既覺，語其子弟，且令記之。次年，徙居山陽，見曆日於壁間，忽點頭曰：『此其時矣。』以筆點清明日曰：『是日佳也。』人莫知何謂，乃以其年清明日卒。」錯按：陳瓘追謚忠肅。若依獨醒雜志，則宣和四年四月九日即清明日。「清曉月明歸去」，意即清明歸去，此所謂詩讖。俟考。

〔五〕酸鼻：文選卷一九宋玉高唐賦：「孤子寡婦，寒心酸鼻。」李善注：「酸鼻，鼻辛酸淚欲出也。」

〔六〕翁知國如陸宣公：謂陳瓘知國如唐相陸贄。宋史陳瓘傳：「通於易，數言國家大事，後多驗。」陸贄，字敬輿，蘇州嘉興人。德宗召爲翰林學士，官至中書侍郎同中書門下平章事。後爲裴延齡所讒，貶忠州別駕。卒謚曰宣。新舊唐書有傳。鍇按：底本「宣」作「忠」，誤，蓋史無稱陸贄爲「陸忠公」者。考諸本集，如卷七瞻張丞相畫像贈宫使龍圖：「醫國陸宣公，護法崔元度。」本卷跋瑩中帖：「味其立朝盡節無媿宋廣平、陸宣公也。」又跋順濟王記：「其英特之風不減李逢吉禮陸宣公也。」皆作「陸宣公」，今據改。

〔七〕臨大節不奪如顔魯公：宋史陳瓘任伯雨傳論曰：「陳瓘、任伯雨抗跡疏遠，立朝寡援，而力發章惇、曾布、蔡京、蔡卞羣姦之罪，無少畏忌，古所謂剛正不撓者歟？」新唐書段秀實顔真卿傳論曰：「詳觀二子行事，當時亦不能盡信於君，及臨大節，蹈之無貳色。」

〔八〕文章光明贍博如白樂天：宋汪應辰文定集卷九陳忠肅公文集序：「若乃辨白是非，如指諸掌，探索隱伏，如見其肺肝，反復傾盡，不遺餘力。姦臣憤疾，磨牙摇奪，必欲不俱存而後已。摧沮撼頓，流離傾沛，無所不至，而氣愈壯，言愈切，則天下一人而已，忠肅陳公是也。」白樂天：白居易，字樂天，號香山居士。新唐書白居易傳：「居易於文章精切，然最工詩。初，頗以規諷得失。」

〔九〕通達宗教如裴公美：謂陳瓘通達宗門與教門如同唐相裴休。宗教，指宗門與教門。教門，謂疏經造論之華嚴、天台、法相諸宗。宗門，特指不立文字之禪宗，所謂教外別傳。陳瓘嘗研華嚴，習天台止觀，修淨土法門，又參禪因緣。宋釋道謙編大慧普覺禪師宗門武庫：「延平陳了翁，名瓘，字瑩中，自號華嚴居士。立朝骨鯁剛正，有古人風烈。留神内典，議論奪席。獨參禪未大發明，禪宗因緣，多以意解。酷愛南禪師語録，詮釋殆盡。」宋釋曇秀人天寶鑑引草庵録：「正言陳了翁，南劍州人。妙年登上第，性閑雅，與物無競，見人之短未嘗面折，但微示意，警之而已。公初尚雜華，頗有所詣。及會明智法師，扣天台宗旨，明智示以止觀上根不思議境，以性奪修成無作行，忽有契悟。晚年謫居海上，未嘗有不滿意，唯剋念西歸，嘗作延慶淨土院記。」元釋熙仲歷朝釋氏通鑑卷一〇：「司諫陳瓘瑩中謁靈源禪師，執見求解會。師曰：『執解爲宗，何日得偶諧？離却心意識參，絶却聖凡路學，然後可。』逾年開悟，一日，寄師偈云：『書堂兀坐萬機休，日煖風柔草木幽。誰識二千年遠事，如今只在眼睛頭。』答權上人，示以不舌超情之説：『云何名壁觀？壁觀欲誰傳。少林得髓士，默拜受何言。』酧珪楞嚴則曰：『塵塵世間説，刹刹本來人。止止休分別，倏然一病身。』」裴休，字公美，唐宣宗朝宰相。與圭峰宗密禪師爲法門兄弟，又與黄檗希運禪師作法喜之游。景德傳燈録卷一二相國裴休：「公既通徹祖心，復博綜教相，諸方禪學咸謂裴相不浪出黄檗之門。……雖圭峰該通禪講，爲裴之所重，未若歸心於黄檗而傾竭服膺者也。又撰圭峰碑云：『休與師於法爲昆仲，於義爲交友，於恩爲善知識，於教爲内外護。』斯可見矣。仍集黄檗語要，親書序引，冠於編首，留鎮山門。又親書大藏經五百函號，迄今寶之。又圭峰禪師著禪源諸詮、原人論及圓覺經疏、注法界觀，公皆爲之序。」參見前跋山谷雲庵贊注〔三〕。

〔一〇〕遂坐廢二十年：宋史陳瓘傳略曰：「崇寧中，除名竄袁州、廉州，移郴州，稍復宣德郎。（略）安置通州。（略）在台五年，乃得自便，纔復承事郎。（略）卜居江州，復有譖之者，至不許輒出城。旋令居南康，纔至，又移楚。瓘平生論京、卞，皆披擿其處心，發露其情慝，最所忌恨，故得禍最酷，不使一日少安。」鍇按：據陳了翁年譜，崇寧元年十月陳瓘坐黨籍除名勒停，送袁州編管。自崇寧元年（一一〇二）至宣和四年（一一二二）計二十一年，其間陳瓘皆遷徙於各貶所，無官職，故云「坐廢二十年」。底本「二」作「三」，與史實相距甚遠，當涉形近而誤，故今據宋史、陳了翁年譜改。

〔一一〕刺然刀畫：刺痛如刀畫身體。

〔一二〕南州：洪州之别稱。珠上人：法名曇珠，湛堂文準禪師弟子，惠洪法姪。參見本集卷六送珠侍者重修真淨塔注〔一〕。

〔一三〕税駕：讀曰脱駕，猶解駕，停車。引申爲歸宿。史記李斯列傳：「物極則衰，吾未知所税駕也！」

跋瑩中帖〔一〕

瑩中竄海上，而名震天下，不減司馬丞相之在洛中時〔二〕。平生多與山林之人游，處處見其翰墨，雖戲語，亦如雪中春色。予觀堪公所蓄答仰山真慧禪師〔三〕，簡重而謹嚴，如其爲人。味其立朝盡節，無媿宋廣平、陸宣公也〔四〕。

【注釋】

〔一〕宣和四年十二月作於長沙南臺寺。瑩中：即陳瓘，字瑩中，號了翁。錯按：本集卷二五題晦堂墨蹟：「堪師之能畜此帖，嗜好大是不凡。宣和四年自印福絶湖來，出以示其侄，因流涕書之。」此跋當作於同時。

〔二〕司馬丞相之在洛中：蘇軾司馬温公行狀：「凡居洛十五年，再任留司御史臺。神宗崩，公赴闕臨。衛士見公入，皆以手加額，曰：『此司馬相公也。』民遮道呼曰：『公無歸洛，留相天子，活百姓。』所在數千人聚觀之。」又曰：「退居於洛，往來陝郊，陝洛間皆化其德，師其學，法其儉。有不善，曰：『君實得無知之乎？』」宋史司馬光傳：「凡居洛陽十五年，天下以爲真宰相，田夫野老皆號爲司馬相公，婦人孺子亦知其爲君實也。」

〔三〕堪公：堪禪師，任職寺中維那，號破塵庵，生平法系未詳。參見本集卷七和堪維那移居注〔一〕、卷二〇破塵庵銘注〔二〕。仰山真慧禪師：即希祖，字超然，惠洪法弟。初住谷山，移住仰山。輿地紀勝卷二八江南西路袁州：「希祖禪師，住仰山，參學者不遠千里而來。師平日重擇交游，惟張無盡、陳了翁相與莫逆。」據此跋，可知希祖宣和四年前已自谷山移住仰山，亦可知其住仰山時已賜號真慧禪師。嘉泰普燈録卷七目録溈潭真淨雲庵克文禪師法嗣有袁州仰山希祖禪師，可證。

〔四〕宋廣平：宋璟，唐邢州南和人。武后時爲御史中丞。睿宗朝拜宰相，因奏請太平公主出居東都，貶職楚州刺史。玄宗時復相，開元八年罷相。封廣平郡公，卒謚文貞。璟與姚崇先後秉政，開元之治二人之功爲多，史稱姚宋。璟善守文，剛正過於崇。有文集十卷。新舊唐書有傳。參見本卷跋唐明皇傳注〔三〕。陸宣公：即陸贄，已見前注。

跋瑩中詩卷〔一〕

了翁徉狂垢汙〔二〕，不擇香臭，而至山水間，便能賦山礬、墨梅〔三〕，乃爾暴清絶耶？予政和春過衡陽〔四〕，道權出以相示〔五〕，如見抵掌談笑時。

【注釋】

〔一〕政和四年春作於衡州。

〔二〕徉狂垢汙：徉狂，當作「佯狂」，亦作「陽狂」，意爲裝瘋。史記宋微子世家：「（箕子）乃被髮佯狂而爲奴。」蘇軾方山子傳：「余聞光、黄間多異人，往往陽狂垢汙，不可得而見。」此借用其語。冷齋夜話卷六東坡和僧惠詮詩：「東吴僧惠詮，佯狂垢汙，而詩句絶清婉。」

〔三〕山礬：即今之七里香。山谷内集詩注卷一九戲詠高節亭邊山礬花二首序曰：「江湖南野中有一種小白花，木高數尺，春開極香，野人號爲鄭花。王荆公嘗欲求此花栽，欲作詩而陋其名。予請名曰山礬。」

〔四〕予政和春過衡陽：惠洪政和三年遇赦，十一月渡海，四年春途經衡陽。此言「政和春」疑有脱字，當作「政和四年春」，蓋政和年間唯於四年春嘗過衡陽。

〔五〕道權：衡陽僧人，生平法系未詳。

跋江表民願文〔一〕

世尊論學道，特言富貴爲難〔二〕。表民官爲左司，風節凛然，天下畏仰，貴顯矣。而與其夫人俞氏，一飯奉身，清淨自活，畢世真如德生童子、有德童女〔三〕。豈特求於今爲鮮，雖從古人中求，亦無有也〔四〕。予閲其願文，廣大堅固，深切著明，真黑暗崖之火炬，生死海之舟楫〔五〕。爲之序者淨慈禪師〔六〕，退然才中人〔七〕，而以大法爲己任，如雪竇〔八〕。爲之跋者延平了翁〔九〕，立朝正色，剛而有禮，愈斥而愈忠，如魯公〔一〇〕。皆表民之友也。而三友者聯翩欲仙(删)去㊀〔一一〕，予而自游普賢願海又可乎〔一二〕？

【校記】

㊀仙：原作「删」，誤，今改。參見注〔一一〕。

【注釋】

〔一〕宣和四年八月作於長沙。　江表民：當作「江民表」，然本文三處皆作「表民」，當爲惠洪誤記，姑仍其舊。江公望，字民表，睦州人。舉進士。建中靖國元年，由太常博士拜左司諫。内苑稍蓄珍禽奇獸，公望力言非初政所宜。蔡王似府史以語言疑似成獄，公望極言論救，出知淮陽軍。未幾，召爲左司員外郎，以直龍圖閣知壽州。蔡京爲政，編管南安軍，遇赦還家，卒。建炎中，與陳瓘同贈右諫議大夫。宋史有傳。　願文：佛教做法事時述施主誓願之表白文。宋釋宗曉編樂邦文類卷四載司諫江公望念佛方便文，文前小傳曰：「公嚴州人，智識高明，少年登第。崇寧初，直言極諫，名著當時。酷好宗門，參善知識，蔬食葛衣，砥節礪行。晚年專修淨業，悟入念佛三昧。有念佛方便文，刻石流布，指導羣生。宣和末，知廣濟軍。一日，不疾跏趺而化，知其爲淨土之歸矣。」宋釋宗鑑釋門正統卷七江公望傳：「字民表，嚴人。少第進士。崇寧初，恪謹言責，著心性二説，納忠於君。述念佛方便文，率諸寓公及解行僧建發菩提心會。坐定合掌，一一致問：『仁者發阿耨多羅三藐三菩提心未？』對曰：『已發阿耨多羅三藐三菩提心。』乃退。大得楞嚴淵旨，謂鍾離松曰：『程氏已造于閫第，未入其中耳。』宣和末，知廣濟軍。亡子夢于舅王曰：『煩稟我父，爲我就天寧誦寶積經，即有生處。我父修行功成，冥間標名金字牌矣。』數日坐逝。」佛祖統紀卷二八往生公卿傳：「江公望，釣臺人，官司諫。少年登科，蔬食清修。述菩提文、念佛方便文，以勸道俗。有子蚤亡，託夢舅氏曰：『欲稟大人，乞就天寧寺看寶積經，庶得生善處。大人修行功業已成，冥府有金字牌云：嚴州江公望，身居言責，志慕苦空，躬事熏修，心無愛染。動静不忘於佛法，言談罔失於宗風。名預脱於幽關，身必歸於淨土。』宣和末，知廣德軍。一旦無疾，面西端坐而化。」可補宋史本傳之闕。鍇按：此江公望所作願文，亦當爲曇珠所蓄。參見前跋了翁書。

〔二〕「世尊論學道」二句：四十二章經：「佛言：『天下有五難：貧窮布施難，豪貴學道難，制命不死難，得覩佛經難，生值佛世難。』」宋真宗注四十二章經：「豪貴學道難：豪貴恣逸，無諸苦惱，而能厭其累塵，折節求道，故爲難矣。」羅湖野録卷上：「噫！先佛特稱富貴學道難，況貴極人臣，據功名之會而成辦焉，此尤爲難耳。」

〔三〕「畢世真如德生童子」句：華嚴經卷七六入法界品：「於此南方，有城名妙意華門。彼有童子，名曰德生；彼有童女，名爲有德。汝詣彼問：『菩薩云何學菩薩行，修菩薩道？』」

〔四〕「豈特求於今爲鮮」三句：晉書王衍傳：「武帝聞其名，問戎曰：『夷甫當世誰比？』戎曰：『未見其比，當從古人中求之。』」

〔五〕「真黑暗崖之火炬」二句：翻譯名義集卷五法寶衆名篇：「今發大願：黑暗崖下，誓作明燈。生死波中，永爲船筏。此起悲心。拔衆生苦。」釋門正統卷三弟子志：「凡以生死海中，法爲船筏；黑暗崖下，法是明燈。」

〔六〕淨慈禪師：即釋善本，賜號大通禪師，屬雲門宗青原下十二世。嘗住持杭州淨慈寺，故稱。已見前注。

〔七〕退然才中人：語本新唐書裴度傳：「度退然纔中人，而神觀邁爽，操守堅正。」退然，柔和恬退貌。才，同「纔」。中人，平常人。參見本集卷二一南昌重會汪彦章注〔二〕。

〔八〕「而以大法爲己任」二句：善本嗣慧林宗本，宗本嗣天衣義懷，義懷嗣雪竇重顯。善本爲雪竇四世孫，故以雪竇比之。

〔九〕延平了翁：陳瓘字瑩中，號了翁，南劍州沙縣人。南劍州郡名延平，故稱。

〔一〇〕「立朝正色」四句：新唐書顔真卿傳：「真卿立朝正色，剛而有禮，非公言直道，不萌於心。天下不以姓名稱，而獨曰魯公。」宋史陳瓘傳論曰：「陳瓘、任伯雨抗跡疏遠，立朝寡援，而力發章惇、曾布、蔡京、蔡卞羣姦之罪，無少畏忌，古所謂剛正不撓者歟？」

〔一一〕三友者聯翩欲仙去：謂江公望、善本、陳瓘皆已接連過世。本集卷一四悼山谷五首之一：「竟作聯翩仙去。」即此意。　鍇按：底本「仙」作「删」，義不通。本集卷二讀慶長詩軸：「讀之置卷欲仙去。」卷四次韻彭子長劉園見花：「泠然馭風欲仙去。」卷六次韻蘇通判觀牡丹：「讀之令人欲仙去。」卷一四履道書齋植竹甚茂用韻寄之十首之六：「哦詩欲仙去。」卷二七跋東坡平山堂詞：「看其落筆置筆，目送萬里，殆欲仙去。」皆作「欲仙去」，可證「删」字乃涉音近而誤，今改。

〔一二〕普賢願海：普賢以大行聞名，故稱行願海。參見本集卷二五題瑛老寫華嚴經注〔一一〕。

跋李商老詩〔一〕

予至石門〔二〕，杲禪出商老詩偈巨軸〔三〕，讀之茫然。知此道人蓋滑稽翰墨者也〔四〕。又欲入社作雲庵客〔五〕，試手説禪，便吞雲門、臨濟〔六〕。如虎生三日，氣已食牛〔七〕。衲子譁曰：「甘露滅非錯下注脚〔八〕。」

【注釋】

〔一〕政和七年作於洪州靖安縣。李商老：李彭，字商老，號日涉園夫，南康軍建昌人。詩入江西宗派，有日涉園集二十卷傳世。參見本集卷二次韻李商老匡山道中望天池注〔一〕。

〔二〕石門：代指靖安縣寶峰禪院。輿地紀勝卷二六江南西路隆興府：「泐潭，在靖安縣北四十里，上有寶峰院，號石門山。」

〔三〕杲禪：即大慧宗杲禪師。宗杲初爲文準弟子，屬臨濟宗黄龍派。後爲克勤法嗣，屬臨濟宗楊岐派。政和七年，宗杲尚在石門，與李彭同學，相與唱酬。雲卧紀談卷下：「海昏逸人號日涉園夫者，李彭商老，參道於寶峰湛堂，遇山舒水緩，必拉大慧老師爲禪悦之樂。故嘗有語曰：『日涉園夫與杲上人同泛煙艇，遡脩江而上，遊炭婦港諸野寺。杲擊棹歌漁父，聲韻清越，令人意界蕭然，因語園夫曰：「子其爲我作頌尊宿漁父歌之。」自汾陽已下，戲成十首，付杲上人，談笑而就，故不復竄也。』一汾陽曰：『南院嫡孫唯此箇，西河獅子當門坐。絹扇清涼隨手簸。君知麽？無端喫棒休尋過。』二慈明曰：『掌握千差都照破，石霜這漢難關鎖。水出高源醻佛陀。哩稜邏，須彌作舞虚空和。』三雲峰曰：『孤硬雲峰無計較，大愚灘上曾垂釣。佛法何曾愁爛了。桶箍爆，通身汗出呵呵笑。』四老南曰：『萬古黄龍真夭矯，斬新勘破臺山媪。佛手驢蹄人不曉。無關竅，胡家一曲非凡調。』五晦堂曰：『寶覺禪河波浩浩，五湖衲子來求寶。忽豎拳頭宜速道。茫然討，難逃背觸君須到。』六真淨曰：『貶剥諸方真淨老，頂門眼正形枯槁。一點深藏人莫造。由來妙，光明烜赫機鋒峭。』七潛菴曰：『積翠十年丹鳳穴，當時親得黄龍鉢。掣電之機難把撮。真奇絶，分明水底天邊月。』八死心曰：『罵佛罵人新孟八，是非窟裏和身拶。不惜眉毛言便發。門庭滑，紅爐大鞴能生殺。』九靈源曰：『絶唱靈源求和寡，失牛尋得西家馬。顧陸筆端難擬畫。千林謝，吟風擺雪真蕭灑。』十湛堂曰：『選佛堂中川蘬苴，衲僧鼻孔頭垂下。獨秀握來無一把。杖頭挂，從教四海禪徒訝。』」李彭作頌尊宿漁歌十首付宗杲，疑即指此「杲禪所出商老詩偈巨軸」。

〔四〕滑稽翰墨：猶言遊戲翰墨。廓門注：「滑稽，見史記滑稽列傳注。」

〔五〕又欲入社作雲庵客：李彭參究湛堂文準，文準爲雲庵克文弟子，本卷有跋李商老書雲庵偈二首，可爲「欲入社」之證。入社，暗用廬山慧遠白蓮社之事。克文嘗住廬山歸宗寺，李彭亦常至廬山，故以喻之。

〔六〕便吞雲門、臨濟：謂壓倒超越雲門宗、臨濟宗之禪。

〔七〕「如虎生三日」二句：魏書私署凉州牧張寔傳：「（張）瓘曰：『虎生三日能食肉，不須人教。』」宋羅願爾雅翼卷一九釋獸二：「虎子纔生三日，則有食牛之氣。」錯按：大慧普覺禪師語録卷二三示陳機宜：「有書來呈見解，試手説禪，如虎生三日，氣已食牛。」即本此。參見本卷前跋狄梁公傳注〔四〕。

〔八〕甘露滅：惠洪自號。　錯下注脚：禪門習語。古尊宿語録卷一四趙州真際禪師語録之餘：「師云：『三十年行脚，今日爲人錯下注脚。』」碧巖録卷五第四十四則禾山解打鼓：「謝答話，錯下注脚，好與三十棒。」

跋徐洪李三士詩〔一〕

陳瑩中嘗問予南州近時人物之冠〔二〕，予以師川、駒父、商老爲言，瑩中首肯之。駒父戲效孟浩然作語，如王謝家子弟，風神步趨，不能優劣〔三〕。商老和之，如劉安王見上帝，大言不遜，豪氣未除〔四〕。獨師川有句在暮山煙雨裏，西洲落照中，未暇寫也〔五〕。

【注釋】

〔一〕政和六年春作於江州。惠洪見陳瓘於江州，此跋亦當作於是時。參見本集卷一一陳瑩中左司自丹丘欲家豫章至湓浦而止余自九峰往見之二首注〔一〕。徐：徐俯字師川，號東湖居士，洪州分寧人。徐禧子，黄庭堅外甥。有東湖集，已佚。洪：洪芻字駒父，南昌人，亦黄庭堅外甥。有老圃集二卷傳世。李：李彭字商老，號日涉園夫，南康軍建昌人，黄庭堅表姪。有日涉園集十卷傳世。三士皆入吕本中江西宗派圖。

〔二〕陳瑩中：陳瓘，字瑩中。南州：代指洪州。

〔三〕「駒父戲效孟浩然作語」四句：謂洪芻仿效孟浩然詩能得其風神氣韻，如東晉王導、謝安兩家子弟，不分高下。洪芻老圃集卷上書懷：「北闕書休上，南窗膝易安。道肥知戰勝，歸約已盟寒。委吏無麟筆，迂儒置蝨官。所須升斗水，肯沃鮒魚乾。」乃效唐孟浩然歲暮歸南山：「北闕休上書，南山歸敝廬。不才明主棄，多病故人疏。白髮催年老，青陽逼歲除。永懷愁不寐，松月夜窗虚。」

〔四〕「商老和之」四句：謂李彭唱和洪芻詩興致豪放，如淮南王劉安之大言。抱朴子内篇卷四祛惑：「昔淮南王劉安昇天見上帝，而箕坐大言，自稱寡人，遂見謫，守天廚三年。」參見本集卷二次後韻注〔一二〕。錯按：日涉園集卷七書懷：「未作終焉計，懷哉興不疏。逢人問息耗，閲歲歎乘除。老境來顔面，歸家識此渠。攀緣俱斷絶，何暇羨嚴徐。」此當爲和洪芻書懷詩。

〔五〕「獨師川有句」三句：謂徐俯詩興在江湖煙雨落照中。能改齋漫録卷一六水光山色漁父家風載徐俯浣溪沙、鷓鴣天各兩闋，其四云：「七澤三湘碧草連，洞庭江漢水如天。朝廷若見玄真子，不在江邊即酒邊。明月棹，夕陽船，鱸魚恰似鏡中懸。絲綸釣餌都收却，八字山前聽雨眠。」

跋蘇子由與順老帖〔一〕

子由每多疾病，則學道宜；多憂患，則學佛宜〔二〕。常坐黨人，兩謫高安〔三〕，多與山林有道者語，知其爲排遣憂患者也。順老，予時拜之〔四〕，又吾雲庵賢之〔五〕，潸然流涕而書云。

【注釋】

〔一〕作年未詳。　蘇子由：蘇轍（一〇三九～一一一二），字子由，軾弟，眉州眉山人。晚號潁濱遺老。宋史有傳。　順老：即上藍順禪師（一〇一三？～一〇九三），黄龍慧南法嗣。先後住景福、翠巖、上藍、香城諸寺，故亦稱景福順、翠巖順、香城順。林間録卷下：「景福順禪師，西蜀人，有遠識，爲人勤渠。叢林後進皆母德之。得法於老黄龍。昔出蜀，與圓通訥偕行，已而又與大覺璉游甚久。有贊其像者曰：『與訥偕行，與璉偕處。得法於南，爲南長子。』然緣薄，所居皆遠方小刹，學者過其門，莫能識。師亦超然自樂，視世境如飛埃過目。壽八十餘，坐脱於香城山，顔貌如生。」「贊其像者」指蘇轍欒城後集卷五香城順長老真贊，贊引曰：「長老順公，昔居圓通，從先子游數日耳。頃予謫高安，特以先契訪予再三。予嘗問道於公，以搐鼻爲答。予即以偈謝之曰：『搐鼻徑參真面目，掉頭不受別鉗鎚。』公頷之。紹聖元年，予再謫高安，而公化去已逾年矣。」五燈會元卷一七以蘇轍爲上藍順禪師法嗣。

〔二〕「多憂患」二句：欒城後集卷二一書楞嚴經後：「予自十年來，於佛法中漸有所悟，經歷憂患，皆世所希有，而真心不亂，每得安樂。」

〔三〕「常坐黨人」二句：高安即筠州。據宋孫汝聽蘇潁濱年表，元豐二年十二月，蘇轍因其兄軾坐貶監筠州鹽酒稅，次年六月至筠。紹聖元年七月，降授左朝議大夫、知袁州。蘇轍守本官，試少府監，分司南京，筠州居住。九月至筠。

〔四〕「順老」二句：冷齋夜話卷六僧景淳詩多深意：「桂林僧景淳，工爲五言詩。詩規模清寒，其淵源出於島、可，時有佳句。元豐之初，南國山林人多傳誦。居豫章乾明寺，終日閉門，不置侍者，一室淡然。聞鄰寺齋鐘即造焉。坐海衆食堂前，飯罷徑去。諸刹皆敬愛之，見其至，則爲設鉢。其或陰雨，則諸刹爲送食。住二十年如一日。有四時不出，謂大風雨極寒熱時。景福老順爲予言，淳詩意苦而深，世不可遽解，如曰：『夜色中旬後，虚堂坐幾更。隔溪猿不叫，當檻月初生。』又曰：『後夜客來稀，幽齋獨掩扉。月中無旁立，草際一螢飛。』有深意。

予時方十六七，心不然之。然聞清修自守，是道人活計，喜之耳。」

〔五〕又吾雲庵賢之：順老爲雲庵真淨克文師兄。古尊宿語録卷四五寶峰雲庵真淨禪師偈頌下中寄香城順禪師：「靈觀抛頭後，名山護有神。道場千古舊，法席幾飜新。廢去何由物，興來故在人。況師先達者，不與衆同塵。」

跋張七詩〔一〕

玉不可種也，而孝之至，則種玉亦生〔二〕。泉不可呼也，而忠之至，則呼泉亦洌〔三〕。虎不可使令也，而有德者役以櫜經〔四〕。乙不可教誨也，而有義者致其同室〔五〕。予觀兩張之詩，引物連類，折之以至理〔六〕，而秀傑之氣不没，讀之使人一唱三歎〔七〕，豈筆端有口之徒歟〔八〕？

【注釋】

〔一〕元符三年作於常州。張七：當指張嘉父。已見前注。此文曰「予觀兩張之詩」，當指張嘉父兄弟。參見本集卷四與嘉父兄弟别於臨川復會毗陵注〔一〕。

〔二〕「玉不可種也」三句：搜神記卷一一：「楊公伯雍，雒陽縣人也。本以儈賣爲業，性篤孝，父母亡，葬無終山，遂家焉。山高八十里，上無水。公汲水作義漿於阪頭，行者皆飲之。三年，有一人就飲，以一斗石子與之，使至高平好地有石處種之。云：『玉當生其中。』楊公未娶，又語云：『汝後當得好婦。』語畢不見。乃種其石。數歲，時時往視，見玉子生石上，人莫知也。有徐氏者，右北平著姓，女甚有行，時人求，多不許。公乃試求徐氏，徐氏笑以爲狂，因戲云：『得白璧一雙來，當聽爲婚。』公至所種玉田中，得白璧五雙，以聘。徐氏大驚，遂以女妻公。」參見本集卷二次韻性之送其伯氏西上注〔二〕。

〔三〕「泉不可呼也」三句：後漢書耿恭傳：「恭於城中穿井十五丈不得水，吏士渴乏，笮馬糞汁而飲之。恭仰而歎曰：『聞昔貳師將軍拔佩刀刺山，飛泉湧出；今漢德神明，豈有窮哉！』乃整衣服向井再拜，爲吏士禱。有頃，水泉奔出，衆皆稱萬歲。」參見本集卷二仇彦和佐邑崇仁有白蓮雙葩並幹芝草叢生於縣齋之旁作堂名曰瑞應且求詩敬爲賦之注〔一四〕。

〔四〕「虎不可使令也」三句：宋高僧傳卷二二李通玄傳：「嘗齎其論并經往韓氏莊，即冠蓋村也。中路遇一虎，玄見之，撫其背，所負經論搭載去土龕中，其虎弭耳而去。」

〔五〕「乙不可教誨也」三句：陳書馬樞傳：「馬樞，字要理，扶風郿人也。……六歲，能誦孝經、論語、老子。及長，博極經史，尤善佛經及周易、老子義。……樞少屬亂離，每所居之處，盜賊不入，依託者常數百家。目精洞黄，能視暗中物。常有白燕一雙，巢其庭樹，馴狎櫩廡，時集几案，春來秋去，幾三十年。」　乙：通「鳦」，燕。爾雅釋鳥：「燕燕，鳦。」郭璞注：「詩云：『燕燕于飛。』一名玄鳥，齊人呼鳦。」弘明集卷六南齊張融門論：「昔有鴻飛天道，積遠難亮，越人以爲鳧，楚人以爲乙。人自楚越耳，鴻常一鴻乎！」廓門注：「乙，虎也。」殊誤。參見本集卷一三宣和五年四月十二日余館湘陰之興化徐質夫自土山來一昔夜語甚傾倒注〔一一〕。

〔六〕「引物連類」二句：韓愈送權秀才序：「權生之貌，固若常人耳，其文辭，引物連類，窮情盡變。」蘇軾六一居士集叙：「其言簡而明，信而通，引物連類，折之於至理。」此借用其語。

〔七〕「而秀傑之氣不没」二句：蘇軾答張文潛縣丞書：「子由之文實勝僕，而世俗不知，乃以爲不如。其爲人深不願人知之，其文如其爲人，故汪洋澹泊，有一唱三歎之聲，而其秀傑之氣，終不可没。」此借用其語。廓門注：「禮記樂記篇曰：『一倡三歎。』」

〔八〕筆端有口：蘇軾與劉宜翁使君書：「然先生筆端有口，足以形容難言之妙。」冷齋夜話卷七般若了無剩語：「魯直曰：『此老人於般若横説竪説，了無剩語，非其筆端有口，安能吐此不傳之妙哉！』」林間録卷下：「予謂此老筆端有口，故多説少説，皆無剩語。」

跋高臺仁禪師所蓄子宣詩〔一〕

魯（曆）公以功業著㊀〔二〕，詩律傳者少。自廢放山林間〔三〕，與衲子遊，其語便爾清熟。此柳子厚所謂詩人以窮乃工〔四〕，殆非虚語。

【校記】

〔一〕魯：原作「曆」，四庫本、武林本作「歷」，誤，今改。參見注〔二〕。

【注釋】

〔一〕宣和元年八月作於衡州。高臺仁禪師：即仲仁，住衡州華光山妙高臺。此「高臺」前疑脱一「妙」字。子宣：曾布（一〇三六～一一〇七），字子宣，江西建昌軍南豐人，曾鞏弟。與鞏同登嘉祐二年進士第。熙寧初，爲集賢校理，與吕惠卿共創青苗、助役、保甲、農田之法，進翰林學士，兼三司使。哲宗時知樞密院。徽宗立，拜右僕射，獨當國。與蔡京不相能，責授舒州司户。大觀元年卒於潤州，年七十二，贈觀文殿大學士，謚文肅。宋史有傳。

〔二〕魯公：據近人周明泰曾子宣年譜稿，曾布嘗封魯郡侯，故時人稱曾魯公。如楊時龜山集卷三一李子約墓誌銘：「曾魯公布帥青社，辟置公幕府。」青社，即青州。據續資治通鑑長編卷四五二，元祐五年十二月壬辰，曾布自知河陽徙知青州。又程俱北山集卷三一承議郎信安江君墓誌銘：「方是時，曾魯公在相位，君爲一尉山谷間，樂職塵事，若將終身者。及魯公去位，遷衡陽，諸子逮捕下詔獄。」底本「魯」作「曆」，涉形近而誤。

〔三〕廢放山林間：指遷謫衡州事。王明清玉照新志卷二：「已而文肅（曾布）罷相，遷宅衡陽。」據宋史曾布傳，布建中靖國元年爲相，崇寧元年，責散官，衡州安置。

〔四〕此柳子厚所謂詩人以窮乃工：「詩人以窮乃工」非柳宗元語，實見於歐陽修梅聖俞詩集序：

「予聞世謂詩人少達而多窮，夫豈然哉！蓋世所傳詩者，多出於古窮人之辭也。凡士之藴其所有，而不得施於世者，多喜自放於山巔水涯之外，見蟲魚草木風雲鳥獸類，往往探其奇怪，内有憂思感憤之鬱積，其興於怨刺，以道羈臣寡婦之所歎，而寫人情之難言，蓋愈窮則愈工。然則非詩之能窮人，殆窮者而後工也。」廓門注：「又見珊瑚鈎詩話。東坡詩十九卷曰：『非詩能窮人，窮者詩乃工。』注引歐陽修詩序。陳後山詩曰：『人自窮非詩。』注引歐陽修序也。愚曰：此引柳子厚，恐失考者歟？後人須思。」其説甚是。此乃惠洪誤記。

跋道鄉居士詩〔一〕

道鄉以説禪口，談醫國法門〔二〕，雷霆一世〔三〕，初非以詩鳴也。而此詩句句有法，蓋其胸次如春之盎盎，著物成容〔四〕。今既已矣，萬人何贖哉〔五〕？儼師題于衡山之麓〔六〕。

【注釋】

〔一〕政和四年春作於衡山。道鄉居士：即鄒浩，字志完，號道鄉居士，常州晉陵人。宋史有傳。參見本集卷二次韻權巽中送太上人謁道鄉居士注〔一〕。錯按：惠洪政和四年春由海南北歸途經衡山，嘗館於方廣寺靈源閣，此跋當爲方廣寺長老從譽所藏鄒浩詩而作。鄒浩崇寧四年北歸過南嶽，嘗作詩贈從譽，道鄉集卷一四有示方廣長老從譽、題譽老無住閣諸詩。

〔二〕醫國法門：謂救治國家之方略。國語晉語八：「文子曰：『醫及國家乎？』對曰：『上醫醫國，其次疾人，固醫官也。』」參見本集卷一四陳瑩中居合浦余在湘山三首寄之注〔九〕。鍇按：宋史鄒浩傳：「初，浩除諫官，恐貽親憂，欲固持。母張氏曰：『兒能報國，無愧於公論，吾顧何憂？』及浩兩謫嶺表，母不易初意。稍復直龍圖閣。瘴疾作，危甚。楊時過常，往省之。藾然僅存餘息，猶眷眷以國事爲問，語不及私。卒，年五十二。高宗即位，詔曰：『浩在元符間，任諫諍，危言讜論，朝野推仰。』復其待制，又贈寶文閣直學士，賜謚忠。」

〔三〕雷霆一世：謂其名震天下。黄庭堅書徐德占題壁後：「豫章有二豪傑，雷霆一世。」此用其語。

〔四〕「蓋其胸次如春之盎盎」二句：盎盎，洋溢充盈貌。本集卷二四季子夢訓：「愛其文如盎盎之春，藻飾萬物。」

〔五〕「今既已矣」二句：苕溪漁隱叢話前集卷五〇引冷齋夜話：「少游到郴州，作長短句云：『霧失樓臺，月迷津渡……郴江幸自繞郴山，爲誰流下瀟湘去。』東坡絶愛其尾兩句，自書於扇曰：『少游已矣，雖萬人何贖？』」此仿其句意。鍇按：鄒浩已卒於政和元年，故云。

〔六〕儼師：惠洪自號。本集卷二二無證庵記：「余頃得罪，謫海外，館于開元之上方儼師院。」因自號儼師。

跋鄒志完詩乃其子德久書〔一〕

道鄉文章種性自然，如五色鳳〔二〕，此詩乃浴天池時容光也〔三〕。其雛筆法已能追蹤山谷之氣〔四〕，讀之，令人想見蹇驢風帽，如宗武扶子美醉吟詩也〔五〕。

【注釋】

〔一〕大觀二年冬作於常州。　鄒志完：鄒浩字志完，號道鄉居士。見前注。　德久：鄒柄，字德久。清李兆洛編道鄉先生年譜：「（元豐）七年甲子（一〇八四）：……長子柄生，字德久。此思賢録所載也。然公有冠子柄文云：『二十而冠，禮故有儀。十五而冠，義亦從宜。』其時公已謫湖外，未赴昭州，而德久公年止十五，則當生於元祐戊辰（一〇八八）、己巳（一〇八九）間，而舊譜失其傳也，以別無確據，仍附此年。」年譜末又附鄒柄小傳：「公子柄，子德久，莊重篤學，幼負雋聲，棄科舉學，從龜山先生遊，盡傳其業。靖康初，以李芾薦，布衣補承務郎，除編修，權給事。疏請恤忠公冤，且言遷謫不出泰陵意。朝奏夕可，贈官贈謚，典禮優渥。以剛鯁聞。輯伊川語録一卷，著文集二十卷，終天台守，因家天台。」鍇按：據此跋語，其時鄒浩似尚在世，而鄒柄年尚少，姑繫於此。其時鄒柄約二十一歲。

〔二〕「道鄉文章種性自然」二句：喻鄒浩文章自然之美如鳳凰文采。漢書宣帝紀：「鸞鳳又集長樂宮東闕中樹上，飛下止地，文章五色。」本集卷三魯直弟稚川作屋峰頂名雲巢：「自是河東真鸑鷟，文章五色體自然。」即此意。謂「種性」者，特就佛教立場而言之也。

〔三〕浴天池：鳳凰浴於天池，喻在朝爲官，沐浴皇恩。蘇頌蘇魏公集卷九次韻次中寄莘老學士：「曾見臺烏朝夕飛，尚稽雙鳳浴天池。」鍇按：據宋史本傳，鄒浩嘗任右正言，遷左司諫，改起居舍人，進中書舍人。

〔四〕其雛：鳳之雛鳥，指鄒柄。喻鄒浩爲鳳，故稱德久爲雛。山谷：黄庭堅號山谷道人，善書。

〔五〕「令人想見蹇驢風帽」二句：謂鄒柄之侍奉鄒浩，如宗武之侍奉其父杜甫。山谷外集詩注卷一六老杜浣花谿圖引：「宗文守家宗武扶，落日蹇驢馱醉起。」史容注：「老杜云：『熊兒幸無恙，驥子最憐渠。』又有示宗文、宗武兩詩。宗武生日詩注云：『宗武，小字驥子。』陳無己和饒節詠周昉畫李白真詩云：『君不見浣花老翁醉騎驢，熊兒捉轡驥子扶。金華仙伯哦七字，好事不復千金模。』謂此詩也。金華謂山谷。杜詩：『蹇驢破帽隨金鞍。』」鍇按：「蹇驢破帽隨金鞍」句出自蘇軾續麗人行，非杜甫詩，此借用其語。

跋四君子帖〔一〕

秦少游舌頭無骨〔二〕，王定國察見淵魚〔三〕，山谷口業猶在〔四〕，道鄉習氣不除〔五〕。華光不語如雷〔六〕。

【注釋】

〔一〕宣和元年八月作於衡州。　四君子：謂秦觀、王鞏、黄庭堅、鄒浩。鍇按：四君子帖當爲華光仲仁禪師所收藏，惠洪觀帖，當在衡州華光山，姑繫於此。參見前跋高臺仁禪師所蓄子宣詩注〔一〕。

〔二〕秦少游：秦觀字少游。　舌頭無骨：禪門習語，舌頭柔軟，形容語言隨機應物。古尊宿語録卷六睦州和尚語録：「問：『三界唯心、萬法唯識時如何？』師云：『牙齒敲磕。更置將一問來。』僧無語。師云：『舌頭無骨。』」建中靖國續燈録卷三潭州雲蓋山繼鵬禪師：「問：『如何是佛法大意？』師云：『舌頭無骨。』」同書卷六婺州承天惟簡禪師：「問：『開口即失，閉口即喪，未審如何説？』師云：『舌頭無骨。』」

〔三〕王定國：王鞏字定國，自號清虚居士，大名莘縣人。王素子。有雋才，長於詩，從蘇軾游。軾守徐州，鞏往訪之。軾得罪，鞏亦竄賓州，數歲得還，豪氣不少挫。後歷宗正丞，以跌蕩傲世，終不顯。有甲申雜記、聞見近録、隨手雜録及詩文集。宋史有傳。蘇軾爲作王定國詩集叙，黄庭堅爲作王定國文集序。　察見淵魚：謂明察太過。語本列子説符：「周諺有言：『察見淵魚者不祥，智料隱匿者有殃。』」此借用其語。

〔四〕山谷：即黄庭堅。　口業猶在：謂其帖中尚有妄語綺語之類口業，此乃就佛教立場而言之。

〔五〕道鄉：即鄒浩。　　習氣不除：禪門習語，謂煩惱之習性未除。汾陽無德禪師語録卷中頌古代别：「僧問萬歲：『大衆上堂，合談何事？』師云：『序品第一。』代云：『習氣不除。』」古尊宿語録卷三五大隨開山神照禪師語録：「老僧也不是醉凡詐聖，祇是習氣不除。」金陵清涼院文益禪師語録：「源云：『迦葉過去世曾作樂人來，習氣未除。』」此謂作詩之習氣未能除盡。蘇軾再和潛師：「東坡習氣除未盡，時復長篇書小草。」

〔六〕華光：即仲仁禪師。不語如雷：此即莊子在宥「淵默而雷聲」之意。錯按：仲仁實四君子帖之收藏者，而欲惠洪作跋，已乃不言，故此稱其「不語如雷」。

跋吕鎮公詩〔一〕

右惠照院見太師鎮國吕公留題一首，深清雄麗，有愛君報國之志。時公方尉新昌，實生太尉吉甫〔二〕。以道德爲神考所敬，與舒王上下議論，遂參大政〔三〕。文章翰墨，雷霆一時，福禄壽考〔四〕，逮事三朝〔五〕，天下學者宗之。昔李郃（邵）以高才博學爲南鄭幕門候（侯）吏㊀，而其子固爲東漢名臣〔六〕。豈所謂隱德報應，不身嘗之，而及其子孫者乎？予於太師鎮國公亦云。

【校記】

㈠ 部：原作「邵」，誤，今據廓門本改。　候：原作「侯」，今據四庫本、廓門本、武林本改。

【注釋】

〔一〕政和五年作於筠州新昌縣。　呂鎮公：呂璹，字季玉，泉州晉江人。景祐元年進士。習吏事，令漳浦，縣處山林蔽翳間，民病瘴癘蛇虎之害，璹教民焚燎而耕，害爲衰止。爲知開封府司録，鞫中人史志聰役衛卒伐木事，吏多爲之地，璹窮治之。終光禄卿。以子惠卿貴，累追贈太師，追封鎮國公。宋史附呂惠卿傳。參見宋詩紀事卷一三小傳。

〔二〕「右惠照院」五句：輿地紀勝卷二七瑞州官吏：「呂鎮公：呂吉甫父鎮國公嘗爲新昌尉。鎮國公嘗題詩惠照院云：『到此未逾月，沿封十往還。路危頻駐馬，力勸怯登山。親老難辭禄，時平可養閑。自憐清節苦，誰爲達天顔？』今尉廳石刻尚存。丞相（呂惠卿）生於新昌廨舍焉。」　吉甫：呂惠卿（一〇三二～一一一一），字吉甫，晉江人。助王安石行新法，官至參知政事。久之，以資政殿學士出知延州。加大學士，知太原府。元祐初，責授建寧軍節度副使、建州安置。紹聖中，復資政殿學士，知大名府。加觀文殿學士，知延州。徽宗崇寧五年，起爲觀文殿學士，知杭州。政和元年卒，贈開府儀同三司。宋史入姦臣傳。

〔三〕「以道德爲神考所敬」三句：宋史呂惠卿傳：「惠卿起進士，爲真州推官。秩滿入都，見王安石，論經義，意多合，遂定交。熙寧初，安石爲政，惠卿方編校集賢書籍，安石言於帝曰：『惠卿之賢，豈特今人，雖前世儒者未易比也。學先王之道而能用者，獨惠卿而已。』及設制置三司條例司，以爲檢詳文字，事無大小必謀之，凡所建請章奏皆其筆。……司馬光諫帝曰：『惠卿憸巧，非佳士，使安石負謗於中外者，皆其所爲。安石賢而愎，不閑世務，惠卿爲之謀主，而安石力行之，故天下並指爲姦邪。近者進擢不次，大不厭衆心。』帝曰：『惠卿進對明辨，亦似美才。』光曰：『惠卿誠文學辨慧，然用心不正，願陛下徐察之。江充、李訓若無才，何以能動人主？』帝默然。……會惠卿以父喪去，服除，召爲天章閣侍講，同修起居注，進知制誥，判國子監，與王雱同修三經新義。又知諫院，爲翰林學士。安石求去，惠卿使其黨變姓名，日投匭上書留之。安石力薦惠卿爲參知政事，惠卿懼安石去，新法必搖，作書遍遺監司、郡守，使陳利害。又從容白帝下詔，言終不以吏違法之故，爲之廢法。故安石之政，守之益堅。」

〔四〕福禄壽考：吕惠卿仕至銀青光禄大夫，從二品，享年八十，故稱。

〔五〕逮事三朝：謂其歷事神宗、哲宗、徽宗三朝。錯按：惠卿嘉祐二年登進士，初仕仁宗、英宗朝，然只爲真州推官。其入朝從政，實自神宗熙寧年間始，故云「事三朝」。

〔六〕「昔李郃以高才博學」二句：後漢書方術傳上李郃傳：「李郃字孟節，漢中南鄭人也。父頡，以儒學稱，官至博士。郃襲父業，遊太學，通五經。善河洛風星，外質朴，人莫之識。縣召署幕門候吏。和帝即位，分遣使者，皆微服單行，各至州縣，觀採風謡。使者二人當到益部，投郃候舍。時夏夕露坐，郃因仰觀，問曰：『二君發京師時，寧知朝廷遣二使者邪？』二人默然，驚相視曰：『不聞也。』問何以知之。郃指星示云：『有二使星向益州分野，故知之耳。』後三年，其使者一人拜漢中守，郃猶爲吏，太守奇其隱德，召署户曹吏。……郃歲中舉孝廉，五遷尚書令，又拜太常。元初四年，代袁敞爲司空，數陳得失，有忠臣節。在位四年，坐請託事免。安帝崩，北鄉侯立，復爲司徒。」後漢書李固傳：「李固字子堅，漢中南鄭人，司徒郃之子也。」傳論曰：「順桓之間，國統三絶，太后稱制，賊臣虎視。李固據位持重，以爭大義，確乎而不可奪。豈不知守節之觸禍，恥夫覆折之傷任也。觀其發正辭，及所遺梁冀書，雖機失謀乖，猶戀戀而不能已。至矣哉，社稷之心乎！」

跋李豸弔東坡文〔一〕

東坡以建中靖國元年七月二十七日歿於常州〔二〕。時錢濟明侍其傍〔三〕，白曰：「端明平生學佛〔四〕，此日如何？」坡曰：「此語亦不受〔五〕。」遂化。李豸爲文以弔之曰：「道大難名，才高衆忌。皇天后土，知平生忠義之心；名山大川，還千載英靈之氣。」〔六〕士大夫稱其詞該而美，今録以示常道人〔七〕，亦可以舉似山中諸道友也。

【注釋】

〔一〕大觀元年作於撫州。　李豸：即李廌，字方叔，陽翟人。蘇門六君子之一，有濟南集、師友談記、德隅齋畫品傳世。事具宋史文苑傳。參見本集卷九次韻李方叔游衡山僧舍注〔一〕。

〔二〕七月二十七日：宋王宗稷東坡先生年譜、施宿東坡先生年譜、傅藻東坡紀年録皆謂蘇軾卒於建中靖國元年七月二十八日。

〔三〕錢濟明：錢世雄字濟明，世稱冰華先生，常州晉陵人。年十六七已能詩，爲名流所稱。比壯，從蘇軾遊。曾倅平江。元祐中爲瀛州防禦推官，權攝進奏院户部檢法官。晚以詩書自娱，有文集傳世。事具楊時龜山集卷二五冰華先生文集序。參見本集卷一一錢濟明作軒於古井旁名冰華賦此注〔一〕。

〔四〕端明：即蘇軾。蓋蘇軾元祐七年遷禮部尚書，兼端明殿、翰林侍讀兩學士，故世稱蘇端明，蓋以其職而稱之。

〔五〕此語亦不受：此借用佛書中語。如大智度論卷六：「非有亦非無，亦復非有無。此語亦不受，如是名中道。」唐釋澄觀華嚴經隨疏演義鈔卷一〇：「一切皆不可，不可亦不可，此語亦不受。」釋宗密注華嚴法界觀門：「此語亦不受，受即是念。」

〔六〕「李豸爲文以弔之曰」七句：宋魏齊賢五百家播芳大全文粹卷八二載李方叔全文，題爲追薦東坡先生疏，其文曰：「端明尚書，德尊一代，名滿五朝。道大不容，才高爲累。惟行能之蓋世，致忌娼之爲仇。久蹭蹬於禁林，不遇故去；遂飄零於障海，卒老於行。方幸賜環，忽聞亡鑑。識與不識，罔不盡傷；聞所未聞，吾將安倣？皇天后土，知一生忠義之心；名山大川，還千古英靈之氣。繫斯文之興廢，占吾道之盛衰。兹乃公議之共憂，非獨門人之私義。所恨一違師席，九易歲華。意徒生還，遂爲死別。慕子貢築塲之意，每罄哀誠；誦普賢行願之文，庶資冥福。阿僧祇劫，爲轉法輪；兜率陁天，頓居福地。仰祈諸聖，俯鑒微情。」而宋人所記李廌（豸）祭文其辭各異，如朱弁曲洧舊聞卷五：「東坡之殁，士大夫及門人作祭文甚多，惟李廌方叔文尤傳，如『道大不容，才高爲累。皇天后土，鑒平生忠義之心；名山大川，還千古英靈之氣。識與不識，誰不盡傷？聞所未聞，吾將安放？』此數句，人無賢愚，皆能誦之。」又張邦基墨莊漫録卷三：「李豸方叔祭東坡文有云：『皇天后土，鑒平生忠義之心；名山大川，還千古英靈之氣。』」與朱弁同。呂本中紫薇詩話：「方叔祭東坡文云：『皇天后土，實表平生忠義之心；名山大川，復收自古英靈之氣。』」吴曾能改齋漫録卷一二李方叔詩文引呂本中語。張端義貴耳集卷上：「東坡會葬，有齋筵，李方叔作致語云：『皇天后土，鑒一生忠義之心；名山大川，還千古英靈之氣。』蜀有彭老山，東坡生則童，東坡死復青。」鍇按：據何薳春渚紀聞卷六載，「冰華丈」（錢世雄）亦有祭東坡先生文，其辭略曰：「降鄒陽於十三世，天豈偶然；繼孟軻於五百年，吾無間也。」

〔七〕常道人：即了常禪師，嗣法兜率從悦，爲惠洪法姪，屬臨濟宗黃龍派南嶽下十四世。元祐六年，住撫州踈山永安禪院。本集卷二四送鑑老歸慈雲寺注〔六〕。錯按：智證傳：「昔予至臨川，與朱顯謨世英游相好也。俄南昌上藍長老至。居一日，同游踈山，飯於逆旅。」時在大觀元年。惠洪見踈山了常禪師，當在是時。

跋養直可師唱和真隱詩〔一〕

予久不見養直，時時想見其墮幘醉時〔二〕。忽閲此詩，如行野渡春色中，跬盇盇醇醲〔三〕，然終有一種清絶氣味。可上人語迅快，如「漱壑夜泉響，掃窗春霧空」，不類菜肚阿師語〔四〕。仲伯連璧士也〔五〕，而皆友吾巽中〔六〕。傳曰：「觀其所以游，因以知其爲人〔七〕。」吾於巽中亦云。

【注釋】

〔一〕政和四年九月作於廬山。養直：蘇庠字養直，丹陽人，蘇堅子。自號眚翁，又號後湖居士。事具京口耆舊傳卷四。參見本集卷三會蘇養直注〔一〕。可師：僧祖可，字正平。俗姓蘇名序，堅子，庠弟。因被惡疾，人稱癩可。宋詩紀事卷九二祖可小傳曰：「癩可詩入江西派，有東溪集、瀑泉集。」參見本集卷三贈癩可注〔一〕、卷一〇東溪僧聽泉堂注

〔一〕真隱：僧善權，字巽中，號真隱，人稱瘦權。詩入江西派。直齋書録解題卷二〇著録其真隱集三卷。參見本集卷二贈巽中注〔一〕。　鍇按：聲畫集卷一載善權王性之得李伯時所作歸去來圖並自書淵明詞刻石於琢玉坊爲賦長句，又載祖可李伯時作淵明歸去來圖王性之刻於琢玉坊牆病僧祖可見而賦詩，即爲「可師唱和真隱詩」之證據。宋高僧詩選後集卷下載善權山中懷養直因次王性之韻兼簡東溪可師、次韻酬養直，然蘇庠後湖集已佚，唱和善權詩不可考。

〔二〕墮幘醉：形容酒醉失去常態。語本世説新語雅量：「太傅於衆坐中問庾，庾時頽然已醉，幘墮几上，以頭就穿取。」參見本集卷一大雪戲招耶溪先生鄒元佐注〔七〕。

〔三〕盎盎：洋溢充盈貌，多形容春色。

〔四〕「可上人語迅快」三句：謂祖可詩無僧人特有之蔬筍氣。菜肚阿師，戲稱滿肚素菜之和尚。蘇軾贈詩僧道通：「語帶煙霞從古少，氣含蔬筍到公無。」此化用其意。劉克莊後村先生大全集卷九五江西詩派三僧：「祖可默讀書，詩料多，無蔬筍氣，僧中一角麟也。」清張泰來江西詩社宗派圖録：「祖可字正平。住廬山，與善權同學詩，骨氣高邁，爲徐師川所推。可師有『亂山爭夕陽』之句，善權歎其清絶。與養直唱和真隱詩，如『漱甃夜泉響，掃窗春霧空』等詠，往往得意外警妙，其刻苦洵有過人者。」

〔五〕仲伯：指蘇庠、蘇序（祖可）。連璧：並列之美玉，喻並美之人。世説新語容止：「潘安仁、夏侯湛並有美容，喜同行，時人謂之連璧。」黃庭堅和答子瞻和子由常父憶館中故事：「二蘇上連璧，三孔立分鼎。」

〔六〕巽中：即真隱善權。廓門注：「巽中，瘦權也。」

〔七〕「觀其所以游」二句：未知出處。管子權修：「觀其交游，則其賢不肖可察也。」此或用其意。

跋養直詩〔一〕

宣和二(三)年三月㊀，予遷居水西南臺寺〔二〕。初六日，顛風攪林，東軒小寢，俄大雨。起步脩廊，復坐，頹然昏睡。南州道人崇顗（雝）者持此軸來㊁〔三〕。隱几讀之〔四〕，如觀飛菟頓塵〔五〕，追風趁日也〔六〕。然其詩詞所及，皆予故人，而予亦嘗落憫憐中，蓋方竄海外時帖也。昔曾魯公問予曰〔七〕：「蘇養直聞齒少而詩老，恨未識之。子見其詩否？」予曰：「李太白詩語帶煙霞，肺腑纏錦繡〔八〕。以予觀養直之詩，逮又過之〔九〕。」魯公駭予此論。今數詩，惜公不見，以驗前語耳。

【校記】

㊀二：原作「三」，誤，今改。參見注〔二〕。

㈡道人：原作「道」，誤，今補。　顒：原作「難」，誤，今改。參見注〔三〕。

【注釋】

〔一〕宣和二年三月作於長沙水西南臺寺。　養直：蘇庠字養直。見前注。

〔二〕「宣和二年三月」二句：本集卷一三禪首座自海公化去見故舊未嘗忘追想悼歎之情季真游北游大梁聞其病憂得書輒喜爲人重鄉義久要不忘湘西時訪史資深亦或見尋此外閉門高臥耳宣和二年三月日風雨有懷其人戲書寄之，據詩題，該詩作於宣和二年三月，詩有「閑尋老儼臺南寺」之句，則其時惠洪已遷居南臺寺。本文所寫「初六日，顛風攪林，東軒小寢，俄大雨」，當即詩所言「宣和二年三月日風雨」。底本「二年」作「三年」，當爲缺筆之誤，其例見本卷跋了翁書注〔二〕。參見注〔三〕。

〔三〕南州道人崇顒者：南州，洪州之代稱。考本集卷二五題五宗録曰：「書成於宣和元年正月。明年，有漳南道人崇顒者願求傳録。」漳南乃洪州之别稱，同南州，且崇顒見惠洪亦在宣和二年。底本作「南州道崇難者」，義難通，「道崇難」當爲「道人崇顒」之誤録。

〔四〕隱几：倚靠几案。語本莊子徐無鬼：「南伯子綦隱几而坐。」

〔五〕飛菟：亦作「飛兔」，駿馬名。呂氏春秋離俗：「飛兔、要褭，古之駿馬也。」高誘注：「飛兔、要褭，皆馬名也。日行萬里，馳若兔之飛，因以爲名也。」　頓塵：抖落塵土。

〔六〕追風：亦駿馬名，以疾馳而稱。晉崔豹古今注卷中鳥獸：「秦始皇有名馬七：一曰追風，二曰白兔，三曰躡景，四曰犇電，五曰飛翮，六曰銅爵，七曰晨鳧。」　趁日：逐日，追日。

〔七〕曾魯公：即曾布，字子宣。　錯按：冷齋夜話卷九三十六計走爲上計：「紹聖初，曾子宣在西府，淵材往謁之。論邊事，極言官軍不可用，用土爲良。子宣喜之。既罷，與余過興國寺，河上食素分茶，甚美。」據宋史宰輔表，曾布紹聖元年六月同知樞密院事。西府，即樞密院。惠洪與其叔彭淵材見曾布，當在曾布同知樞密院後。與曾布論蘇庠詩，當在是時。廓門注「曾魯公」曰：「萬姓統譜曰：曾易占，字不疑，封魯國公。又曾公亮，字明仲，封魯國公。」皆非。參見本卷跋高臺仁禪師所蓄子宣詩注〔二〕。

〔八〕「李太白詩語帶煙霞」二句：李白冬日於龍門送從弟京兆參軍令問之淮南覲省序：「常醉目吾曰：『兄心肝五藏皆錦繡耶，不然，何開口成文，揮翰霧散？』」

〔九〕「以予觀養直之詩」二句：蘇軾書蘇養直詩：「此篇若置在太白集中，誰復疑其非也。乃吾宗養直所作清江曲云。」此謂蘇庠詩過李白，乃就蘇軾意而引申之。

跋謝無逸詩〔一〕

臨川謝無逸，布衣而名重搢紳〔二〕。於書無所不讀，於文無所不能，而尤工於詩。黃魯直閱其與李（老）沖（仲）元詩曰㊀：「老鳳垂頭噤不語，枯木查牙噪春鳥。」大驚曰：「張、晁流也。」〔三〕陳瑩中閱其贈普安禪師詩曰：「老師登堂撾大鼓，是中那容嗇夫喋。」歎息曰：「計其魁傑，不減張、晁也。」〔四〕二詩於無逸集中未爲絶唱，而陳、黄已絶倒無餘，惜其未多見之耳。然無逸文（又）喜論列而氣長㈡〔五〕，詩尚造語而工，置於文潛、補之集中，東坡不能辯〔六〕。文章如良金美玉，自有定價〔七〕，殆非虚語也。予方以罪謫海外〔八〕，無逸適過廬山，見吾弟超然〔九〕，熟視久之，意折曰〔一〇〕：「吾此生復能見覺範乎〔一一〕？」語不成聲，乃背去。後三年，予幸蒙恩北還，而無逸乃棄予而先焉〔一二〕。因與超然對榻夜語及之，不自覺淚殷枕也〔一三〕。嗚呼！無逸東鄰有甯生者，二十餘，以鏤刻爲菩薩像，每過無逸，恬退趨去。俄游京師，以其役得將仕郎而還〔一四〕，華裾細馬〔一五〕，閭里聚觀，無逸出門值之，爲避路。門弟子爲不懌累月。嗚呼！無逸有出世之才，年未五十，一命不沾〔一六〕，殞傾大命〔一七〕，曾東鄰甯木工之不若。嗟乎，惜哉！

【校記】

㈠ 李：原作「老」，誤，今改。　沖：原作「仲」，誤，今改。參見注〔三〕。

㈡ 文：原作「又」，誤，今改。參見注〔五〕。

【注釋】

〔一〕政和四年作於筠州新昌縣。　謝無逸：謝逸字無逸，臨川人，號溪堂居士。詩入江西派，有溪堂集傳世。參見本集卷八了翁有書與謝無逸云覺範真是比丘注〔一〕。

〔二〕搢紳：同「縉紳」，插笏於紳間。仕宦者垂紳插笏，因代稱士大夫。

〔三〕「黄魯直閲其」五句：黄庭堅字魯直。「老鳳」二句詩見於溪堂集卷三豫章别李元中宣德，其詩曰：「舊聞諸李隱龍眠，伯時已老元中少。一行作吏各天涯，故人落落疏星曉。西山影裏識君面，碧照章江眸子瞭。向來問道渺多歧，只今領略歸玄妙。老鳳垂頭噤不語，古木槎枒噪春鳥。身在幕府心江湖，左胥右律但坐嘯。第愁一葉釣魚舟，不容七尺堂堂表。我今歸卧靈谷雲，君應紫禁鶯花繞。相思有夢到茅齋，細雨青燈坐林杪。」「枯木查牙」作「古木槎枒」。　李沖元，字元中，舒州舒城人。參見本集卷一八李伯時畫彌陁像贊注〔五〕、〔六〕。底本「李沖元」作「老仲元」，涉形近而誤。　鍇按：冷齋夜話卷七謝無逸佳句：「謝逸字無逸，臨川縣人，勝士也，工詩能文。黄魯直讀其詩曰：『晁、張流也，恨未識之耳。』無逸詩曰：『老鳳垂頭噤不語，枯木槎牙噪春鳥。』又曰：『貪夫蟻旋磨，冷官魚上竿。』又曰：『山寒石髮瘦，水落溪毛凋。』爲魯直所稱賞。」同書卷一〇問歐陽公爲人及文章：「臨川謝逸字無逸，高才，江南勝士也。黄魯直見其詩，歎曰：『使在館閣，當不減晁、張。』」　張：張耒（一〇五四～一一一四）字文潛，號柯山，楚州淮陰人。弱冠第進士，元祐元年以試太學録召試，授秘書省正字，累遷起居舍人。紹聖初知潤州，坐黨謫官。徽宗召爲太常少卿，出知潁、汝二州，復坐黨籍落職。政和四年卒，年六十一。有兩漢決疑、詩説、柯山集等。耒有雄才，尤長騷詞，誨人作文，以理爲主。詩效長慶體，晚年務平淡，而樂府得盛唐之體。宋史有傳。晁：晁補之（一〇五三～一一一〇）字無咎，濟州鉅野人。舉元豐二年進士，試開封及禮部別院，皆第一。元祐初，爲太學正。召試館閣，除秘書省正字，遷校書郎，以秘閣校理通判揚州，召還，爲著作佐郎。後以禮部郎中出知河中府，徙湖、密、果三州，主管鴻慶宫。大觀中起知達、泗二州，四年卒，年五十八。補之才氣飄逸，嗜學不倦。工書畫，文章温潤奇卓，出於天成。有雞肋集七十卷、晁無咎詞傳世。宋史有傳。

〔四〕「陳瑩中閱其」六句：陳瓘字瑩中，已見前注。「老師」二句見溪堂集卷三送子侃禪師，其詩曰：「薛老峰前古游俠，脱冠買劍剪鬒鬣。閉關孤坐百念空，面上老色如秋葉。飄然飛錫華子岡，浪逐西風移步屧。攝衣升堂椎大鼓，是中不賞嗇夫喋。四衆圍繞如堵牆，要觀霹靂飛牙頰。人生一夢幾時覺，相逢栩栩皆蝴蝶。何當蠟屐從師遊，遮莫馮驩老彈鋏。」「老師登堂」作「攝衣升堂」，「那容」作「不賞」。普安禪師，法名當爲子侃，生平法系未詳，燈録、僧傳失載。錯按：「是中不賞嗇夫喋」，語本漢書張釋之傳：「從行，上登虎圈，問上林尉禽獸簿，十餘問，尉左右視，盡不能對。虎圈嗇夫從旁代尉對上所問禽獸簿甚悉，欲以觀其能口對向應亡窮者。文帝曰：『吏不當如此邪？尉亡賴。』詔釋之拜嗇夫爲上林令。釋之前曰：『陛下以絳侯周勃何如人也？』上曰：『上者。』又復問：『東陽侯張相如何如人也？』上復曰：『長者。』釋之曰：『夫絳侯、東陽侯稱爲長者，此兩人言事曾不能出口，豈效此嗇夫喋喋利口捷給哉！』」喋，多言貌。

〔五〕文喜論列而氣長：溪堂集卷八有袁盎論、毀辨、陳極孝子辨、佛齋辨，皆論列之文，又卷七有送汪信民序、淇澳堂記、三益齋記、浩然齋記、介庵記等，亦皆長於議論，而其文亡佚者尚多。論列，猶言論述。底本「文」作「又」。鍇按：蓋此句言謝逸之文，與下句言其詩相對，作「又」則不相應，「又」乃涉形近而誤。

〔六〕「置於文濳、補之集中」二句：蘇軾書蘇養直詩：「此篇若置在太白集中，誰復疑其非也。乃吾宗養直所作清江曲云。」此擬東坡之意而仿其句法。

〔七〕「文章如良金美玉」二句：蘇軾與謝民師推官書：「歐陽文忠公言：文章如精金美玉，市有定價，非人所能以口舌定貴賤也。」此借用其意。鍇按：歐陽修蘇氏文集序：「斯文，金玉也。棄擲埋没糞土，不能消融。文章已自行于天下，雖其怨家仇人及嘗出力而擠之死者，至其文章，則不能少毁而掩蔽之也。」蘇軾語本此。

〔八〕予方以罪謫海外：寂音自序：「坐交張、郭厚善，以政和元年十月二十六日配海外。以二年二月二十五日到瓊州，五月七日到崖州。」

〔九〕吾弟超然：釋希祖，字超然，惠洪同門法弟。已見前注。

〔一〇〕意折：猶言心折。心意摧折，惻然銷魂。本集卷三〇祭五祖自老文：「掩涙莫陳，意折心碎。」同卷祭文七首之一：「言念至此，意折心摧。」

〔一一〕覺範：惠洪字覺範。

〔一二〕「後三年」三句：寂音自序：「（政和）三年五月二十五日蒙恩釋放，十一月十七日北渡海。以明年四月到筠。」謝逸卒於政和二年，先於惠洪蒙恩北還，故云「棄予而先焉」。

〔一三〕涙殷枕：謂涙浸染枕頭。殷，本謂以血染紅，本集借謂以涙染濕。已見前注。

〔一四〕將仕郎：文散官，從九品下，爲最低官階。

〔一五〕華裾：華麗服裝。細馬：駿馬。北史白建傳：「三年，突厥入境，代、忻二牧，悉是細馬，合數萬疋，在五臺山北柏谷中避賊。」錯按：李賀高軒過：「華裾織翠青如葱，金環壓轡搖玲瓏。馬蹄隱耳聲隆隆，入門下馬氣如虹。」此暗用其意形容甯生衣錦還鄉之氣勢。

〔一六〕一命不沾：謂未曾沾受帝王按官爵所賜之一物。謝逸一生爲布衣，故云。李白爲宋中丞自薦表：「臣所薦李白，實審無辜，懷經濟之才，抗巢由之節，文可以變風俗，學可以究天人，一命不沾，四海稱屈。」此借用其語。

〔一七〕大命：壽命。史記春申君列傳：「王若卒大命，太子不在，陽文君必立爲後，太子不得奉宗廟矣。」

跋無盡居士帖〔一〕

無盡登庸〔二〕，百僚畏讋〔三〕，坐政事堂，德長於兩府諸公〔四〕。自劉中書、吴門下皆昆弟畜之〔五〕。觀其退歸山林，與衲子游，書詞諄諄，不翅如骨肉然〔六〕。賢者莫不怪之，安知此老人以法爲親乎〔七〕？龍安照公倚公之風〔八〕，遂托名不朽〔九〕，其亦老杜贊公、盧玉川曦（希）上人之流亞也耶㈠〔一〇〕？

【校記】

㈠ 杜：原缺，今補。　曦：原作「希」，誤，今改。參見注〔一〇〕。

【注釋】

〔一〕宣和四年十二月作於長沙。　無盡居士：張商英字天覺，號無盡居士。參見本集卷五清臣先臣過余於龍安山出羣公詩爲示依天覺韻注〔一〕。鍇按：本集卷二四送一上人序：「宣和四年十二月十四日，龍安之門弟子義一持無盡所作照公塔銘語句來，時無盡亦歿逾年矣。」本文謂「龍安照公倚公之風，遂托名不朽」，當作於義一持張商英所作照公塔銘語句來訪時。

〔二〕登庸：進用，任用。書堯典：「帝曰：疇咨若時登庸。」孔傳：「疇，誰。庸，用也。」此指張商英拜相事。鍇按：宋史徽宗本紀二：「（大觀四年六月）乙亥，以張商英爲尚書右僕射兼中書侍郎。」

〔三〕畏讋：畏懼，恐懼。智證傳：「德山四世而有謙。謙眇而機穎，叢林號獨眼龍。游方時齒尚少，耆年皆畏讋之。」

〔四〕兩府：指中書省與樞密院。歐陽修歸田録卷二：「蓋樞密使，唐制以内臣爲之，故常與内侍諸司使副爲伍。自後唐莊宗用郭崇韜，與宰相分秉朝政，文事出中書，武事出樞密，自此之後，其權漸盛，至今朝遂號爲兩府。事權進用，禄賜禮遇，與宰相均。」政事堂爲中書省辦公處。

〔五〕劉中書：劉正夫（一〇六二～一一一七）字德初，衢州西安人。未冠入太學有聲，元豐八年舉進士。累仕至左司諫。召爲工部尚書，拜右丞，進中書侍郎。封康國公。卒贈太傅，謚文憲。宋史有傳。　吴門下：吴居厚（一〇三七～一一一三），初名居實，字敦老，洪州人。嘉祐八年進士。崇寧初尹開封，拜尚書右丞，進中書門下侍郎。後以武寧節度使知洪州。宋史有傳。　昆弟畜之：猶言視爲昆弟。

〔六〕不翅：不啻，無異於。翅，通「啻」。莊子大宗師：「陰陽於人，不翅父母。」

〔七〕以法爲親：隋釋灌頂隋天台智者大師别傳：「我與汝等因法相遇，以法爲親，傳習佛燈，是爲眷屬。」參見本集卷五同游雲蓋分韻得雲字注〔一一〕。

〔八〕龍安照公：即慧照禪師，一作惠照，兜率從悅法嗣，惠洪法姪，屬臨濟宗黄龍派南嶽下十四世。嘗住分寧縣龍安山兜率寺。僧寶正續傳卷一有兜率照禪師傳。參見本集卷一〇寄龍安照禪師注〔一〕。鍇按：慧照與張商英交往事，詳見本集卷二四送鑑老歸慈雲寺、送一上人序。

〔九〕遂託名不朽：廓門注：「託名不朽，杜詩『黄四娘』也，詳於東坡詩話及題跋等，記前注。」鍇按：蘇軾書子美黄四娘詩：「昔齊魯有大臣，史失其名。黄四娘獨何人哉，而託此詩以不朽，可以使覽者一笑。」參見本集卷二五題谷山崇禪師語注〔八〕。

〔一〇〕「其亦老杜贊公」句：謂張商英與慧照之關係，猶老杜之與贊公、盧仝之與曦上人。廓門注：「杜詩曰：『贊公釋門老。』又有寄贊上人等詩也。」鍇按：杜甫有大雲寺贊公房四首、宿贊公房、西枝邨尋置草堂地夜宿贊公土室二首、寄贊上人、别贊上人諸詩。盧玉川：唐詩人盧仝，范陽人，號玉川子。家貧好讀書，初隱少室山，不求仕進。曾爲月蝕詩以譏諷宦官，韓愈稱其工。甘露之變，爲宦官所殺。事附新唐書韓愈傳。廓門注：「仝訪希上人於長壽寺，三度不遇，遂題詩於石壁去。」鍇按：盧仝玉川子詩集卷一訪含曦上人：「三入寺，曦未來。轆轤無繩井百尺，渴心歸去生塵埃。」本集卷一三訪雙池老不遇其子覺先求詩爲作此：「曦竟未回憑欄久，忽聞高柳子規聲。」即用盧仝訪含曦事。底本「老杜贊公」作「老贊公」，脱一「杜」字，今補。「曦」作「希」，涉音近而誤，今改。

跋蔡子因詩書三首〔一〕

歐陽文忠公嘗非笑肥字〔二〕，而誇杜子美獨貴瘦硬〔三〕。東坡作詩曰：「杜陵論書貴瘦硬，此論未工吾不平。豐妍瘦容各有態，飛燕玉環誰敢憎。」〔四〕子（予）因此帖㈠〔五〕，可謂豐妍者也。觀其俊氣横逸，不受富貴鞚勒之韻〔六〕，宜從古人中求〔七〕。宣和元年十月八日，臨川瞻上人出以爲示〔八〕，便覺神魄飛越於鐵甕城之下〔九〕，瓜洲杳靄之間（間）㈡〔一〇〕。

文章天下第一數東坡。子因，蔡氏子弟，而飲食夢寐以之，其種性妙，非習俗所能移。使東坡而在，見子因，當不減張曲江之與李泌也〔一一〕。

予久不見夢蝶〔一二〕，偶得此詩湘西山水間。時松風盤空，林月滉蕩，如顧虎頭對劉琨展其畫像也〔一三〕。

【校記】

㈠子：原作「予」，誤，今改。參見注〔五〕。

㈡間：原作「間」，四庫本作「門」，皆誤，今改。參見注〔一〇〕。

【注釋】

〔一〕宣和元年十月八日作於長沙。　蔡子因：蔡仍字子因，號夢蝶居士，仙遊人。蔡卞子，蔡京姪。參見本集卷三寄蔡子因注〔一〕。廓門注：「蔡子因詳於大慧普說，又記前注。」鍇按：宋釋蘊聞編大慧普覺禪師普說卷四示佛照居士：「上根利智之士，信得此一段大事因緣及者，非夙植德本，從般若中來，則不能如是。何以知之？不須論遠古，且以近世士大夫中如蔡子因待制、雷孚通判二公論之。子因是毗陵一不第秀才，屢爲有司黜落，遂刻苦修行，晝三夜三，精懃不怠。溘然之後，生於其家。子因七八歲時，嘗過毗陵，了了知得前身往來去處。」謂蔡子因乃毗陵一不第秀才之後身，投生於蔡卞家。

〔二〕歐陽文忠公嘗非笑肥字：歐陽修文忠集卷一二九世人作肥字說：「世之人有喜作肥字者，正如厚皮饅頭，食之未必不佳，而視其爲狀，已可知其俗物。」

〔三〕杜子美獨貴瘦硬：杜甫李潮八分小篆歌：「嶧山之碑野火焚，棗木傳刻肥失真。苦縣光和尚骨立，書貴瘦硬方通神。」

〔四〕「東坡作詩曰」五句：東坡詩集注卷二八孫莘老求墨妙亭詩：「杜陵評書貴瘦硬，此論未公吾不憑。短長肥瘦各有態，玉環飛燕誰敢憎。」程縯注：「楊妃外傳云：妃小字玉環。明皇覽漢成内傳，見飛燕身輕不勝風，製七寶避風臺，因謂妃子曰：『爾則任吹多少。』妃曰：『霓裳一曲，足掩前古。』」鍇按：此處引東坡詩，文字多有異同，當系誤記，或別有所本。

〔五〕子因此帖：底本作「予因此帖」，上下文意不通。蓋本文乃跋蔡子因詩書，故當作「子因此帖」，「予」涉形近而誤。

〔六〕鞚勒：同「控勒」，勒住馬韁，猶控制。

〔七〕宜從古人中求：晉書王衍傳：「武帝聞其名，問戎曰：『夷甫當世誰比？』戎曰：『未見其比，當從古人中求之。』」見前跋江表民願文注〔四〕。

〔八〕臨川瞻上人：生平法系未詳。

〔九〕鐵甕城：輿地紀勝卷七兩浙西路鎮江府：「鐵甕城：唐乾符中周寶爲潤帥，築羅城二十餘里。又唐圖經言：古號鐵甕城者，以其堅固如金城之類。胡致隆登鐵甕城詩云：『雉堞巍然歲月長，古今知閱幾興亡。吴王殿裹笙歌罷，煬帝城邊草木荒。萬里煙霞歸洞急，一川風月渡江忙。』」

〔一〇〕瓜洲：輿地紀勝卷三七淮南東路揚州：「瓜洲：在江都縣南四十里江濱。相傳即祖逖擊楫之所也。昔爲瓜洲村，蓋揚子江中之沙磧也。沙漸漲出，其狀如瓜，接連揚子渡口。民居其上，唐立爲鎮，今有石城三面。」鎮有瓜洲渡，以通鎮江，即王安石泊船瓜洲所謂「京口瓜洲一水間」是也。　杳靄之間：歐陽文忠公集卷四〇有美堂記：「而閩商海賈，風帆浪舶，出入於江濤浩渺、煙雲杳靄之間。」此用其語。底本「間」作「閒」，不辭，乃涉形近而誤，今改。

〔一一〕「使東坡而在」三句：謂若東坡見蔡子因，當不亞於張九齡見李泌，必大加讚賞。廓門注：

「唐書曰：『張九齡，字子壽，曲江人。七歲屬文云云。開元後，天下稱曰曲江公，而不名云。』」一統志韶州府：『縣名曲江。』唐書第六十四曰：『李泌，字長源，魏八柱國弼六世孫。徙居京兆，七歲知爲文。』」鍇按：新唐書李泌傳：「張九齡尤所獎愛，常引至卧内。九齡與嚴挺之、蕭誠善，挺之惡誠佞，勸九齡謝絶之。九齡忽獨念曰：『嚴太苦勁，然蕭軟美可喜。』方命左右召蕭，泌在旁，帥爾曰：『公起布衣，以直道至宰相，而喜軟美者乎？』九齡驚，改容謝之，因呼『小友』。」

〔二〕夢蝶：即蔡子因。本集卷一九有夢蝶居士贊二首。

〔三〕顧虎頭對劉琨展其畫像：廓門注：「顧虎頭，謂晉書顧愷之字長康也。劉琨，當作謝鯤。晉書顧愷之傳曰：『又爲謝鯤象在石巖裏，云：此子宜置丘壑中。』」其説甚是。鍇按：世説新語巧藝：「顧長康畫謝幼輿在巖石裏，人問其所以，顧曰：『謝云：一丘一壑，自謂過之。此子宜置丘壑中。』」謝鯤，字幼輿。此惠洪誤記，姑仍其舊。

【集評】

明孫鳳云：甘露滅謂：歐陽文忠公不喜肥字，而誇杜子美獨貴瘦硬。東坡先生作書曰：「杜陵論書貴瘦硬，此論未工吾不平。豐妍瘦硬各有態，飛燕玉環誰敢憎。」今觀此卷，筆畫秀整，可謂豐妍者，況是五詩皆集中之所失哉！良夫得之，遂幽軒中與士君子時一賞鑒，溪山佳氣，不翅頓增十倍。（孫氏書畫鈔卷一蘇文忠公真蹟）

跋李商老大書雲庵偈二首〔一〕

商老以大父事雲庵，以伯父事天寧，則予蓋其叔父也〔二〕。仰山曰：「東院師叔若在，惠寂不到寂寞。」〔三〕商老，寂子後身也〔四〕。然甘露滅固未死〔五〕，而商老與其弟未嘗不啼飢。其大言以詬罵魔佛，高自許可〔六〕，蓋習氣也。

近世要人達官，其氣焰摩層霄，而門可附而炙手者〔七〕，不翅百千〔八〕，然其語言翰墨，人見之，皆如拒頑百姓見催租文〔九〕，引恚視之〔一〇〕，不棄擲，幸矣。商老灌園脩水之上〔一一〕，而筆畫一出，人爭傳寶，以相矜誇。吾是知道德無貧賤也〔一二〕。覺慈生二（一）十年㊀，去年從余〔一三〕，而知有商老。偶出所畜一軸見嬉，喜而書其尾，且以雪道向無知之恥云。

【校記】

㊀二：原作「一」，誤，今據武林本改。參見注〔一二〕。

【注釋】

〔一〕二首非作於同時。其一政和七年作於洪州靖安縣石門山寶峰禪院，其二宣和二年作於長沙水西南臺寺。李商老：李彭字商老，已見前注。雲庵：真淨克文禪師，已見前注。

〔二〕「商老以大父事雲庵」三句：李彭爲湛堂文準俗家弟子，文準爲克文法嗣，惠杲法弟，惠洪法兄，故按禪門世系，李彭當稱雲庵爲大父，惠杲爲伯父，惠洪爲叔父。天寧指佛照惠杲禪師，住東京天寧寺，本集卷二八有請杲老住天寧。參見本集卷二〇喧寂庵銘注〔九〕。大父，即祖父。

〔三〕「仰山曰」三句：袁州仰山慧寂禪師語録：「潙山問師：『忽有人問汝，汝作麽生祇對？』師曰：『東寺師叔若在，某甲不致寂寞。』」仰山，即慧寂禪師，南嶽下四世。東院，即趙州從諗禪師，南嶽下三世。故仰山稱東院爲師叔，此喻李彭與己之關係。參見本集卷一二次韻游南嶽注〔五〕。

〔四〕寂子：即仰山慧寂。

〔五〕甘露滅：惠洪自號。

〔六〕大言以詬駡魔佛：其所指未詳，然本卷跋李商老詩曰：「試手説禪，便吞雲門、臨濟，如虎生三日，氣已食牛。」又跋徐洪李三士詩曰：「商老和之，如劉安王見上帝，大言不遜，豪氣未除。」其意相近。

〔七〕炙手：炙手可熱，喻權勢氣焰之盛。杜甫麗人行：「炙手可熱勢絶倫，慎莫近前丞相嗔。」

〔八〕不翅：不啻，無異於。已見前注。

〔九〕拒頑百姓：拒不納税之頑民。

〔一〇〕引恚：引發惱怒。

〔一一〕商老灌園脩水之上：廓門注：「南康府修水，在建昌縣。李彭商老自號日涉園夫。」脩水，即修水。李彭，建昌人，故云。釋曉瑩雲卧紀談卷下：「海昏逸人號日涉園夫者，李彭商老，參道於寶峰湛堂。」

〔一二〕道德無貧賤：謂有道德之人不在其身份之貧賤與否。蘇軾答任師中家漢公：「道德無貧賤，風采照鄉閭。」此借用其語。參見本集卷三和靈源寄瑩中注〔八〕。

〔一三〕「覺慈生二十年」二句：據本卷跋山谷雲庵贊，知宣和五年（一一二三）覺慈年二十三，當生於建中靖國元年（一一〇一）。底本作「覺慈生一十年，去年從余」，若依其文，則覺慈九歲從惠洪，十歲時蓄李彭書，則跋李彭書時爲大觀四年（一一一〇）。然惠洪號甘露滅在政和二年後，覺慈從惠洪在宣和年間。故「一十年」必爲「二十年」之誤，其從惠洪時爲十九歲，在宣和元年，而此跋之二作於宣和二年。

跋韓子蒼帖後〔一〕

蘇東坡伯仲文章之妙，無媿相如、子雲〔二〕。而其見道之大全，則楊馬瞠若乎後〔三〕。

子蒼文字師法蘇氏〔四〕，西蜀後來之駿也。讀其問照公向上一路〔五〕，後照未見訓語。予爲代之曰〔六〕：「不辭向汝道〔七〕，只恐撞見劉幽求〔八〕，大帽壓耳手提油。」子蒼他日見之，定是無語。

【注釋】

〔一〕宣和四年十二月作於長沙南臺寺。　韓子蒼：韓駒，字子蒼，蜀之仙井監人。名列江西宗派圖。參見本集卷一送雷從龍見宣守注〔二〕。錯按：此帖乃韓駒與龍安慧照禪師書，當由慧照弟子義一所蓄。參見前跋無盡居士帖注〔一〕。

〔二〕「蘇東坡伯仲文章之妙」二句：蘇軾、蘇轍爲蜀人而妙於文章者，故以漢代蜀人司馬相如、揚雄比之。雲卧紀談卷上：「蜀僧祖秀，字紫芝，蚤以文鳴於士大夫間。……嘗讚東坡像曰：『漢之司馬、楊、王，唐之太白、子昂，是五君子者，皆生乎蜀郡，未若夫子而有耿光。夫子之詩，抗衡者，其唯子美。夫子之文，並軫者，其唯子長。賦亦賢於屈賈，字乃健於鍾王。此夫子之絶技，蓋至道之秕糠。夫子之道，是爲后稷、伊尹，可以致其君於堯、湯。時議將加之於鈇鉞，而夫子尤諷於典章。海表之遷，如還故鄉。信蜀郡之五傑者，莫得窺夫子之垣墻。』」此蓋時人公論。

〔三〕楊馬：即揚雄、司馬相如。此以之替换前文「相如、子雲」者，欲文章之互文錯綜也。　瞠若乎後：莊子田子方：「夫子奔逸絶塵，而回瞠若乎後矣。」

〔四〕子蒼文字師法蘇氏：雲卧紀談卷上：「待制韓公子蒼與大慧老師厚善。及公僑寓臨川廣壽精舍，大慧入閩，取道過公，館於書齋幾半年。晨興相揖外，非時不許講，行不讓先後，坐不問賓主，蓋相忘於道術也。故公詩有『禪心如密付，更爲少淹留』之句。公因話次，謂少從蘇黄門問作文之法，黄門告以：『熟讀楞嚴、圓覺等經，則自然詞詣而理達。東坡家兄謫居黄州，杜門深居，馳騁翰墨，其文一變，如川之方至。後讀釋氏書，深悟實相，參之孔老，博辯無礙，浩然不見其涯。故爲其載於墓誌。』隆興改元仲夏，東萊吕伯恭登徑山，謁大慧，爲兩月留。大慧語及韓公得斯論於蘇黄門，伯恭亦謂聞所未聞也。」宋史韓駒傳：「駒嘗在許下從蘇轍學，評其詩似儲光羲。」鍇按：蘇轍欒城後集卷四題韓駒秀才詩卷：「唐朝文士例能詩，李杜高深得到希。我讀君詩笑無語，怳然重見儲光羲。」

〔五〕照公：慧照禪師，住分寧縣龍安山兜率院。已見前注。　向上一路：禪宗謂最上乘之正法眼藏。景德傳燈録卷七幽州盤山寶積禪師：「向上一路，千聖不傳。學者勞形，如猿捉影。」鍇按：韓駒問慧照向上一路，當在政和年間知分寧縣時。

〔六〕予爲代之曰：即禪門所謂「代語」。景德傳燈録卷一六福州雪峰義存禪師：「官人云：『金屑雖貴，又作麽生？』老宿無對。鏡清代曰：『比來抛塼引玉。』」

〔七〕不辭向汝道：禪門習語。景德傳燈録卷五吉州青原山行思禪師：「曰：『和尚也須道取一半，莫全靠學人。』師曰：『不辭向汝道，恐以後無人承當。』」同書卷二一泉州招慶院道匡禪師：「問：『如何是南泉一線道？』師曰：『不辭向汝道，恐較中更較去。』」

〔八〕只恐撞見劉幽求：疑爲唐宋俗語，未詳其義。廓門注：「唐書第四十六：『劉幽求，冀州武彊人。』云云。此所言未詳，俟後賢。酉陽雜俎第八卷曰：『如劉幽求見妻夢中身也。』」鍇按：新唐書劉幽求傳略曰：「劉幽求，冀州武彊人。聖曆中，舉制科中第。……臨淄王誅韋庶人，預參大策……以功授中書舍人。……睿宗立，進尚書右丞、徐國公。……景雲二年，以户部尚書罷政事。不旬月，遷吏部，拜侍中。……先天元年，爲尚書右僕射，同中書門下三品，監修國史。……開元初，進尚書左丞相，兼黄門監，俄以太子少保罷。……貶睦州刺史。……遷杭、郴二州，恚憤卒於道，年六十一。贈禮部尚書，謚曰文獻。」

跋太師試筆帖二首〔一〕

此帖骨氣深穩〔二〕，姿媚横生〔三〕，其得意時筆也。不然，何其如行雲流水之閑暇也〔四〕。予卧痁逾月〔五〕，偶閲之，覺痁不辭而去，乃知檄愈頭風〔六〕，非虛語耳。

予觀太師楚國公之書，骨含富貴，積學之至，神氣蓋人。然付其姪以寶公詩〔七〕，其外護欲傳之子孫，爲無窮家法也。

【注釋】

〔一〕大觀四年春作於江寧府。　太師：指蔡京。蔡京（一〇四七～一一二六），字元長，福建仙遊人。熙寧三年進士。徽宗朝，爲尚書右僕射，進太師。以復新法爲名，四掌政權，排斥異己，專以奢侈迎合帝意，大興土木。欽宗即位，貶死。宋史入姦臣傳。京工書，字勢豪健，痛快沈著。　鍇按：據通鑑長編紀事本末卷一三一蔡京事迹，京於大觀二年正月己未進太師，大觀三年十一月己巳進封楚國公，大觀四年五月甲子降授太子少保。政和二年二月戊子復太師，仍爲楚國公；十一月辛巳進封魯國公。可知其爲太師楚國公在大觀三年十一月至大觀四年五月之間，復太師楚國公在政和二年二月至十一月之間。考政和二年惠洪遠在海南，且爲蔡京之黨所迫害，不會有「檄愈頭風」之説。而大觀四年春，惠洪正卧病江寧獄中。此跋所言「卧痁逾月」，正與之吻合，姑繫於此。

〔二〕骨氣深穩：蘇軾書唐氏六家書後：「永禪師書，骨氣深穩，體兼衆妙，精能之至，反造疏淡。」

〔三〕姿媚：嫵媚。韓愈石鼓歌：「羲之俗書趁姿媚，數紙尚可博白鵝。」

〔四〕如行雲流水：蘇軾與謝民師推官書：「大略如行雲流水，初無定質，但常行於所當行，常止於所不可不止，文理自然，姿態横生。」此借用其論詩賦語以論書法。

〔五〕痁：多日之瘧。本集卷二二寄老庵記：「又病痁彌月，愈不懌。」

〔六〕檄愈頭風：三國志魏書王粲傳附陳琳傳：「太祖並以琳、瑀爲司空軍謀祭酒，管記室，軍國書檄，多琳、瑀所作也。」裴松之注引典略曰：「琳作諸書及檄，草成呈太祖，太祖先苦頭風，是日疾發，卧讀琳所作，翕然而起曰：『此愈我病。』」

〔七〕其姪：當指蔡仍，字子因，蔡卞子。參見本卷跋蔡子因詩書三首。　寶公：南朝梁高僧寶誌，一名保誌。世多習稱其誌公，而宋人或稱其寶公。景德傳燈録卷二九載梁寶誌和尚大乘讚十首、十二時頌十二首、十四科頌，皆可謂之詩。

跋公衮帖〔一〕

見蛇鬬而筆法進，聞灘（雞）聲而遂能神㊀〔二〕。東坡以謂，寧有存法與神于胸中，而能學書者乎〔三〕？予觀公衮行草，既不用法，亦不祈其神，娓娓意盡則止耳。

【校記】

㊀ 灘：原作「雞」，誤，今改。參見注〔二〕。

【注釋】

〔一〕作年未詳。　公衮：曾紆字公衮，號空青老人，曾布第四子。事具汪藻浮溪集卷二八右中大夫直寶文閣知衢州曾公墓誌銘。參見本集卷一送雷從龍見宣守注〔六〕。

〔二〕「見蛇鬬而筆法進」二句：文同論草書：「余學草書凡十年，終未得古人用筆相傳之法。後因見道上鬭蛇，遂得其妙。乃知顛、素之各有所悟，然後至於如此耳。」蘇軾跋文與可論草書後：「留意於物，往往成趣。昔人有好草書，夜夢則見蛟蛇糾結。數年，或晝日見之，草書則工矣，而所見亦可患。與可之所見，豈真蛇耶，抑草書之精也？」又書張少公判狀：「古人得筆法有所自，張以劍器，容有是理。雷太簡乃云聞江聲而筆法進，文與可亦言見蛇鬭而草書長，此殆謬矣。」本集卷二二一擊軒記：「昔人嘗嗜草書，行則書空，卧則劃席，夜聞灘聲而得妙，曉見蛇鬭而入神。」底本「灘」作「雞」，涉形近而誤。廓門注：「雞聲未詳。」失考。

〔三〕「東坡以謂」三句：未詳出處。蘇軾小篆般若心經贊：「心存形聲與點畫，何暇復求字外意。」或此意。

跋三學士帖〔一〕

秦少游、張文潛、晁無咎，元祐間俱在館中，與黃魯直居四學士〔二〕，而東坡方爲翰林〔三〕。一時文物之盛，自漢唐已來未有也。宣和四年七月，太希先倒骨董箱〔四〕，得此三帖，讀之爲流涕。嗚呼！世間寧復有此等人物耶？

【注釋】

〔一〕宣和四年七月作於長沙南臺寺。三學士：指秦觀、張耒、晁補之。秦觀字少游，張耒字文潛，晁補之字無咎。皆已見前注。

〔二〕「秦少游」三句：宋史文苑傳六黄庭堅傳：「(庭堅)與張耒、晁補之、秦觀俱游蘇軾門，天下稱爲四學士。」錯按：清王文誥蘇文忠公詩編注集成總案卷二七元祐元年十一月：「二十九日，召試學士院，拔畢仲游、黄庭堅、張耒、晁補之並擢館職。」誥案：凡除館職，必登第，歷仕成資，再經保薦，召試學士院，入等始授。故黄、張、晁先入館，而秦觀不與。」清秦鏞編、秦瀛重編淮海先生年譜元祐三年：「先生被召至京師應制科，進策三十篇，論二十篇。既奏，除太學博士，校正秘書省書籍。」則秦觀入館晚於黄、張、晁三人。

〔三〕東坡方爲翰林：據施宿東坡先生年譜，元祐元年九月，蘇軾除翰林學士。元祐四年三月，除龍圖閣學士知杭州。其間均在京師翰林學士任上。

〔四〕太希先：僧法太，字希先，嗣法雲蓋守智禪師，屬臨濟宗黄龍派南嶽下十三世，爲惠洪法兄弟。骨董箱：收藏瑣雜物之箱，亦稱骨董袋，僧人游方荷之。參見本卷跋山谷字注〔九〕。

跋蘭亭記并詩〔一〕

宣和四年夏，彌月不雨，稻田龜兆出〔二〕。予晨興，垂頭坐西齋，方與造物者游〔三〕。

而廚丁聿來告米竭〔四〕，余作白眼久之〔五〕。希先送此軸來〔六〕，索跋，欣然見王子敬諸君子〔七〕，忘其廚丁。廚丁求與決，予曰：「當以三錢（筏）用事㈠〔八〕，正不必逼人也。」

【校記】

㈠錢：原作「筏」，誤，今改。參見注〔八〕。

【注釋】

〔一〕宣和四年夏作於長沙南臺寺。　蘭亭記：即蘭亭序，王羲之書法名篇。張彦遠法書要録卷三何延之蘭亭記：「蘭亭者，晉右將軍會稽内史瑯琊王羲之字逸少所書之詩序也。」

〔二〕龜兆：古占卜以龜甲裂紋爲兆，喻田地因旱乾裂如龜甲裂痕。韓愈南山詩：「或如龜坼兆。」

〔三〕方與造物者游：莊子大宗師：「彼方且與造物者爲人，而游乎天地之一氣。」又莊子天下：「上與造物者游。」柳宗元始得西山宴游記：「洋洋乎與造物者游，而不知其所窮。」此借用形容冥思遐想之狀態。

〔四〕廚丁：廚師，猶庖丁。莊子養生主：「庖丁爲文惠君解牛。」成玄英疏：「庖丁，謂掌廚丁役之人，今之供膳是也。」　聿來：急匆匆來。聿，疾速貌。

〔五〕作白眼：表鄙薄厭惡意，蓋以廚丁敗其雅興。晉書阮籍傳：「籍又能爲青白眼，見禮俗之士，以白眼對之。」

〔六〕希先：即僧法太，字希先，嗣法雲蓋守智禪師，爲惠洪法兄弟。已見前注。

〔七〕王子敬：王獻之，字子敬，羲之幼子，善書。晉書有傳。已見前注。

〔八〕三錢用事：禪宗著名公案。正法眼藏卷二之上：「疎山和尚。有僧爲造壽塔了，來白疎山。疎山問：『汝將多少錢與匠人？』僧云：『一切在和尚。』山曰：『爲將三文錢與匠人？爲將兩文錢與匠人？爲將一文錢與匠人？若道得與吾親造塔。』僧無對。羅山時在大庾嶺住菴，其僧到。羅山問：『甚處來？』云：『疎山來。』羅山曰：『近日有何言句？』僧舉前話。羅山曰：『還有人道得否？』僧云：『未有人道得。』羅山曰：『汝却回，舉似疎山道，大嶺聞舉云：若將三文錢與匠人，和尚此生決定不得塔；若將兩文錢與匠人，和尚與匠人共出一隻手；若將一文錢與匠人，帶累匠人眉鬚墮落。』其僧便回，舉似疎山。山聞此語，便具威儀，望大嶺禮拜，歎云：『將謂無人，大嶺有古佛，放光射到此間。』」大慧普覺禪師語録卷一〇頌古：「疎山造壽塔，頌云：鑿壞十方常住地，三錢使盡露屍骸。羅山古佛雖靈驗，未免將身一處埋。」此借三錢付匠人事，以謂三錢付廚丁買米。底本「錢」作「筏」，典籍無「三筏」一詞，義難通，乃涉形近而誤。

跋荆公元長元度三帖〔一〕

予兒時劇於鄰家，見壁間有詩曰：「是非不到釣魚處，榮辱常隨騎馬人〔二〕。」今日見此三帖，偶憶前句。

【注釋】

〔一〕作年未詳。　荆公：王安石。元長：蔡京字元長。元度：蔡卞字元度。皆已見前注。宋史姦臣傳二蔡卞傳：「卞字元度，與京同年登科，調江陰主簿。王安石妻以女，因從之學。」

〔二〕「是非不到釣魚處」二句：名言卷六引古今詩話：「宣和時，酒店壁間有詩云：『是非不到釣魚處，榮辱常隨騎馬人。』」參見郭紹虞宋詩話輯佚。

跋百牛圖〔一〕

畫工能爲神鬼之狀，使人動心駭目者，以其無常形，無常形，可以欺世也，然未始以爲貴。唯犬馬牛虎有常形，有常形，故畫者難工。世之人見其似，則莫不貴之〔二〕。畫牛之法，徑寸者不刷毛〔三〕。予觀此圖，非特入法，凡百尾，喜怒、俯仰、小大、伏立趨，並浮鼻苛（荷）痒㊀〔四〕，盡其情狀。意非畫師，殆高人韻士以寓其逸想耳〔五〕。予老住江村，而比道林〔六〕，嶽麓之富，其牛每以谷量〔七〕，日夕蓋拾礫追逐，叱叱於田畝之中〔八〕，厭飫矣〔九〕。而全美乃以此軸爲示〔一〇〕，何哉？予以湘西之雲塢爲畫笥〔一一〕，則全美必以此圖爲作〔一二〕。

【校記】

㊀苛：原作「荷」，誤，今改。參見注〔四〕。

【注釋】

〔一〕宣和年間作於長沙。百牛圖：未詳何人所作。

〔二〕「畫工能爲神鬼之狀」十一句：韓非子外儲説左上：「客有爲齊王畫者，齊王問曰：『畫孰最難者？』曰：『犬馬最難。』『孰最易者？』曰：『鬼魅最易。』夫犬馬，人所知也，旦暮罄於前，不可類之，故難。鬼魅，無形者，不罄於前，故易之也。」此化用其意。

〔三〕「畫牛之法」二句：夢溪筆談卷一七書畫：「畫牛虎皆畫毛，惟馬不畫。予嘗以問畫工，工言：『馬毛細不可畫。』予難之曰：『鼠毛更細，何故却畫？』工不能對。大凡畫馬，其大不過尺，此乃以大爲小，所以毛細而不可畫。鼠乃如其大，自當畫毛。然牛虎亦是以大爲小，理亦不應見毛。但牛虎深毛，馬淺毛，理須有別。故名輩爲小牛小虎，雖畫毛，但略拂拭而已。若務詳密，翻成冗長，約略拂拭，自有神觀，迥然生動，難可與俗人論也。」

〔四〕浮鼻：黄庭堅病起荆江亭即事十首之一：「近人積水無鷗鷺，時有歸牛浮鼻過。」苛痒：疥瘡。山谷内集詩注卷九題伯時畫揩痒虎：「猛虎肉醉初醒時，揩磨苛痒風助威。」任淵注：「禮記内則曰：『疾痛苛痒。』注云：『苛，疥也。』退之畫記：『馬有痒磨樹者。』」底本「苛」作「荷」，涉形近而誤。

〔五〕「意非畫師」二句：本集卷四大圓庵主以九祖畫像遺作此謝之：「知誰逸想寓此意，必也高人非畫師。」蘇軾次韻吴傳正枯木歌：「古來畫師非俗士，妙想實與詩同出。」此反其意而用之。

〔六〕比道林：與道林寺爲比鄰。道林寺在嶽麓山下。已見前注。

〔七〕其牛每以谷量：言牛數量多，不可計數，故以山谷爲衡量單位。史記貨殖列傳：「戎王什倍其償，與之畜，畜至用谷量馬牛。」

〔八〕叱叱：驅使牲畜聲。汾陽無德禪師語録卷中頌古代別：「僧問德山：『如何是露地白牛？』云：『叱叱！』」

〔九〕厭飫：喫飽，喫膩。此指看膩。

〔一〇〕全美：姓名生平不可考。

〔二〕畫笥：裝畫軸之方形竹器，此借指供繪畫題材之事物。蘇軾石氏畫苑記：「吾行都邑田野所見人物，皆吾畫笥也。」

〔三〕作：慚愧。

跋周廷秀詶唱詩〔一〕

宣和二月初吉日〔二〕，予送客松下，淺丘縱望，廷秀一髯男子。但是時，湘西雪盡，衆峰蒼然，我與廷秀皆是畫圖〔三〕。廷秀袖出與張公詶唱之詞〔四〕，讀之，便覺與衆峰爭秀，豈其媿從聚落中來，故以此句彈壓清境耳〔五〕。

【注釋】

〔一〕宣和五年二月初一作於長沙。周廷秀：周秄，字廷秀。本集或作周庭秀。參見本集卷六贈周廷秀注〔六〕。

〔二〕初吉：每月初一。

〔三〕我與廷秀皆是畫圖：本集卷一六又登鄧氏平遠樓縱望見小廬山作：「我與小樓俱是畫，雨中猶復見廬山。」此皆惠洪「觀者入畫」之藝術觀念。

〔四〕與張公詶唱之詞：張公當指張廓然，青州人，潭州州學教授。參見本集卷六陪張廓然教授游山分韻得山字注〔一〕、卷二四四絶堂分題詩序注〔二〕。

〔五〕故以此句彈壓清境：歐陽修菱溪大石：「盧仝韓愈不在世，彈壓百怪無雄文。」此反其意而用之。

跋順濟王記〔一〕

東坡昔自定武謫英州〔二〕，夜宿分風浦〔三〕，三鼓矣。發運司知有後命〔四〕，遣五百人來奪舟。東坡曰：「乞夜櫓及星江〔五〕，就聚落買舟，可乎？」使者許諾。即默禱順濟王曰：「軾往來江湖之上三十年，王於軾爲故人。故人之失所，當哀憐之。達旦至星江，出陸，至豫章〔六〕，則吾事濟矣。不然，復見使至，則當露寢浦溆〔七〕。」言未卒，風掠耳，篙師升颿〔八〕，颿飽〔九〕，炊未及熟，已渡楊瀾〔一〇〕。泊豫章，日亭午〔一一〕。嗚呼！順濟之威靈，爲江湖之益者不可悉數，獨分風送東坡南去，此心日月不能老也〔一二〕。其英特之風，不減李逢吉禮陸宣公也〔一三〕。

【注釋】

〔一〕作年未詳。順濟王：即彭蠡湖龍王。沈括夢溪筆談卷二〇神奇：「彭蠡小龍顯異至多，人人能道之。一事最著，熙寧中王師南征，有軍杖數十船，泛江而南。自離真州，即有一小蛇登船。船師識之曰：『此彭蠡小龍也，當是來護軍杖耳。』主典者以潔器薦之，蛇伏其中，船乘便風，日棹數百里，未嘗有波濤之恐。不日至洞庭。蛇乃附一商人船回南康。世傳其封域止於洞庭，未嘗逾洞庭而南也。有司以狀聞，詔封神爲順濟王，遣禮官林希致詔。」　順濟王記：疑指黄庭堅清隱院順濟王廟記，其文曰：「諸行無常，一切皆苦；諸法無我，寂滅爲樂。無上兩足尊，初説脩姤路。爲海居種性，開此甘露門。故娑竭以無耳聞經，無垢以非男成佛。維順濟王承佛記莂，有大福田，爲世津梁，得自在力。當時十處十會，皆聽圓音；今日三江五湖，不忘外護。所以作南山之檀越，應清隱之爐香，以佛事作神通，化血食爲淨供。雖然天陽門下，法士徧周，普光法堂，當仁分坐。不妨於法界海，見作魚龍；入觀音門，能施無畏。鐘魚鼓板，釋迦苦口丁寧；雷雨風濤，順濟家常相助。因行不妨掉臂，南山飯在往來船；非唯曲爲今時，亦與後人作古記。」據此記，則順濟王廟當在南康軍都昌縣南山清隱禪院旁。然蘇軾有順濟王廟新獲石砮記曰：「建中靖國元年四月甲午，軾自儋耳北歸，艤舟吴城山順濟龍王祠下。」輿地紀勝卷二六隆興府：「龍王廟，在新建縣北一百六十里吴城山。東坡北歸，艤舟祠下，忽得古石砮矢於岸側，旋失之。禱於神，許留廟中，復獲焉，因爲之記。」

〔一一〕東坡昔自定武謫英州：施宿東坡先生年譜紹聖元年甲戌：「先生在定州。夏四月，公親如北嶽禱雨。是月，御史虞策、來之邵言先生所作誥詞，多涉譏訕，當明正典刑。詔落二學士，以本官知和州，又改英州。」　定武：即定州，在河北。元豐九域志卷二河北西路：「上，定州博陵郡，定武軍節度，治安喜縣。」　英州：在廣東。元豐九域志卷九廣南東路：「下，英州，軍事，治真陽縣。」

〔三〕分風浦：在宫亭湖邊。輿地紀勝卷二五南康軍：「宫亭湖，去軍城五里，有神能分風擘浪。有宫亭廟。寰宇記云：『周武王十五年置。』」同書卷二六隆興府：「宫亭湖，寰宇記云：『在州北三百四十里，有宫亭神，能分風上下。』劉刪詩云：『迴流乘派水，舉帆逐分風。』秦少游宿於湖邊，夢神女遺之以詩曰：『聞道文章妙天下，廬山對面可無言？』」錯按：冷齋夜話卷二安世高請福𨛖亭廟秦少游宿此夢天女求贊：「安世高者，安息國王之嫡子也，爲沙門。……世高舟次廬山𨛖亭湖廟下，廟甚靈，能分風送往來之舟。……秦少游南遷，宿廟下，登岸縱望久之，歸卧舟中，聞風聲，側枕視，微波月影縱横，追繹昔嘗宿雲老惜竹軒，見西湖月夜如此。遂夢美人，自言維摩詰散花天女也，以維摩詰像來求贊。少游極愛其畫，默念曰：『非道子不能作此。』天女以詩戲少游曰：『不知水宿分風浦，何似秋眠惜竹軒。聞道詩詞妙天下，廬山對眼可無言？』」

〔四〕發運司：官司名，即發運使司。北宋於諸路設轉運使之外，又另置江南、淮南、荆湖、兩浙路發運使，總東南諸路轉輸歲供糧粟等事。　後命：指蘇軾謫英州以後復謫惠州之命。東坡先生年譜紹聖元年：「閏（四）月，先生去定。六月，御史來之邵等復言先生自元祐以來多託文字譏斥先朝，雖已責降，未厭輿論，責授寧遠軍節度副使惠州安置。」

〔五〕星江：即星渚，南康軍之別稱。方輿勝覽卷一七江南東路南康軍事要：「郡名星渚、康廬。」

〔六〕豫章：即洪州。元豐九域志卷六江南西路：「都督，洪州豫章郡，鎮南軍節度，治南昌、新建二縣。」

〔七〕浦溆：水邊。杜甫戲題畫山水圖歌：「舟人漁子入浦溆，山木盡亞洪濤風。」

〔八〕颿：同「帆」，船帆。文選卷五左思吴都賦：「樓船舉颿而過肆。」李善注：「颿者，船帳也。」

〔九〕颿飽：帆受風而飽滿。東坡詩集注卷一七次韻沈長官之三：「風來震澤帆初飽，雨入松江水漸肥。」趙次公注：「帆飽、水肥，皆方言也。」

〔一〇〕楊瀾：鄱陽湖別稱，亦作「揚瀾」。參見本集卷一送充上人謁南山源禪師注〔一二〕。

〔一一〕亭午：正午，中午。晉孫綽游天台山賦：「爾乃羲和亭午，遊氣高褰。」

〔一二〕日月不能老：言歲月流逝而不能使之老。唐王季友滑中贈崔高士瓘：「日月不能老，化腸爲筋不？」此借用其成句。已見前注。

〔一三〕李逢吉禮陸宣公：李逢吉當作「李吉甫」。新唐書李吉甫傳：「吉甫字弘憲，以廕補左司禦率府倉曹參軍。貞元初，爲太常博士，年尚少，明練典故。昭德皇后崩，自天寶後中宮虚，卹禮廢缺。吉甫草具其儀，德宗稱善。李泌、竇參器其才，厚遇之。陸贄疑有黨，出爲明州長史。贄之貶忠州，宰相欲害之，起吉甫爲忠州刺史，使甘心焉。既至，置怨，與結歡，人益重其量，坐是不徙者六歲。」鍇按：陸宣公即陸贄。李逢吉無禮陸贄事，疑惠洪誤記。

跋李成德宮詞〔一〕

唐人工詩者，多喜爲宮詞。「天階夜月涼於水，卧看牽牛織女星〔二〕。」「玉容不及寒鴉色，猶帶朝陽日影來〔三〕。」世稱絶唱。以予觀之，此特記恩遇疏絶之意於凝遠不言之中，非能摸寫太平，藻飾（節）萬物㊀〔四〕。讀成德所作一百篇，知前人之末工也。其收拾道山絳闕之春色，刻畫玉樓金屋之情狀，使海山瀕海之人讀之，如近至尊〔五〕，非其才當世，何以治此。上元日題。

【校記】

㊀ 飾：原作「節」，誤，今據四庫本、武林本改。參見注〔四〕。

【注釋】

〔一〕作年未詳。　李成德：弘治撫州府志卷二一人物志一鄉賢：「李公彥，字成德，臨川人。爽邁不羣，登元符三年第，授臨江軍司户。改秩，知分寧縣。除敕令所删定官。宣和三年，中詞學兼茂科。累遷宗正卿。素爲朱勝非、吕頤浩所知。及當國，公彦引退，除直龍圖閣淮浙發運使。入爲中書舍人兼給事中、吏部侍郎。以疾致仕，卒年五十二。平居與謝溪堂（逸）、曾艇齋（季貍）相唱和。有宫詞百餘篇及潛堂詩話、文集。」參見本集卷八白日有閒吏青原無惰民爲韻奉寄李成德十首注〔一〕。

〔二〕「天階夜月涼於水」二句：廓門注：「杜牧之詩也。」錯按：杜牧樊川外集秋夕：「瑶階夜色涼如水，坐看牽牛織女星。」文字略異。

〔三〕「玉容不及寒鴉色」二句：廓門注：「王昌齡詩也。」錯按：殷璠河嶽英靈集卷中王昌齡長信宫：「玉顔不及寒鴉色，猶帶昭陽日影來。」文字略異。

〔四〕藻飾：修飾文詞。文心雕龍情采：「莊周云『雕辯萬物』，謂藻飾也。」本集卷一九東坡畫應身彌勒贊：「東坡居士游戲翰墨，作大佛事，如春形容藻飾萬像。」卷二四季子夢訓：「非直愛其文如盎盎之春，藻飾萬物。」底本「飾」作「節」，涉形近而誤。

〔五〕至尊：至高無上之位，代指皇帝。